Uma Mulher Misteriosa

Da mesma autora:

Para Minhas Filhas

Juntos na Solidão

Sombras de Grace

O Lugar de uma Mulher

Três Desejos

A Estrada do Mar

Uma Mulher Traída

O Lago da Paixão

Mais que Amigos

De Repente

Barbara Delinsky

Uma Mulher Misteriosa

Tradução

A. B. Pinheiro de Lemos

BERTRAND BRASIL

Título original: *An Accidental Woman*

Capa: Leonardo Carvalho

Editoração: DFL

2004
Impresso no Brasil
Printed in Brazil

Cip-Brasil. Catalogação-na-fonte
Sindicato Nacional dos Editores de Livros, RJ

D395m Delinsky, Barbara
Uma mulher misteriosa/Barbara Delinsky; tradução de A. B. Pinheiro de Lemos. — Rio de Janeiro: Bertrand Brasil, 2004.
420p.

Tradução de: An accidental woman
ISBN 85-286-1052-7

1. Romance americano. I. Lemos, A. B. Pinheiro de (Alfredo B. Pinheiro de), 1938–. II. Título.

CDD – 813
03-2745 CDU – 821.111(73)-3

Todos os direitos reservados pela:
EDITORA BERTRAND BRASIL LTDA.
Rua Argentina, 171 — 1º andar — São Cristóvão
20921-380 — Rio de Janeiro — RJ
Tel.: (0xx21) 2585-2070 — Fax: (0xx21) 2585-2087

Atendemos pelo Reembolso Postal.

Agradecimentos

Meus livros não sairiam saudáveis e fortes sem a ajuda de muitas pessoas. No caso de *Uma Mulher Misteriosa*, começo por agradecer à minha agente, Amy Berkower, não apenas pelo título, mas também por seu constante apoio, compreensão e entusiasmo. Também agradeço a meus editores, Michael Korda e Chuck Adams. Este livro foi bastante complexo; sempre tive certeza de que daria certo, embora não soubesse como. Agradeço a Michael e Chuck por sua paciência, nos prolongados meses de silêncio de minha parte, e por sua confiança de que eu acabaria ajustando todas as peças em seus lugares.

Uma Mulher Misteriosa trata de duas questões sobre as quais eu sabia bem pouco. Embora fizesse pesquisas em livros e na Internet, as informações diretas que recebi de duas fontes foram cruciais. Jean O'Leary foi maravilhosa, partilhando seu tempo e conhecimento sobre lesões na parte inferior da coluna e a vida numa cadeira de rodas. Betty Ann Lockhart também foi generosa, bem-informada e imaginativa, enquanto me orientava pela mecânica e as crises da produção de *maple syrup*, a calda de bordo. Essas duas mulheres "captaram" as necessidades da minha história, pelo que agradeço profusamente. Se há erros técnicos neste livro, a culpa é exclusivamente minha. *Uma Mulher Misteriosa* não tem a intenção de ser um manual sobre paraplegia ou a produção de calda de bordo. Peguei tudo o que Jean e Betty Ann me deram para incluir na história. Gosto de pensar que qualquer erro técnico que cometi no processo tem mais a ver com licença poética do que com ignorância.

Sou uma pessoa-gata, como muitos já sabem. Com bastante freqüência incorporo gatos em minhas histórias, porque sei como é ter um gato em casa... o que não significa que sei tudo sobre gatos. Uma das coisas que *não* sei é parte de *Uma Mulher Misteriosa*. E para relatar essa parte devo agradecer às pessoas maravilhosas que contribuíram com suas informações no quadro de avisos do Best Friends Pet Sanctuary. As respostas às minhas indagações deixaram-me comovida. Agradeço a todas, assim como ao Sanctuary, pelo trabalho extraordinário que realiza. Meus agradecimentos também vão para as incontáveis outras pessoas que responderam às minhas perguntas sobre assuntos menores. Todas vocês sabem quem são. Por favor, tenham certeza de que sou muito grata pela ajuda... e também sou, como sempre, pela ajuda de minha assistente. Meus agradecimentos a Wendy Page por manter minha vida profissional em ordem, para que eu pudesse escrever.

Também, como sempre, agradeço a meus filhos, Eric e Jodi, Andrew, Jeremy e Sherrie, relacionados pela ordem de nascimento. Em contato local ou interurbano, eles são o esteio de minha vida. E Steve? Ele se manteve à minha disposição, mais uma vez. Não apenas me forneceu as informações jurídicas, mas também, abençoado seja, sentou não apenas durante um jantar, mas em *dois*, e sentiu a emoção da minha história enquanto eu descrevia as cenas finais. Lágrimas em seus olhos? Uma escritora... uma mulher... uma esposa... não poderia pedir um endosso melhor.

Finalmente, agradeço a vocês, as pessoas que lêem meus livros. Não tenho certeza se algum dia teria escrito este livro se não fosse por suas exortações. Mas escrever esta história foi uma experiência extraordinária e gratificante para mim. Ouvimos falar muito hoje em dia sobre mercado de massa, o aspecto econômico da edição de livros, os lucros, que constituem a chamada linha final. Para mim, a linha final sempre foi e sempre será meus leitores. Meus agradecimentos a todos e a cada um.

Um

Segundos depois de despertar, Micah Smith sentiu um calafrio na nuca, que não tinha nada a ver com o ar frio que entrava pela fresta da janela, junto de seu lado da cama. O dia mal começava a raiar. Ele não precisava olhar além do corpo de Heather, vendo o relógio na mesinha-de-cabeceira, para saber disso. Podia perceber, no tom púrpura que antecedia o amanhecer, quando a neve de fevereiro cobre o chão da floresta.

A cor parecia mais profunda naquela manhã, mas não era isso que causava seu alarme. Também não foi qualquer som no quarto das meninas que o fez prender a respiração. Dormiriam por mais uma hora, ele sabia; e, se acordassem, continuariam deitadas até ouvirem Heather ou ele levantar.

O que o manteve em total imobilidade, os olhos fixados na fresta da janela, foi o som que veio lá de fora. Mesmo no inverno, o bosque fervilhava de coisas vivas. Mas o que ele ouvia agora não partia de um cervo, uma coruja ou um coelho. Era um carro, andando bem devagar, pelo caminho coberto por uma crosta de neve, na direção da pequena casa que ele construíra para sua família.

Saia da cama, exortou uma voz silenciosa. Mas ele permaneceu inerte. Prestou atenção, mal respirando. Não apenas um carro. Dois. Chegaram mais perto da casa e pararam de repente. Os motores foram desligados.

Faça alguma coisa, insistiu a voz silenciosa, mais urgente agora. Micah pensou no rifle pendurado em ganchos por cima da porta da frente, fora do alcance das meninas. Mas não podia se mexer — não *conseguia* — e só fez virar a cabeça para Heather. Ela continuava a dormir, alheia ao que o marido ouvia, sem tomar conhecimento dos pensamentos que o mantinham ali, no conforto do calor que seu corpo irradiava.

Enquanto observava o redemoinho dos longos cabelos escuros, com uma porção generosa de fios prateados, ouviu o estalido furtivo das portas dos carros... primeiro uma, depois outra. Imaginou que poderia haver mais portas sendo abertas, em silêncio, por mãos treinadas em operações secretas.

Uma parte do ombro branco de Heather aparecia através do emaranhado dos cabelos. Ele a teria tocado se não tivesse medo de acordá-la. Não queria que isso acontecesse. Depois que ela despertasse, depois de ouvir o que ele ouvia, depois que aquele momento terminasse, suas vidas mudariam para sempre. Micah não imaginava como sabia disso, mas tinha certeza. Uma parte dele aguardava aquele momento, com bastante medo, havia quatro anos... e não era apenas uma superstição, a noção de que aquela mulher também o deixaria sozinho, porque já acontecera com outra. Heather não era como qualquer outra; era única.

Os passos que se encaminhavam para a casa eram cuidadosos, com apenas um ruído ocasional de neve esmagada. Mas uma vida inteira nos bosques de New Hampshire havia treinado bem os ouvidos de Micah. A casa estava sendo cercada. Ele refletiu que o rifle de nada adiantaria contra as cinco ou seis pessoas que calculava haver lá fora. E também que não havia sentido em usar seu poder de fogo. Aquelas pessoas não estavam empenhadas em violência. E o que acontecia agora era inevitável.

Houve uma batida de leve na porta da frente, um som que ele poderia não perceber se estivesse dormindo. Começara. Micah saiu de baixo das cobertas com uma agilidade que não combinava com sua altura e corpulência. Sem fazer barulho, vestiu um jeans e deixou o quarto. Em segundos, percorreu o corredor e atravessou a sala de estar. Não se deu ao trabalho de acender a luz. Abriu a porta antes que houvesse outra batida, embora a mão de Pete Duffy já estivesse levantada.

Pete era o segundo no comando do chefe de polícia de Lake Henry, William Jacobs. Era amigo de Micah e fora certamente por isso que havia sido escolhido para a missão. As autoridades queriam manter tudo calmo. A presença de Pete, um homem em que Micah confiava, ajudaria nesse ponto. É verdade que a expressão de pesar no rosto de Pete não contribuiu em nada para atenuar o sentimento de medo de Micah. Seus olhos se desviaram do amigo para um segundo homem, parado logo atrás, na varanda. Micah não conhecia esse homem nem as duas mulheres que o acompanhavam. Todos três usavam jeans e blusões azuis idênticos, com a sigla da agência federal nas costas, Micah tinha certeza.

— Precisamos falar com Heather — murmurou Pete, contrafeito, num fio de voz, apontando com o queixo na direção do trio. — Eles têm um mandado judicial.

Micah engoliu em seco. Um mandado judicial era coisa séria.

— Para quê?

O homem com Pete estendeu as mãos, uma mostrando o mandado, a outra sua identificação.

— Jim Mooney. FBI. Tenho um mandado de prisão contra Heather Malone, sob a acusação de fuga para se esquivar a um julgamento.

Micah considerou as palavras. Havia acusações graves e outras nem tanto. Sempre soubera que Heather escondia seu passado. Nos momentos em que especulava o que poderia causar sua reticência, um problema com a polícia sempre fora a pior possibilidade. Agora, só podia rezar para que as acusações contra ela fossem do tipo mais leve, embora calculasse que essas não trariam o FBI à sua porta ao amanhecer.

— Julgamento por quê? — perguntou ele ao agente.

— Homicídio.

Micah soltou um suspiro profundo... por mais estranho que pudesse parecer, sentia alívio. Se homicídio era a acusação, então com certeza havia um engano.

— Não é possível. Heather seria incapaz de matar alguém.

— Talvez como Heather Malone. Mas temos provas de que seu verdadeiro nome é Lisa Matlock e que há quinze anos matou um homem na Califórnia.

— Heather nunca esteve na Califórnia.

— Mas Lisa viveu lá. Cresceu na Califórnia. Só saiu há quinze anos, quando deliberadamente atropelou um homem com seu carro. Desapareceu em seguida. Sua Heather chegou a Lake Henry há catorze anos e começou a trabalhar como cozinheira em lanchonete, como Lisa fazia na Califórnia, durante os dois anos anteriores a seu desaparecimento. O rosto de Heather é idêntico ao de Lisa, inclusive nos olhos cinza e na cicatriz no canto da boca.

— Há milhões de mulheres com olhos cinzentos. — Micah sentiu de repente todo o impacto do ar frio em seu peito exposto. — E a cicatriz veio de um acidente de carro.

As palavras mal haviam saído quando ele compreendeu o que dissera. Mas o agente o absolveu:

— Não foi neste caso. Ela escapou ilesa desse acidente, mas o homem morreu... um homem contra quem ela tentara uma extorsão minutos antes de atropelá-lo.

— Extorsão?! — Micah soltou uma risada, mais convencido do que nunca de que havia um equívoco. — Não pode ter sido Heather. Não importa que nome ela usasse. É uma mulher gentil e delicada. Preferiria morrer a matar alguém.

O agente não se perturbou.

— Se é verdade, ficará comprovado no julgamento. No momento, preciso que ela venha conosco. Ou você a traz ou entramos para buscá-la.

— Não podem fazer isso. — Micah ergueu toda a sua corpulência em 1,94 m de altura. — Esta é minha casa.

— Cercamos a casa. Se ela tentar fugir pelos fundos, será apanhada.

Pete amarrou a cara para o agente.

— Falei para ir devagar, Mooney. Não haverá problemas. — O olhar que ele lançou para Micah era suplicante. — A lei está do lado deles. Não temos opção.

Ainda assim, Micah argumentou:

— Olhos e uma cicatriz... como isso pode ser considerado uma prova?

— Temos as provas de sua mão.

Micah estudou o homem.

— Impressões digitais?

— Um estudo grafotécnico.

Micah lera o suficiente para conhecer alguma coisa sobre a lei.

— Não é uma prova conclusiva.

— Eu diria que você está sendo tendencioso.

— A mesma porra posso dizer de você.

Pete interpôs-se entre os dois homens. Com voz pausada e incisiva, ele disse a Micah:

— Os agentes trouxeram um mandado de prisão. Isso lhes dá o direito de levá-la. Não brigue com eles, Micah.

Uma luz acendeu por trás dele nesse instante. O abajur na sala, perto do vestíbulo. Heather estava parada ali. Vestira um roupão. Juntava as lapelas com uma das mãos, e com a outra apoiava-se na parede. Seus olhos se arregalaram enquanto fitava as pessoas além da porta. Micah virou-se para ela. Aqueles olhos não eram apenas cinzentos; eram iridescentes. Desde o início, haviam feito o coração de Micah disparar. Foi o que aconteceu de novo agora, quando ela o fitou com uma súplica silenciosa.

Ele reagiu no mesmo instante, erguendo a mão para deter as duas agentes, que haviam começado a se adiantar. Aproximou-se de Heather. Enfiou os dedos por seus cabelos na nuca, moldou a mão contra a cabeça dela. Estudou os olhos da mulher, à procura de qualquer sinal de compreensão ou culpa. Viu apenas medo.

— Dizem que você é outra pessoa — sussurrou ele. — Devem estar enganados, mas precisam que você os acompanhe.

— Para onde? — perguntou Heather, a voz quase inaudível.

Não seria a primeira pergunta que Micah faria se estivesse em seu lugar. Ia querer saber quem pensavam que ele era e por que tinha de acompanhá-los. Se Heather ignorasse mesmo o motivo da presença do FBI, pediria essas informações.

Mas também ela era uma pessoa prática, muito mais do que Micah.

— Não sei. Talvez para o gabinete de Willie Jake. — Ele olhou para Pete. — Querem apenas interrogá-la?

Antes que Pete pudesse responder, as duas mulheres se aproximaram.

— Precisamos autuá-la — informou uma delas antes de se virar para Heather. — Se quiser se vestir, iremos com você.

Os olhos de Heather deslocaram-se de uma mulher para outra. Voltaram para Micah. Ela pôs a mão no peito do marido, enfiando os dedos nos pêlos que havia ali, como sempre fazia nos momentos de paixão, ancorando-se contra o abandono... e agora contra o terror que a dominava.

— *Eu* a levarei para se vestir — declarou ele.

Mas uma das agentes já segurava o braço de Heather e recitava seus direitos, de acordo com o precedente de Miranda, como Micah já vira dezenas de vezes em filmes na televisão. O momento teria uma realidade assustadora mesmo sem os olhos de Heather grudados nos dele.

Frenético para ajudar, desesperado para fazer alguma coisa, mas bastante realista para saber que isso era impossível, Micah olhou para Pete.

— Alguém vai pagar caro por isso. É um erro.

Pete deu um passo à frente enquanto as duas mulheres afastavam-se com Heather pelo corredor.

— Foi o que eu disse a eles. E Willie Jake também. Ele passou a maior parte da noite passada tentando incutir um pouco de bom senso nesses agentes. Mas eles têm o mandado de prisão, Micah. É legal. Não há nada que possamos fazer.

Micah virou-se na direção de Heather, mas ela já havia desaparecido pelo corredor. Quando fez menção de ir atrás, Mooney o segurou pelo braço.

— Você tem de ficar aqui. Ela está presa.

— Papai? — chamou uma voz suave do corredor.

— Ó Deus!

Micah virou-se, alarmado. Era Melissa, sua filha de sete anos. Numa voz tão normal quanto podia, apesar do pânico crescente, ele murmurou:

— Volte para a cama, Missy. Ainda é muito cedo para levantar.

Mas Missy, de longe a mais curiosa e ousada das duas meninas, aproximou-se, em sua comprida camisola rosa. Tinha os cabelos tão escuros quanto os do pai, e densos e compridos como os de Heather... mas encaracolados.

— Por que Pete está aqui? — perguntou ela enquanto pegava a mão do pai. Olhou para Mooney. — E quem é ele?

Micah lançou um olhar frenético para Pete.

— Ah... às vezes ele trabalha com Pete. Precisam fazer algumas perguntas a Heather.

— Que perguntas?

— Sobre... um problema.

— Agora?

— Daqui a pouco.

Missy ergueu o rosto para o pai.

— Quando o sol nascer?

Era o que faria sentido para ela. Fora o que Heather ensinara às meninas quando ainda pequenas e iam acordar o pai de madrugada.

— Isso mesmo.

Os olhos de Missy adquiriram um brilho malicioso.

— Aposto que ela ainda está dormindo. Posso ir fazer cócegas nela?

— Não. — Micah apertou a mão da filha. — Ela já acordou. Está se vestindo. Quero que volte para a cama agora. E cuide para que sua irmã durma mais um pouco.

— Ela já acordou, mas está com medo de sair do quarto.

Micah sabia que não era tão simples quanto Star se sentir assustada ou tímida. Há muito aceitara que a menina de cinco anos possuía uma estranha percepção adulta. Star saberia que havia alguma coisa desesperadamente errada. Seu medo seria real.

— Pois então volte e brinque com ela. Fará com que sua irmã se sinta melhor.

Missy sorriu e soltou a mão do pai. Nos poucos segundos para que ela recuasse e se encostasse na parede, Heather saiu do quarto com as duas agentes. Vestia jeans e uma suéter grossa, o volume da roupa dando a impressão de que estava perdida. Era o que sua expressão refletia. Parou no instante em que viu Missy. Seus olhos encontraram-se com os de Micah, por um único segundo, alarmados, antes de voltarem para a criança. Missy olhava para as duas agentes desconfiada.

— Quem são *elas*?

— Amigas de Pete — respondeu Micah. — Volte para o quarto e cuide de Star, Missy. Preciso de sua ajuda.

Missy continuou com as costas comprimidas contra a parede. Heather ajoelhou-se a seu lado.

— Papai tem razão, querida — murmurou ela, a voz gentil. — Fique com Star. Ela precisa de você.

A desconfiança desaparecida, substituída pela preocupação, Missy estendeu um braço pelos ombros de Heather.

— Para onde você vai?

— Vou até a cidade.

— Quando voltará?

— Daqui a pouco.

— Tem certeza?

— Tenho.

— Promete?

Também à espera da resposta — da qual dependia seu futuro, assim como a criança —, Micah viu Heather engolir em seco. Mas esse foi o único sinal de hesitação que ele percebeu. Com a mesma voz suave, Heather disse:

— Farei o melhor que puder para estar em casa quando você voltar da escola.

— *Promete?*

— Prometo.

Ao se erguer, Heather deu um beijo na cabeça da menina. Fechou os olhos, e uma expressão de angústia estampou-se em seu rosto. Micah percebeu que ela prolongou o beijo um pouco mais do que seria necessário. Ao se aproximar do marido, Heather tinha os olhos cheios de lágrimas. Quando estava tão perto quanto podia, ela sussurrou:

— Ligue para Cassie.

Cassie Byrnes era uma das melhores amigas de Heather... e era advogada.

Micah pegou as mãos da mulher, apenas para descobrir que as mangas da suéter volumosa escondiam algemas, quase tão frias quanto a pele. Furioso, ele se virou para Pete, que alteou as sobrancelhas, numa advertência, acenando com a cabeça na direção de Missy.

— Ligue para Cassie — repetiu Heather.

Era sem dúvida a coisa certa para dizer, o mais *prático*, embora não fosse o que Micah queria ouvir da esposa. Em vez disso, ele queria ouvi-la expressar a mais absoluta confusão, insistir que um erro fora cometido, protestar sua inocência, declarar que nunca em toda a sua vida ouvira o nome de Lisa Matlock... e tudo isso podia ser verdade, pensou Micah. Mas Heather era uma mulher prática; por isso, nas circunstâncias, ainda mais com a legalidade do mandado de prisão confirmada por Pete, a cooperação era a única coisa que se podia fazer.

Ainda assim, as algemas eram uma ofensa. Uma pessoa pequena, como Heather, não tinha a menor possibilidade de subjugar os três agentes, além dos outros que esperavam lá fora, mesmo com as mãos livres. Não que sua Heather pudesse pensar em lutar. Nos quatro anos em que estavam juntos, ele nunca a vira descarregar a raiva em nada.

Quando as duas agentes levaram-na na direção da porta, Micah foi atrás.

— Para onde vão levá-la?

Mooney adiantou-se para interceptá-lo, enquanto as agentes saíam com Heather.

— Concord. Ela será levada para uma audiência com um juiz ainda esta manhã. Precisa de um advogado.

Uma audiência com um juiz. Micah olhou para Pete, que explicou:

— Eles precisam comunicar que o mandado de prisão contra uma fugitiva foi cumprido.

— Ela está sendo acusada de homicídio?

— Não, ainda não. Eles comunicam a prisão e esperam pelo pedido de extradição. Heather pode optar entre abrir mão da audiência de extradição e acompanhá-los ou resistir no tribunal. Não podem obrigá-la a voltar... e não podem acusá-la de homicídio ou qualquer outra coisa... até que tenham um caso bastante sólido, com acusações procedentes e provas concretas.

Micah queria saber como, por que e onde sobre tudo que Pete dizia, mas tinha perguntas mais imediatas, e Mooney estava se retirando. Ele foi em seu encalço, passou pela porta e desceu os degraus da varanda, descalço. Ignorou a camada de gelo nas tábuas, a neve no caminho e a temperatura abaixo de zero envolvendo seu corpo quase nu.

— Irei com vocês — anunciou Micah.

O que era uma idéia inviável, já que não podia levar as meninas e elas não tinham condições de ficar sozinhas em casa. Mas as palavras eram impulsionadas pela emoção, não pela lógica.

Mooney ignorou-o e continuou a andar. Foi Pete quem se mostrou prático nesse instante:

— Não seria sensato fazer isso agora.

De olho em Heather, Micah observou-a desaparecer na traseira de uma van escura, o veículo mais distante da casa. Ao mesmo tempo, dois outros homens saíram do bosque e entraram na van. Micah começou a correr.

— Quero ir com ela!

Pete foi correndo a seu lado.

— Não vão deixar. É melhor você ir mais tarde, com Cassie. Deixe os agentes partirem agora sem criar um caso. É melhor eles saírem daqui antes de o sol nascer. Haverá menos espetáculo assim.

Micah nem começara a pensar além daquele momento. Agora levantou os olhos e constatou que o céu já começara a clarear. Pete tinha razão. Mas quando o amigo o segurou pelo braço, tentando levá-lo de volta a casa, Micah desvencilhou-se e continuou a correr. Parou diante da porta fechada da van, inclinou-se, estendeu a mão para a janela. Seus olhos se encontraram com os de Heather no instante em que Mooney ligava o motor. A não ser que saísse correndo atrás, até a van desenvolver bastante velocidade para se distanciar, ele não tinha opção a não ser ficar. Empertigou-se e ficou olhando para a cabeça virada em sua direção. Manteve-se assim, até que a van virou numa curva e desapareceu pela estrada que atravessava o bosque.

Heather se fora.

E, subitamente, Micah sentiu um frio intenso por dentro. Virou-se e começou a voltar para casa, apressado. Dos dois veículos que ouvira chegar, restava apenas a radiopatrulha de Lake Henry, a que Pete viera.

— Que amigo você é... — murmurou ele ao passar.

— Ora, Micah, o que podíamos fazer? — gritou Pete, seguindo-o. — Eles tinham um mandado de prisão.

— Poderiam ter dito que estava errado. Que era um engano.

— Foi o que fizemos. Mas eles são do FBI. Já era uma questão federal. O que mais podíamos fazer?

— Podiam ter me ligado. Avisado.

— Como isso poderia ajudar? Teriam fugido como se fossem culpados de alguma coisa! Seria a única coisa que poderiam fazer.

Micah subiu os degraus da frente de dois em dois, com a energia da raiva.

— Pense da seguinte maneira — acrescentou Pete. — Eles precisam *provar* que Heather é mesmo quem dizem que ela é. Acha que alguém por aqui dirá que ela é outra pessoa? Não há a menor possibilidade. Portanto, terão de procurar outras pessoas. O que vai demorar algum tempo, não é mesmo?

Micah estava pensando que *qualquer* tempo separado de Heather seria terrível. Ele a queria a seu lado, e não apenas por causa das meninas. Passara a depender de sua gentileza, de sua segurança e — o que era muito importante — de sua natureza prática. Ele era o homem que fazia as coisas, tão preocupado com os pequenos detalhes que às vezes não percebia o quadro geral. Era Heather quem o fazia. Sua ajudante e companheira quando se tratava de ser humano. E era também sua sócia para transformar em açúcar a seiva do bordo. A temporada estava prestes a começar.

Mas Heather não se encontrava mais ali. E ele precisava ver o quadro geral. O que significava, neste caso, ligar para Cassie.

Assim que entrou em casa, ele fechou a porta antes que Pete pudesse segui-lo. No mesmo instante esqueceu a necessidade de ligar para Cassie. Missy estava parada no meio da sala, arrasada. Embora não houvesse qualquer sinal de Star, Micah sabia que ela devia estar por perto. Olhou ao redor da sala, procurou atrás e debaixo do sofá, das poltronas, sob a mesinha de café quadrada e grande que ele mesmo fizera, sob a orientação de Heather. Mas foi só quando olhou para trás, para as estantes que ladeavam a porta da frente, que ele a avistou. Star metera-se na prateleira de baixo, ao lado de uma pilha de exemplares da revista *National Geographic*, um amarelo forte em contraste com o verde-claro de sua camisola. Os joelhos estavam levantados, envolvidos pelos braços pequenos. Os cabelos, escuros como os do pai, mas compridos, lisos e finos, espalhavam-se pelos ombros. Os olhos, observando-o, exibiam uma tristeza profunda, uma compreensão da situação.

Micah sentiu um aperto no coração. Não porque acalentasse sentimentos mais fortes por Star, mas apenas porque ela o preocupava mais. Era uma criança mais séria do que Melissa. E introvertida. Enquanto Missy dizia o que pensava, Star era mais quieta. Ainda era bebê quando a mãe partira... "partira" sendo a palavra que ele usava em vez de "derrapara e saíra da estrada, caíra numa ravina e morrera presa dentro da cabine quando a picape pegara fogo". Micah sabia que a filha caçula não podia se lembrar de Marcy, mas ainda assim estava convencido de que ela sentia a perda. Heather era maravilhosa com Star. Heather era maravilhosa com as duas meninas. E, agora, Heather também partira.

Ele se abaixou e pegou a filha no colo. Os braços e as pernas de Star o envolveram quando ela se ergueu. Sem saber por onde começar, Micah apenas murmurou:

— Está tudo bem, querida.

Micah levou-a pelo corredor até o quarto que as meninas partilhavam. Ajeitou-a na cama. Como a de Missy, era uma confusão de lençóis, travesseiro e cobertor da mesma cor — rosa para Missy, verde para Star —, uma idéia de Heather.

— Tudo vai acabar bem — acrescentou ele. — Mas pode me ajudar agora, querida. Preciso que você e sua irmã se vistam enquanto dou alguns telefonemas. Depois, tomaremos juntos o café da manhã.

— O que vamos comer?

Ele pensou um instante.

— Ovos? *Waffles?* Se comermos as mesmas coisas, vai parecer que ela está conosco. O que vocês acham?

— Talvez.

— Mingau de aveia — anunciou Missy, aproximando-se. — É o que ela mais gosta de manhã. Mas eu só posso comer se tiver bastante açúcar de bordo.

— Temos bastante. Poremos todo o açúcar que você quiser. Pode ajudar sua irmã a se vestir?

Com um retorno da urgência que sentira quando a van do FBI desaparecera levando Heather, Micah seguiu para a cozinha. No meio do caminho, porém, virou-se e voltou pelo corredor, desta vez para o quarto que ficava em frente ao das meninas. Acrescentara esse quarto logo depois que Heather viera morar com ele, esperando que seria para a criança que teriam juntos. Mas andavam muito ocupados, ao que parecia, cuidando das meninas, desenvolvendo o negócio. O chão do quarto era ocupado pela aldeia em miniatura que fizera para as meninas e que haviam arrumado numa temporada recente de vários dias seguidos de nevasca. Micah teve de passar por cima do prédio da prefeitura e da biblioteca para alcançar o armário. Empurrou as roupas de reserva para os lados, a fim de ter acesso às prateleiras no fundo.

A mochila estava numa prateleira à direita, fora do alcance das meninas, oculta por trás de roupas e caixas de ornamentos de Natal que só haviam sido tirados pouco antes. Era pequena e velha, marrom, desbotada. Micah não sabia se pertencera à própria Heather ou a alguma outra pessoa. Ao que ele soubesse, era a única relíquia dos dias anteriores a Lake Henry que Heather guardava.

Tirou a mochila da prateleira e deslocou as caixas para os lados a fim de preencher o espaço. Meteu-a debaixo do braço. Atravessou a cozinha, para o vestíbulo nos fundos, recusando-se a pensar no que podia estar dentro da mochila. Havia na saleta casacos de vários tamanhos, pendurados em ganchos em todas as alturas, além de chapéus, lanternas, picaretas e pás. Havia também uma serpentina de plástico que Micah estava consertando. E um sortimento de calçados, ao longo de uma parede, destacando-se as raquetes de neve que usavam todos os dias para subir a colina até a plantação de bordos, a fim de ajeitar as pilhas de feno de proteção, em torno das árvores, e verificar se havia algum dano na tubulação principal, na expectativa do momento em que começariam a produzir o açúcar.

Mas ele não pretendia subir até lá agora. Calçou as botas maiores. Vestiu um casaco e meteu a mochila por dentro. Como precaução, na possibilidade de que alguém estivesse vigiando do bosque, pegou também a serpentina de plástico. Saiu de casa, desceu os degraus e seguiu pelo caminho de neve compactada tantas vezes percorrido. O galpão em que preparava o melado, o caldo de bordo, conhecido como casa do açúcar, ficava numa elevação a algumas dezenas de metros da casa. Era um prédio de pedra, comprido, com uma enorme torre em cima pela qual escapava o vapor do evaporador quando a seiva era fervida.

Nenhum vapor escapava agora. Não havia o aroma doce nem o clima de expectativa. A casa do açúcar e o bosque estavam frios e silenciosos.

Apenas sentindo medo agora, Micah entrou e fechou a porta. Atravessou a sala principal, passando por inúmeros equipamentos de aço inoxidável, e foi para o anexo que acabara de ser construído, ainda cheirando a madeira recém-cortada. A sala era em parte cozinha, com um enorme fogão, fileiras de armários e prateleiras, mesas de trabalho para se preparar as balas feitas com o melado, em parte escritório, com o computador de Heather numa mesa e arquivos de metal nas proximidades. Numa parede desocupada, na parte de cozinha da sala, Micah largou a serpentina junto com outras já consertadas.

Voltou à sala principal e seguiu para o outro lado onde estava empilhada a lenha. Era apenas uma fração do que usaria quando a temporada começasse. O resto estava lá fora, além das enormes portas duplas que se abriam para permitir a passagem de um vagonete aberto, de ferro, trazendo a lenha lá de fora, pelos trilhos fixados no chão. Junto dessas portas, na pilha de lenha ali, ele foi tirando três achas de cada vez. Quando encontrou uma com a curvatura necessária, ajeitou a mochila nela, repôs a acha no lugar, empilhou as outras por cima, limpou as mãos no casaco e deixou o galpão.

De volta à cozinha, telefonou para Cassie Byrnes.

Cassie raramente dormia até tarde. Cinco horas por noite era tudo de que precisava. Nunca seria capaz de fazer o que fazia sem essas horas extras aproveitáveis. Acrescente-se a isso o fato de que o marido e os três filhos dormiam *muito bem*, o que lhe permitia sempre contar com as horas tarde da noite e antes do amanhecer para trabalhar.

Naquela manhã em particular ela estava cuidando de problemas da cidade. Outra eleição anual recente a confirmara como presidente do Comitê de Lake Henry pelo quinto ano consecutivo... o que era surpreendente, já que era mulher e mal completara 36 anos, muito diferente dos homens mais velhos que tradicionalmente administravam a cidade. Mas os tempos haviam começado a mudar e Cassie era uma grande realizadora. Residente de Lake Henry durante toda a sua vida, era articulada e eficiente. Também estava no lado correto das questões ecológicas, que eram a grande preocupação do comitê. Na maioria das vezes, tinham a ver com os gaviformes, que chegavam em abril, faziam seus ninhos e criavam os filhotes até novembro. Já haviam partido agora, por causa do inverno, à procura dos peixes com que se alimentavam nas águas não congeladas da costa leste, alheios ao fato de que as atuais preocupações de Cassie relacionavam-se não apenas com eles, mas também com seres humanos. Havia muitas pessoas na cidade que temiam pela integridade do lago e por isso queriam aumentar a segurança, com o acréscimo de três policiais e uma radiopatrulha, além de equipamentos de testes para uma monitoração constante das águas. Infelizmente, tudo isso custava dinheiro. Cassie tentava no momento determinar quanto, a fim de ter argumentos convincentes para aumentar o imposto sobre imóveis, na próxima assembléia municipal, ao final de março.

O telefone tocou. Ela lançou um olhar para o relógio ao estender a mão para o fone. Eram seis e meia da manhã. Não era uma ligação social.

— Cassie falando.

A voz no outro lado da linha era baixa e tensa:

— Sou eu, Micah. Prenderam Heather. Precisamos de sua ajuda.

Cassie não entendeu. As palavras "Heather" e "prenderam" eram incompatíveis.

— Do que está falando? Quem a prendeu?

— O FBI. Disseram que ela tinha outra identidade e que matou alguém antes de se mudar para cá. Fugiu para escapar do julgamento... é disso que a estão acusando. E há também uma acusação de homicídio e extorsão. Eles a algemaram, Cassie. E Pete estava com eles, alegando que era tudo legal.

Cassie permaneceu atordoada por um momento. Heather Malone era sua amiga. Haviam se encontrado no dia anterior, há menos de doze horas. E Heather seria a última pessoa na cidade que Cassie pensaria que tivesse problemas com a polícia. Mas a aflição de Micah não podia ser ignorada, ainda mais se a polícia local estava envolvida.

Ela pôs seus pensamentos pessoais de lado, assim como o trabalho que vinha fazendo. Pegou sua pasta.

— Pode ser legal, mas isso não significa que as alegações sejam verdadeiras. Conheço Heather. — Cassie já estava de pé, apagando a luz da mesa. — Para onde a levaram?

— Acho que foi para Concord. Disseram que haveria uma audiência esta manhã.

— Não enquanto eu não estiver presente para representá-la — declarou Cassie com uma certa indignação. — Deixe-me descobrir onde ela está e depois nós dois iremos até lá. Pode me dar quinze minutos?

— Claro.

Em quinze minutos não dava muito tempo para Micah tomar as providências necessárias. Ele e Heather formavam uma família há tempo suficiente para que não tivesse de se preocupar com quem cuidaria das meninas antes e depois da escola. Ao pensar na situação agora, ele só pôde pensar num nome, só se lembrou de um rosto para assumir o encargo. Entre todas as pessoas que ele e Heather chamavam de amigas, era aquela em quem mais confiava.

Dois

Poppy Blake estava acordada há algum tempo, deitada de lado, de frente para a parede envidraçada. Qualquer pessoa que passasse e olhasse para a casa pensaria que ela contemplava o amanhecer se estendendo sobre o lago, já que a cena era sem dúvida deslumbrante. A neve imaculada cobria a camada de gelo, com quase meio metro de espessura. Pinheiros e abetos altos formavam uma paisagem de sombras sobre as ilhas que pontilhavam o lago e sobre a margem leste, no outro lado. Em qualquer outra estação, com os bordos, faias e bétulas, a claridade seria bloqueada. No inverno, porém, quando era mais necessário, o sol faiscava.

Só que Poppy não via nada disso. Sua mente pairava a quilômetros de distância, num lugar de sonho, em que se podia apagar os erros do passado e começar tudo de novo. E nesse lugar ela não estaria deitada sozinha na cama. Nem a casa teria um só andar. Nem o quarto que poderia ser de crianças estaria ocupado pelos equipamentos necessários para manter forte a parte superior do seu corpo e impedir a atrofia da inferior. E também, em seu lugar de sonho, não haveria uma cadeira de rodas ao lado da cama.

As pernas de Poppy não funcionavam, desde um acidente com um veículo de neve, um *snowmobile*, havia doze anos. Durante esse período, ela aprendera tudo o que havia para saber sobre a vida como uma paraplégica... e a lição mais importante era a de que não podia voltar no tempo e desfazer todas as coisas. Só poderia levar uma vida satisfatória se as aceitasse.

Ainda assim, havia ocasiões em que ela sonhava. A fantasia daquela manhã envolvia um homem que só vira um punhado de vezes. Ele tinha 1,78 m de altura, cabelos ruivos, olhos azuis e uma voz sensual de barítono, que ela ouvira muito mais vezes do que vira o homem em carne e osso. Ele ligava regularmente... ou costumava fazê-lo, até que ela o repelira vezes demais. Mas que opção tinha? Não podia acompanhá-lo em uma cadeira de rodas. Ao que tudo indicava, ele acabara concordando. Havia um mês que não ligava.

O telefone na mesinha-de-cabeceira tocou agora. Era uma linha isolada, muito diferente do sistema complexo na sala que Poppy usava em seu trabalho. Poppy tinha um serviço de mensagens telefônicas para Lake Henry e outras pequenas cidades ao redor. Passava a maior parte do dia diante de um painel com inúmeros botões, transferindo ligações de um lugar para outro, anotando recados para os moradores, transmitindo informações. O telefone na mesinha-de-cabeceira era a linha pessoal. A família e os amigos usavam-na com freqüência, mas nunca ligavam tão cedo. Ainda não eram sete horas da manhã, o que constituía um motivo de alarme.

Nos segundos que levou para empurrar os travesseiros, virar-se e alcançar o telefone, Poppy teve visões terríveis da mãe doente. Mas o número que ficou iluminado no aparelho não era da Flórida, onde Maida passava os meses de janeiro, fevereiro e março. Era um número local. De Heather.

— Oi?

Era um meio cumprimento, uma meia pergunta, pois não podia deixar de especular por que a amiga ligara tão cedo, já que haviam se encontrado na noite anterior. Mas não era Heather. A voz soou urgente e profunda:

— Sou eu, Micah. Temos um problema.

As palavras seguintes saíram truncadas, sem fazer o menor sentido, até que ele acrescentou:

— Preciso de alguém para levar as meninas à escola. Pode fazer isso? Estou preocupado com Star.

Poppy projetou a imagem da menina, os cabelos compridos e sedosos emoldurando o rosto muito claro, os olhos escuros e profundos. Ela adorava as duas filhas de Micah, mas Star sempre conquistara seu coração.

— Claro que posso — respondeu ela, confusa. — Mas Heather não é outra pessoa. Do que está falando?

— Não sou eu quem disse, mas o FBI.

— E alegam que Heather *matou* alguém? Não acredito. Somos amigas desde que ela chegou à cidade. Acompanhou meu acidente e não poderia ter sido mais altruísta, generosa e compreensiva. Nem mais prestativa e confortante. Heather não seria capaz de matar alguém, mesmo que tentasse.

— Foi o que eu disse, mas minhas palavras não contam. Estarei aí dentro de cinco minutos. Combinado?

— Estarei esperando na porta.

E foi o que aconteceu. Poppy era minimalista. Não se incomodava com roupas de luxo ou maquiagem. Quase nunca se importara, mesmo antes do acidente. Rebeldes não se enfeitam nem se arrumam, como as mães poderiam gostar. Na ocasião, desafiar Maida dessa maneira lhe proporcionava uma imensa alegria. Agora, não era a rebeldia que a impedia de dar muita importância a essas coisas, mas o pragmatismo. Uma excursão rápida ao banheiro, onde tudo era situado com perfeição para o acesso da cadeira de rodas, com uma higiene superficial, fora tudo o que se permitira naquela manhã. Consumira mais tempo para cobrir as pernas e calçar as botas de pele de ovelha, a fim de que os pés não gelassem sem que percebesse.

Na varanda, envolta por uma grossa parca, ela ajeitou os cabelos curtos com os dedos enquanto observava os faróis da picape de Micah se aproximando. A estrada era estreita, mas pavimentada, o que era uma das concessões que Poppy fizera logo depois do acidente, quando os pais lhe deram uma parte de suas terras para construir uma casa. Resistira à idéia de uma ligação direta com a casa dos pais, precisando do menor arremedo de independência que pudesse manter. Em vez disso, optara por um caminho mais longo até a rua. A pavimentação significava que haveria menos risco com o mau tempo. A neve mais recente, caída três dias antes, já fora removida, deixando à mostra partes da pavimentação sobre a qual haviam espalhado areia. Naquela manhã, até mesmo esses trechos estavam cobertos por uma fina camada de gelo.

A rampa da varanda tinha a inclinação mais suave possível. Mesmo assim, havia um sistema de aquecimento por baixo, que permitia a Poppy descer sem o receio de derrapar. Ela fez isso agora, alcançando o lado da picape no instante em que parou.

Micah saltou. Era alto e imponente, sem chapéu, como acontecia com freqüência, embora os cabelos escuros fossem abundantes e mais compridos do que era a norma no condado. Por isso, Poppy calculava que servia para manter sua cabeça aquecida. Ele usava um jeans desbotado, botinas de trabalho e um casaco de lã quadriculado, aberto, deixando à mostra uma camisa térmica. Ele deu a volta para o outro lado e tirou as meninas da picape. Ambas usavam parcas de cores fortes e carregavam pequenas mochilas.

— O lanche está nas mochilas — informou Micah. — Heather fez sanduíches ontem à noite. Sempre arruma tudo de véspera... sempre... preparada.

Sua voz definhou. Ele parecia subitamente abalado, como se tudo aquilo que antes era inocente, merecendo elogios, agora não era mais.

A implicação, é claro, era a de que Heather esperava que alguma coisa assim acontecesse... o que Poppy não podia acreditar que fosse verdade. Por isso, ela exortou Micah a partir, apontando com o queixo na direção da estrada.

— Pode ir. E acabe com esse problema.

Poppy pegou a mochila que Missy lhe estendia enquanto se deslocava para trás a fim de empurrar a cadeira. Depois, ela estendeu o braço para Star, que se agarrava a Micah com uma expressão desamparada. Poppy teve de bater com a mão em seu colo antes que a criança se aproximasse.

— Fico muito grato... — murmurou Micah.

Por um momento, ele olhou para as filhas com uma expressão aturdida, que indicava que só agora começava a pensar nas conseqüências.

— As meninas vão ficar bem — assegurou Poppy.

Micah fitou-as por mais um instante, para depois voltar à picape. Poppy já tinha Star em seu colo quando a picape se afastou. Foi neste instante que ela comentou:

— Passamos o bastão sem maiores dificuldades.

— O que é um bastão? — perguntou Missy.

— É uma coisa parecida com uma revista enrolada. Usam em corridas de revezamento, onde uma pessoa corre sua parte e entrega o bastão a outra, que corre a parte seguinte. Pode me empurrar, Missy.

Poppy empurrou a roda com uma das mãos e segurou Star com a outra. Inclinou e esticou a cabeça para fitar a criança menor.

— Vocês já comeram?

— A gente ia comer, mas depois não houve mais tempo — respondeu Missy.

— Papai esqueceu — acrescentou Star.

— Papai tem muita coisa na cabeça — disse Poppy. — Mas eu só tenho de pensar em vocês. Além do mais, sei que adoram minha cozinha.

Ela segurou Star com firmeza, enquanto subiam a rampa. Entraram na casa e foram direto para a cozinha. Tudo era mais baixo e mais acessível do que numa cozinha normal, de balcões e armários à pia, fogão e bandejas giratórias. Para Poppy, essas coisas eram uma necessidade. As meninas encaravam como uma brincadeira.

Poppy estava ansiosa em saber mais sobre Heather, porque a situação era insólita. Mas não podia perguntar às crianças. A demonstração de desinteresse era fundamental.

Por isso, ela agiu como se nada anormal tivesse acontecido, enquanto fazia *waffles*, passava manteiga e despejava por cima deles a calda de bordo da produção de Micah na primavera passada. Conversou com as meninas sobre a escola, a neve, sobre os feriados próximos. Missy respondia. Star permanecia calada junto de Poppy.

— Tudo bem com você? — perguntava Poppy de vez em quando.

Em resposta, sempre recebia um aceno de cabeça, às vezes solene. Não era preciso ser um gênio para saber que a criança estava preocupada com Heather.

Ela vai ficar bem, Poppy teve vontade dizer. *Voltará logo. É apenas um engano. Seu pai cuidará de tudo.*

Mas ela não disse nada, porque não sabia de nada. E isso a irritava. Orgulhava-se de saber de tudo em Lake Henry. Mas não percebera que aquilo estava prestes a acontecer. E tinha a impressão de que ninguém desconfiara de qualquer coisa antes.

Quanto mais especulava, mais aborrecida se sentia, porque os pensamentos projetavam-se além do simples fato de uma prisão. Era inflexível em acreditar que Heather era inocente do que o FBI dizia. Mas alguém a denunciara. Com qualquer outra pessoa, Poppy poderia pensar que um mesquinho habitante se ressentira de sua aceitação fácil pelos outros. Mas o caso era com Heather. E *todos* gostavam de Heather. Mais do que isso, gostavam de Micah, que podia ser um tanto recluso, mas era um nativo, um dos seus. Heather seria protegida quanto menos não fosse por ser parte da vida de Micah.

Mas Poppy duvidava que a traição tivesse sido interna, porque houvera muitas oportunidades para pessoas de fora. Três meses antes, Lake Henry fora o foco de uma notícia nacional envolvendo a irmã de Poppy. A mídia enxameara na cidade. Poppy seria capaz de apostar que alguém dessa facção era responsável pela súbita convulsão que ocorria agora.

Mas também não podia dizer isso para as meninas. Com toda a calma, ela lavou as mãos e a boca sujas de calda delas, ajudou-as a vestir as parcas e também pôs a sua. Saíram. Ela deixou que as meninas subissem juntas no elevador da Blazer nova que a mãe insistira em comprar antes do início do inverno. Era vermelha e fora adaptada às suas necessidades. Depois que embarcaram, Poppy apontou os botões e deixou, pacientemente, que as meninas recolhessem o equipamento. Concentrou-se nelas. Verificou se haviam prendido direito o cinto de segurança antes de levá-las para a escola. Deu-lhes abraços apertados antes de despachá-las.

No instante em que as duas entraram na escola, Poppy pegou o celular e ligou para John Kipling. Embora nascido e criado em Lake Henry, John passara a maior parte de sua vida adulta no exílio. Como ele deixara a cidade aos quinze anos — e era dez anos mais velho do que Poppy —, ela ainda era pequena demais para conhecê-lo. Haviam se tornado amigos apenas nos três anos desde o seu retorno. E há quase seis semanas o relacionamento se tornara mais forte. No dia de Ano-Novo, John casara com Lily, a irmã de Poppy.

Mas Poppy não estava ligando como amiga, nem como cunhada. Procurava-o porque John era o editor do jornal local, e ela tinha uma questão pessoal para tratar.

Como eram oito e meia da manhã, ela ligou primeiro para o pequeno chalé à beira do lago que Lily herdara da avó, Célia St. Marie. O chalé era menor que o de John, um pouco mais adiante, também à beira do lago, mas tinha uma história. Por isso, John mudara-se para lá. Planejavam uma ampliação substancial assim que terminasse a temporada de produção de açúcar de bordo. Micah já fora contratado para fazer o trabalho, o que representava um incentivo ainda maior para John ajudar em descobrir o que acontecera com Heather.

Ninguém atendeu a ligação. Poppy calculou que John deveria estar comendo o desjejum no Charlie's Café ou já se encontrava no jornal.

Ela tentou primeiro o Charlie's. Era uma cena sempre aprazível, a neve em contraste com as paredes revestidas de madeira vermelha do armazém e do café adjacente. A fumaça saía pela chaminé larga de tijolos. O cheiro de *bacon* misturado com lenha de bétula entrou na Blazer.

Poppy trocou acenos com os três homens conversando na frente, as respirações saindo em vapor contra os casacos escuros de lã, as golas levantadas. Mas ela não viu a Tahoe de John. Menos de um minuto depois, avistou-a depois da agência dos correios, junto do prédio vitoriano amarelo em que ficava o jornal, a pouca distância da extensão branca imaculada de neve no lago.

Se fosse verão — ou primavera, ou outono —, ela poderia ter parado e falado pessoalmente com John através dos salgueiros. Mas era inverno, o que fazia com que a entrada e saída da Blazer, nos caminhos gelados, fosse muito mais difícil. Além do mais, ela queria voltar logo para casa, para seu serviço telefônico. Por isso, ao passar, apenas apertou o número do *Lake News* no celular.

— Kipling falando.

Era o tom distraído que indicava que John se encontrava absorvido na leitura do *Wall Street Journal*, do *New York Times* ou do *Washington Post*.

— Sou eu, Poppy. Sabe o que está acontecendo?

— Oi, querida. — A voz se animou no mesmo instante. — Não sei nada. O que aconteceu?

— Ainda não sabe da notícia?

— Ahn... dormimos tarde — murmurou ele, um pouco embaraçado. — Para dizer a verdade, acabo de chegar.

Poppy sentiu uma pontada de inveja, imaginando o motivo para que ele e Lily dormissem tarde. O que não contribuiu nem um pouco para melhorar seu ânimo.

— E ainda não recebeu nenhum telefonema? — perguntou ela, azeda.

— Você saberia melhor do que eu.

— John...

— Não, ainda não recebi nenhuma ligação. — Ele estava cauteloso agora. — Diga-me o que perdi.

— Heather... — anunciou Poppy, deixando vazar sua frustração pela situação em geral e pela necessidade de atribuir a culpa em particular. — Você perdeu Heather.

Ela informou que Heather fora levada da cidade, e depois acrescentou:

— Não dá para entender como uma coisa assim pode acontecer numa sociedade livre, porque Heather é a última pessoa no mundo que eu acusaria de qualquer coisa, muito menos de falsa identidade e homicídio. Por isso, estou guiando por aqui... — Ela passava naquele momento pela estrada que contornava o lago, sem outros carros à vista, apenas toneladas de neve, uma porção de árvores desfolhadas e muitas perguntas. — ... e pensando em quem pode ter sido o denunciante. Ninguém na cidade seria capaz de trair Heather, porque todos a amam; e mesmo que não a amassem, todos amam Micah; e mesmo que não o amassem, não entregariam um de nós com medo das represálias dos outros. Assim, só posso pensar que foi um daqueles idiotas que estiveram aqui quando toda aquela confusão proporcionou a Lily seus quinze minutos indesejados de fama. Não posso esquecer que aqueles caras são *seus* amigos...

— Não, não são — interrompeu-a John. — Agora, pode se controlar e me explicar exatamente o que aconteceu com Heather?

Poppy diminuiu a velocidade quando um cervo atravessou a estrada à sua frente. Observou o rabo branco balançar enquanto o animal saltava gracioso sobre um monte de neve e desaparecia entre as árvores.

— Ela foi presa pelo FBI. Não sei muito mais a respeito. Micah deixou as meninas comigo e foi correndo para a casa de Cassie. Iam atrás dos agentes. Não sei para onde...

— Concord. O FBI leva seus presos para o tribunal federal, e o mais próximo fica em Concord.

Poppy tornou a acelerar, tensa, as mãos apertando o volante com força, embora tivessem removido toda a neve da estrada.

— Um tribunal federal... — Ela pronunciou as palavras devagar, para sentir como soavam. — Heather num tribunal federal. Não é concebível para mim.

— Porque você presume que ela é inocente.

— E você também não presume? Pense em todas as interações que já teve com Heather. Alguma vez ela deu a impressão de que escondia um passado tenebroso?

— Não. Mas isso porque não a considero uma mentirosa patológica. Se ela fosse, porém, teria grandes possibilidades de enganar as pessoas. Ficaria espantada se visse como alguém que é mentiroso patológico pode ser convincente.

Poppy ficou irritada.

— Heather é absolutamente honesta. As pessoas confiam nela. Pergunte a Charlie. Ele sabe reconhecer quem é bom. Levou menos de um ano para tirar Heather da cozinha e lhe entregar a administração do restaurante. Ora, Kip, é ela quem assume quando Charlie e Annette viajam com as crianças... e, em termos legais, nem trabalha mais para ele! Charlie faria isso se ela fosse desonesta?

Ela desviou a Blazer para a direita quando uma velha caminhonete se aproximou. Era o agente dos correios, Nathaniel Roy, a caminho do trabalho. Nat tinha 75 anos, usava óculos, mas ainda era bastante perspicaz para reconhecer a Blazer de Poppy; e teria agilidade mental para piscar os faróis se quisesse que ela parasse. O fato de que se limitou a acenar e seguiu adiante indicava que também ainda não tomara conhecimento do que acontecera com Heather.

— Poppy, você está pregando para o coro — respondeu John. — Concordo com você. Mas não podemos dizer que a conhecemos durante toda a sua vida.

— Também não conhecemos você — ressaltou Poppy. — Nem Lily. Os dois passaram anos fora.

— Mas nascemos aqui.

— E condenaria Heather porque ela não nasceu?

— Poppy, Poppy, não a estou condenando. Apenas apresentando o argumento que outras pessoas usarão.

Poppy teve vontade de contestar, mas sabia que ele tinha razão.

— Está bem. Vamos seguir adiante. Pode dar alguns telefonemas? Descobrir onde ela está? E tentar abafar o caso? Não quero que a história se repita. Lily foi atingida por falsas acusações, e o resultado foi a perda de dois empregos, um apartamento abandonado em Boston e um circo da mídia.

— O resultado foi que ela se apaixonou por mim.

— Mas Heather já ama Micah — lembrou Poppy, docemente. — Já ama as meninas. Não precisa de uma crise para recuperar o bom senso. Por que alguém faria isso com ela? Não posso admitir que ela tenha um único inimigo na cidade... e já que vai fazer perguntas, tente descobrir quem *pensou* que a reconhecia. No processo de limpar o nome de Lily, em outubro, você humilhou uns caras um tanto poderosos da mídia. Acha que há uma chance de algum deles estar querendo se vingar?

— Ninguém ousaria.

Poppy soltou uma risada.

— Todos três continuam a trabalhar.

— Mas em cargos de menor importância, sob estreita vigilância. E sabem que eu não hesitaria em denunciá-los se tentassem condenar alguém sem motivos sólidos.

— Mas alguém denunciou Heather. E enquanto estiver em Concord, tente descobrir quem foi. É um repórter investigativo. Ser abelhudo é o que sabe fazer melhor.

— Nesta situação, o efeito pode ser negativo. Quer manter o problema sob controle? Comedimento é a resposta. Se fizer muitas perguntas, as pessoas começarão a pensar que tem alguma coisa a esconder. Portanto, vamos nos concentrar no que está acontecendo em Concord hoje. Darei alguns telefonemas. E ligarei de volta para você quando souber de alguma coisa.

Poppy encerrou a ligação. Segundos depois, passou pelo muro de pedras que assinalava a entrada de Blake Orchards, o orgulho e a alegria de sua mãe. As pedras do muro estavam cobertas de neve, que também cobria a placa. Se ela entrasse ali e guiasse por menos de um quilômetro, entre macieiras baixas e de troncos grossos, que pareciam ainda menores pela ausência de folhas, alcançaria a casa da mãe; e um pouco mais adiante chegaria à casa da sidra. Ambas fechadas durante o inverno.

Em vez disso, ela continuou pela estrada, que subiu uma colina, afastou-se do lago por um trecho e então voltou. Pouco depois, Poppy deixou a estrada e desceu pelo caminho que levava à sua casa, à beira do lago. Ao chegar, manobrou depressa para tirar a cadeira de rodas da Blazer. Foi direto para o painel de controle, com dezenas de botões. John ainda não teria ligado tão cedo, mas o que ela procurava mesmo era um recado de Micah.

Mesmo encolhido contra a parede, Micah ainda era mais alto do que quase todas as outras pessoas no saguão do tribunal. Era uma multidão variada. Os advogados destacavam-se em seus ternos, alguns dos quais já haviam conhecido dias melhores. As pessoas em sua companhia variavam na idade, desde uma garota grávida a um velho de cabeça branca; variavam nas roupas, desde o relaxado da escola de ensino médio ao informal rural; da elegância de Manchester, ao lenhador de Sanbornton e o pragmático de Claremont. Mas o que todas aquelas pessoas tinham em comum era um ar de infelicidade.

Era uma emoção que Micah partilhava. Não era o lugar em que ele gostaria de estar. Deveria estar na casa do açúcar, junto com Heather, verificando se houvera algum dano nas tubulações. Claro que podia fazer isso sozinho, mas gostava quando Heather o acompanhava.

Não tinha opção, no entanto. Cassie lhe dissera para esperar ali, e por isso ele esperava, as mãos nos bolsos do casaco de flanela, um pé encostado na parede, os olhos semicerrados, o queixo projetado para a frente. Queria pegar Heather e voltar para casa. Só isso. Pegar Heather e voltar para casa...

Depois do que parecia uma eternidade, parado no saguão, cercado pelo rumor das conversas em voz baixa, Cassie aproximou-se pelo corredor, saindo de uma sala na extremidade. Ela sobressaía com as pernas compridas, calça de lã, blazer, blusa e echarpe de seda, a cabeça cheia de cachos louros. Mas o coração disparado de Micah nada tinha a ver com sua boa aparência. Respeitava Cassie, mas não se sentia atraído por qualquer outra coisa nela que não fosse a sua competência como advogada.

Ele se empertigou, pensando em Heather.

Cassie não disse nada quando o alcançou. Apenas indicou que ele deveria acompanhá-la. Desceram por outro corredor e dobraram uma esquina. Ela bateu numa porta, que tinha a metade superior de vidro fosco, e depois girou a maçaneta.

Micah esperava encontrar Heather ali, mas em vez disso havia apenas uma mesa velha e vazia com duas cadeiras de metal amassadas.

— Onde ela está?

— Aparentemente, ainda a caminho — respondeu Cassie, pondo a pasta na mesa. — A situação é a seguinte. Haverá uma audiência daqui a pouco. Não é um indiciamento. Será apenas uma audiência na presença de um magistrado em que os agentes federais entregam o mandado judicial... o mandado envolvendo a fuga para evitar o julgamento. Heather não precisa dizer nada.

Ela parou de falar quando a porta foi aberta.

Micah sentiu um frio no estômago. Heather estava parada ali. O guarda gesticulou para que ela entrasse. Ela estava pálida demais, ainda mais apavorada do que estivera em casa. Os olhos prateados encontraram os seus e se fixaram neles em busca de apoio.

A princípio ele não se mexeu. Houve uma fração de segundo em que pensou na parte do passado de Heather que não conhecia, a mochila que escondera e as palavras do agente federal. *Mas temos provas de que seu verdadeiro nome é Lisa Matlock e que há quinze anos matou um homem na Califórnia.* Se Heather estivesse escondendo dele alguma coisa assim, isso explicaria o medo em seus olhos.

Mas, por outro lado, se ela era inocente das acusações e caso se sentisse sufocada por alguma coisa fora do controle, seu medo também seria justificado.

Micah concentrou-se nesse pensamento. Atravessou a sala, puxou-a para seus braços, comprimiu o rosto de Heather contra seu peito. Não queria ver aqueles olhos dominados pelo medo. Mas podia senti-la tremer, o que era quase tão inquietante. Sua Heather sempre fora calma e controlada. Sempre fora corajosa, tão segura de si quanto alguém podia ser como forasteira numa cidade tão insulada quanto Lake Henry.

Ele se lembrou de que pensara a respeito quando a conhecera. Era outono. Com a temporada do açúcar e da calda de bordo há muito encerrada, Micah trabalhava como carpinteiro. Charlie contratara-o para instalar uma parede envidraçada no café, abrindo-se para as bétulas. Durante a execução da obra, ele entrava e saía da cozinha uma dúzia de vezes por dia. Heather trabalhava ali, primeiro como lavadora de louça, depois ajudando a preparar a comida. Quase não falava. Mesmo hoje, ela não era muito de falar... mas Micah também não era. Recordava-a como uma mulher quieta, até mesmo tímida, mas segura de si. Parecia à vontade com o que fazia, em paz, não como uma mulher que fugia da polícia, tendo alguma coisa a esconder.

O guarda fechou a porta, permanecendo no corredor. Ficaram só os três na sala. Micah disse a primeira coisa que lhe passou pela cabeça, murmurando para os cabelos de Heather:

— Comeu alguma coisa?

Ela balançou a cabeça.

— Os agentes ofereceram, mas eu não podia comer.

Micah manteve-a em seus braços, apertando-a com força, por mais um minuto.

— De onde veio essa acusação?

Heather deu de ombros.

— Brigou com alguém na cidade?

Outro aceno negativo de cabeça.

— Alguma vez já ouviu falar dessa outra mulher?

Heather começou a chorar. Micah não sabia se isso significava sim ou não. Olhou para Cassie, em desespero.

— Ela não é essa outra mulher. O que vamos fazer?

Cassie mantivera-se no outro lado da pequena sala, proporcionando aos dois aqueles poucos segundos juntos. Agora ela se aproximou. Tocou no ombro de Heather, o gesto de uma amiga, mas não disse nada Depois de um momento, aplicou uma pequena pressão para fazer Heather levantar os olhos.

— Tenho de perguntar isso, minha amiga, porque não estaria cumprindo meu dever como advogada se não perguntasse. Você é Lisa Matlock?

Os olhos de Heather estavam molhados de lágrimas.

— Sou Heather Malone.

— Pronto! — exclamou Micah, irritado. — Já sabe. E agora?

Cassie continuou a estudar o rosto de Heather, depois do que pareceu a Micah um tempo desnecessariamente longo, o que o deixou ainda mais irritado, ela suspirou e disse:

— Agora, lutamos.

Micah pôs de lado a irritação.

— Como?

— Entramos na audiência daqui a pouco e contestamos tudo. Significa dizer, basicamente, que Heather é inocente das acusações e que não vamos aceitar a extradição.

Heather deixou escapar um som assustado. Micah verbalizou a fonte de seu medo:

— Extradição?

— Se aceitássemos, ela seria imediatamente levada para a Califórnia para responder às acusações que foram apresentadas.

— Isso seria admitir que ela é Lisa Matlock?

— Não. Significa que deixaríamos o tribunal da Califórnia provar isso, junto com as outras acusações.

— Como ela não é Lisa Matlock, as acusações não se aplicam.

— Tem razão. Mas o que eu penso, o que você pensa e o que Heather diz são uma coisa. O que as pessoas na Califórnia pensam, aparentemente, é outra coisa.

— Pois estão enganadas. Quero que as acusações sejam retiradas.

Cassie exibiu um sorriso triste.

— Se fosse tão fácil assim, eu não teria muito trabalho. Nosso sistema penal funciona de uma maneira indireta.

— Inocente até prova em contrário — lembrou Micah.

Cassie hesitou por vários segundos.

— Nem sempre... — murmurou ela balançando a cabeça.

Ao ouvir essas palavras, Micah sentiu um medo horrível de que o problema estivesse apenas começando.

Poppy não recebeu ligações durante algum tempo, o que era típico de uma manhã de inverno em Lake Henry. Durante as outras estações, quando o tempo era convidativo, as pessoas saíam e faziam o que despertava sua fantasia. Dias de chuva, dias de neve e dias frios tendiam a mantê-las em casa. E atendiam pessoalmente as ligações. Liam o jornal, lavavam a louça do café da manhã, empilhavam lenha, tiravam o gelo dos beirais. Se não faziam nada disso, começavam a pensar em se preparar para o trabalho, à maneira despreocupada dos moradores de Lake Henry.

Ela aumentou o fogo na lareira de pedra, fez um bule de café e depois olhou para o lago, com uma caneca fumegante nas mãos. Durante todo o tempo especulava sobre Heather... onde ela estava, o que fazia. Não era apenas por um interesse nominal. Poppy tinha outras amigas, que conhecia há mais tempo do que Heather. Mas Heather era a amiga de quem mais gostava. Sentia-se mais próxima de Heather desde que a conhecera. Poppy estava em seu segundo ano na universidade estadual, e Heather, que trabalhava durante a semana inteira dentro do Charlie's, adorava as atividades ao ar livre. Todo fim de semana, as duas participavam de um grupo que escalava montanhas. Embora Poppy tivesse mais em comum com os universitários na turma, era com Heather que conversava durante a maior parte do tempo.

Agora, ao recordar, Poppy compreendeu que era ela quem falava quase tudo. Heather era uma boa ouvinte, e Poppy, que se sentia coagida por toda a cidade e por sua família em particular, precisava desabafar. Depois, ocorrera o acidente com Poppy. Ao longo do pesadelo da recuperação, sempre pudera contar com Heather. Ela parecia saber o que fazer sem ser informada. Não expressava compaixão nem oferecia palavras condescendentes de conforto. Sua atitude básica era a de aceitar o que acontecera e seguir adiante. E esse comportamento tranqüilo fora um alívio.

Poppy pensava nessa tranqüilidade — sobre escutar em vez de falar, e se havia uma razão para isso que ia além da natureza fundamental de Heather —, quando uma luz piscou no painel à sua frente. Ela tratou de afastar da mente o pensamento inquietante, ajeitou o fone e o microfone presos na cabeça, apertou o botão apropriado e disse:

— Biblioteca de Lake Henry.

— Leila Higgins, por favor — disse uma voz desconhecida.

— Lamento, mas a biblioteca só abre ao meio-dia na quarta-feira. Quem deseja falar?

— Aqui é Aileen Miller, do *Washington Post*. Fui informada de que Heather Malone trabalhava na biblioteca e eu queria um comentário da sra. Higgins.

Poppy sentiu-se consternada, mas não estava despreparada. Em matéria de enfrentar a mídia, ela passara pela prova de fogo no outono anterior.

— Se me der seu telefone, eu o passarei para a sra. Higgins assim que a biblioteca abrir.

— Quem está falando?

— O serviço de mensagens.

— Tem o telefone da casa da sra. Higgins?

— Vamos fazer outra coisa — propôs Poppy, a voz doce. — Dê-me o telefone de *sua* casa e eu o transmitirei para a sra. Higgins.

Houve uma pausa, depois uma declaração magnânima:

— Não quero que ela pague a ligação. Terei o maior prazer em telefonar.

— Sei disso.

Depois de outra pausa, Aileen Miller disse, resignada:

— Ela pode ligar para mim no jornal.

Poppy anotou o nome e o telefone da mulher. Encerrada a conversa, ela fez uma ligação.

— Polícia — resmungou uma voz.

— Sou eu, Willie Jake. O que você sabe sobre Heather?

Houve uma pausa, depois uma indagação impaciente:

— O que *você* sabe?

— Só que ela foi presa. Como você pôde permitir que fizessem isso?

— Não "permiti" — respondeu ele, indignado. — Sou da polícia local. Não posso controlar os agentes federais.

— Eles têm provas de que Heather era outra pessoa?

— Sabe que não posso responder. Mas eu deixaria que a prendessem se não tivessem?

— Que tipo de prova?

Houve um suspiro.

— Não posso lhe *dizer* isso, para não influenciar desfavoravelmente o processo. Mas uma coisa posso adiantar... era tudo circunstancial. Fotos antigas de uma mulher que podia ser parecida com Heather, relatos de uma cicatriz, laudos grafológicos. Tudo indefinido. Mas, repito, eram agentes federais. Tentei ao máximo convencê-los a mudar de idéia, mas eles acabaram fazendo o que queriam. Não há como demover esses caras quando eles encasquetam uma idéia na cabeça. Ainda mais quando contam com um mandado judicial. Nesse caso... — Uma pausa. — O jeito é sair da frente.

A linha particular de Poppy piscou. O número de John apareceu.

— Obrigada, Willie Jake. Já entendi sua posição. Tenho de desligar agora.

Ela encerrou a ligação e apertou o botão que piscava.

— Teve sorte?

— Ela está no tribunal federal em Concord. Uma audiência acaba de começar.

— Que tipo de audiência?

— Sobre o mandado de prisão. Não sei mais nada a respeito. Recebi a informação de um colega que cobre o tribunal para o *Monitor*. Ele não pôde dizer muita coisa, pois queria entrar na audiência.

— Pediu a ele para manter o caso em sigilo?

— Claro — respondeu John, num tom resignado. — E ele descartou a possibilidade no mesmo instante.

— Por quê? Heather é uma desconhecida.

— Mas o cara que Lisa Matlock supostamente matou é importante. Ou, melhor, era. Filho de um senador federal pela Califórnia na ocasião, um dos possíveis candidatos a vice-presidente pelo partido. Obteve a indicação três semanas depois da morte do filho, em parte graças ao voto de compaixão. A chapa perdeu a eleição. DiCenza não tornou a concorrer ao Senado. Mas ainda é uma força no Estado, e não deixou que o crime fosse esquecido.

Poppy pensou depressa.

— E acha que a nossa Heather é do tipo que se misturaria com políticos? Eu diria que não. Ela é muita retraída, tímida, simples e pragmática. Desculpe, John, mas alguma coisa não está batendo direito.

— Só estou repetindo o que meu colega me disse. Foi um caso muito noticiado na ocasião. Meu palpite é o de que vai atrair muita atenção agora. Vou também para Concord. Armand vai querer a matéria no jornal, e a melhor maneira de relatar direito é verificar pessoalmente o que está acontecendo.

— Descubra por que está acontecendo... e por que está acontecendo com *Heather* — suplicou Poppy.

— Tentarei. Ligarei para você assim que voltar.

Poppy não queria retê-lo. Se havia alguém que podia dispensar um tratamento justo a Heather, era John. Por isso, ela se limitou a acrescentar, antes de desligar:

— Obrigada.

Ela tirou o fone. Tomou o café, olhando para o lago. Tentou imaginar o que Heather sentia naquele momento. Especulou se era confusão, torpor ou medo... ou algum outro sentimento muito diferente. Tentou imaginar Heather sentada numa cela em Concord, mas não foi capaz de proporcionar à imagem um rosto condizente. Heather sempre parecera muito... gentil. A cicatriz fazia isso. Era pequena, não mais que um ou dois centímetros curvada para cima, a partir do canto da boca, o que criava um eterno sorriso de otimista.

Cicatrizes assim concediam distinção a uma pessoa. Muitas pessoas as tinham.

Outro botão acendeu no painel. A linha particular de Poppy de novo. O número era da livraria de Marianne Hersey. Ela pôs o fone e disse:

— Oi.

— O que está acontecendo? — perguntou Marianne.

Ela era uma das cinco mulheres que jantavam na casa de Poppy toda terça-feira. Em termos formais, elas eram o Comitê de Hospitalidade de Lake Henry. Em termos informais, eram grandes amigas partilhando notícias, risos e reclamações. Heather estivera com elas na noite anterior, como acontecia todas as semanas.

— Acabei de chegar à livraria. Estava sentada com meu café e biscoito, pensando em descobrir algum escritor nos programas matutinos de entrevistas quando ouvi o noticiário de Concord. Sabe alguma coisa sobre o que estão dizendo a respeito de Heather?

— Saiu na televisão? Ó Deus! O que disseram?

— Que ela atropelou deliberadamente o filho do senador DiCenza, fugiu do local do acidente e só tornou a ser localizada quando um agente da turma de investigações especiais recebeu uma indicação de alguém que esteve aqui no outono passado. O que você sabe?

— Sei tanto quanto você. Vou assistir ao resto do noticiário. Ligarei em seguida.

Poppy virou a cadeira, apontou o controle remoto para a televisão e ligou-a. Com apenas um ou dois segundos de troca de canais, ela encontrou um noticiário. Como a reportagem começava, desconfiou que era um canal diferente ao que Marianne assistira. O que não era um bom sinal.

O repórter mal começara a falar quando a linha particular de Poppy acendeu outra vez.

— Sou eu, Sigrid. Está assistindo à televisão?

Sigrid Dunn era mais uma do grupo das noites de terça-feira. Durante o dia ela fazia tapeçarias. Muitas vezes mantinha a televisão ligada enquanto trabalhava.

— Acabei de ligar.

— Do que estão falando?

— Deixe-me ouvir.

Poppy aumentou o volume.

— ... uma sensacional descoberta na investigação do assassinato de Robert DiCenza, há quinze anos, em Sacramento. DiCenza, que tinha 25 anos na ocasião, foi atropelado quando deixava uma reunião de levantamento de recursos para a campanha política de seu pai, um senador federal pela Califórnia. O carro que o atropelou era guiado por uma jovem de dezoito anos, Lisa Matlock, que o ameaçara no início daquela noite, segundo algumas fontes. O FBI alega que Lisa Matlock vivia em New Hampshire havia catorze anos, sob o nome de Heather Malone. Ela foi detida esta manhã, em sua casa em Lake Henry. Entregou-se sem qualquer resistência e foi levada para o tribunal federal em Concord. Uma audiência acaba de ser realizada. A advogada da sra. Malone contestou formalmente a ação judicial. Isso significa que ela vai lutar contra a extradição. Como a extradição é de competência estadual, o processo federal foi suspenso. Ela foi entregue à procuradora-geral de New Hampshire. Será levada para o tribunal superior em West Eames, para uma audiência ainda hoje. Aqui é Brian Anderson, do Canal 9, com as últimas notícias de Concord.

— Lembra de ter ouvido alguma coisa sobre esse crime? — perguntou Poppy a Sigrid.

— Não. Mas há quinze anos eu integrava os Voluntários da Paz, trabalhando na África. Portanto, não tomaria conhecimento da notícia. É mesmo da *nossa* Heather que estão falando?

A incredulidade era evidente. Poppy sentia-se confusa.

— É nossa Heather quem está presa, mas não pode ser a nossa Heather quem cometeu o crime. — Ela hesitou, pensando na profunda ligação que tinha com Heather, a noção de que sentiam coisas que as outras pessoas não percebiam. — Pode?

— Não, claro que não. Conhecemos a Heather. Afinal, não passamos as noites de terça-feira falando sobre o tempo. Conversamos sobre questões pessoais. Problemas *íntimos*. Ela não seria capaz de esconder uma coisa assim de nós.

Poppy tentava se lembrar de histórias que Heather contara sobre sua infância, mas não conseguiu recordar nenhuma. Heather sempre fora mais uma ouvinte nas noites de terça-feira. Escutava e fazia perguntas... perceptivas, que levavam as amigas a falarem ainda mais.

— Na verdade, não sabemos muita coisa a seu respeito — murmurou Poppy. — Apenas que Heather não é do tipo violento.

— E que há alguém por lá que não presta — acrescentou Sigrid. — Alguém na imprensa deve ter ficado furioso conosco no outono passado. E está se vingando.

— John diz que não.

— A notícia dizia que a informação foi transmitida ao FBI por alguém que esteve aqui no outono passado. Muito bem, talvez John tenha razão. Talvez não seja vingança. Mas alguém olhava para coisas que não deveria olhar.

— Ora, Sigrid, pare com isso. Os repórteres olham para a multidão. Heather estava na multidão.

— Não, não estava — ressaltou Sigrid. — Ela andava muito ocupada em casa, porque Missy teve catapora na ocasião. Lembra?

Agora que foi mencionado, Poppy se lembrou. Durante aquela semana, Heather só saíra de casa para ir ao consultório do pediatra ou fazer compras. Fora a própria Poppy quem lhe oferecera um relato detalhado de tudo o que acontecera.

Só que alguém não perdera tanta coisa quanto Heather. Alguém vira um rosto, imaginara uma semelhança e lançara no limbo a vida de uma mulher maravilhosa. Poppy queria saber quem era essa pessoa.

Três

De pé, junto do enorme sofá de couro que dominava a sala de estar de sua casa em Nova Jersey, Griffin Hughes mantinha o telefone no ouvido. Falava com Prentiss Hayden, que fora outrora o membro mais poderoso do Senado dos Estados Unidos, mas agora estava aposentado, com mais de oitenta anos, vivendo em sua fazenda na Virgínia. Griffin vinha escrevendo a autobiografia de Hayden, e deparara com um problema inesperado.

— Não quero que seja mencionado — insistiu Hayden.

— Mas é parte de sua história — argumentou Griffin, gentilmente.

Não se podia argumentar de outra maneira com um homem com a idade e as realizações de Hayden, ainda mais quando se tinha o maior respeito por ele, como Griffin sentia. A discordância era apenas sobre a extensão da revelação.

— Ninguém terá menos consideração por você porque teve uma criança fora do casamento. Assumiu plena responsabilidade. Deu a ela tudo o que proporcionou a seus outros filhos. Os outros sabem da existência desse filho?

— Em minha família, todos sabem. Mas o público ignora. Não sou de sua geração, Griffin. Não posso esfregar o fato no nariz dos meus contemporâneos, que são as pessoas que vão ler o livro... velhos chatos como eu.

— Está enganado nesse ponto — protestou Griffin. — Há toda uma geração mais jovem que gostaria de saber como se fazia...

— Como se fazia nos velhos tempos? — interrompeu Hayden. — Não falávamos sobre essas coisas antigamente. Discutíamos em debates honrados, para celebrar acordos de cavalheiros. Éramos corteses. Até me lembro...

Griffin escutou a recordação, que já ouvira antes. Distraído, pegou o controle remoto da televisão, virou-o e ligou o aparelho. Mas só depois de um minuto de troca de canais é que encontrou alguma coisa interessante. Era uma notícia de Concord, New Hampshire. Com o cuidado de oferecer a Hayden um murmúrio de reconhecimento nos momentos apropriados, ele ouviu a notícia com crescente interesse. Devia ter esquecido um dos murmúrios, porque Hayden interrompeu o relato:

— ... Griffin?

— Estou aqui, senhor.

— Pensei que tivesse perdido o contato. Esses celulares não são tão confiáveis quanto os telefones comuns.

— Posso ligar mais tarde, senador Hayden? Talvez ainda hoje, talvez amanhã.

— Claro que pode. Mas não quero que esse assunto seja mencionado. E não vou mudar de idéia.

— Conversaremos amanhã.

Griffin desligou. Ficou olhando para a televisão com uma fascinação mórbida, que o manteve fixado na tela mesmo depois que trocou de canal. Enquanto escutava um relato ao vivo depois de outro, direto de Concord, ele vacilava entre a incredulidade e a consternação. Ao final da última notícia, mostrando Heather a caminho da sede do condado, em West Eames, ele estava totalmente furioso.

Desligou a televisão, largou o controle remoto e pegou o telefone. Discou os números do irmão. Enquanto a campainha tocava no outro lado, foi até a janela e olhou para a rua principal de Princeton. Viu pouca coisa hoje, embora achasse que a vista tinha seu charme, mesmo no inverno. Os pensamentos concentravam-se agora em Lake Henry. Há mais de um mês que não ia lá.

Especulou se Randy — o *traidor* — não estaria em Lake Henry naquele momento, enquanto esperava, até que a secretária eletrônica do irmão atendeu. Desligou no mesmo instante. Apertou o código do celular, já programado em seu aparelho. Depois de um único toque da campainha, o irmão atendeu.

— Alô?

— Onde você está? — perguntou Griffin, sem qualquer preâmbulo.

— Neste momento? A três quadras do escritório.

Portanto, não era Lake Henry. Washington. Griffin sentiu-se grato por isso, mas não o suficiente para se acalmar.

— Assisti ao noticiário na televisão sobre Heather Malone. Tentei imaginar de onde poderia ter saído a informação e não gosto da idéia que me passou pela cabeça. Diga-me que não foi você, Randy.

Randall Hughes, dois anos mais velho do que Griffin, parecia satisfeito consigo mesmo.

— Vou lhe dar uma dica. Estou a caminho do escritório para a primeira das muitas entrevistas que terei hoje.

— Diga-me que não foi você — repetiu Griffin, agora tenso, os maxilares cerrados.

Mas se Randy sentiu sua raiva, isso não o fez mudar de ânimo.

— Claro que fui eu. Não é sensacional?

— Mas que droga, Randy! Aquele dia, em sua sala, eu apenas pensava em voz alta. Comentei uma semelhança. Limitei-me a dizer que *vira* alguém que se parecia com a pessoa da foto em sua parede. Nunca falei que era ela.

— Tem toda a razão, e eu continuei desse ponto — declarou Randy, orgulhoso. — É inacreditável. O rosto da mulher aparecia todos os dias para o ocupante daquela sala durante os últimos quinze anos... para mim nos últimos quinze meses. E, de repente, meu irmão me dá uma dica. É o que acontece em casos assim. Você anda em vão de um lado para outro, mas é uma coisa totalmente inesperada que aponta a direção certa.

— Não apontei nada para você — insistiu Griffin, querendo apagar todo o episódio, ainda mais o papel que ele desempenhara. — Só comentei que havia uma semelhança. Sabe quantas pessoas parecem *comigo* neste mundo? Ou com *você*? Quando foi a última vez em que alguém lhe perguntou se tinha um parentesco com Redford? Aconteceu comigo na semana passada. É o queixo... só isso... meio quadrado, como o de Redford. É por isso que perguntam, mas é uma questão sem qualquer conseqüência. As pessoas não acreditam realmente que temos algum parentesco. O mesmo ocorre agora. Apenas falei que a foto me lembrava uma mulher que eu conhecia. Por acaso informei que era alguém em Lake Henry?

— Não era preciso ser um gênio para descobrir. Você acabara de chegar de Lake Henry. E tudo o que dizia na ocasião se relacionava com a cidade.

Era porque Griffin apaixonara-se por Poppy Blake. Precisava falar com alguém a seu respeito. Por isso nem sequer parara em Princeton. Seguira direto para Washington. Randy e ele, os dois mais moços dos cinco irmãos Hughes, conversavam sobre o sexo oposto desde que tinham doze e dez anos. Randy nem uma única vez repetira seus comentários para qualquer pessoa. Griffin esperara a mesma discrição agora. Sentia-se traído.

— Você não compreende, Randy. Aquelas pessoas são boas. Não se pode fazer isso com gente assim.

— Ei, vamos com calma! — advertiu Randy, parecendo agora com o policial que sempre desejara ser. — Não sei como ela é agora, mas a lei é a lei. Há quinze anos aquela mulher fugiu da Justiça. Já era tempo de o FBI descobri-la.

— Mas é a mulher errada! — protestou Griffin.

— Não há a menor possibilidade, Red. Mesmo que ela tivesse feito uma cirurgia plástica, para que não pudéssemos ver a semelhança facial... mesmo que mandasse remover aquela pequena cicatriz... ainda temos a amostra de sua caligrafia. Deu tudo tão certo que ainda não posso acreditar. Estive lá há duas semanas. Ela trabalhava na pequena biblioteca local. Pedi um livro, ela não tinha; perguntei se podia escrever para mim o endereço da livraria mais próxima. Bingo! A caligrafia combinava com as amostras que colhemos de seu tempo na escola no ensino médio. — A exultação de Randy era intensa. — Nós a pegamos de jeito!

— Seu idiota!

Houve uma pausa, depois uma indagação indignada:

— Mas qual é o problema com você?

— Eu não diria nada se soubesse que você faria isso.

Randy parecia magoado.

— Ela matou um homem, Griffin!

— Supostamente... e presumindo que seja mesmo a outra mulher. Mas você tinha de me usar para fazer isso?

— Não o usei. Você disse uma coisa; desencadeou outra em minha cabeça. Segui a pista, fiz uma pesquisa, investiguei, fui até a cidadezinha e a peguei. Mas, afinal, por que isso é tão importante para você? Parou de ir até lá. Perdeu o interesse.

Podia parecer assim para Randy, mas Griffin não perdera o interesse por Poppy. Nem de longe. Sentira-se atraído desde a primeira vez em que ligara para Lake Henry, querendo escrever uma reportagem sobre a irmã dela, Lily. Fora Poppy quem atendera o telefone do chefe de polícia. Exuberante. Fora a primeira coisa que sentira em Poppy. Desde o início, ela se mostrara exuberante.

Sou um jornalista free-lancer, querendo escrever uma matéria sobre privacidade para Vanity Fair, dissera ele naquele dia, em setembro. *Quero focalizar o que acontece quando a privacidade é violada... os efeitos colaterais para as pessoas envolvidas. Achei que a história de Lily Blake ilustra muito bem o problema. Lake Henry é sua cidade natal. E pensei que as pessoas aí podem ter opiniões sobre o que aconteceu.*

Claro que temos, respondera Poppy veementemente. E, só por isso, ele já se sentira revigorado. Gostara de sua honestidade. E da lealdade. Quanto mais obstinada Poppy se mostrava, mais interessado ele se tornava... e não era apenas como um jogo, o amor pela busca que impulsiona alguns jornalistas *free-lancers*. Sentira alguma coisa se derreter dentro dele quando a vira pela primeira vez na cadeira de rodas. Era uma cadeira leve, a mais moderna... e turquesa. Turquesa! Só isso já era uma declaração de quem ela era, com seus cabelos escuros curtos.

Tivera trabalho para persuadi-la a aceitar um convite para jantar. Mas acabaram se divertindo muito, mantendo um fluxo interminável de conversa por três horas consecutivas.

Ou pelo menos ele pensara que fora muito agradável. Mas Poppy resistira quando ele quisera marcar outro encontro. Deixava a secretária eletrônica atender quando Griffin telefonava. Quando conseguira finalmente falar com ela, Poppy lhe dissera que ele precisava de uma mulher diferente.

Griffin sabia o que ela pensava. Como poderia ignorar? Poppy deixara escapar isso nas primeiras palavras que dissera quando se encontraram pessoalmente. *Não posso correr. Não posso andar de esqui nem subir uma montanha. Não posso trabalhar na floresta da maneira como me preparei, porque não é possível percorrer uma trilha esburacada numa cadeira de rodas. Não posso dançar. Não posso guiar um carro, a menos que tenha uma adaptação especial. Não posso colher maçãs nem trabalhar na prensa da sidra. Não posso sequer ficar de pé no chuveiro.*

Ele compreendera que Poppy, durante doze anos, não pensara nessas coisas. Agora, com o interesse demonstrado por Griffin, ela passara a pensar a respeito. Fora tomada de surpresa. E precisava de tempo.

Por isso, ele concedera esse tempo. Só ia a Lake Henry sob o pretexto de que passava por perto, não ficava por mais que umas poucas horas, e a intervalos de poucas semanas enviava um cartão-postal do lugar em que estivesse, o que não significava que permanecera inativo. Usara todos os recursos possíveis, inclusive alguns clandestinos, para descobrir tudo o que podia sobre Poppy.

Uma das coisas que soubera desde o início fora o fato de que Poppy e Heather Malone eram grandes amigas. Heather saía do armazém geral no dia em que ele e Poppy almoçaram no café. Ela só parara para uma rápida apresentação a Griffin e uma breve conversa com Poppy, mas o diálogo fora no tom de intimidade de mulheres que eram muito ligadas. Griffin tinha certeza — além de qualquer dúvida razoável — de que se Poppy descobrisse que fora ele quem avisara o FBI, nunca mais tornaria a falar com ele.

— É por ela? — indagou Randy.

Claro que era por ela.

— Você disse que não queria um relacionamento — argumentou Randy. — Se isso mudou, deveria ter me avisado.

Griffin não sabia se mudara ou não, mas não diria isso a Randy. Tinha seu orgulho. Também acalentava uma grande esperança, que o irmão poderia destruir num instante. Por isso, ele se apressou em dizer:

— Se algum dia você contar a alguém que fui eu quem lhe deu a pista deste caso, pode se considerar um homem morto!

— É uma ameaça e tanto.

— Por partir de um irmão, pode ter certeza de que é mesmo. Posso fazer picadinho de você na família. Só preciso começar a falar de Cindy. Você passa horas procurando estranhos, mas não consegue encontrar a própria irmã?

Houve um momento de silêncio.

— Golpe baixo, Griff.

— Ela desapareceu há sete anos. Levou mamãe à sepultura, fez papai se tornar um conquistador barato e transformou as reuniões de família em tamanho pesadelo que nem sequer nos preocupamos mais em promover encontros.

— Não fui o irmão que a enganou. Foi James.

— Nós sabíamos? — perguntou Griffin em voz alta, como tantas vezes fazia em silêncio. — Olhamos para o outro lado? Poderíamos ter evitado?

— Nossa família tem fantasmas. Acontece na maioria das famílias.

Griffin recusava-se a descartar o problema pela razão.

— Cindy não é um fantasma. Continua viva, em algum lugar. Se para tentar encontrá-la você alguma vez empenhasse a metade do esforço que usou para arruinar a vida de uma boa mulher, há muito que ela já teria voltado para a família.

— Estou entrando agora na garagem subterrânea do prédio — disse Randy subitamente, de uma forma que indicava uma fuga. — Não há recepção aqui dentro. Voltaremos a conversar mais tarde.

O telefone ficou mudo. Griffin tinha mais a dizer. Pensava no encontro com Heather naquele dia em outubro, quatro meses antes. Ela estava preocupada com uma das meninas, levava um remédio na mão. A expressão no rosto de Poppy, enquanto conversavam, indicava afeição e respeito. Poppy jamais seria amiga de uma assassina.

Poppy morria de vontade de comparecer ao tribunal em West Eames. Como John, queria verificar pessoalmente o que estava acontecendo. Mais do que isso, porém, queria que Heather a visse ali e soubesse que se importava. O mesmo em relação ao desembargador, juiz ou quem quer que estivesse decidindo o destino de Heather. Essa pessoa precisava saber que Heather tinha amigas que confiavam nela, que a amavam.

Mas Poppy permaneceu em Lake Henry. Por um lado, porque precisava, com Micah e Heather em West Eames, cuidar das meninas. Por outro, embora o tribunal tivesse acesso para deficientes físicos, ela não sabia qual era a situação de estacionamento, com neve e gelo dificultando as manobras. E, terceiro, um contingente de outras pessoas da cidade compareceria ao tribunal.

Além de tudo isso, Poppy tinha muito trabalho. Ao final da manhã, quase todas as linhas telefônicas já haviam se acendido. Algumas ligações eram de moradores da cidade querendo confirmar o que acontecera; essas envolviam uma simples repetição dos fatos por Poppy. Outras eram da mídia e Poppy sabia todas as palavras certas que tinha de dizer. O desafio desses telefonemas era o de se manter paciente e polida. A cada chamada adicional — a cada veículo de comunicação que tentava desencavar alguma sujeira à custa de Heather — sua cortesia era ainda mais posta à prova.

As mais difíceis, no entanto, eram as ligações como as de Rose, irmã de Poppy, porque envolviam especulação, já que a especulação levantava questões para as quais não havia respostas.

— E se a mantiverem na prisão? — perguntou Rose. — O que Micah fará?

— Não vão mantê-la presa — respondeu Poppy. — Ela não fez nada.

— Claro que podem, Poppy. O que Micah fará nesse caso?

— Ela voltará para casa.

— E se não voltar?

— Tenho certeza *que voltará*.

— E se ela ficar presa durante algum tempo?

— Por favor, Rose.

Mas Rose insistiu:

— Acha que Micah está preocupado?

— Claro que está. Ele ama Heather.

— Esqueça o amor. Pense nas meninas. Quem cuidará delas se Heather continuar presa? Quem ajudará no preparo do açúcar?

Poppy sentiu o estômago embrulhar. Acontecia com freqüência quando conversava com Rose, que era uma alarmista de primeira ordem. Rose era a mais jovem das três irmãs, as "flores Blake", como eram conhecidas na cidade. Lily era a primogênita, introspectiva, sensível, determinada. Poppy era a rebelde, muito mais descontraída que as outras duas. E Rose? Rose era um clone da mãe, o que significava que olhava para o lado tenebroso de cada situação.

Infelizmente, era mais fácil para Poppy aceitar o medo de calamidade em Maida, a mãe, do que aturá-lo quando partia de Rose.

— Por que está tão preocupada com isso? — indagou ela agora. — Heather *vai sair*.

— Estou preocupada porque sei de coisas que você ignora. Heather aproveitou uma porção de idéias de Art. — Era o marido de Rose, Art Winslow, cuja família possuía uma indústria têxtil local. — Tratou de pô-las em prática. Novo evaporador, novo logotipo, novas contas. Micah expandiu o negócio pensando que contaria com a ajuda de Heather. E, de repente, ela não está mais aqui. A meteorologia está prevendo dias de sol. Se o tempo começar a esquentar, a seiva pode fluir em duas semanas. O momento para que isso acontecesse é o pior possível.

— Rose...

— Como aconteceu?

— Não sei.

Encerrada a ligação, Poppy passou a se preocupar com todos os problemas que Rose mencionara.

O erro de Griffin foi o de não fazer a mala e pegar a estrada no instante em que o irmão desligou. Porque isso o levou a cometer um erro ainda maior: tornou a ligar a televisão. Em dois segundos trocando de canal, encontrou mais uma notícia sobre o caso. Dois segundos depois, o locutor introduziu um repórter que se encontrava no local. Griffin estava angustiado demais para desviar os olhos.

— Lake Henry é uma cidade revigorante — disse o repórter. — Numa época de vidas complexas, muitas vezes dominadas pelas máquinas, a cidade é uma volta ao passado. Com uma população de pouco mais de 1.700 habitantes, é um lugar antiquado, em que todo mundo se conhece e as pessoas protegem os seus. Fica à beira de um lago com o mesmo nome, na região central de New Hampshire. E um lugar assim pode ser o sonho de um fugitivo. Não há possibilidade de virar a esquina errada num labirinto de ruas por aqui. Só tem uma via principal, que corta a cidade e continua para contornar o lago. Com licença...

E estendeu o microfone para um homem que se aproximava.

— Poderia nos dizer...

O homem se afastou antes que a pergunta fosse concluída. Indiferente, o repórter retomou a narrativa:

— Por trás de mim, podem ver o prédio da polícia, a igreja e a biblioteca. Estes três prédios abrigam todos os serviços públicos da cidade.

Griffin já estivera nos três prédios e sentiu prazer em tornar a vê-los. Eram de madeira, pintados de branco, com venezianas pretas. O prédio da polícia era baixo e comprido; a biblioteca era alta e imponente; a igreja dava a impressão de ter vários andares, com uma torre afilada que se erguia acima das copas das árvores.

— Os registros públicos ficam numa sala do prédio da polícia — continuou o repórter. — A biblioteca aluga o último andar para a comissão de Lake Henry. Já o porão da igreja abriga a Sociedade Histórica. A comissão, diga-se de passagem, concentra-se nas questões ecológicas. Como constituem a prioridade maior para os habitantes locais, ela é a de maior influência na cidade. Em relação à decisão de outras questões, Lake Henry é uma das últimas cidades do estado a manter uma forma de governo baseada na assembléia dos cidadãos. Sob a orientação de um moderador eleito, os moradores reúnem-se na igreja por duas noites, no mês de março, para votarem as questões fundamentais para o ano subseqüente.

Griffin sabia de tudo isso. Criado em Manhattan, ficou encantado em ouvir falar agora sobre as coisas que ele vinha aprendendo desde o outono.

— A agência dos correios é aquele prédio de alvenaria no outro lado da rua — disse o repórter, enquanto a câmera dava um *zoom*. — O prédio vitoriano amarelo por trás é a sede do jornal local. Mas se quiserem conhecer o coração desta pequena cidade devem atravessar a rua à minha direita.

A câmera deslocou-se para uma placa avermelhada.

— Este é o armazém geral, que pertence há gerações à família Owens. É aqui que os habitantes compram alimentos, remédios, jornais, cartões de saudações e presentes. Charlie Owens e sua esposa, Annette, dirigem o armazém agora, ajudados pelos cinco filhos. Eles expandiram e mudaram para acompanhar os novos tempos. O Charlie's Café ainda serve o desjejum todos os dias, mas é provável que a *quiche* contenha tanto os cogumelos *portabello* quanto queijo *cheddar*, e que o pão de fabricação caseira seja grosso e recheado de germe de trigo e nozes. Os sanduíches no almoço são servidos em baguetes, com pedaços de abacate e brotos de feijão. Ah... com licença?

Ele abordou outra pessoa que passava, uma mulher desta vez. Quando ela também seguiu adiante, sem parar, o repórter sorriu para a câmera, sem qualquer hesitação.

— Mas, voltando a falar do Charlie's, há algumas coisas que nunca mudam. A parte principal da loja situa-se em torno de uma estufa, como no tempo em que o avô de Charlie Owens possuía um pequeno armazém. Os habitantes gravitavam para as cadeiras em torno dessa estufa, conversavam sobre o tempo e partilhavam as últimas notícias. Isso é ainda mais freqüente no inverno.

O repórter levantou a gola do casaco sobre as bochechas, que já estavam avermelhadas.

Fazia frio em New Hampshire, mas isso não desanimara Griffin. Conhecera Lake Henry no outono, quando as estradas explodiam em cores e o ar recendia a sidra. Nevara durante sua última visita à cidade. Por maior que fosse sua frustração de não conseguir qualquer avanço com Poppy, ele adorara aquela neve. Ao vê-la agora, na televisão, não pôde deixar de sorrir. O repórter continuou a falar, uma onda de vapor branco se formando a cada respiração:

— Fui informado de que o tempo de hoje é típico daqui. Mas, junto com o frio no ar, há outra coisa: a paz e o esplendor do inverno de uma pequena cidade da Nova Inglaterra distante dos centros principais. Parar aqui, em Lake Henry, é como se descobrir numa gravura de Currier e Ives. Olhem ao redor... — e fez a demonstração — ... e poderão ver ainda as lâmpadas e as coroas do Natal. O ar é puro e revigorante. Se há alguma rodovia nas proximidades, não se pode ouvir o barulho dos veículos. E a neve aqui é branca... permanece branca até três dias depois de cair, o que é um prazer excepcional para aqueles que vivem na cidade grande.

O repórter tocou no fone no ouvido. Franziu o rosto por um instante.

— Fomos informados de que temos mais notícias. Enquanto aguardamos um contato do tribunal em West Eames sobre o destino de Heather Malone, temos uma ligação por satélite com Randall Hughes, o agente do FBI que deslindou o caso. De volta para você, Ann Marie.

O sorriso de Griffin desapareceu. Lentamente, ele se empertigou. Ann Marie era uma bela mulher, mas sua aparência nada tinha a ver com a concentração total de Griffin. O que o interessava era a presença do irmão na tela, ao vivo, intensa, *reveladora*. Horrorizado, ele continuou a assistir.

— Para aqueles que só agora estão nos ouvindo — disse Ann Marie. — Randall Hughes pertence ao grupo de investigação especial de casos antigos ainda pendentes. Agente Hughes, já se passaram quinze anos desde que Robert DiCenza foi morto. O FBI tem procurado por Lisa Matlock desde então. Estão lhe dando o crédito por descobri-la. Como isso aconteceu?

— Não foi um ato pessoal meu — respondeu o agente, modesto. — A prisão de Heather Malone foi o resultado de um esforço unificado do FBI, do Ministério Público da Califórnia e da polícia de Lake Henry.

— O que lhe dá motivos para acreditar que Heather Malone é Lisa Matlock?

— Lamento, mas não posso fazer qualquer comentário a respeito neste momento.

— O que o levou a Lake Henry?

— Uma dica. É assim que se esclarece a maioria dos casos.

— Uma *dica*? — gritou Griffin para a tela. — Não foi dica nenhuma! Foi uma *asneira* da qual você se aproveitou com o maior *descaramento*!

Calmamente, Ann Marie disse:

— Soubemos que essa dica partiu de um jornalista que esteve em Lake Henry no outono passado, cobrindo o escândalo que envolveu uma mulher da cidade e o cardeal Francis Rosetti, de Boston. É verdade?

Randy hesitou por um segundo para responder. Teve pelo menos o mérito de responder com simplicidade:

— É sim.

— É seguro presumir que um jornalista a reconheceu?

— Não. — Outra pausa. — Mas houve um comentário que nos levou a outra investigação, e esta nos levou à sra. Malone.

Griffin fervia de raiva.

— Que comentário foi esse? — perguntou Ann Marie.

— Também não estou autorizado a falar a respeito.

A âncora não se perturbou.

— É justo dizer que, se não fosse pelo escândalo de Rosetti, o caso DiCenza ainda não teria uma solução?

— Não — respondeu Randy, sem hesitar. — Outra coisa teria surgido. O passado só pode ser escondido por algum tempo, pois logo começa a vazar. O governo mantém o nosso grupo de investigações especiais para estar atento a esses vazamentos e seguir as pistas que surgirem.

— Pode nos dizer como Heather Malone... ou Lisa Matlock, se as acusações são procedentes... teria viajado da Califórnia para New Hampshire sem ser presa?

— Não, não posso.

— Soubemos que ela vive com um viúvo chamado Micah Smith e cuida de suas duas filhas pequenas.

— É o que a agência acredita.

— Micah Smith é considerado cúmplice?

— Não posso fazer qualquer comentário a respeito.

— Acha que Heather Malone será extraditada para a Califórnia, a fim de ser julgada?

— Tenho certeza de que a justiça haverá de prevalecer.

Ao sentir que a entrevista terminara, Griffin começou a tentar avaliar os danos. Ann Marie, na tela, exibiu um sorriso artificial.

— Obrigada, agente Hughes. — Ela olhou para a câmera. — Esta é a última notícia sobre este acontecimento. Para repetir, esperamos a qualquer momento uma nova notícia de West Eames, New Hampshire, onde se realiza uma audiência para determinar o destino imediato de Heather Malone...

Griffin desligou a televisão. Passou a mão pelos cabelos. Hughes era um sobrenome bastante comum. Se Poppy tivesse assistido, talvez não fizesse a ligação.

É apenas o que você deseja, pensou ele, amargurado. Os cabelos de Randy eram castanho-avermelhados, mas podiam parecer completamente castanhos, dependendo da iluminação. Mas tinham o queixo em comum. Não havia como se equivocar com aquele queixo quadrado. Com o queixo e as visitas de Griffin, Poppy teria certeza. Ela era bastante perceptiva. Griffin descobrira isso em seus telefonemas durante a confusão envolvendo a irmã dela. Poppy não o deixaria escapar impune com algo assim. Por tudo o que Griffin podia saber, ela já deduzira que fora ele quem avisara o FBI.

Um telefonema rápido indicaria uma coisa ou outra... e um telefonema rápido era o máximo para quem não tinha tempo. Estava atrasado na biografia de Hayden. Havia muita coisa para escrever.

Mas não queria descobrir o que Poppy sabia ou não por um telefonema. Faria muito melhor, decidiu ele, enquanto começava a juntar os papéis espalhados sobre a mesinha de café, pegava o carro e viajava para Lake Henry a fim de apresentar o caso pessoalmente.

Poppy perdeu a entrevista com Randall Hughes. Não ouviu o nome, não viu o rosto, porque na ocasião falava ao telefone com a irmã, Lily. Embora Lily fosse dois anos mais velha, Poppy era a protetora, porque a irmã tinha uma gagueira angustiante. Melhorara bastante ultimamente; de um modo geral, diga-se de passagem, tudo melhorara para Lily. Não apenas estava apaixonada, mas também, enquanto falava com Poppy, voltava de carro de Portsmouth. Dava aula de apreciação musical numa escola particular de ensino médio do lugar. Era um dos três cargos que obtivera desde que perdera dois empregos em Boston no outono passado. Com o acréscimo de seu relacionamento com John, não podia haver a menor dúvida de que ela saíra ganhando.

Isso não significava que Poppy podia parar de se sentir protetora. Afinal, Lily passara por maus momentos. Agora, a presença de Heather no noticiário, sem qualquer causa, como acontecera com Lily, não podia deixar de afetá-la.

— É como uma reprise — comentou Lily, através da estática, na péssima ligação pelo celular. — As emissoras locais só falam de Heather. Sei que estou em New Hampshire, e que é uma notícia em New Hampshire. Mas quais são os fatos que eles têm? Não ouvi nenhum, Poppy. Não faz o menor sentido para as pessoas que conhecem Heather. A imprensa tem ligado?

— Para cá? Não. John tinha razão. Eles sabem como nos sentimos e por isso vão se manter a distância. Vivian Abbott ligou há pouco.

Vivian era a funcionária dos registros públicos e tinha uma boa vista pela janela de sua sala.

— Ela disse que podia ver duas equipes de televisão filmando na cidade — acrescentou Poppy —, mas eram de emissoras estaduais, não de redes nacionais. Talvez as nacionais não ousem aparecer.

— Talvez apenas ainda não tenham chegado — disse Lily, preocupada. — Já falou com Micah?

— Ele ligou durante a pausa para o almoço. Disse que Cassie vem tentando descobrir que provas o governo tem. Mas obrigam-na a apresentar petições para tudo, e petições levam dias para serem despachadas. Heather está abalada. E ele também.

— As meninas sabem o que aconteceu?

— O diretor da escola diz que não. — Poppy falara duas vezes com o homem. — Mas isso pode mudar no instante em que a campainha soar e as crianças saírem para a rua. Espere um instante, Lily. Alguém ligou para John.

Ela apertou outro botão.

— *Lake News*.

— Sou eu, Charlie — disse uma voz, vibrando de indignação. — Kip não está no jornal?

— Foi para Concord.

— Espero que ele consiga acertar tudo com o pessoal de lá. Disseram na televisão, há menos de cinco minutos, que Micah pode ser cúmplice.

— Cúmplice! — gritou Poppy. — Mas cúmplice *de quê*? Não houve nenhum crime!

— Diga isso aos federais. Melhor ainda, eu direi — disse e Charlie desligou.

Poppy voltou a falar com a irmã. Numa atitude sensata, não repetiu o que Charlie dissera, porque Lily já se mostrava bastante perturbada mesmo sem ouvir aquela última má notícia.

— Se não fosse pelo outono passado...

— Pare com isso, Lily. Não é culpa sua. — Lily fora falsamente acusada de envolvimento romântico com um homem do clero. A história alcançara o noticiário nacional, graças a um repórter inescrupuloso. — Você não tinha controle sobre isso.

— Talvez não. Mas posso sentir tudo o que Heather sente neste momento. Mamãe telefonou?

A pergunta saiu quase sem pausa, o que indicava que Lily, apesar da melhoria de seu relacionamento com Maida, ainda sentia um medo arraigado.

— Ainda não.

— Mas vai telefonar. Descontrolada. Saiu daqui, depois do casamento, pensando que o passado fora morto e enterrado. — Houve uma pausa e Lily acrescentou, com o maior controle: — Ficará angustiada, achando outra vez que o problema poderá aflorar à superfície.

Lily fez outra pausa, para depois acrescentar, num tom de súbito desafio:

— Não me importo se isso acontecer. Eu bem que gostaria de deixar embaraçados certos membros da imprensa.

Poppy olhou para a porta, por onde passavam suas amigas Sigrid e Marianne.

— O que aconteceu? — perguntou ela.

As duas haviam deixado o trabalho mais cedo para ir ao tribunal; agora, pareciam consternadas.

— Falamos com Cassie pelo telefone, no meio do caminho. — Sigrid pegou o controle remoto da televisão na mesa de Poppy e apontou-o para o aparelho. — Ela nos disse para ficarmos em casa. Disse que ninguém nos veria ali, muito menos Heather. Há uma multidão no lugar.

— Pessoas daqui? — perguntou Poppy enquanto a televisão acendia.

Foi Marianne quem respondeu:

— Muitas. Dulcey Hewitt até apareceu com uma turma de Ridge... crianças, primos, tudo o que imaginar. As crianças adoram Heather. Ela é quem lê para as crianças na biblioteca. Mas Cassie diz que tem muita gente da imprensa. Ei, olhe só para essa imagem!

— O que está acontecendo? — perguntou Lily no ouvido de Poppy.

— Parece que todo mundo está de pé na frente do tribunal — respondeu Poppy, virando a cadeira de lado para poder ver a TV.

— A audiência continua — informou Sigrid. — Esperam a decisão.

— Esperam a decisão — informou Poppy a Lily.

— Pobre Heather... — murmurou Lily. — Cassie não pode arrumar ninguém para testemunhar que Heather estava longe da Califórnia quando o crime ocorreu?

— Quem? Quando Cassie teve tempo para procurar alguém assim? Se calcularmos que o FBI chegou à casa de Micah às seis horas da manhã, tudo começou há menos de oito horas. O que ele está dizendo, Marianne?

— Que se houver uma fiança, será alta — respondeu Marianne, de seu posto na frente da TV.

— Se houver fiança, será alta — informou Poppy a Lily.

— Fiança? — gritou Lily. — Mas ela não fez *nada*!

— Risco de fuga! — gritou Marianne.

— Risco de fuga — repetiu Poppy para Lily.

— Onde Heather morava antes de vir para Lake Henry? — perguntou Lily.

Poppy recordava algum comentário sobre o Noroeste. Ou talvez o Oeste.

— Idaho, eu acho.

Ou seria Illinois?

— Você *acha*?

— Nunca teve importância. Heather é Heather.

— Ela tem uma família que deva ser avisada?

Poppy não pensara numa família, assim como também não pensara que Heather já vivera em outro lugar. Sempre aceitara Heather pelo que era, não pelo que fora. Era assim que a própria Poppy vivia. Não se fixava no passado. Não podia fazer isso e continuar acordando todos os dias com um sorriso.

E Heather? Heather ajustara-se com tanta facilidade na estrutura de Lake Henry que era difícil lembrar que ela não nascera ali.

— Se ela tem família em algum lugar, nunca a mencionou — informou Poppy a Lily agora. — Ninguém jamais veio visitá-la.

— Isso não significa que não haja ninguém — comentou Lily, a voz truncada pela ligação cada vez pior.

— Micah deve saber. Se havia telefonemas para dar, ele provavelmente já os deu, do tribunal.

— Há... alguma coisa... ajudar?

Poppy preencheu os espaços vazios.

— Ainda não. Por enquanto não há nada que alguma de nós possa fazer. Cassie diz que é apenas um problema processual. Mas quase não consigo mais ouvi-la, Lily, e os telefones aqui parecem estar enlouquecendo. É melhor eu desligar agora.

Ela escutou. Não houve resposta. Lily sumira.

— Alguma novidade? — perguntou às duas amigas de plantão na frente da TV.

— Ainda esperando — respondeu Sigrid.

Sem saber mais o que fazer, Poppy apertou um botão para atender a chamada seguinte.

Quatro

Griffin tinha um Porsche cinza. Seu orgulho, no entanto, era a unidade de GPS que instalara no ano anterior. Como adorava guiar, e vivia ao volante, percorrendo estradas secundárias, atrás de histórias fascinantes, já se perdera muitas vezes. O que não acontecia mais. Agora, bastava indicar um destino, e uma voz sensual de mulher oferecia a orientação, que ao mesmo tempo aparecia numa tela em cores vivas.

Ele escolhera aquela voz em particular, num *menu* de várias, porque fazia com que se sentisse menos sozinho. Chamava-a de Sage, a sábia, e a imaginava como uma sereia, do tipo descalça e grávida, doméstica e bucólica... isso antes de conhecer Poppy. Quando falava com Sage agora, imaginava Poppy.

Se estivesse seguindo direto para Lake Henry, nem precisaria consultar Sage. Conhecia o percurso de cor. Para cada vez que guiara até lá em carne e osso, fizera a viagem dez vezes em sua mente.

Agora, porém, seguia para outra pequena cidade de New Hampshire, West Eames. Vinha acompanhando o caso pelo rádio, durante a viagem para o norte, desde Nova Jersey, e calculava que poderia chegar a tempo de pegar o final da audiência.

Seu celular tocou. Ligara para aquele número uma hora antes.

— Oi, Duncan. O que você tem?

Duncan Clayes era um antigo colega de universidade, agora trabalhando como repórter num jornal de San Francisco.

— Lisa Matlock nasceu e foi criada em Sacramento — disse Duncan, num tom de quem lia suas anotações. — A mãe partiu quando ela tinha cinco anos. Foi criada pelo pai. Anos antes, ele cumprira uma pena de prisão por arrombamento e invasão de domicílio. Trabalhava como entregador de refeições em casa de um restaurante na época em que Rob DiCenza foi morto. Viviam muito precariamente.

Griffin já conhecia a situação financeira. Descobrira-a por um telefonema, recebido pouco depois de cruzar a ponte Tappan Zee. Com Duncan, estava completando os elementos da história que podiam confirmar ou negar uma ligação com Heather Malone.

— O pai ainda é vivo?

— Não. Morreu de infarto dois anos depois que Lisa desapareceu. O FBI vigiou a sepultura por meses, mas ela não apareceu.

— E a mãe?

— Também não apareceu na ocasião. Muito menos quando Lisa sumiu. O FBI não tinha a menor pista sobre ela na ocasião. Ainda não tem.

— Há irmãos?

— Não.

— Outros parentes?

— Uma tia pelo lado do pai. Os federais vigiaram-na durante semanas depois que DiCenza morreu... Uma vigilância de 24 horas por dia, o telefone grampeado. Voltaram a vigiá-la quando o pai morreu. Se houve algum contato entre Lisa e ela, os agentes nunca tomaram conhecimento.

— Lisa tinha amigas?

— Na ocasião de seu desaparecimento, o pai disse que sim. Mas nenhuma se apresentou para ajudá-la. O pai alegou que alguém as procurara para dissuadi-las.

— Alguém da família DiCenza?

— Por aí. Rob era incansável, pulando de uma mulher para outra. Ao que parece, gostava de jovens e inocentes.

— E qual foi o relacionamento entre Lisa e Rob? — perguntou Griffin.

— No início, a família DiCenza garantiu que não havia nenhum. Depois do crime, no entanto, amigos de DiCenza se apresentaram para informar que Lisa e Rob tiveram uma discussão naquela noite, o que sugeria que se conheciam. Quando vazou a notícia de que tinham um envolvimento sexual, a família mudou a história e passou a falar em extorsão. Alegaram que Rob saíra uma ou duas vezes com a garota e tentava acabar com a ligação. Mas Lisa queria lhe arrancar dinheiro para ficar calada.

— Ficar calada? Depois de um ou dois encontros? O que ela teria para manter em segredo?

— Era a filha de um ex-presidiário e era pobre... não o tipo de garota que os pais queriam para o filho. Como o pai passaria a ter grande visibilidade, como candidato à vice-presidência, ela poderia tirar algum dinheiro de Rob. A família era muito preocupada com sua imagem. Até demais.

Griffin sabia disso também. Era de conhecimento público, um fato que lhe fora lembrado por outra fonte, há menos de vinte minutos.

— Então a opinião pública disse que ela era uma interesseira?

— A opinião pública impulsionada pela história da família. Lisa desapareceu, o que parecia confirmar sua culpa; e quanto mais tempo passava, pior ficava. Charles DiCenza obteve a indicação para a vice-presidência três semanas depois que o filho foi enterrado. Os promotores do partido trataram de explorar ao máximo o fator de compaixão. A essa altura, Lisa Matlock teria sido apedrejada se aparecesse de repente.

— Sua saída está a um quilômetro e meio — avisou Sage. — Por favor, vire à esquerda no final da rampa.

Griffin passou para a faixa da direita.

— De onde tirou essas informações? — perguntou ele a Duncan.

— Dos arquivos do jornal.

— Há mais?

— É o que pude encontrar. Você não me deu muito tempo.

— Descubra tudo.

— Qualquer coisa em particular ou tudo em geral?

Griffin não sabia. Quando começara a viagem, fizera uma ligação, pensando que obteria algumas informações básicas. Uma ligação levara a outra. Duncan já era a terceira. Griffin refletiu que devia ser o jornalista que ainda persistia nele, sempre curioso. Mas, por outro lado, talvez, quanto mais soubesse, mais teria a oferecer quando alcançasse Lake Henry. Por isso, ele disse a Duncan:

— Tudo em geral e mais tantas fotos de Lisa Matlock quanto puder obter. Mande tudo na entrega especial, da noite para o dia, aos cuidados da agência dos correios de Lake Henry. Faça isso, e estaremos quites.

Vários anos antes, enquanto fazia uma de suas reportagens de profundidade, pelas quais conquistara sua reputação como jornalista *free-lancer*, Griffin descobrira uma dica valiosa para uma matéria paralela. Oferecera-a a Duncan, que precisava da oportunidade. Quando sua carreira se tornara ascendente, em conseqüência, Duncan jurara que se algum dia pudesse fazer alguma coisa para ajudar o amigo, Griffin só precisava pedir.

Era o que ele fazia agora. Encerrou a ligação ao se aproximar da saída da auto-estrada. Desceu a rampa e virou à esquerda.

— Continue reto por oito quilômetros — indicou Sage.

Griffin olhou para o monitor enquanto completava a curva, a fim de verificar se encontraria alguma retenção. Queria chegar ao tribunal antes de a audiência terminar, mas tinha de reconhecer que não estava mais numa auto-estrada. As faixas podiam ser bastante largas, mas havia apenas uma em cada direção. Por isso, oito quilômetros poderiam exigir quinze minutos.

Ele estendeu a mão para o telefone, a fim de ligar para Poppy, mas mudou de idéia. Em vez disso, concentrou-se numa ligação em que teria maior chance de sucesso. Apertou um número diferente. Pertencia a Ralph Haskins, um antigo amigo da família, cuja habilidade como investigador particular fora bastante valiosa para o pai de Griffin ao longo dos anos. Ralph sempre se mostrava satisfeito ao ser procurado por um Hughes. Também estava totalmente a par do noticiário de New Hampshire, o que significava que Griffin não precisaria relatar a história ou dar explicações quando pedisse tudo o que fosse possível encontrar nos arquivos oficiais sobre Lisa Matlock. Randy também poderia ter acesso a esses arquivos, só que seus canais seriam públicos; além disso, por uma questão de orgulho, para não mencionar ressentimento, Griffin adoraria levar a melhor sobre o irmão naquele caso. Ralph era sua maior esperança. Atuava nos bastidores, em operações discretas e clandestinas. Contava com uma rede de contatos que era insuperável. Sempre dava um jeito de conseguir informações que outros não eram capazes de obter. Griffin sabia que o menor fragmento de informação de uma ficha médica, registro escolar, conta telefônica ou de cartão de crédito poderia oferecer uma pista.

Ralph não fora capaz de encontrar a irmã de Griffin, Cindy. Mas também ela conhecia Ralph, sabia como ele operava, o que tornava mais fácil manter-se um passo à sua frente. Talvez por causa de sua frustração com isso, ele mostrou-se ansioso em ajudar Griffin agora.

Depois de relatar tudo, Griffin concluiu a ligação e sintonizou o rádio nas mais potentes emissoras locais, passando de uma para outra. Todas informavam que a audiência ainda não acabara.

Ao chegar a West Eames pouco depois, Griffin não teve a menor dificuldade para encontrar o tribunal. Era um prédio gracioso, com estrutura de madeira, parecendo uma igreja. Mas não podia haver engano, por causa da multidão nos degraus da frente. Avistou vários repórteres locais; enquanto passava, à procura de uma vaga para estacionar, viu mais repórteres à espera no outro lado da rua.

Estacionou o Porsche numa rua transversal. Foi envolvido pelo frio intenso no instante em que saiu do veículo. Vestiu uma parca e partiu apressado, passando por casas pequenas e encantadoras, em cujos beirais havia pingentes de gelo. Eram duas quadras, com neve compacta, até o centro da cidade. Alcançou o tribunal no instante em que as primeiras pessoas lá dentro começavam a passar pela porta dupla, de granito cinza.

Não avistou Heather. Nem Micah ou Cassie. As pessoas saindo pareciam furiosas, o que não era um bom sinal para alguém que torcia para que o caso fosse arquivado e encerrado naquela audiência.

Com uma sensação de medo, Griffin aproximou-se da câmera de televisão mais próxima da porta. Parou ao lado do técnico de som. Em poucos minutos, a correspondente saiu do meio da multidão, ajeitou o fone de ouvido que lhe entregaram, pegou o microfone e olhou para a câmera, à espera de sua deixa.

— Está muito bem, Amber! — gritou Griffin.

Amber Abbott fitou-o, com uma surpresa momentânea, para depois sorrir.

— Você também, Griff. Veio fazer uma de suas reportagens especiais?

— Ainda não sei. Talvez. O que aconteceu?

Sem desviar os olhos da câmera, Amber ajustou a gola do elegante casaco de lã para que não cobrisse o queixo.

— Ela ficará detida, sem direito a fiança durante trinta dias.

Griffin sentiu um aperto no coração.

— Detida?

— Na dependência de uma decisão do governador sobre a extradição. — Amber recebeu sua deixa e passou a falar para a câmera. — A audiência aqui em West Eames, Philip, acaba de ser concluída...

Griffin afastou-se, tendo de se esgueirar através da multidão na frente do prédio. Uma parte dele queria se esconder, pensando que todos saberiam que fora o traidor; mas a parte mais forte precisava descobrir mais.

Olhou ao redor, à procura de um rosto familiar. Ficou aliviado ao avistar John Kipling, com seus cabelos castanhos, a barba bem aparada, o casaco Sherpa, saindo do tribunal para o sol de inverno. O alívio de Griffin, no entanto, desvaneceu-se assim que percebeu a expressão furiosa de John.

Segundos depois, os olhos de John encontraram-se com os seus. Griffin fora visto. Não tinha mais como escapar.

Com um esforço para subir a escadaria, contra a multidão, Griffin estendeu a mão. O alívio voltou porque foi recebido com boa vontade. Pôs de lado no mesmo instante o sentimento de culpa.

— Como puderam detê-la? Ela é uma cidadã exemplar!

John convidou-o a descer os degraus com um aceno com o queixo.

— Foi o que Cassie argumentou, mas não tinha a menor chance de vencer. Lisa Matlock fugiu há quinze anos. A probabilidade é a de que ela faria a mesma coisa de novo, sem a menor hesitação.

— Está presumindo que a mulher lá dentro é Lisa.

— Não, eu não — protestou John. — Mas o juiz, o promotor e o FBI. E os DiCenza. Charlie DiCenza pode ter perdido a eleição para a vice-presidência, mas ainda tem influência. A informação é de que ele foi avisado muito antes de todo mundo aqui, e começou a telefonar para uma porção de pessoas. Quer que a assassina do filho seja condenada, punida. E a menos que alguém apresente um teste de DNA provando que Heather não é Lisa, esse resultado é um *fait accompli*. A audiência terminou antes mesmo de começar. Não havia a menor possibilidade de soltarem-na.

— Quer dizer que não há prova de DNA?

— Não. Afinal, não havia qualquer razão para fazer o teste. Lisa não tinha ficha criminal.

— O que levanta a questão do motivo pelo qual ela supostamente atropelou o cara. Tinha dezoito anos na ocasião. Era bonita e elegante. Fora aceita em Berkeley, com uma bolsa de estudo. Acha que alguém assim recorreria à extorsão?

— Eu diria que não. — Chegaram à base da escadaria. Começaram a se afastar pela calçada. John lançou um olhar para Griffin. — Uma bolsa de estudo? Essa informação saiu no jornal?

— Não. A informação foi transmitida por um contato.

John não respondeu. Assim que a multidão se tornou mais dispersa, ele passou a andar mais depressa. Parecia absorvido em seus pensamentos. Parou de repente, com uma expressão angustiada. Olhou para Griffin.

— Você deveria ter presenciado. O juiz mal escutou, depois declarou que vai mantê-la detida por trinta dias, sem fiança. Há um silêncio total... de incredulidade... e em seguida o pandemônio. Nem mesmo sei se Heather percebeu que havia pessoas do seu lado. O oficial de justiça começou a levá-la da sala. Ela virou a cabeça e fitou Micah, as lágrimas escorrendo pelas faces. — John fez uma pausa. Engoliu em seco. — Nunca vi tanta dor.

Griffin captou todo o desespero na voz de John, e o sentimento de culpa voltou. A única coisa que atenuou sua angústia foi a convicção de que era uma situação temporária.

— Cassie dará um jeito de tirá-la de lá.

John levantou a gola do casaco e recomeçou a andar.

— Tem razão. Mas sabe o que será necessário para conseguir isso? Apenas parte do custo são os trinta dias da vida de Heather, Micah, Missy e Star. Ela integra uma família, entende? A outra parte do custo é o dinheiro. Sabe quanto tudo isso vai custar? Cassie pode não cobrar pelo seu tempo, mas as despesas num caso assim costumam ser elevadas.

— Ela é inocente — insistiu Griffin.

— Mas sairá caro provar essa inocência. Não sei como eles conseguirão. Micah não tem tanto dinheiro.

Griffin tinha. Arcaria com toda a despesa sem hesitar. Mas Poppy não o deixaria fazer isso se soubesse a verdade. E Micah não aceitaria. Em primeiro lugar não iam querer o dinheiro do homem que criara todo aquele problema.

— Micah não terá esse dinheiro, *ainda mais* se perder a corrida da seiva. Ele contraiu empréstimos para adquirir novos equipamentos, e calculou tudo, o quanto exatamente precisava ganhar todos os anos para pagá-los. Se Heather fica na cadeia e ele se preocupa, ou se alguma coisa sai errada... se uma peça do quebra-cabeça não se ajusta direito... Micah estará perdido. A seiva vai correr em algum momento do próximo mês, com Heather na cadeia. O momento para que isso acontecesse foi o pior possível. — John parou de novo e olhou para Griffin com uma expressão de surpresa. — O que você está fazendo aqui?

Griffin também parou. Esfregou as mãos para conseguir algum calor.

— Aqui? Eu estava a caminho de Lake Henry e resolvi fazer um desvio.

— Por onde tem andado? Parecia interessado em Poppy na última vez que conversamos. Desaparecer por semanas não combina com tanto interesse.

Ele recomeçou a andar. Griffin o acompanhou.

— Ela não tem sido muito encorajadora.

— Você já sabia que isso aconteceria. Sabia que ela tinha problemas. Poppy sabe de sua visita agora?

— Não. Pensei em fazer uma surpresa.

— Poppy não gosta de surpresas.

— É verdade. Mas esta é minha única oportunidade de ela me ouvir.

John parou ao lado de uma Tahoe com o nome do jornal, *Lake News*, escrito na porta.

— Por que agora? — Ele tirou as chaves do bolso. — Se pensa em escrever sobre Heather, é melhor pensar duas vezes. Sabe o que Poppy acha das pessoas que ganham dinheiro com a desgraça dos outros?

— Claro que sei. Ela me disse isso em setembro. Mas não vou escrever sobre Heather. Não posso. Estou no meio de outro projeto.

— Então por que falou com seus contatos a respeito de Heather?

— Se eu pudesse descobrir alguma coisa para ajudar...

— Por que faria isso?

— Porque acho que Heather está sendo vítima da precipitação do FBI e da justiça.

— Acha que ela é inocente? Porque é amiga de Poppy?

— Em parte.

John fitou-o nos olhos.

— Continue. Poppy vai querer saber o resto.

Griffin ficou calado. Como John continuasse parado, ele sentiu um frio no estômago. John sabia. Vira a entrevista de Randy e somara dois e dois. Negar só serviria para piorar a situação. Por isso Griffin admitiu:

— É verdade, ela vai querer saber o resto. Mas será muito difícil para eu explicar. Não foi deliberado. Quando comentei sobre a foto na parede da sala de meu irmão, a última coisa que me passaria pela cabeça seria que Randy iria bisbilhotar em Lake Henry.

O olhar de John se tornou vago antes de o rosto se contrair numa expressão de perplexidade.

— Randall Hughes! Ó Deus, como sou lento para perceber algumas coisas!

Um longo momento transcorreu antes que Griffin compreendesse o que fizera. Baixou a cabeça com um grunhido frustrado. Mas logo tornou a erguê-la e suspirou de tristeza. Não sabia o que John pensava que ele escondia de Poppy, mas sem dúvida caíra na armadilha.

— Acho que sou mais lento do que você.

John parecia tão furioso quanto se mostrara ao sair do tribunal.

— Você os levou a Lake Henry.

— Não — protestou Griffin. — Comentei uma semelhança. Randy partiu daí.

— É a mesma coisa. Poppy calculou que era alguém que estivera na cidade no outono. Não ficará nem um pouco satisfeita ao saber que foi você.

Griffin considerou que isso era um sinal positivo. Sugeria pelo menos que Poppy *sentia* alguma coisa por ele.

— Vai contar a ela? — perguntou John.

— Provavelmente. Não sou bom para guardar segredos. — *Como acabou de constatar*, ele teve vontade de acrescentar. — Por outro lado, se um dos meus contatos descobrir alguma coisa que prove que Heather não era Lisa, estarei salvo.

Como John nada dissesse, ele indagou, já não tão seguro:

— Não concorda?

John fitou-o em silêncio por mais um longo momento, depois balançou a cabeça e destrancou o carro.

— Que confusão... — murmurou ele ao entrar.

Griffin segurou a porta antes que fosse fechada.

— Preciso de um lugar para ficar. Alguém na cidade me alugaria um quarto?

A hospedaria mais próxima ficava a cinqüenta minutos de carro de Lake Henry. Ele não queria ficar tão longe, ainda mais no inverno, quando a neve era uma constante na região. Se queria ajudar, precisava freqüentar o armazém geral e ouvir as últimas notícias na agência dos correios. Precisava ser visto na cidade, o suficiente para que as pessoas se acostumassem com sua presença. Era a única maneira pela qual poderia penetrar no casulo que envolvia Heather, e ele precisava disso. Um estudo em profundidade da desaparecida Lisa era apenas metade da história; a outra era um estudo em profundidade de Heather.

Não que estivesse pensando em escrever alguma coisa. Tinha um livro para terminar e não dispunha de tempo. Mas aquele assunto o estimulava muito mais do que um tributo insípido a Prentiss Hayden. John olhava pelo pára-brisa.

— A cidade vai se fechar para a imprensa.

— Não sou da imprensa. Sou amigo de Poppy.

John lançou um olhar irritado para Griffin.

— Pior ainda. Sabe como a cidade é protetora em relação a Poppy, não é mesmo? Ela é especial. Muito especial. Pode ser otimista e animada, mas sua vida não é um mar de rosas.

— Sei disso.

Griffin sabia mesmo. Conhecia coisas a respeito de Poppy que duvidava que John soubesse. E não incumbira Ralph Haskins ou qualquer outro contato de fazer a pesquisa. Fizera-a pessoalmente.

John ligou o motor do Tahoe. Acelerou uma vez, deixou em ponto morto, acelerou de novo. Seus olhos tornaram a se encontrar com os de Griffin.

— Lembra de Charlie Owens, o dono do armazém geral? O irmão dele mudou-se há uma dúzia de anos, mas deixou uma cabana em Lake Henry que precisa ser cuidada durante todo o inverno. Se você quiser ganhar alguns pontos com Charlie... e marcar pontos com Charlie pode levá-lo longe na cidade... pode ficar nessa cabana e cuidar de tudo por ele.

John fez uma pausa, fitando Griffin com uma expressão avaliadora.

— Talvez você não seja capaz.

— Por que não?

— Não seria nem um pouco fácil. A cabana não tem nada. Pode ser duro demais.

— Posso agüentar.

Griffin conhecia a maior parte da trilha Apalachiana, que se estendia por mais de três mil quilômetros das montanhas do Leste americano. Estava acostumado a acomodações rústicas. Não usava agora botas isolantes de excursionista? Além do mais, tomar conta de uma casa era muito melhor do que alugar um quarto. Teria espaço para montar um escritório. Precisava escrever uma biografia.

— Tem teto?

— Tem.

— Tem aquecimento?

— Há uma estufa de lenha.

— Então qual é o problema?

— Vento. Neve. Acesso. Little Bear é uma ilha. A meio quilômetro da margem do lago.

Griffin nunca vivera numa ilha.

— Como se chega lá no inverno?

— A pé ou de carro. Seria fácil se você tivesse um utilitário. O Porsche? — John babara pelo carro na última vez em que Griffin estivera na cidade. Agora, acrescentou, pedante: — Não conseguiria.

Ele fez um movimento para fechar a porta. Griffin continuou a segurá-la, firme.

— Alugarei um utilitário. Era mesmo o que eu planejava fazer ao vir para cá.

John sorriu.

— Tenho uma idéia. Meu primo Buck quer vender sua picape. Sua mulher acaba de ter uma criança. Você pode pagar o dobro do que ele está pedindo e conquistar o outro lado da cidade.

— Negócio fechado — decidiu Griffin. — Para onde tenho de ir?

Buck, o primo de John, vivia em Ridge, que era a versão em Lake Henry do lado errado dos trilhos. Como o Porsche não se daria bem ali — ou, mais certo, se destacaria tanto que as pessoas sairiam de casa para querer ficar com um pedaço —, John sugeriu que Griffin o guardasse numa garagem de barco, na marina local, durante toda a sua estada. Com isso, Griffin teve de ir no carro de John até Ridge.

Quando, porém, Poppy passou pelo Tahoe de John, no centro da cidade, estava preocupada demais para olhar duas vezes. Acenou em resposta à buzinada de John, mas não pensou sobre a outra pessoa no carro nem teve tempo de parar. Micah telefonara e pedira para pegar as meninas na escola local. Ela saíra de casa no instante em que Annie Johnson chegara para lhe dar cobertura nos telefones.

Agora, com um sol fraco mergulhando por trás das árvores de folhagem permanente, ela acelerou a Blazer ao máximo possível nas ruas que voltavam a ficar congeladas. A atenção indispensável era uma pausa oportuna em seus pensamentos, que variavam entre a indignação por Heather continuar presa e o quase-pânico. Não *sabia* de onde Heather viera, apenas que era uma boa pessoa. Poppy gostava de pensar que também era uma boa pessoa, mas tinha um passado. Portanto, talvez Heather tivesse também.

Não gostando dessa linha de pensamento, ela se sentiu feliz ao chegar à escola. Pôs as luvas, que eram acolchoadas e inteiras, para uso na cadeira de rodas durante o inverno, saiu da Blazer e, com algum esforço, alcançou um ponto na calçada em que as meninas poderiam vê-la. Não era a única ali, mas era a única bastante tola para esperar no frio. Outros pais esperavam no calor de seus veículos enquanto os ônibus escolares faziam fila no caminho.

Poppy conhecia os pais em cada um daqueles veículos, mas não olhou em direção a eles. Fazer isso seria um convite para conversas sobre Heather, as pessoas gritando de uma janela abaixada para outra. Em vez disso, ela encolheu-se dentro da parca, que era de cor turquesa, para combinar com a cadeira, ajeitou o cachecol em torno do pescoço, enfiou as mãos enluvadas nos bolsos e tentou não pensar. Momentos depois, a campainha da escola tocou. Mais um pouco e as crianças sairíam em disparada pelas portas, um arco-íris de parcas seguindo em todas as direções que as levariam para suas casas.

Em circunstâncias normais, Heather estaria na fila dos pais. Embora o ônibus pudesse facilmente levar as meninas, ela fazia questão de buscá-las pessoalmente. Naquele dia, Poppy tomava seu lugar. Ocorreu-lhe que agora, com Heather presa por trinta dias, não seria um acontecimento isolado. Ocorreu-lhe também que precisava fazer isso de qualquer maneira, enquanto o pesadelo continuasse. Heather era sua amiga, mas sentia uma responsabilidade que ia além.

Foi salva de persistir nesses pensamentos quando Missy e Star saíram da escola. Lado a lado, ansiosas, partiram correndo na direção dos veículos dos pais. Quase no mesmo instante avistaram Poppy e estacaram. O excitamento desapareceu por completo. Poppy não era Heather.

Missy foi a primeira a recomeçar a andar; Star teve uma reação mais lenta. No tempo que as duas levaram para alcançá-la, Poppy compreendeu que não só ela não era Heather, como também não era mãe, nem terapeuta, nem advogada. Não sabia como explicar o que acontecera. Micah poderia saber, mas Micah não estava ali. O que deixava o encargo com Poppy, que não sabia absolutamente o que dizer.

Infelizmente, isso não era suficiente. As perguntas começaram no instante em que Missy a alcançou.

— Onde está Heather?

Poppy segurou a parca aberta de Missy com uma das mãos enquanto abria o outro braço para Star.

— Está em West Eames.

— Por quê? — perguntou Missy.

Quanto devo dizer?

— Há algumas coisas que ela precisa fazer lá. — Poppy sorriu, na tentativa de dar a impressão de que isso não era muito importante. Gesticulou para que Star chegasse mais perto. — Por isso, vim buscá-las.

Missy não ficaria satisfeita tão facilmente.

— Ela disse que voltaria.

— Quando ela disse isso?

— No momento em que saiu de casa esta manhã. Mas não parecia estar bem. Achei que ela não queria ir para lugar algum.

— Às vezes temos de fazer coisas que não queremos fazer.

Como ser evasiva com crianças, pensou Poppy. No instante seguinte, ela se lamentou, mentalmente: *Não sou boa nisso*. Tentou outro sorriso e puxou Star para mais perto.

— Estava pensando em ir para casa e fazer biscoitos de açúcar de bordo.

— A casa de quem? — indagou Missy, sensata.

— A de vocês.

Sua própria casa seria mais apropriada para trabalhar na cozinha numa cadeira de rodas, mas Poppy não ousava levá-las para lá, não com as linhas telefônicas piscando e Annie alternadamente discutindo os acontecimentos do dia com os locais e desviando os repórteres.

— Papai está em casa? — perguntou Missy.

Poppy simulou que considerava a possibilidade, como se não tivesse muita importância.

— Hum... acho que ainda não.

— Ele está examinando as árvores.

Star, finalmente, ficou ao seu alcance. Poppy puxou-a para junto da cadeira.

— Examinando as árvores para quê?

Missy suspirou.

— Ele precisa cortar as que caíram. Heather vai voltar para o jantar?

O mesmo ar de despreocupação.

— Hum... acho que não.

— Quando ela vai voltar?

Dez dias? Vinte dias? Trinta dias? Como se pode explicar essas coisas a uma criança?

Não sou boa nisso nem um pouco, pensou Poppy de novo, já começando a tremer.

— Muito em breve, eu espero. Mas estou sentindo frio demais, Missy. Mais um minuto e... pode esquecer os dedos dos pés, que não posso mais sentir... as rodas acabarão congeladas. Vamos entrar no carro. Quer uma carona, Star?

O lábio inferior de Star parecia não estar muito firme. Com os olhos tristes, ela sacudiu a cabeça em negativa.

— Pois então dê uma ajuda a Missy lá atrás.

Poppy deu um empurrão nas rodas para que começassem a girar. Assim que entrou na Blazer com as meninas, ela ligou o aquecimento ao máximo. Mesmo assim, o calor não era muito, o que dizia alguma coisa sobre o frio lá fora.

Mas o frio era a menor das preocupações de Poppy ao dar a partida. As perguntas de Missy não paravam.

— E se Heather não estiver em casa de manhã?

— Nesse caso, seu pai ajudará vocês a se aprontarem para a escola, como fez esta manhã.

— E se ele não puder? Há dias em que papai sai de casa antes de Heather. E se não tivermos um desjejum, como aconteceu hoje?

— Vocês comeram hoje de manhã. — Poppy parou, ligou o pisca-pisca para a esquerda e esperou que os utilitários à sua frente deixassem a rua da escola, pegando a que levava ao centro. — Em *minha* casa.

— Vai preparar o desjejum para a gente amanhã?

Poppy fingiu que era uma brincadeira e murmurou:

— Posso preparar a comida para vocês hoje, amanhã e *sempre.*

Ela chegou à frente da fila, mas teve de esperar a passagem da velha picape de Buck Kipling. Mal fizera a volta quando sentiu uma mãozinha em seu ombro.

Era Star, indagando num fio de voz:

— Mamãe foi embora?

— Não, querida. Ela apenas foi para West Eames.

— Ela se foi para sempre?

Ponha o cinto de segurança, Poppy teve vontade de dizer. Mas Star parecia tão assustada que ela não foi capaz. Em vez disso, guiando com um cuidado ainda maior, inclinou a cabeça e encostou o rosto na mão da criança.

— Não, ela não foi embora para sempre.

— E se ela não voltar?

— Heather voltará. Ela ama vocês.

Um minuto inteiro passou antes que Star tornasse a falar. As palavras saíram como um suspiro angustiado:

— Quero a mamãe.

Poppy nunca se sentira tão desamparada em toda a sua vida.

— Sei disso, meu bem, sei disso...

Griffin passou pela Blazer vermelha antes de perceber quem a guiava. Mas era melhor assim. Ainda não se sentia preparado para enfrentá-la. Tinha de parar no Charlie's para receber instruções e comprar suprimentos, e depois guiar até a outra extremidade do lago. Calculava que tinha menos de duas horas para chegar a Little Bear, abrir a cabana, pôr a estufa de lenha para funcionar e ligar a eletricidade, antes da escuridão. Não tinha tempo para desperdiçar.

O armazém geral estava cheio de pessoas vindas de West Eames, além das outras que queriam ouvir o relato do que acontecera. Algumas conversavam nos corredores da loja, outras foram para o café. A maioria se concentrava em torno da estufa.

Grato porque ninguém lhe dispensou maior atenção, Griffin encontrou Charlie na caixa registradora. Explicou o que pretendia fazer. Charlie concordou, embora com mais cautela do que entusiasmo.

— Tem uma chave? — perguntou Griffin.

Charlie sacudiu a cabeça.

— Não. A porta nunca é trancada.

— O que preciso saber?

Com a mão na gaveta da caixa registradora, Charlie pensou por um instante.

— A lenha está empilhada na varanda. Se precisar bater nos canos por causa da água congelada, use o cinzel de gelo que está na parte interna da porta. Eletricidade, basta ligar o disjuntor.

Tudo parecia muito fácil para Griffin. Cauteloso, não querendo forçar a barra na confraternização com os moradores da cidade, permaneceu no armazém apenas o tempo suficiente para comprar café, pão, ovos, queijo, carne cozida e sopa em lata. No último instante, acrescentou uma caixa de seis cervejas e vários galões de água mineral. Como precisaria de alguma coisa para ajudar a acender a lenha, adicionou às três grandes bolsas de compras vários dos jornais à venda. Voltou à picape de Buck. Convencido de que os alimentos acabariam congelando na temperatura que não parava de cair, se os pusesse na traseira, ele pôs tudo na cabine. Precisou de várias tentativas antes de o motor pegar, mas logo partiu.

Saiu da cidade pela estrada que contornava o lago. Seguiu a orientação de John, passando por estradinhas de nomes exóticos que levavam a várias enseadas ao longo da margem. A má notícia era o fato de que o acesso mais próximo à ilha de Little Bear ficava no outro lado do lago. A estrada fazia curvas incontáveis, afastava-se do lago, para depois voltar, transformando o que seria uma viagem de cinco minutos, num percurso mais direto, em mais de meia hora. A boa notícia foi que a picape de Buck manteve-se muito bem na estrada... e que Griffin teria uma cabana só para si enquanto permanecesse em Lake Henry. Para não mencionar os pontos que marcaria com Charlie, depois que o dono do armazém tivesse tempo de pensar a respeito.

A Little Bear Road estava bem sinalizada, com o mesmo tipo de placa cuidada que indicava todas as ruas e estradas da cidade. *Siga até o final,* instruíra John, *e vire à direita quando entrar no lago.*

Entrar no lago?, indagara Griffin, cético. *Posso fazer isso?*

Claro, respondera John. *Tivemos um pequeno degelo ontem, mas já congelou de novo hoje. Há utilitários andando pelo lago congelado até as* bob-houses, *os abrigos de pesca no gelo, durante todo o tempo. Ninguém afundou este ano.*

Como precisava se convencer de que estava à altura do desafio, Griffin pôs as apreensões de lado, ainda mais quando descobriu que a neve fora removida da Little Bear Road. Ele entrou na estrada, acendendo os faróis na escuridão de um denso agrupamento de árvores que bloqueou o que restava da luz do dia.

Não se aflija, disse a si mesmo ao olhar para o relógio. Ainda tinha mais de uma hora para se instalar antes do anoitecer. *Será fácil.*

Quando a estrada à frente clareou e o lago apareceu, Griffin sorriu. Só que o sorriso desapareceu segundos depois, quando a parte desobstruída da estrada terminou abruptamente e a picape empacou.

Ele torceu para que fosse apenas uma aberração momentânea. Passou a mudança, deu ré, avançou de novo, acelerando. Conseguiu se adiantar apenas um pouco antes de parar outra vez. Mas agora, quando tentou andar para trás, não conseguiu. Por mais que invertesse a direção, por mais que virasse a picape para um lado e outro, recorrendo a todas as táticas que pôde imaginar, não saiu do lugar. Todos os quatro pneus da picape estavam afundados na neve, quase até a beira superior, foi o que Griffin descobriu quando saltou, arriando na neve acima do cano alto das botas de excursionista de que tanto se orgulhava. Ele viu que havia mais três metros de neve acumulada antes da beira do lago. A superfície ficava mais de meio metro abaixo da terra e se encontrava também coberta de neve.

Sem querer perder tempo, com as sombras sobre o lago se alongando enquanto os observava, Griffin examinou a ilha. A menos de meio quilômetro da margem, dissera John. Não parecia tão distante. Ele calculou que poderia percorrer a distância a pé sem qualquer dificuldade. Não tinha luvas — deixara-as em Princeton —, mas já ficara com as mãos geladas antes. E mãos geladas não o matariam.

Por isso, ele pôs na cabeça seu velho boné dos Yankees, seu amuleto da sorte, e saltou da picape. Pendurou a bolsa com roupas num ombro, o *laptop* e a pasta no outro, ajeitou uma sacola de compras em cada braço e partiu.

A boa notícia foi a de que o gelo agüentava seu peso sem o menor problema. Não gemeu, não rachou, não se mexeu; ao contrário, apresentava todos os sinais de ser tão grosso quanto John dissera. A má notícia foi a de que não apenas as orelhas estavam congelando e que também os jeans e as botas de excursionista não eram proteção suficiente contra a neve.

Atento ao sol que despencava para o horizonte, ele continuou a avançar. Sabia que havia gelo sob a neve, porque escorregava de vez em quando. Por sorte, era bastante atlético para manter o equilíbrio.

Se a temperatura estava caindo, ele não sentia. Levantar o pé na altura suficiente para tirá-lo da neve fez com que suasse em poucos minuto, o que anulava a umidade nos pontos em que a neve vazava através das roupas. Estar aquecido, no entanto, não impediu que suas coxas clamassem em protesto. Não estava acostumado a andar no chamado "passo de ganso". Não dava para fazê-lo com um mínimo de rapidez, ainda mais carregado como estava. Pior ainda, o que parecera uma distância curta da margem parecia exigir uma eternidade para alcançar. Além disso, havia o problema de suas mãos. É verdade que já sentira frio nas mãos antes, mas não *tanto frio*...

Determinado, Griffin não desviava os olhos dos pinheiros à frente. Obrigava as pernas a continuarem em movimento. Não podia sequer avistar a cabana. O que só aconteceu quando chegou bastante perto e contornou a ilha, e nesse instante sentiu um fluxo de prazer. A cabana era feita de troncos, encantadora em sua rusticidade. Ocupava a única clareira da ilha, que tinha menos de meio hectare.

Ele subiu até a porta da frente. A lenha estava empilhada à esquerda, sob a saliência de um telhado, que não impedira que a neve fosse soprada para cobri-la.

Ansioso por abrigo — para não mencionar um lugar para descarregar os braços, que doíam demais, e um fogo para aquecer as mãos, que ardiam muito —, ele tentou abrir a porta da frente. Como houvesse resistência, largou uma das sacolas na pilha de lenha e tentou de novo. Só depois que largou também a outra sacola, empregando toda a sua força, é que a camada de gelo no batente cedeu. Ele pegou as sacolas, entrou e fechou a porta.

Escuridão. Frio. Cheiro de mofo.

Eletricidade, dissera Charlie, enigmático, *basta ligar o disjuntor*. O problema era encontrar o disjuntor no escuro.

Griffin largou o que carregava. Foi abrir as cortinas curtas nas janelas. Isso ajudou um pouco contra a escuridão, embora a claridade lá fora fosse mínima. Avistou um interruptor na parede e o acionou. Nada aconteceu. Tentou outro, em vão. Compreendeu finalmente que devia haver um disjuntor central. Tirou o celular do bolso, pensando em ligar para Charlie, apenas para descobrir que se encontrava fora da área de serviço.

O que não o agradou nem um pouco. Se não tivesse recepção telefônica, não poderia falar com os amigos, acessar seu *e-mail* ou entrar na Internet. Em suma, não poderia trabalhar. A menos que instalasse uma antena. Poderia fazer isso pessoalmente. Mas não agora, não esta noite, não com a escuridão cada vez mais intensa.

Com receio de perder tempo, Griffin olhou ao redor. Estava na sala, com a cozinha ao lado. Ele foi até os armários da cozinha, abriu um depois do outro até encontrar velas, um lampião e fósforos. Não demorou a acender o lampião, mas o alívio foi mínimo. A estufa de lenha ficava dentro da lareira, parecendo tão escura quanto a cabana e duas vezes mais fria.

Ele soprou as mãos, em busca de calor. Esfregou-as com vigor, para combater a dormência, enquanto saía. Removeu a neve de cima da pilha de lenha, mas outro minuto passou antes que conseguisse soltar as peças que haviam congelado juntas. Como precisava que ficassem tão secas quanto possível, sacudiu e bateu em várias, para livrá-las da neve e do gelo. Nesse movimento, machucou o polegar.

A boa notícia foi que doeu, o que excluía a possibilidade de uma ulceração causada pelo frio. A má notícia foi que doeu *demais*.

Mas Griffin tratou de ignorar a dor. Carregou para dentro da cabana tanta lenha quanto podia. Enrolou algumas folhas dos jornais que comprara, meteu-as na estufa, ajeitou a lenha por cima, abriu o registro de tiragem e riscou um fósforo. O papel pegou fogo, mas logo apagou; a lenha não pegou.

Como não suava mais, Griffin sentia um frio cada vez mais intenso a cada minuto que passava. Começou a lascar um dos pedaços de lenha, praguejando baixinho, com o machado que encontrou junto da porta. Quando tinha lascas em quantidade suficiente, removeu as achas, acrescentou papel, depois as lascas e, finalmente, repôs as achas.

Prendeu a respiração — um desafio, já que tremia de frio — e observou o papel pegar fogo, depois as lascas. Só passou a respirar normalmente quando a primeira acha sibilou por um instante e em seguida pegou fogo.

Animado pelo pensamento de que o calor do fogo aumentaria e começaria a se espalhar em breve, Griffin foi pegar sua bolsa de roupas, tirou uma suéter e envolveu-a em torno da cabeça para proteger as orelhas. Pegou um par de meias e as enfiou nas mãos, depois saiu na semi-escuridão para buscar o resto das coisas na picape.

Cinco

Poppy estava preocupada. O forno há muito que esfriara, o aroma dos biscoitos de açúcar de bordo começara a se desvanecer, os copos de leite haviam sido lavados, as meninas logo iam querer o jantar. O que por si só não seria um problema. Faria o jantar com a maior satisfação. Mas Missy e Star queriam também Micah.

E ela também, quanto menos não fosse para descobrir o que estava acontecendo. As amigas de Poppy já haviam começado a telefonar para lá, mas ela tinha mais respostas do que as outras pessoas. A cada ligação, as meninas se tornavam mais apreensivas. Depois de uma torrente inicial de perguntas, elas passaram a ficar sentadas em silêncio junto da cadeira de rodas. Poppy tentou ler histórias, mas as duas estavam distraídas, desinteressadas. Tentou atiçar a imaginação delas, levando-as para a aldeia de brinquedo no quarto extra. Mas as meninas logo se cansaram também dessa diversão. Agora, silenciosas e sérias, assistiam à televisão. Nem mesmo Barney foi capaz de fazer com que sorrissem.

Poppy mal ouviu o barulho do veículo de Micah quando as meninas levantaram de um pulo e correram para a porta. Ela ficou onde estava, esperando que Micah as trouxesse de volta para o interior da casa. Ele tinha o rosto pálido, os olhos tão sombrios que Poppy teve um sobressalto. Não via aqueles olhos assim havia muitos anos. A luz que Heather pusera neles desaparecera por completo.

As meninas pararam na porta, observando o pai e esperando.

Poppy alteou as sobrancelhas, convidando-o a falar.

Micah limitou-se a balançar a cabeça e foi para a cozinha.

Quando Griffin voltou à picape, pegou o resto das coisas e levou para a cabana, sentia mais frio do que nunca. Queria calor, calor intenso por toda parte, mas tudo na cabana mantivera-se frio por tanto tempo que o calor da estufa irradiava-se lentamente.

Teve dificuldade com os dedos rígidos e os cordões congelados, com uma crosta de neve, para tirar as botas. Meteu dois pares de meias nos pés e vestiu um jeans seco. Pôs a suéter que usara na cabeça por cima da outra que já vestia. O boné dos Yankees voltou à cabeça. Com o lampião de vela, revistou a cabana e acionou todos os interruptores e disjuntores que encontrou. Mas a eletricidade não veio.

Sem eletricidade, poderia usar o *laptop* durante cerca de duas horas. A longo prazo, seria um problema. A curto prazo, estava mais preocupado com o aquecimento.

Por isso, tornou a vasculhar a cabana. Desta vez encontrou uma lamparina e uma lata de querosene. Depois de acender a lamparina, foi ao banheiro. Era pequeno, com um pequeno vaso sanitário, uma pia mínima e um boxe de chuveiro que também seria mínimo se houvesse alguma coisa para fechá-lo... não que Griffin se importasse. Tomar um banho de chuveiro era a última coisa em que podia pensar. Já tivera dificuldade demais para tirar o jeans e vestir outro. A perspectiva de se despir num lugar com a aparência e sensação de uma geladeira não o atraía nem um pouco.

Já o vaso sanitário o interessava. Mas não havia água dentro. Ele apertou o botão da descarga por cima. Nada aconteceu. A mesma coisa quando abriu a torneira da pia. Nada.

Se precisar bater nos canos por causa da água congelada, use o cinzel de gelo que está na parte interna da porta, disseram Charlie. Griffin foi procurar o cinzel. Encontrou-o no lugar indicado, junto da porta, ao lado do machado e de uma pá. Pegou-o e olhou ao redor. Bater nos canos? *Que* canos?

Ocorreu-lhe que fora uma armação. Se John não conhecia as armadilhas da cabana em Little Bear, Charlie com certeza sabia de tudo

Queriam que ele fracassasse, que voltasse correndo em busca de abrigo na cidade.

Só que ele não faria isso. Largou o cinzel junto da porta, tornou a calçar as botas úmidas, deixando os cordões soltos, e foi urinar entre as árvores. Voltava quando avistou o gerador, junto da parede posterior da cabana. Com um pequeno sentimento de vitória, adiantou-se e removeu a neve que o cobria. Verificou o gás e o óleo... pois não era tão ignorante assim. Encontrou a corda de arranque e a puxou. Como nada acontecesse, puxou-a uma segunda vez, depois uma terceira. Com receio de afogar o motor, ele esperou um pouco. Mas não teve mais sucesso quando tentou de novo.

Por isso, chutou o gerador, pela satisfação que pudesse proporcionar, e tornou a entrar na cabana. A estufa já começara a esquentar a área mais próxima. Convencido de que era um bom sinal e precisando se sentir no controle da situação, Griffin pegou uma panela no armário da cozinha e começou a esquentar uma sopa na estufa.

A sopa mal esquentara quando ele compreendeu que os pequenos rangidos que ouvia não vinham da panela.

Poppy foi ver Cassie, antes de voltar para casa, e deu uma buzinada curta. Cassie saiu correndo de casa, sem casaco, entrou na Blazer e fechou a porta depressa por causa do frio.

— O que aconteceu? — perguntou Poppy.

O silêncio de Micah a deixara abalada. Sugeria problemas sérios, em vez do que deveria ser um caso simples de erro de identidade. O rosto de Cassie refletia o brilho vermelho do painel.

— O que Micah disse?

— Não muito. Estava quase catatônico e eu não quis pressioná-lo na presença das meninas. Mas deve ser fácil provar quem Heather é. Basta apresentar alguma coisa de sua infância... um parente, um boletim do ensino fundamental, um anuário do ensino médio, um médico, uma amiga. Ela deu nomes?

Lentamente, Cassie sacudiu a cabeça em negativa.

— Por que não? — indagou Poppy, quase tão perturbada pelo gesto quanto ficara pelo silêncio de Micah.

— Ela não queria falar.

— Por que não?

— Não sei. Estava muito transtornada. Como se estivesse traumatizada pela própria prisão.

— Eu também ficaria — argumentou Poppy, porque podia sentir o pânico que Heather devia ter experimentado. — Mas ela sempre foi prática. Sempre foi de aceitar o que acontecesse e seguir em frente.

— Alguma coisa emocional está acontecendo.

— O quê? E por quê?

— Não sei.

— Mas é assim que você costuma resolver os problemas — insistiu Poppy.

Como Cassie lhe oferecesse um olhar amargurado, Poppy resolveu expressar o medo que a atormentava:

— Tenho pensado muito, tentando lembrar o que sei sobre Heather antes de vir para cá. Não descobri muita coisa. E você?

Cassie não respondeu.

— Mas Micah deve saber de alguma coisa — insistiu Poppy, apegando-se à esperança. — Você perguntou?

— Cerca de uma dúzia de vezes. Perguntei aos dois. É o que se chama de álibi, e seria simples determiná-lo em circunstâncias normais. Mas as circunstâncias não são normais.

A voz definhou abruptamente.

— O que foi?

Cassie fez menção de dizer alguma coisa, mas mudou de idéia.

— Talvez alguém na cidade saiba. Como Charlie. Foi quem a contratou quando Heather chegou à cidade. Conversarei com ele amanhã de manhã.

Poppy sentia-se cada vez mais assustada.

— Ela está escondendo alguma coisa, não é?

— Não sei.

— Alguma coisa aconteceu com Heather antes de sua vinda para cá.

— Acha isso?

— Acho, porque não sei o que mais pensar. De que outra maneira se poderia explicar o fato de Heather não poder falar? De que outra maneira se poderia explicar o fato de Heather não nos contar nada sobre sua vida anterior?

— Mas o que poderia ter sido?

— Estupro. Abuso doméstico. Se foi isso, ela pode ter um transtorno de estresse pós-traumático. Ou talvez tenha perdido a família de uma maneira absolutamente trágica, como... como... — Poppy procurou uma imagem apropriada — ... como um incêndio na casa. Foi tão horrível que apagou tudo. Ou talvez ela tenha sofrido um acidente como o meu, só que sem a paralisia. Ela disse que a cicatriz era de um acidente de carro.

Quando houve uma súbita batida na janela embaçada de Cassie, as duas tiveram um sobressalto. Com um murmúrio baixo, Cassie baixou a janela, para revelar aos poucos o rosto de seu marido, Mark.

— O que foi, querido?

— O apito tocou.

— Tire o prato do forno e ponha no balcão.

— As crianças a estão chamando. Ficou longe de casa durante o dia inteiro.

— Sei disso. Já vou entrar.

Cassie levantou a janela.

— A paciência de Mark começa a se esgotar. Já achava antes que eu trabalhava demais. E o problema agora não vai ajudar. Não procuro casos assim, Poppy, mas não posso virar as costas quando aparecem. Sei que tenho três crianças. E sei também que a mais velha só tem seis anos, e que estes são os anos críticos em suas vidas. Estou me aproveitando de meu marido ser professor de história na escola de ensino médio e dispor de mais tempo do que eu para ficar com as crianças? Claro que estou. Mas faço o que posso.

Ela deixou escapar um suspiro. Inclinou-se e deu um abraço apertado em Poppy.

— Telefone para mim se souber de alguma coisa útil, está bem?

Poppy não ouviu nada novo ou útil, pelo menos não a respeito de Heather. As pessoas já haviam voltado para suas casas, atendiam suas ligações. Os poucos que a procuravam agora tinham as mesmas perguntas que ela fizera a Cassie. A incredulidade se transformara em frustração. As pessoas queriam ter *alguma coisa* segura para inocentar Heather. Como Poppy, todas procuravam por um álibi.

Os telefonemas só fizeram com que Poppy se sentisse ainda pior. Ninguém parecia saber mais do que ela sobre o passado de Heather. Todos os dedos apontavam para Micah como o único que devia saber. Poppy tentou ligar para ele. Mas quando Micah finalmente atendeu, depois de quatro toques, foi monossilábico. Sim, já dera o jantar às meninas. Não, elas não se sentiam felizes. Sim, a imprensa telefonara. Não, ele não falara com nenhum repórter. Sim, ele estava tentando se lembrar do que Heather poderia ter dito sobre onde, quando e com quem vivera antes de vir para Lake Henry. Não, ainda não conseguira recordar qualquer coisa.

Poppy queria saber por quê. Queria saber como um homem que vivia com uma mulher durante quatro anos podia ignorar seu passado. Queria saber sobre o que os dois conversavam quando ficavam a sós.

Mas Micah não ofereceu qualquer informação, e ela não foi capaz de perguntar. Um momento depois, Poppy foi desviada de tais pensamentos.

Mary Joan Sweet, presidente da seção local do Garden Club, telefonou para informar que vira Griffin Hughes guiando a velha picape de Buck Kipling através da cidade. Mas Mary Joan, com seu rosto delicado de amor-perfeito, emoldurado por cabelos grisalhos bem finos, era conhecida por ser míope. Por isso, Poppy podia descartar a informação sem maiores preocupações. Leila Higgins, por outro lado, era uma fonte que merecia a maior credibilidade. Ligou para avisar que vira Griffin no armazém geral, o que seria muito fácil de comprovar. Poppy ligou para Charlie.

— Ele está mesmo na cidade — confirmou Charlie. — E me proporcionou o momento mais animador num dia muito sombrio. Vai ficar na cabana de meu irmão em Little Bear.

Poppy não prestou atenção à segunda parte da resposta porque se concentrara na primeira.

— Por que ele está aqui?

— Veio atrás de você — provocou Charlie.

Mas ela também ignorou a provocação. Dissera a Griffin que não estava interessada. E dissera mais de uma vez.

— Ele deve estar atrás de Heather. — Poppy descarregou sua irritação em Charlie. — Não posso acreditar que você tenha lhe oferecido um lugar para ficar.

— Griffin queria ficar na cidade.

— Ele é um jornalista. Vai nos usar.

— Mas alega que está trabalhando em outro projeto. Seja como for, se ele está determinado a bisbilhotar, prefiro tê-lo sob meu controle, onde possa ser vigiado. Além do mais, precisamos de respostas sobre Heather. Talvez ele possa obtê-las para nós. Ou seja, ele pode nos usar, mas nós também o usaremos. Afinal, podemos entrar no jogo.

— Está certo, esqueça Griffin. Diga-me o que *você* sabe. Contratou Heather assim que ela chegou à cidade. De onde ela vinha?

— Atlanta.

Atlanta? Poppy nunca ouvira Heather falar de Atlanta.

— Ela trabalhou num restaurante de lá, embora por umas poucas semanas apenas — acrescentou Charlie. — Precisava do dinheiro.

— Para quê?

— Para sobreviver. E vir para cá.

— Por que Lake Henry?

— Não sei.

Poppy precisava de uma razão. Daria credibilidade a Heather.

— Por ser uma cidade pequena? Por causa do lago? Os gaviformes? O quê?

— Não sei.

— Não perguntou?

— Isso aconteceu há catorze anos, Poppy. Devo ter perguntado, em algum momento, mas a verdade é que eu estava mais interessado em saber se ela seria eficiente como garçonete.

— Conferiu as referências antes de contratá-la?

— Claro. O dono do restaurante em Atlanta fez os maiores elogios a seu trabalho, como eu também faria se alguém me perguntasse.

Isso levou Poppy de volta a Griffin.

— Ele vai perguntar. Vai sondar. Pode estar trabalhando em outro projeto, mas as pessoas assim metem o bedelho em uma porção de coisas ao mesmo tempo. Acredite em mim. Ele lhe arrancará coisas que você nunca pensou que soubesse.

— O que talvez seja ótimo... lembrar de alguma coisa que possa ajudar Heather. De qualquer forma, é uma tremenda ajuda para mim a presença de Griffin em Little Bear, no outro lado do nada. Eu não me sentiria nem um pouco animado com a perspectiva de dar um pulo até lá para verificar como está a cabana.

As palavras finalmente se registraram na mente de Poppy.

— Griffin foi para Little Bear?

— Isso mesmo.

— A cabana deve estar congelada.

— Tem razão.

— Ele não vai conseguir água.

— Não nesta época do ano.

Ela ouviu Charlie sorrir. Subitamente, parecia justo que alguém que tinha dinheiro suficiente no banco para se intrometer na vida de outras pessoas devesse ficar retido no frio, com um mínimo de conforto, em pleno inverno rigoroso. Incapaz de resistir a uma satisfação momentânea, Poppy comentou:

— Você é terrível, Charlie.

E ela também sorriu.

Esquilos vermelhos. Griffin não saberia se não acompanhasse os sons através do telhado, até um ponto não muito distante da estufa. Ele tirou uma telha e avistou dois, arrancando a camada de isolamento. Fragmentos caíram em cima dele... e não eram apenas do material isolante. Sem querer saber o que era o resto, ele repôs a telha no lugar tão depressa quanto possível e voltou ao lugar que escolhera como seu, na frente da estufa.

Sentia-se atordoado. Mesmo sem considerar o polegar, que latejava, ou os nós dos dedos, em carne viva do frio. Pernas, braços, costas... o corpo todo doía. Seria capaz de matar por um banho de chuveiro quente. E ansiava, com a maior intensidade, pelo saco de dormir, guardado no *closet* de seu quarto em Princeton. Era de primeira qualidade e dava para agüentar um frio abaixo de zero. Mesmo com a estufa de lenha irradiando um calor firme, o frio penetrara tão profundamente em tudo na cabana que era preciso um esforço duas vezes maior de lenha queimando para esquentar o ambiente.

Em circunstâncias normais, ele passaria a noite em casa, assistindo à televisão, navegando na Internet, até mesmo escrevendo a biografia de Hayden. Mas não poderia fazer qualquer dessas coisas ali. Também não poderia ir até o bar da esquina para assistir ao jogo de basquete do Knicks, enquanto tomava uma cerveja com os amigos. O Charlie's Café era a coisa mais próxima de um bar. Mas estava fechado para a noite; e mesmo que não estivesse, ele não sairia correndo para qualquer lugar. Não naquela noite, não com a escuridão total, o vento soprando forte, o ar fora da cabana mais frio do que qualquer coisa que já conhecera em toda a sua vida. E o ar dentro da cabana não era muito melhor.

E tudo isso antes de sequer pensar na picape. Tinha aquecimento, é claro. Pudera senti-lo durante a viagem para aquele lado do lago esquecido de Deus. Mas ficara presa na neve, provavelmente estaria congelada pela manhã, o que tornaria sua situação muito interessante, ainda mais com o celular inútil.

Claro que fora uma armação contra ele. Não podia haver a menor dúvida a respeito. Griffin calculou que, naquele momento, podia haver ainda pessoas no Charlie's, sentadas em torno da estufa, rindo da idéia de o homem da cidade grande estar congelando o rabo no escuro, sem água corrente, sem eletricidade, sem telefone. Especulou se Poppy seria uma dessas pessoas, mas tratou de rejeitar a idéia. A verdade é que não queria pensar que ela poderia sentir prazer por seu desconforto.

Além do mais, depois de guiar por sete horas e caminhar pela neve e frio, sentia-se exausto. Por isso, tirou as almofadas do sofá e ajeitou-as perto da estufa. Pegou os cobertores no quarto, que era o único outro cômodo na cabana. Deitou nas almofadas, perto do fogo. Cobriu-se... mas no instante seguinte empurrou os cobertores para o lado. Estavam quase congelados. Resolveu então contar com o calor direto da estufa, enroscou-se como uma bola e deixou que a determinação o levasse ao sono.

Micah não conseguia dormir. Bem que tentou, mas já passara de meia-noite e ainda tinha os olhos abertos. A cama estava vazia demais e seu medo intenso demais. Como precisava fazer alguma coisa útil, vestiu o jeans, calçou as botas e pôs a parca. Foi para a casa de açúcar. Acendeu as luzes. Evitou a pilha de lenha em que escondera a mochila de Heather. Em vez disso, pegou um rolo de tubulação e começou a verificar, palmo a palmo, à procura de qualquer ponto fraco. Os pontos mais fracos podiam se abrir em buracos mínimos, deixando a seiva escorrer para a neve e se perder. Não podia permitir que isso acontecesse. Mais ou menos, dependendo da primeira corrida ou da última, havia necessidade de quarenta galões de seiva para produzir um de calda. Seiva perdida era calda perdida, calda perdida era negócio perdido, e negócio era o que Heather sabia fazer melhor.

Ele largou a tubulação e entrou no novo anexo. De costas para o lado da cozinha, fitou a parte do escritório, as pilhas de papel em cima da mesa de Heather. Sentiu um princípio de pânico. Os papéis estavam em pastas, organizados, como funcionava a mente de Heather. Mas a mente de Micah não funcionava assim. Sabia que a pasta com as letras "ART" tinha os desenhos do novo logotipo, como apareceria nos rótulos das latas de calda. Sabia também que a pasta com as letras "VAC" continha documentos e informações sobre o sistema de vácuo que haviam acabado de instalar para extrair mais seiva das árvores. Havia mais trabalho burocrático a ser feito para isso. Já a pasta com a etiqueta "EVAP" continha os detalhes sobre os pagamentos do empréstimo para a aquisição do evaporador novo e maior, que já fora usado na temporada anterior. Fora a eficiência desse equipamento que lhes mostrara que podiam produzir mais calda, motivo pelo qual compraram o sistema de vácuo, encomendaram novos rótulos e construíram o anexo.

As informações sobre tudo isso estavam no computador, em cima da mesa, como um anão ameaçador. Havia também o *e-mail* para cuidar. Era o meio de contato de Heather com os fornecedores e clientes.

Micah era hábil com uma motosserra, uma furadeira, uma broca, mas sentia-se perdido quando tinha de operar um computador. O que não acontecia com Heather. Disco rígido... *software*... ela entendia tudo aquilo. Conhecia tudo que havia naquela mesa. Se ela não voltasse logo, Micah ficaria numa situação muito difícil.

Com um suor nervoso por baixo da parca, ele voltou a casa. Mas o toque de Heather também se encontrava por toda parte ali. Panelas de cobre penduradas na cozinha, da armação que pedira a ele para instalar no teto. As plantas viçosas na estufa que ela fizera na janela, por trás da pia. Os sofás com capas que ela tricotara. Vestidos pela metade, em lindos padrões, para as meninas, dobrados ao lado da máquina de costura.

Não querendo ver mais nada, Micah apagou as luzes e foi para o quarto. Sentado ali, no escuro, sentiu uma dormência envolvê-lo. Tinha certeza que não era do frio. A casa era bem aquecida, graças a uma fornalha, que espalhava calor pelos cômodos.

A fornalha não existia quando conhecera Heather. Contava com um sistema que funcionava a partir do calor gerado pela estufa de lenha. Não havia qualquer problema se a estufa permanecesse sempre acesa. Deixá-la apagar era uma causa de constante discussão entre Marcy e ele. Ela achava que não era função sua permanecer na casa só para manter a estufa acesa, não quando tinha um marido que entrava e saía durante o dia inteiro... e, de certa forma, Marcy bem que tinha razão. Mesmo quando ele fazia reformas ou construía anexos nas casas de outras pessoas, os trabalhos eram sempre locais. Por isso, costumava almoçar em casa. Durante a temporada do açúcar de bordo, ele ficava ainda mais próximo da casa.

Seu argumento na discussão era que Marcy sempre estava em casa, era uma mulher forte e saudável. Não lhe pedia para derrubar a árvore, cortar e rachar os troncos, carregar toda a lenha para junto da lareira. Micah encarregava-se de todas essas coisas. Só queria que a esposa pusesse uma ou duas achas na estufa sempre que o fogo se tornasse baixo.

O que ele realmente queria dizer, compreendeu Micah depois de sua morte, era que não entendia por que ela tinha de sair de casa durante todo o tempo. Ter as meninas não diminuíra a ansiedade de Marcy. Ela punha as duas no carro e partia para visitar as amigas, ir às compras, fazer qualquer coisa que tivesse vontade naquele dia. Tinha uma espécie de energia frenética, que ele considerara excitante a princípio. Nascida e criada no Ridge, ela era como uma luz brilhante que nunca se aquietava. Micah ainda tentara acompanhar seu ritmo, mas acabara fracassando. Ele era uma criatura de hábitos.

Hábitos? Não, necessidade. Herdara o negócio de açúcar de bordo do pai. A temporada da seiva era curta. Não podia relaxar por um instante sequer. Tinha de aproveitar cada minuto. E quando acabava, depois que a seiva era recolhida, engarrafada e enviada para as dezenas de lojas no norte da Nova Inglaterra que a vendiam ao longo do ano, ele precisava ganhar dinheiro de outra maneira. Energia frenética era um luxo que não podia se permitir.

Essa energia frenética matara Marcy. Ninguém dissera isso expressamente, mas era claro como o dia. Ela guiava depressa demais em estradas geladas. Sempre muito apressada, muito ansiosa, querendo chegar logo a algum lugar.

Heather era o oposto, com sua voz suave e firme, os olhos prateados, o bom senso. Adorava ficar em casa. Adorava o açúcar de bordo. Adorava as meninas. Embora se sentisse culpado cada vez que pensava a respeito, Micah não podia deixar de refletir que ela oferecia um exemplo muito melhor às meninas do que a própria mãe dera. Sempre confiara que Heather cuidaria bem das meninas. Nunca se preocupara quando ela ficava com Missy e Star, nem uma única vez, nem mesmo no início.

Um pequeno sussurro veio da porta. Micah virou a cabeça e viu Star entrar no quarto. Ela não disse nada. Apenas contornou a cama e foi se encostar na perna do pai.

Enquanto afagava os cabelos da filha, ele sentiu um aperto na garganta. Era uma linda criança, por dentro e por fora. Muito perceptiva. Micah não precisava perguntar por que ela estava acordada. As preocupações de Star podiam ser em menor número que as suas, mas muitas eram iguais.

Onde está a mamãe? Por que ela não está aqui? Quando voltará? Por que foi embora?

Ela não foi embora, Micah teve vontade de dizer. Voltaria pela manhã, ele queria dizer. Mas não sabia se era verdade. Como se sentia tão perdido quanto Star, pegou a criança no colo e abraçou-a, até que o momento assustador passou. Então, precisando ficar sozinho com sua confusão, ele a levou de volta para a cama.

Griffin dormiu mal. Sentia frio e o corpo todo dolorido. Almofadas no chão — almofadas *finas* no chão — não podiam se comparar com sua cama; e mesmo que o resto da cabana pudesse um dia degelar o suficiente para permitir o uso do quarto, a cama ali não prometia muito mais conforto. Ele tinha 1,78 m de altura, compleição média. O irmão de Charlie devia ser bem menor, e era óbvio que não partilhava sua cama com uma mulher. Mal havia espaço suficiente na cama para uma pessoa, muito menos duas. E não havia qualquer coisa na cabana que sugerisse a presença de uma mulher. Tudo era básico, madeira escura, a vida mais espartana possível... e provavelmente era assim mesmo que uma cabana no meio do lago devia ser.

Foi o que ele disse a si mesmo. Também disse que estava pagando os seus pecados. E que ainda assim ganharia o respeito de Charlie.

Usou esse pensamento como um mantra, para acabar cochilando. Mas tornou a acordar duas horas depois. O vento aumentara de intensidade. Não era tanto o uivo que o incomodava, embora fosse um som fantasmagórico, mas a maneira como a cabana tremia a cada rajada. Ele pensou nas árvores que com certeza estavam balançando, especulou se alguma poderia cair e como conseguiria pedir ajuda se por acaso ficasse preso dentro da cabana.

Precisava ir ao banheiro, mas não sairia agora de jeito algum. Por isso, reprimiu a vontade e voltou a dormir.

Despertou de novo e pôs mais lenha na estufa. Depois que os cobertores esquentaram, foram uma boa ajuda para estender no chão e se cobrir. Griffin voltou a dormir, agora num sono mais profundo. Havia uma insinuação do dia clareando, quando tornou a acordar, passando pelo meio das cortinas curtas.

A boa notícia era a de que o vento cessara. A má notícia era que, no silêncio, podia ouvir patas correndo por cima, uma indicação de que os esquilos haviam sido atraídos pelo calor. Griffin tratou de ignorá-los. Levantou-se, movimentou com a devida cautela os músculos e articulações rígidos até ficarem um pouco aquecidos.

Abriu as cortinas para um mundo de nevoeiro denso. Não podia ver por mais de três ou quatro metros além da cabana. O lago podia ser um oceano e ele se encontrar a milhares de quilômetros da praia.

Apreensivo, voltou para junto da estufa. As botas ainda estavam úmidas. Abriu-as ao máximo possível e mudou-as de posição, para que secassem mais depressa. Preparou um café. Tomou-o junto com os ovos mexidos que fez numa pesada frigideira de ferro. Comeu direto da frigideira, deslocando o peso do corpo de um pé para outro. Finalmente, quando não tinha mais nada para distraí-lo, e não podia esperar por mais tempo, calçou as botas, saiu e seguiu direto para as árvores.

O alívio valeu muito bem o frio intenso. Griffin respirou fundo, inclinou a cabeça para trás, contemplando as copas dos abetos, sorriu pelo ar fresco e o prazer do alívio físico. Quando acabou, virou-se na direção da cabana e contemplou o lago. O nevoeiro já começara a se dissipar, deixando camadas de luz de uma beleza surpreendente. As nuvens, em vários tons cinza, ocupavam o ponto mais alto; por baixo, a margem em níveis gradativos de cinza-esverdeado a musgo; e depois o lago propriamente dito, com as ondulações da neve moduladas pelo vento da noite.

As nuvens também começaram a se dissipar enquanto ele as olhava. Quando se tornaram bastante ralas para que alguns raios de sol pudessem passar, a neve faiscou. Mas foi o som que ouviu de repente que o fez prender a respiração. De algum lugar... ou de nenhum lugar... vinha o grito assombrado de um gaviforme. Ou pelo menos ele pensava que era um gaviforme. Ouvira alguns quando visitara Lake Henry em outubro. Também os vira no lago. Não via qualquer ave agora, em toda a extensão congelada. Calculou que deviam estar escondidas em alguma pequena área em que ainda havia água. O que não diminuiu o efeito. Se houve qualquer coisa, aumentou o surrealismo da cena.

Nesse instante ele não pensava em pagar seus pecados, provar do que era capaz ou conquistar o respeito de alguém. Sempre amara a vida ao ar livre, a natureza... e ali estava a natureza no que tinha de melhor. Enquanto continuava parado, ouvindo de novo o chamado do gaviforme, a margem do lago foi se tornando mais nítida. Divisou sua picape. Mais adiante, ao longo da margem, avistou um pequeno chalé, depois outro ainda mais distante. Ouviu o som de um motor de carro, ou de uma motosserra... não sabia qual dos dois, nem se importava. Combinava muito bem com o cheiro de lenha queimada que saía de sua estufa.

O gaviforme afastou-se e parou de chamar. Griffin começou a tremer, mas continuou ali, parado na beira da ilha, até as orelhas arderem com o frio. De novo dentro da cabana, sentiu-se revigorado pelo calor que havia ali, em comparação.

Podia conseguir, decidiu ele. Descobriria como ligar a eletricidade; daria um jeito de fazer a água correr nos canos. Podia fazer com que a cabana se tornasse habitável.

Tudo o que precisava fazer agora era tirar a picape da neve, para começar.

Poppy se exercitou até sentir ombros e braços doídos. Embalada pelo nevoeiro, olhando na direção do lago, concentrou-se na parte superior do corpo. Passava de uma parte da máquina de musculação para outra. Pedalou a bicicleta ergométrica horizontal com os braços, o que movimentava as pernas por meio de uma série de mecanismos. Usava a mesa de exercícios para manter as partes inferiores do corpo tão sintonizadas na atividade física quanto era possível. Mas ignorava as barras paralelas no outro lado da sala. Aquela parte do equipamento fora idéia da fisioterapeuta, não sua. Não a queria ali. Não havia sentido. Não tornaria a andar. Podia aceitar esse fato.

Concluídos os exercícios, tomou um banho de chuveiro, comeu o desjejum e atendeu as ligações. Soube que Micah levara as meninas para a escola, que Cassie não descobrira mais nada de Charlie além do que ela dissera a Poppy na noite anterior, e que Griffin sobrevivera à noite em Little Bear. Aparecera no armazém geral com um polegar machucado, por sacudir os pedaços de lenha para tirar a neve, um talho roxo no rosto, por escorregar e bater na picape quando metia pedaços de casca de bétula sob os pneus para conseguir tração, e contando uma história sobre o chamado de um gaviforme. Os relatos eram de que não se mostrara intimidado, e que fora procurar luvas, botas para o inverno, roupas de baixo térmicas e o segredo para ligar a eletricidade na ilha.

Todos na cidade sabiam que a caixa de luz ficava atrás de um pequeno painel no armário da cozinha, que os gaviformes haviam voado para longe pelo resto do inverno e que Buck Kipling guardava um jogo de correntes de pneus debaixo do banco da picape.

Poppy especulou se alguém avisara Griffin sobre as correntes.

Ou se alguém lhe dissera que não teria água corrente até que os canos fossem consertados, um trabalho que só poderia ser feito na primavera.

E especulou também quando ele apareceria em sua casa.

Sem querer estar presente quando ele viesse, Poppy partiu na Blazer no instante em que Selia McKenzie se apresentou para cuidar dos telefones. Por volta de dez horas, estava no escritório de Cassie. Minutos depois, saíram para visitar Heather, na cadeia do condado.

Seis

A cadeia do condado era um prédio de alvenaria quadrado por trás do tribunal. O coração de Poppy bateu mais forte, em apreensão, quando impulsionou a cadeira de rodas pela rampa, de onde haviam removido toda a neve. Permaneceu perto da amiga enquanto Cassie pedia autorização para entrarem. Houve uma revista normal, um pouco modificada para abranger os perigos que uma cadeira de rodas podia esconder. Durante todo o tempo, Poppy teve vontade de dizer: *Vocês estão desconfiando das pessoas erradas! Sempre desconfiam das pessoas erradas!* Há uma dúzia de anos, ela teria falado sem hesitar. Agora, mais sensata, tratou de se conter.

Foram levadas para uma pequena sala, reservada às reuniões com advogados. As paredes eram de concreto, com alguns grafites. Havia uma mesa de jogo num lado. Cassie puxou-a para uma posição mais confortável, afastada da parede. Também pegou duas cadeiras dobráveis.

Heather foi levada à sala pouco depois. Usava um macacão laranja e dava a impressão de que quase não dormira. Arregalou os olhos quando viu Poppy e hesitou por um instante. Foi preciso que Poppy estendesse os braços antes que ela corresse para um abraço.

Depois de um minuto, Poppy soltou-a.

— Como você tem passado?

— Muito mal... — sussurrou Heather.

E começou a chorar. Quando tentou esconder o rosto, Poppy abraçou-a de novo. Mais um minuto e Heather recuperou o controle. Cassie perguntou, gentilmente:

— Tudo bem aqui?

Heather acenou com a cabeça para dizer que sim enquanto esfregava os olhos com os punhos. Em vez de se sentar à mesa, recuou para a parede.

— Onde está Micah? — indagou ela num fio de voz.

— Virá esta tarde — respondeu Cassie. — Queria vir conosco agora, mas eu lhe pedi para ficar.

— Por quê?

— Porque precisamos conversar... você, eu e Poppy. Precisamos conversar sobre o lugar em que você vivia antes de ir para Lake Henry. Achei que poderia se sentir mais à vontade sem a presença de Micah. Charlie nos falou sobre o restaurante em Atlanta. É o tipo de informação que precisamos. Minha assistente está no escritório neste momento, tentando falar pelo telefone com o homem.

— Por quê?

— Porque se vamos provar que você é Heather Malone precisamos de depoimentos de pessoas que a conheceram antes da data do assassinato em Sacramento. Preciso de indicações, Heather. Por favor, ajude-me.

Heather respirou fundo, lentamente. Exalou. Levou a mão à boca. Por um momento, parecia que ia vomitar. Engoliu em seco uma vez, depois outra, deu a impressão de que recuperava o controle. Poppy aproximou-se, na cadeira de rodas.

— O que foi? O que aconteceu?

Os olhos de Heather tornaram a ficar marejados de lágrimas, mas ela não disse nada.

— Não interessa o que possa ter acontecido — declarou Poppy. — Não tem importância para nós. Não mudará o que sentimos por você. Ficaremos do seu lado até o fim. É para isso que servem as amigas.

— John escreveu uma reportagem?

O *Lake News*, o jornal de John, saía na quinta-feira.

— Ele também é seu amigo. A reportagem limitou-se a relatar os fatos de sua prisão. Não houve qualquer especulação.

Heather balançou a cabeça. Os olhos ainda molhados, com uma angústia evidente, ela perguntou baixinho:

— Como estão Missy e Star?

Poppy sentiu-se rejeitada. Recostou-se na cadeira e disse, a voz não tão gentil como antes:

— Ansiosas demais. Querem você em casa. Estão convencidas de que foi embora para sempre, como Marcy.

Heather respirou fundo, tremendo um pouco, mas não fez qualquer comentário. No silêncio subseqüente, Cassie levantou-se abruptamente:

— Não é justo com elas, Heather. As meninas amam você. Micah também. E ele é atingido por esse fato no momento em que a temporada do açúcar está prestes a começar. Como você é sua parceira em tudo, também não é justo com ele. E não é justo conosco. Somos suas amigas e amamos você. Mas isso não nos leva muito longe num tribunal. É esse o problema, querida. Precisamos de fatos. E precisamos de fatos concretos, comprovando quem você é. Por exemplo, onde nasceu, onde foi criada, onde estudou.

Heather franziu o rosto, engoliu em seco e murmurou:

— Não tínhamos dinheiro.

— As escolas públicas são gratuitas — ressaltou Cassie. — Onde você estudou?

Como ela não respondesse, Cassie perguntou:

— Tirou uma carta de motorista em algum lugar?

— Eu costumava trabalhar como *baby-sitter* — murmurou Heather.

— Para quem? — indagou Cassie.

— Todo mundo já partiu há muito tempo. Meu pai tinha dificuldade em manter um emprego. E se tornou ainda pior depois que minha mãe nos deixou.

Deixou. Poppy presumira que a mãe morrera, já que Heather nunca a mencionara. *Deixou* era outra coisa, que podia levantar as questões mais diversas. Com isso, o silêncio de Heather se tornava ainda mais desconcertante. Haviam conversado sobre mães. Poppy sabia das inúmeras conversas... Poppy e Heather a sós, Poppy e Heather com Marianne, Sigrid e Cassie. A maioria das mulheres tinha problemas com a mãe. Heather devia ter participado dessas conversas ou as outras a interrogariam a respeito. Mas é claro que havia meios de participar e manter uma conversa sem falar das experiências pessoais.

— Deixou? — repetiu Cassie.

— Para onde ela foi? — perguntou Poppy.

— Não sei.

— Qual era a sua idade quando ela foi embora? — Como não houvesse resposta, Cassie fez outra pergunta: — Quer dizer que foi seu pai quem a criou? Onde?

Ainda não houve resposta.

— Tem de falar conosco, Heather. Preciso saber essas coisas. Forneça-me as informações e poderei tirá-la daqui. Sem isso, fico com as mãos atadas.

Heather encolheu-se contra a parede.

— Não posso.

— É tão terrível assim? — indagou Poppy.

Heather confirmou com um aceno de cabeça.

— Pior do que ser enviada de volta à Califórnia e julgada por homicídio? — perguntou Cassie. Depois advertiu: — Porque é isso o que vai acontecer se não me ajudar.

Heather encostou a testa na parede de concreto.

— Não faça isso — pediu Poppy.

— Conte-nos tudo — suplicou Cassie.

Heather afastou a cabeça da parede apenas pelo espaço suficiente para comprimir as mãos contra as têmporas. Cassie deu um passo para trás.

— O problema é que as pessoas vão presumir que você é culpada se não falar.

Heather apertou as têmporas com mais força ainda. Poppy puxou seu braço.

— Ajude-nos, Heather. Dê-nos uma data... qualquer data. Não precisa reviver todo o pesadelo, se foi isso. Apenas nos indique uma pessoa que possa garantir que você estava lá. Uma única pessoa, um nome, um lugar, uma data...

Ela poderia ter continuado, mas de nada adiantaria. Heather tapara os ouvidos.

— Acho que acabamos aqui — declarou Cassie, a voz solene.

— Não! — exclamou Poppy, virando-se para ela.

Mas a expressão de Cassie era determinada.

— Já pedimos, persuadimos, suplicamos — acrescentou ela, em voz bastante alta para que Heather ouvisse, mesmo com as mãos nos ouvidos. — Não sei o que mais podemos fazer. Heather tem trinta dias para decidir se quer visitar a Califórnia. Ao final desses trinta dias, pode não ter uma opção. Se o mandado do governador apresentar alguma prova que não possamos contestar, ela embarcará no primeiro vôo para a Califórnia. E depois que chegar, ficará na penitenciária, não mais na cadeia. Terá criminosas condenadas nas outras celas e nas celas contíguas, não a companhia de uma pessoa detida durante a noite por guiar embriagada. Os californianos não sentem a menor simpatia por Lisa Matlock. Charlie DiCenza está sedento de vingança. Portanto, se Heather está disposta a enfrentar tempos difíceis, tudo bem. Caso contrário, ela precisa ouvir a voz da razão... e começar a falar.

Cassie foi até a porta e bateu com firmeza. Foi aberta em segundos. Um guarda saiu com Heather.

Enquanto a observava se retirar, Poppy sentia um desamparo total. No instante em que a porta foi fechada, ela olhou para Cassie.

— Deveríamos ter insistido... pressionado pelo lado pessoal... nós cinco, amigas tão íntimas, querendo ajudar. Se ela não tem família, somos sua única esperança. Deveríamos ter dito isso a Heather.

— E dissemos. Só que ela não ouviu.

— Mas o que você falou foi *cruel*.

Cassie suspirou.

— Foi brusco. A persuasão gentil não adiantou. Tentei ontem. Talvez esse novo método dê certo.

Minutos depois de largar Cassie no escritório, Poppy ligou para Maida.

— Oi, mãe.

Houve uma pausa no lado da linha em Palm Beach, depois uma indagação cautelosa:

— Poppy? Você está bem?

— Estou ótima — disse Poppy, jovial.

O que provocou outra pausa.

— Você não costuma me ligar. Quer falar sobre Heather?

Claro que era isso o que Poppy queria, embora não pudesse imaginar, por sua própria vida, como pensara que a mãe seria capaz de ajudar.

— Recebi alguns telefonemas — acrescentou Maida. — Sei que ela foi presa.

— Sairá em breve. Estamos trabalhando para colher as provas de que ela é ela realmente.

— É mesmo?

Poppy sentiu uma pontada de irritação.

— Claro que é, mamãe. Por que pergunta isso? Ela é minha amiga. Eu não saberia se ela tivesse cometido um assassinato? Não saberia se ela tivesse feito uma coisa *tão* terrível?

Depois de outra pausa, Maida murmurou:

— Talvez sim... talvez não.

— Por que diz isso?

— Não sei... — Maida suspirou. — Acontece que às vezes você conhece as pessoas, às vezes não conhece.

— Heather não é como as outras pessoas. É minha amiga. E você conhece uma amiga.

— Nem sempre.

A conversa não estava ajudando, embora Poppy não soubesse o que queria. Sempre detestara o tipo de perfeição que Maida exigia. Por outro lado, até que gostaria da garantia de que os segredos de Heather eram inocentes e puros. Poppy suspirou.

— Não está fazendo com que eu me sinta melhor.

— Foi para isso que ligou?

Tinha de ser, apesar de Poppy jamais ter feito aquilo antes. Maida era sua mãe, pertencia a uma geração diferente e tinha uma visão da vida diferente.

— Hum... talvez não. Apenas... me deu vontade de ligar.

— Sinto muito se a desapontei.

Não era exatamente desapontamento. Ou talvez fosse.

— Não, não me desapontou.

— Sempre dou um jeito de fazer isso com você e Lily.

— Não é tanto assim. Está tudo bem. Agora tenho de desligar, pois estou quase em casa. Conversaremos em outra ocasião.

Pouco antes do meio-dia, o FBI voltou à casa de Micah. Ele estava no alto do morro, no meio dos bordos, descarregando sua raiva nos detritos do inverno. A motosserra cortara uma porção de galhos caídos e outros mortos ainda nas árvores, quando ele finalmente a desligou e saiu do bosque para respirar. Foi nesse instante que o barulho de um carro rompeu o silêncio do ar claro de inverno. Micah voltou para casa tão depressa quanto seus sapatos de neve permitiam. Desceu a última encosta no momento em que os dois agentes se aproximavam. Eram diferentes desta vez, mas ele sabia o que queriam.

— Temos um mandado para revistar a casa — anunciou um agente, mostrando um papel que Micah sabia que era oficial.

Ele considerou suas opções.

— E se eu disser não?

— Arrombamos a porta.

— Tenho direito a chamar um advogado.

— Precisa de um?

— Não eu. Heather. Vão revistar as coisas que pertencem a ela.

— As "coisas" de sua mulher não têm direitos. É o que diz este mandado.

Sem Cassie. Sem direitos. Sem opções. Micah subiu para a varanda e tirou os sapatos de neve. Podia não ser capaz de impedir a entrada dos agentes, mas podia muito bem vigiar o que faziam lá dentro. Não confiava naqueles homens; achava que podiam muito bem plantar alguma prova contra Heather.

— O que você sabe, Micah? — Poppy voltara para uma barragem de indagações da mídia, endereçadas ao telefone de Micah, mas achou que não havia sentido em lhe dizer isso. — Viveu com Heather durante quatro anos. Deve saber alguma coisa.

— Estão revistando a casa neste momento — informou Micah furioso. — Por tudo o que sei, o telefone está grampeado.

E desligou. Poppy ligou para Cassie, que prometeu ir até a casa de Micah. Ela atendeu ainda diversas ligações do pessoal da cidade, fazendo perguntas que não podia responder. Depois, pondo o telefone em viva-voz, foi até a janela e contemplou o lago. Em termos visuais, continuava tão puro, claro e imaculado quanto no dia anterior. Em termos emocionais, no entanto, parecia estranho hoje... o que nada tinha de inesperado. Poppy experimentava a mesma sensação todos os anos, em meados de fevereiro, quando ansiava subitamente pela primavera... e não era a única. Os Dias de Gelo eram celebrados em fevereiro, para proporcionar aos moradores de Lake Henry alguma coisa pela qual esperar ao final de um longo inverno. Depois, vinha a corrida da seiva. A temporada do açúcar de bordo era a celebração da primeira colheita do ano. Do sol cada vez mais forte, as pessoas relaxando nos agasalhos, saindo mais de casa, pela neve derretida, na promessa da primavera.

Poppy estava pronta. Ansiava por um sol mais quente. Ansiava pela relva na terra, os botões nas árvores. Ansiava pelo degelo. E pela volta dos gaviformes.

Depois de algum tempo, voltou aos telefones. Atendia às chamadas ocasionais, mas com o coração longe. Assustada por Heather, perturbada pela conversa com Maida e cansada de fazer perguntas que não podia responder, não tinha nada melhor para fazer, enquanto almoçava na bancada, do que especular quando Griffin iria aparecer. Sentia-se surpresa por ele ainda não tê-la procurado. Cada vez que ouvia um som que poderia ser o de um carro se aproximando, Poppy prendia a respiração.

Um carro se aproximando? Na verdade, uma *picape*. E uma picape *barulhenta* ainda por cima, a não ser que ele fosse hábil sob um capô. O que ela duvidava, já que Griffin era um típico representante da cidade grande. Carro? *Picape*, Poppy. *Picape*.

Embora fizesse questão de olhar para tudo enquanto contornava o lago e atravessava a cidade, naquela tarde Poppy não avistou a picape. Depois que chegou à escola e pôs as meninas na Blazer, a preocupação com elas afastou os pensamentos sobre Griffin. Missy ouvira um comentário de que Heather estava na cadeia e queria saber se era verdade.

Poppy podia criticar Micah o quanto quisesse por não contar às meninas, mas com Missy fazendo uma pergunta direta, ela não podia mentir.

— É verdade. Ela está mesmo na cadeia.

— Por quê?

Os olhos escuros de Missy pareciam imensos, com o gorro de lã quase cobrindo as pestanas.

— Porque alguém acha que ela é outra pessoa.

— E ela não pode dizer quem é? — indagou Missy, com uma lógica perfeita.

— Pode, sim, mas precisamos de evidências. Cassie está tentando obtê-las.

— O que são evidências?

— Coisas que confirmam que é verdade uma coisa que você diz. Como um teste de soletração com seu nome nele. Se você tivesse um na sua mochila neste momento, poderia me dizer que Melissa Smith esteve na escola neste dia de fevereiro.

Melissa espichou o lábio inferior.

— Tenho um na mochila. Fizemos um teste hoje. Errei cinco palavras.

— Cinco em quantas? — perguntou Poppy.

Se fosse cinco em trinta, não seria tão ruim assim.

— Cinco em dez. A *metade*.

— Ahn... — Era mesmo ruim. — Deviam ser palavras difíceis.

— *Não* foi por isso que errei — declarou Missy. — Foi porque Heather não estudou comigo.

Poppy olhou para Star pelo espelho retrovisor. O rosto da criança estava meio oculto pelo capuz da parca. A parte visível se encontrava virada para a janela. Enquanto especulava o que a criança menor estaria sentindo e pensando, Poppy disse a Missy:

— Eu poderia ajudar. Devia ter me pedido. Adoraria ajudar em seu estudo. E sou muito boa em soletrar.

— Só tirava nota A quando estudava?

— Não.

— Por que não?

— Porque me distraía com brincadeiras e não prestava atenção nas aulas, uma coisa que nunca se deve fazer. Não aprendi tanto quanto poderia ou deveria ter aprendido. Ainda por cima, perturbava as outras crianças que prestavam atenção. Tinha a reputação de ser um problema na turma *e* desapontava meus pais. Não prestar atenção na aula não é uma coisa certa, Missy.

A menina não devia ter gostado da resposta, porque estava arriada no banco, virada para a maçaneta da porta, quando Poppy olhou para trás.

— O que foi, Missy?

Ela lançou outro olhar para trás e constatou que Missy dava de ombros. Resolveu não insistir.

— Como foi seu dia, Star? — indagou Poppy enquanto atravessava o centro da cidade.

Como não houvesse resposta, ela espiou pelo espelho retrovisor.

— Star?

O silêncio persistiu.

E assim continuou pelas duas horas seguintes. Poppy fazia perguntas ou sugeria atividades. As meninas davam de ombros ou mantinham-se caladas. Ela fez maçãs com bordo, cozinhando as Cortlands na calda de um âmbar escuro do final da temporada, era menos fina que a anterior, mais clara, mais apreciada, embora servisse melhor para cozinhar maçãs. As meninas pegavam qualquer coisa que ela não pudesse alcançar na cozinha de Heather. Mas não puxavam conversa, a não ser para perguntar quando Micah voltaria de West Eames.

Então, Star saiu... levantou de repente, quando coloria os cadernos de ilustrações na mesa da cozinha, foi até a porta dos fundos e saiu. Poppy ficou aturdida.

— Star?

Como a menina não parasse, ela virou a cadeira de rodas para segui-la.

— Para onde você vai, Star?

A porta foi batida, estrondosamente. O crepúsculo já começara. Estava escuro e frio lá fora. Star não usava botas nem casaco, apenas os tênis, um macacão de veludo e uma suéter.

Poppy foi abrir a porta. Observou a menina subir pela neve da encosta e desaparecer.

— Volte aqui, Star!

A criança não voltou.

— Ó Deus, ela não pode sair assim... — murmurou Poppy.

Era um comentário de Maida, saído direto da infância de Poppy; ignorava-o na ocasião, da mesma forma como foi ignorada agora. Poppy teve visões de Star se perdendo, atacada por uma raposa, congelando até a morte no ar gelado da noite, antes que Micah pudesse encontrá-la. E Poppy não podia fazer nada para impedir. Não podia ir atrás de Star. Não era capaz de subir por aquela encosta mesmo sem a neve, muito menos agora.

— Star, volte aqui agora mesmo! — gritou ela o mais alto que podia. Olhou para trás. — Missy, ponha seu casaco e descubra para onde ela foi!

— Star está bem.

— Não está, não! Ela saiu sem um casaco!

— Só foi até a árvore de Heather.

— O que é a árvore de Heather? Onde fica? Vá atrás dela, Missy! Eu não posso!

Poppy pegou o casaco de Missy e o estendeu.

— Ponha as botas também. E leve as coisas de Star.

A menina encheu os braços com as coisas entregues por Poppy e saiu.

Poppy encontrou o interruptor para acender a luz nos fundos da casa. Ficou junto da porta, observando Missy subir pela encosta, até desaparecer também na escuridão. E esperou. Imaginou as duas sumindo, vagueando só Deus sabia para onde. Imaginou as equipes de resgate vasculhando o bosque frio e úmido. Imaginou todos os tipos de horrores. Sentada ali, desamparada, aguardando o retorno das meninas, nunca se sentiu mais ressentida de sua deficiência física.

Podia ter passado um minuto ou cinco. Poppy não sabia. Depois Missy reapareceu, na periferia da claridade projetada pela luz na varanda dos fundos. Por um momento, Poppy pensou que ela vinha sozinha. Quando viu Star logo atrás, teve de fazer um esforço para reprimir as lágrimas de alívio. Perdeu a batalha quando Star se aproximou. Pegou a criança no colo, chorando contra seus cabelos sedosos.

— Nunca mais faça isso comigo, Star Smith — censurou ela, a voz trêmula.

— A árvore de Heather estava solitária. Eu só queria que ela soubesse que continuo aqui.

— Eu é que preciso saber que você está aqui! — Poppy conteve a criança, que fez menção de levantar. — Preciso saber que está aqui porque não posso ir atrás de você, Star. Se alguma coisa acontecesse com você lá em cima, eu não poderia ajudar. Eu não poderia ajudar, Star.

Eu não poderia ajudar. Poppy sentia-se atormentada por esse pensamento enquanto voltava para casa. Ocorreu-lhe que não tinha como preencher o lugar de Heather, se não pudesse começar a fazer o que Heather fazia. Mas sentia uma responsabilidade... e não era com Micah, Missy ou Star. A responsabilidade era somente com Heather.

E por causa de suas limitações, era uma responsabilidade assustadora.

Sob o seu peso, Poppy continuava à beira das lágrimas, sentindo uma total incompetência ao entrar no caminho para sua casa. Seguiu na direção do lago, até que os faróis iluminaram a velha picape de Buck Kipling... agora era a velha picape de Griffin Hughes. Ao vê-la, sentiu um ímpeto de raiva.

Pisou no freio. A Blazer derrapou. Ela deu uma guinada, recuperou o controle e seguiu em frente. Passou pela picape e parou tão perto da casa quanto podia. Furiosa agora, manobrou a cadeira para o elevador.

Houve algum conforto no fato de alcançar a rampa antes que Griffin saltasse da picape e corresse para o seu lado. Mas o conforto parou por aí. Vulnerável como se sentia, Griffin era a última pessoa que ela queria ver.

Mal lançou-lhe um olhar enquanto seguia em frente. Quando ele se inclinou para abrir a porta, Poppy acenou-lhe para que ficasse de lado, abriu-a pessoalmente e entrou. Foi direto para o painel dos telefones. Tirou as luvas, o casaco e o chapéu enquanto Selia McKenzie concluía uma ligação.

Selia era uma das duas ajudantes regulares que Poppy usava. Annie cursava a escola de ensino médio, e era ótima para substituí-la nas horas depois do expediente. Mas Selia era quem servia com mais freqüência durante o dia. Moradora de Ridge, tinha 42 anos e já era avó sete vezes. Era inteligente, paciente e desesperada pelo dinheiro tanto quanto por escapar da confusão de sua vida em casa, o que a tornava uma funcionária ideal. Poppy impulsionou a cadeira de rodas em sua direção e estendeu a mão para pegar o fone.

— Alguma novidade?

— Muita gente da imprensa — informou Selia, afastando sua cadeira para o lado, a fim de dar espaço para Poppy.

— Você disse não para todo mundo.

— Claro. Também houve ligações locais, as pessoas perguntando o que você já sabe.

— O problema é que não sei de nada!

Poppy falou em tom brusco. Ajeitou o fone na cabeça e virou-se para o painel. Justamente quando precisava que alguma coisa acontecesse, nenhuma luz acendeu.

Selia pegou as chaves de seu carro na extremidade da mesa e saiu.

Griffin adiantou-se. Parou bem na frente da mesa.

Poppy concentrou-se no painel. Sabia que tinha os olhos injetados e a pele corada. O coração batia descompassado em sua fúria.

Ele enfiou as mãos nos bolsos do jeans. Poppy percebeu isso sem olhar para ele, graças à visão periférica. Que também lhe dizia que ele era de estatura e compleição médias, olhos azuis bem separados, cabelos castanho-avermelhados ondulados, nariz reto.

Nenhuma luz acendera ainda.

Devagar, numa atitude de desafio, Poppy levantou os olhos. A irritação era intensa quando se encontraram com os de Griffin. *Por que você está aqui? Não fui bastante clara? Por que não pode me deixar em paz?*

Mas ela não disse nada. Apenas fitou-o, furiosa. E foi nesse instante que Griffin teve a desfaçatez de dizer:

— Parece que você está precisando de um cavaleiro de armadura reluzente.

Poppy explodiu.

— E seria você? Eu acho que não. Além do mais, eu não poderia montar num cavalo e permanecer lá em cima, mesmo que minha vida dependesse disso. — Os olhos encheram-se de lágrimas. — Atendo telefones. É o que faço melhor. Não posso escalar montanhas. Não posso esquiar na neve. Não posso dançar, correr, nem mesmo *andar*. Não posso sequer cuidar de crianças, o que é uma boa razão para nunca ter filhos.

— É por isso que estava chorando?

— Isso e um milhão de outras coisas. Afinal, tenho esse direito. — Ela fez a mímica de uma ladainha. — Poppy é uma santa. Poppy está sempre sorrindo. Poppy nunca se revolta contra seu destino na vida.

A voz de falsete voltou ao normal quando ela acrescentou:

— A verdade é que eu me revolto. Minha melhor amiga está na cadeia, as meninas se sentem perdidas sem a sua presença, quem ela ama está prestes a começar as semanas mais movimentadas do ano em seu negócio, enquanto eu sou prisioneira de uma cadeira de rodas... e com as mãos *sujas* ainda por cima.

Ela fez uma pausa, contemplando as mãos, furiosa.

— Odeio estas mãos. Não importa o que eu faça, são cheias de calos e sempre ficam sujas, quer eu use luvas ou não. — Poppy meteu-as debaixo das pernas, fora de vista. O olhar furioso concentrou-se em Griffin. — Se as coisas fossem diferentes, eu estaria ajudando Micah no bosque, com as meninas. Mas a realidade é que não posso ajudar ninguém. Neste momento, odeio esta cadeira.

Ela fitou-o nos olhos, desafiando-o a fazer um comentário condescendente. O que ele disse, depois de pensar um pouco, foi:

— Quer um beijo?

— *Não* quero beijo nenhum!

Ele tirou do bolso uma bala, embrulhada em papel laminado, e estendeu-a. Poppy tentou dar a impressão de que sabia o que era desde o início.

— Já disse que não. Também compro balas no Charlie's. Os beijos custam dez centavos a dúzia.

— Para ser mais preciso, dez centavos por dez.

Griffin tornou a guardar a bala no bolso. Contornou a mesa, indo até os fundos da sala. Havia um sofá comprido naquele ponto, dividindo seu foco entre a televisão e a lareira, que subia até a altura da cintura, numa parede de pedras. Um fogo baixo ardia ali.

Havia também um depósito de lenha na parede. Ele pegou uma acha, acrescentou ao fogo. Esfregou as mãos.

— A psicologia reversa não vai funcionar — comentou ele ao voltar.

— Como?

— Repelir-me com uma demonstração de autocompaixão. — Griffin sentou na beira da mesa. — Todos nós temos momentos de autocompaixão.

— Quando os seus ocorrem?

— Quando penso em minha irmã e me pergunto por que não consigo encontrá-la. — Ele começou a morder o lábio inferior com uma súbita apreensão. — Para ser franco, não é bem isso. Neste momento, sinto pena de mim mesmo porque fiz um comentário inadvertido para meu irmão que provavelmente resultou na vinda do FBI até aqui. Se eu pudesse voltar no tempo, não hesitaria em fazê-lo, porque sei que você vai me odiar pelo que aconteceu com Heather, o que significa que perdi uma coisa que eu queria. Mas é melhor você saber logo. Fui eu. Meu irmão é do FBI. Trabalha no grupo de casos especiais. Quando saí daqui, em outubro, fui até seu escritório. Vi a foto de Lisa na parede. Ela parecia bastante com sua amiga. Sinto muito.

A confissão deixou Poppy atordoada. Não esperava. Não desconfiara que Griffin fosse capaz de fazer aquilo. Tomada de surpresa, ela ficou sem saber o que dizer. Depois de um longo momento, sentindo um vazio total, baixou a cabeça para os braços cruzados. Sentia de repente um cansaço terrível. E tristeza. Uma profunda tristeza. Não sabia por quê, mas era isso.

Com a cabeça nos braços, ela recomeçou a chorar. Era um choro suave e profundo, um choro sentido, a descarga de tantas emoções confusas que as lágrimas eram a única forma possível de expressão.

Poppy não olhou para cima. A cabeça permaneceu nos braços, não por embaraço, mas por fadiga dolorida.

— Ó Deus... — sussurrou ela, finalmente, pressionando os olhos contra o antebraço. — Foram dois dias terríveis.

Como Griffin nada dissesse, ela limpou os olhos com as mãos e ergueu a cabeça para sustentar o seu olhar.

— O que foi? — indagou ela, a voz anasalada, enquanto baixava os braços. — Onde estão as palavras lisonjeiras?

Não apenas ele não disse nenhuma, mas também seus olhos azuis pareciam inseguros.

— Não sei o que fazer. Quero ir até aí para abraçá-la. Só não sei se você também quer.

— Não preciso de abraços — informou Poppy, tão irônica quanto podia ser uma pessoa com o rosto inchado de chorar.

— Não precisa. Talvez queira.

Não havia "talvez" a respeito. Já fazia muito tempo que Poppy fora abraçada por um homem pela última vez. Há muito tempo que não era abraçada por ninguém, não da maneira total que lhe proporcionaria o conforto pelo qual tanto ansiava. Sua cadeira era a proverbial terceira pessoa, sempre ali para lembrá-la de sua deficiência. Ela respirou fundo, de forma um tanto entrecortada.

— Estou bem. — Mas não queria falar a respeito. — Muito bem. Foi você quem lhes falou sobre Heather.

Era mais seguro focalizar essa questão do que suas necessidades pessoais.

— Não. Eu apenas disse a meu irmão que alguém aqui me lembrava Lisa. Ele é um bom investigador.

— Mas não o suficiente para encontrar a irmã.

Griffin comprimiu os lábios e balançou a cabeça. Sua concordância proporcionou a Poppy um vago senso de poder.

— Então para que ele serve? E para que você serve? E por que está aqui? Uma questão fundamental. Se veio atrás de mim, a pessoa com quem poderia se relacionar, ela foi embora há doze anos. Se veio à procura de uma história para escrever, ainda está no lugar errado. Não vou ajudá-lo.

— Inverta a idéia. Eu estava pensando que poderia ajudá-la.

— Estava. — Não era uma pergunta. Ela não queria a ajuda de Griffin. — Tem um machucado e tanto no rosto, por falar nisso.

Cauteloso, ele passou os dedos pelo talho púrpura.

— Houve uma luta antes que eu conseguisse provar para a picape qual dos dois estava no comando.

A mão dele desceu pelo princípio de barba no queixo. Era ainda mais escura do que o tom castanho-avermelhado que seus cabelos haviam adquirido desde o outono passado.

— Seu polegar também parece horrível. Quem está ganhando a guerra?

— Eu. Sem a menor sombra de dúvida. Já aqueci a cabana e liguei a eletricidade. Ainda não consegui ter água corrente, mas estou trabalhando nisso.

— Nem precisa se incomodar — informou Poppy, encontrando algum prazer nisso. — Os canos estão quebrados. E não será possível consertá-los até a primavera.

Griffin ficou consternado.

— Fala sério?

— Claro. Todo mundo sabe disso. E outra coisa. Não há gaviformes aqui nesta época do ano. O que você ouviu no lago foi Billy Farraway tocando seu apito de gaviforme. Ele tem 75 anos e passa o inverno transferindo a sua *bobhouse* de um lugar para outro.

Ela não sabia se Griffin alguma vez já fizera pesca no gelo.

— Sabe o que é uma *bobhouse*?

— Sei. Mas não vi nenhuma perto da ilha.

— Você não saberia se estivesse armada no outro lado de uma das ilhas do lago. Sabe quantas ilhas existem?

Griffin sorriu.

— Não. Quantas são?

— Trinta e oito. São 38 ilhas em nosso lago, que não é tão grande assim. Se você ainda não conheceu Billy, basta esperar. Ele o encontrará.

— Um apito de gaviforme? Tem certeza? Parecia muito real. Comentei no Charlie's que tinha ouvido um gaviforme. Ninguém ali fez qualquer referência a Billy.

— Ninguém falaria.

Ela sustentou o olhar de Griffin, até que ele compreendeu o recado.

— Já entendi. Esperavam que eu afundasse mais um pouco.

Poppy confirmou com um aceno de cabeça. Ocorreu-lhe que entre o machucado no rosto, o outro no polegar, a barba por fazer no queixo e os cabelos desgrenhados ele parecia um pouco pior pelo desgaste... mas era um pior atraente. Uma aparência mais rude. Ela gesticulou para que Griffin se afastasse da mesa, a fim de poder contemplá-lo da cabeça aos pés. Depois que ele o fez, Poppy comentou:

— Boas botas. Bom colete. Boa roupa térmica por baixo dessa camisa de flanela. Sente-se aquecido agora, Griffin?

Ele sorriu de novo.

— Estou sim, obrigado. Bastante aquecido. Sua casa é muito confortável.

Griffin tornou a contornar a mesa. Acomodou-se no sofá. Poppy virou-se para observá-lo. Gostava da maneira como ele se movimentava. E gostou da aparência de seus ombros quando estendeu os braços pelo encosto do sofá. E também gostava da maneira como ele sorria.

Mas, no instante seguinte, o sorriso de Griffin desapareceu. Fitou-a por cima do ombro.

— Viu Heather?

A realidade voltou.

— Ela está em péssimas condições. E se foi você quem avisou o FBI, isso faz com que eu me sinta responsável também. Esteve aqui em outubro para me ver.

Ele esticou as pernas e cruzou os tornozelos.

— Podemos empacar nisso, ou podemos conversar sobre a maneira de resolver o problema. Presumo que é uma questão de provar que Heather é Heather. O que ela diz?

— Não muita coisa. Parece incapaz de falar a respeito. Não me pergunte o motivo porque não sei.

— Foi isso que a deixou transtornada há pouco?

Poppy pensou sobre o acesso de choro que ele testemunhara.

— Isso não costuma acontecer.

— Tenho certeza.

— Estava tomando conta das meninas. A menor, Star, saiu para o bosque e não pude ir atrás. Entrei em pânico total. E fazia muito tempo que não me sentia tão desamparada.

E havia também Micah, voltando impassível do encontro com Heather. E a conversa de Poppy com Maida. Ela ainda não sabia o que quisera que a mãe fizesse.

— Você sabe cuidar das meninas muito bem — declarou Griffin. — E não posso acreditar que metade da cidade não tenha se oferecido como voluntária.

— Claro que as pessoas se ofereceram. Mas as meninas são minhas. — Ela se apressou em explicar. — Isto é, apenas de certa forma. As meninas são de Heather.

Uma pausa e ela teve de qualificar isso também:

— Não legalmente, mas sob todos os outros aspectos.

— Por que não legalmente? Ela poderia adotá-las.

— Ela e Micah não são casados.

— Por que não? Estão juntos... há quanto tempo?

— Quatro anos. Heather nunca pressionou Micah. Não precisava casar. Jamais quis que as meninas pensassem que estava tentando fazê-las esquecer a mãe.

— Conheceu a mãe?

— Conheci.

— Como ela era?

Poppy fez um esforço para dizer alguma coisa positiva.

— Era muito bonita. Morreu num acidente de carro quando Star tinha dois meses de idade.

Griffin soltou um suspiro de surpresa.

— Ela e Micah eram apaixonados?

— Eram sim... pelo menos por algum tempo.

— Até que Heather apareceu?

— Não, não foi isso. Micah não enganou Marcy. É um homem fiel.

— Então qual foi o problema com o casamento? E não me lance esse olhar. Há muita coisa que não está me dizendo. Posso sentir.

— Não há "muita coisa". Apenas Marcy foi criada aqui, mas acho que sempre quis algo mais.

— Se ela queria mais, por que casou com alguém daqui?

— Provavelmente porque Micah é alto, moreno e bonito. Isso mesmo, é um clichê. Mas ele é assim. Também fala pouco, e isso significa que ele é um mistério, o que aumenta a atração.

— Ele a atrai?

— Não — respondeu Poppy, pedante. — Pessoalmente, não gosto do tipo calado. Além do mais, nunca o conheci bem antes de Heather. É preciso muito esforço para conhecer Micah melhor e descobrir como seu coração é terno. O que significa que *você* pode me arrancar informações ocasionais... como está fazendo neste momento, Griffin Hughes... mas não vai conseguir nada com ele.

— É uma questão de confiança entre nós dois. Você confia em mim.

— Como? Confio em você? Não acabou de dizer que foi você quem trouxe o FBI para cá?

— Não. Eu disse que meu irmão aproveitou-se de uma coisa que eu falei *inadvertidamente*, o que resultou na prisão de Heather. Eu lhe disse a verdade. E você confia que continuarei assim.

— Não, não confio.

— Tenho certeza que confia, num nível mais profundo. Até que ponto Micah é acessível? Se eu o procurasse, seria bem recebido?

— Não se ele souber que foi você quem causou tudo isso.

— E se ele não souber, poderemos conversar?

— Sobre o tempo, a plantação de bordos ou a corrida da seiva? Talvez. Sugira escrever sobre Heather e ele vai cortá-lo.

Griffin suspirou. Inclinou-se para a frente.

— Não posso escrever sobre Heather. Tenho outro projeto em andamento.

— O que o impede de escrever duas histórias ao mesmo tempo?

Ele se levantou do sofá. Voltou à mesa de Poppy. Pegou papel e uma caneta. Escreveu um nome e um telefone. Estendeu o bloco para ela.

— Prentiss Hayden. Pode telefonar. Ele lhe dirá sobre o prazo improrrogável que se aproxima rapidamente.

— Prentiss Hayden? — Poppy não precisava ser informada de quem ele era. O homem era uma lenda na política. — Estou impressionada.

— Não fique. Não fui sua primeira opção. Dois outros foram escolhidos antes de mim. E ambos desistiram antes mesmo de escreverem uma palavra sequer.

— Ele é exigente?

— Muito.

— Nesse caso, o que você está fazendo aqui?

— Obviamente, não vim para conquistá-la. — Griffin soltou uma risada enquanto passava a mão nos cabelos castanho-avermelhados. — Estou aqui para aliviar meu sentimento de culpa. Se não fosse por mim, nada disso teria acontecido. Mas posso ajudar a mudar a situação. Tenho contatos no país inteiro.

— De seu trabalho?

— Em parte. Outros obtive por intermédio de meu pai. Ele é um advogado de grandes empresas que se tornou executivo. Adquiriu uma reputação por recuperar empresas em péssima situação.

Poppy sabia que Griffin tinha independência financeira. Fora o que lhe dissera no outono. Agora, suas palavras acionaram uma campainha.

— Vai me dizer que é filho de Piper Hughes?

— É isso mesmo.

— Mas me disse que seu pai também se chamava Griffin.

— E é verdade. Griffin P. Hughes. O "P" é de Peter. Mas ele sempre foi um garoto carismático, liderando a turma. Por isso, passou a ser chamado Piper, como em Pied Piper, o Flautista de Hamelin, para distingui-lo do pai, que foi o primeiro Griffin.

— E como chamavam *esse* Griffin?

— De Griffin mesmo. Meu pai se saiu muito bem, mas foi meu avô quem começou a fortuna da família.

— O que ele fazia?

— Era fabricante de biscoitos. Hummers.

— Está brincando!

Poppy sorriu, projetando imagens de bolachas de graham, com cobertura de chocolate e manteiga de amendoim. Na casa da família Blake, os biscoitos Hummers só perdiam para os sanduíches, como cachorros-quentes eram melhores no verão, durante os encontros à beira do lago. Já os Hummers eram as iguarias do inverno. Griffin também sorriu.

— Eu não brincaria com essas coisas. — Ele pegou o controle remoto e ligou a televisão. — Os Hummers eram uma coisa muito séria lá em casa.

— Já faz algum tempo que não como nenhum.

— Não perdeu nada. A empresa foi vendida há doze anos. Depois, meu avô morreu e deixou para cada herdeiro uma parte do dinheiro da venda. — Griffin começou a trocar os canais. — Não há mais qualquer notícia local.

O sorriso de Poppy desapareceu.

— Não sobre Heather. Não haverá nenhuma nos próximos 29 dias.

— Menos do que isso, se descobrirmos alguma coisa importante. As acusações podem ser retiradas.

— O que nos leva de volta a seus contatos. Muito bem, Griffin, qual é o preço?

— Um banho de chuveiro.

Ela revirou os olhos.

— Falo sério — insistiu ele. — Nós, garotos ricos, estamos acostumados com água quente. Não tenho nenhuma, e agora você me diz que tão cedo não poderei me dar a esse luxo. Pode imaginar como me sinto imundo? Portanto, quero fazer um acordo. Uma informação nova sobre qualquer das duas, Heather ou Lisa, em troca de um banho de chuveiro quente.

Consternada, Poppy levou a mão ao peito.

— Não vou permitir que um estranho use meu chuveiro. Seria como arrumar um hóspede pelos anúncios classificados.

— É o que todo mundo faz. E já me disseram que funciona muito bem. Além do mais, não sou um estranho. Você me conhece. — Ele apontou para o bloco ao lado da mão de Poppy. — Se quer uma referência, ligue para Prentiss. Melhor ainda, peça para falar com sua esposa. Passei um mês com eles.

— Ah. No famoso cartão-postal de Charlottesville.

— Ela lhe dirá que sou um homem decente.

— Mas por que logo eu? — Um banho de chuveiro era um ato íntimo para Poppy. — Por que aqui? Pode conseguir um banho de chuveiro quente em outra casa.

— Para que todo mundo ria de mim? Já estão rindo por causa do gaviforme. E da água. A ausência de água significa que não há encanamento, e a ausência de encanamento significa um buraco no chão. Aposto que neste momento há alguém no Charlie's apostando sobre o tempo que levarei para desistir e me mudar para a pousada ao norte da cidade.

— Se não estão agora, farão isso mais tarde. Nas noites de quinta-feira há música na Back Room, a sala dos fundos. Música e conversa. Eu o aconselharia a não aparecer.

— Por que não?

— Porque não é uma noite apropriada para um rosto novo depois do que aconteceu com Heather.

— E acha que me deixarão tomar banho em seus chuveiros? O que poderei fazer então? Vamos, Poppy, tenha compaixão. Seja camarada.

Poppy não queria que Griffin tomasse banho de chuveiro em sua casa. Não queria mesmo. Mas ele tinha uma certa razão. Além do mais, ser camarada era um pouco menos do que ser amiga, o que nada tinha a ver com romance. Ser camarada era seguro. Deus sabia que ela tinha experiência. Era grande amiga da maioria dos homens da cidade. Podia ser camarada de Griffin, ainda mais se isso significava obter informações que pudessem ajudar Heather.

— Se acha que vou fornecer toalhas é melhor pensar duas vezes — advertiu ela. — Isto não é uma casa de banhos. E não tenho a menor intenção de lavar sua roupa suja.

— Não estou pedindo. Usarei a lavanderia automática, que é sempre um bom lugar para se obter informações. Até os garotos ricos sabem disso.

— Ninguém na cidade lhe dirá qualquer coisa.

— É o que veremos.

— A cidade não vai lhe contar nada.

Foi Charlie Owens quem disse isso. Ele e a esposa estavam numa sala ao lado do armazém geral, em companhia de John e Lily Kipling. Os quatro haviam acabado de jantar no café. Agora, com biscoitos cozinhando no forno sob o olhar vigilante da próxima geração de Owens, a estufa de lenha acesa, os quatro tomavam *cappuccinos* nos poucos minutos que ainda restavam antes de terem de sair para receber as pessoas na Back Room.

— Ele parece um bom sujeito, e sua presença em Little Bear me poupa da necessidade de subornar um dos garotos para ir até lá — acrescentou Charlie. — Mas já passamos por isso antes.

— Poppy gosta dele — comentou Lily.

— Se alguém perguntasse, ela diria que não — disse John.

— Ela está na defensiva. O que é compreensível.

— Poppy tem medo de ser magoada? — indagou Annette. — De se apaixonar, para depois ser abandonada?

— Por falar em se apaixonar, o que há com Micah? — interveio Charlie. — Eu me sinto inútil por saber tão pouco sobre Heather, embora me julgasse muito próximo a ela. Já Micah é cem vezes mais próximo. O que ele sabe?

Camille Savidge não tinha certeza. Achava que Heather guardava segredos. Agora, escutando a conversa do escritório ao lado, enquanto fazia a contabilidade semanal do armazém, ela teve vontade de dizer que Micah não sabia muita coisa... e que Griffin Hughes não descobriria quase nada mesmo que ele fosse o pivô de tudo.

O problema era que Heather precisava de ajuda. Camille não sabia se Cassie tinha os recursos necessários para o trabalho. Se Griffin tivesse, era uma possibilidade que não podia deixar de ser considerada.

Sete

Na manhã de sexta-feira, Micah falou com o FBI. Os agentes solicitaram uma reunião. Embora fosse a última coisa que quisesse fazer, Cassie recomendou que ele cooperasse. Ela argumentou que uma recusa só serviria para aguçar o apetite dos agentes. Também disse que ele seria uma sólida testemunha em favor de Heather, por ser um homem honesto e franco.

A reunião foi no escritório de Willie Jake, e Cassie manteve-se do seu lado durante todo o tempo. Mas nenhum dos dois fatos proporcionou muito conforto a Micah. Era franco e objetivo. Se lhe faziam uma pergunta, não hesitava em responder. Mas se faziam a mesma pergunta várias vezes, ele acabava irritado. Não gostava de pessoas que insinuavam que ele não dizia a verdade.

Por isso, sentia-se com os nervos à flor da pele quando, depois de duas horas de perguntas, pôde finalmente partir com Cassie para a cadeia. Cassie deixou claro que só o acompanhava na viagem para garantir a privacidade de uma sala de reuniões entre advogada e cliente. Com cinco minutos de visita, Cassie encontrou um motivo para deixar os dois a sós.

Assim que a porta foi fechada, Micah abraçou Heather. Sentiu falta da fragrância de alecrim do sabonete que ela usava em casa, mas a maciez da pele continuava igual. Com os olhos fechados, Micah concentrou-se na familiaridade daquele corpo contra o seu. Muita coisa mudara. Ele precisava daquilo.

— Cassie está furiosa comigo — disse Heather, a voz abafada pela camisa de Micah.

— Eu também estou. Fale tudo para mim, querida.

Micah nunca dissera essas palavras antes. Nunca precisara. Heather sempre soubera, sem perguntar, que ele gostava dos ovos com a gema mole, as camisas dobradas em vez de penduradas e a correspondência de propaganda descartada antes de sua volta para casa. Assim como ele também sabia que Heather adorava balas de alcaçuz vermelhas e café quente à espera quando entrava na cozinha pela manhã.

Ele fazia um café delicioso. Mas muitas vezes desconfiara que, mesmo o café saindo horrível, ainda assim Heather continuaria a sorrir. Sempre se sentia comovida quando alguém se lembrava de fazer alguma coisa assim por ela.

Pelo menos Micah presumia que era esse o pensamento por trás do prazer que ela demonstrava. Sabia que era esse o pensamento por trás de sua satisfação. Heather era a primeira pessoa em sua vida que parecia querer fazê-lo feliz.

Agora, porém, ela não respondeu. Apenas abraçou-o com força, como se o amanhã não existisse. Na mente de Micah, a ausência de amanhã parecia algo muito distante. Sempre soubera que Heather tinha um passado. Mas não imaginara que fosse tão terrível a ponto de ela não querer falar a respeito, nem mesmo para se defender contra uma acusação de homicídio.

— Diga alguma coisa, querida — suplicou ele. — Alguma coisa que dê sentido a tudo isso.

Heather não disse nada.

— Sei que há coisas — murmurou Micah contra os cabelos da mulher... escuros, com alguns fios prateados que poderiam ter surgido com o trauma. — Nunca perguntei. Não queria deixá-la transtornada.

Ela permaneceu calada.

— Nunca teve importância para mim — acrescentou Micah. — Eu só queria você.

Não planejara isso. Quatro anos e meio antes, quando Heather entrara em sua vida, ele ainda lamentava a esposa. Tinha duas filhas, dois empreendimentos para cuidar e nenhum tempo de folga. Não deveria querer uma mulher. E não desejara Heather na primeira vez em que ela se oferecera para tomar conta das crianças durante o dia, enquanto ele trabalhava. Gostava dela. Confiava nela. Parecia um bom acordo.

No início, ele aparecia em casa durante o dia para verificar como estavam as meninas. Durante o verão e o outono, quando fazia trabalhos de carpintaria, ia almoçar em casa; durante a temporada do açúcar, vinha para um café, almoço, lanche. Heather era uma presença discreta e sorridente em sua casa. E Micah começara a se sentir ansioso em vê-la de novo.

E a mudança de babá para amante? Acontecera depois que se beijaram.

Só que não fora um simples beijo. Como interromper um beijo com Heather? Há semanas que vinha se acumulando, como a seiva aumentando ao calor crescente do sol. Por mais que tentasse dizer a si mesmo que era impróprio, Micah não conseguia evitar que à noite, quando se deitava, fosse envolvido por uma agonia de desejo, que foi se tornando cada vez pior.

Até que um dia, quando a seiva já fervia e ele tinha uma turma para trabalhar até tarde na casa do açúcar, Heather ficou na casa para pôr as meninas na cama. Mais tarde, depois que os outros se retiraram, ela foi ajudá-lo a arrumar e limpar tudo. Ali, no ar quente e fragrante, sentindo seu corpo ardendo, Micah agradeceu pela ajuda com um beijo.

Era a coisa mais natural do mundo. Só que o beijo não parava. Continuaram se beijando, para depois se acariciarem e tirarem as roupas. Ele não usara qualquer proteção. Não podia. Precisava senti-la por completo. Não importava se a engravidasse. Parte dele até queria que isso acontecesse. Estava tão apaixonado que não podia pensar em qualquer outra coisa.

E continuava apaixonado, com a mesma intensidade. Agora, porém, o lugar que transbordara com Heather se transformara num espaço vazio. Há duas noites que Micah dormia sozinho e sentia uma angústia que nunca experimentara depois da morte de Marcy.

— Eles insistem em me perguntar o que sei — murmurou Micah.

— Quem?

— O FBI. Acham que sou um cúmplice.

— Do quê?

Ele tece um lampejo de irritação. Não gostava que ninguém o tomasse por tolo, Heather muito menos. Ela sabia muito bem do que era.

— Revistaram a casa — informou ele, com mais aspereza do que poderia ter, mas dominado outra vez ao se lembrar, pela fúria que sentira na ocasião. — Reviraram tudo. Abriram todos os armários e gavetas. Viraram os tapetes e colchões. E também estiveram na casa do açúcar.

Haviam até removido algumas achas da pilha de lenha, o que o deixara assustado. Mas logo desistiram e foram procurar em outro lugar.

— Não se interessaram por muita coisa, exceto pelo computador, que levaram.

Heather deu um passo para trás.

— Mas todos os nossos arquivos estão no computador!

— Eles acham que há mais coisas.

— Não, não, não! — Os olhos prateados de Heather faiscavam. — Tudo ali só tem a ver com os negócios.

— Eles acham que há mensagens codificadas.

— Só tem arquivos dos *negócios* — protestou ela, indignada. — Não podem levar. Você vai precisar daqueles arquivos.

Ele soltou um grunhido.

— Para quê? Não sei como trabalhar com aquela máquina.

— Mas Camille sabe. Chame-a para ajudar.

— De que adiantaria chamá-la se eles levaram o computador?

Heather empertigou-se. Sacudiu os cabelos, com um sorriso pequeno e presunçoso. Depois sussurrou:

— Os *back-ups*. Ela grava em disquetes cada vez que faz a contabilidade. Achamos que era uma boa providência para o caso de haver um incêndio.

Já era alguma coisa, decidiu Micah. Mas ainda não significava que os negócios não sofreriam um colapso se Heather não voltasse em breve.

— Estou sozinho, meu amor — sussurrou ele, incapaz de se conter por mais tempo. — Deito sozinho, no escuro, e fico pensando. Penso durante todo o tempo. E sei tanto quanto as outras pessoas. Tudo o que sei é que eu queria casar com você, mas você não. Queria ter filhos com você, mas você não queria. Quero que me explique por quê.

Heather murchou com uma rapidez assustadora. Tornou-se outra pessoa, que ele não conhecia.

— Tem de ser assim.

Micah balançou a cabeça, lentamente. Ela tentou:

— Não podia... não queria... por causa de Marcy.

— Marcy está morta.

Heather não disse nada. Ele tentou descobrir alguma coisa em seus olhos, mas a tristeza que viu ali deixou-o atordoado, a cabeça girando. Aquela tristeza não pertencia à sua Heather. Pertencia a outra pessoa.

Ele deu um passo para trás, sentindo-se deslocado. Momentos depois, Cassie voltou à sala e os dois foram embora.

Micah fervia de raiva durante todo o percurso de volta para casa. A cada quilômetro tornava-se mais convencido de que Heather escondia alguma coisa importante. Irritava-o pensar que ela não confiava nele... não o suficiente para lhe contar qual era o problema.

Ao chegar em casa, saltou da picape e bateu a porta. Atravessou a clareira para a casa do açúcar, entrou e foi direto para a pilha de lenha. Parou ali. Ficou olhando para a área em que escondera a mochila, como se pudesse ver através da madeira. Passou a mão pela nuca, baixou o braço, flexionou os dedos.

Heather trouxera a mochila quando viera morar em sua casa. Micah vira-a com as coisas dela, mas depois a mochila sumira. Encontrara-a por acaso, algum tempo depois, quando tirava os enfeites de Natal do *closet*. A mochila caíra da prateleira. Ele a guardara no mesmo lugar e nunca mais a tocara. Não queria saber o que havia lá dentro.

E ainda não queria. Podia se chamar de tolo um milhão de vezes, mas sentia-se assustado demais para abrir a mochila.

Ele se virou e voltou para a casa. Num instante, pôs um gorro de lã e luvas. Pegou os sapatos de neve na sala dos fundos e saiu de novo. Parou no galpão pequeno, perto da casa, para pegar uma motosserra, um machado de cabo comprido e um trenó. Depois, subiu a colina.

Griffin parou atrás da picape de Micah. Assim que desligou o motor, ouviu o barulho da motosserra, que se tornou mais alto no instante em que abriu a porta. O som era distante, mas nítido.

Na possibilidade de que outra pessoa que não Micah estivesse usando a motosserra, ele subiu os degraus, atravessou a varanda e bateu na porta. Não houve resposta.

Griffin deu a volta e bateu na porta dos fundos. Depois, foi até a casa de açúcar, abriu a porta, deu uma espiada. Havia numerosos equipamentos grandes, mas a peça central era um recipiente de aço inoxidável com dois metros de largura por cinco de comprimento. A parte posterior ficava mais alta que a da frente, tudo apoiado numa estrutura de alvenaria, com uma porta de ferro batido por baixo. Havia uma tampa por cima, da qual se projetava uma chaminé de aço que se erguia até a cúpula. Essa cúpula estava diretamente em cima do evaporador e era praticamente do mesmo tamanho.

— Olá? — gritou Griffin.

Como ninguém respondesse, ele se afastou. Contornou a casa do açúcar. Um telheiro, com lenha empilhada, destacava-se na extremidade leste da estrutura de pedra, perto de uma enorme porta dupla. Por trás da casa de açúcar, ao norte, havia dois enormes tanques de aço. Outro tanque, ainda maior, assentava sobre uma plataforma poucos metros acima, na encosta. Havia outra máquina à direita. Um pouco além, quase oculta por abetos, havia uma garagem sem porta, dentro da qual Griffin avistou um imenso trator com um enorme arado amarelo na frente.

Ele subiu na direção do barulho da motosserra. Depois que passou pela área protegida, as botas afundaram ainda mais na neve. Mas agora eram as botas certas; e, ainda por cima, calculava que a motosserra não podia estar longe. Ao alcançar a crista de uma pequena elevação, Griffin avistou um bosque de bordos, desfolhados, com neve nos galhos, plantados em intervalos regulares. Teve de virar à direita e subir outra elevação antes de finalmente avistar Micah, a distância.

Estava sem fôlego e suando por dentro do traje térmico antes de cobrir a metade da distância. A essa altura, Micah já o avistara e desligara a motosserra.

Se Griffin fosse medroso, poderia ter se virado e se afastado depressa. Micah Smith era uma cabeça mais alto do que ele. A motosserra podia ser um brinquedo, pela facilidade com que ele a segurava. Por baixo do gorro de lã da cor laranja, o rosto mostrava-se sombrio e ameaçador.

Verdade seja dita, Griffin não podia se virar e correr, mesmo que fosse medroso. Mal conseguiu andar pela neve durante aqueles últimos metros. Mas continuou a avançar, procurando parecer tão cordial, despreocupado e não ameaçador quanto era possível. Quando chegou perto, estendeu a mão.

— Sou Griffin Hughes.

— Sei quem você é.

Micah tornou a se virar para a árvore que derrubara. O toco estava a três ou quatro metros de distância, cercado por serragem na neve. Os galhos haviam sido cortados e empilhados em pedaços compridos. Com um puxão vigoroso, ele ligou a motosserra e foi trabalhar no tronco.

Griffin observou. Micah fez um corte profundo, depois deslocou a motosserra por sessenta centímetros. O tronco devia ter uns trinta centímetros de diâmetro. Aos olhos de Griffin, parecia bastante saudável. Quando a curiosidade prevaleceu, ele deu a volta, para que Micah pudesse vê-lo, e gritou mais alto que o som da motosserra:

— A árvore estava doente?

— Não.

Micah concluiu outro corte e tornou a deslocar a motosserra.

— Então por que a derrubou?

Micah terminou outro corte.

— Neve.

Outro deslocamento da motosserra.

— O que tem a neve?

Micah serrou mais um pedaço do tronco, mudou de posição, cortou outro. Desligou a motosserra, empertigou-se e, com um ar de resignação, disse:

— Era uma boa árvore. Plantei-a como uma muda há muitos anos. E fazia dois anos que a aproveitava. Por causa da exposição ao sul, recebe bastante sol e tem uma boa coroa.

Ele correu os olhos pela plantação. Algumas árvores tinham um punhado de folhas marrons murchas que não tinham a menor possibilidade de caírem antes de ficarem congeladas no lugar.

— Era larga demais para seu próprio bem — continuou Micah. — A primeira neve veio em outubro, úmida e intensa. O peso foi demais.

Micah acenou com a cabeça para os galhos mais compridos, empilhados perto do toco.

— O galho maior partiu sob o peso, levando quase metade da coroa. Uma árvore não produz seiva sem o amido das folhas. Sem folhas não há amido, não há seiva. Se eu deixasse esta árvore de pé, só serviria para tirar o sol de outras mais promissoras que se encontram além.

Ele tornou a ligar a motosserra e foi para a seção seguinte do tronco.

Griffin continuou a olhar o bosque. Os bordos estavam absolutamente imóveis, parecendo sentir frio demais para sequer estremecer. Eram espaçados com todo o cuidado. Embora sua ilha fosse quase toda de árvores com folhagem permanente, as únicas árvores nessas condições ali estavam num grupo que ficava no lado. Se Griffin fosse poético, diria que aquelas árvores observavam tudo o que acontecia.

— Quebra-vento! — gritou Micah por cima do barulho da motosserra. — Protege os bordos do vento noroeste.

Griffin podia compreender o motivo para isso, mas tinha dezenas de outras perguntas. Só que não pretendia abusar de sua sorte. O instinto lhe dizia que tivera um privilégio por ouvir tantas palavras de Micah. Por isso, contentou-se em perguntar, acima do barulho da serra:

— Você vende a madeira?

Micah terminou de cortar o pedaço.

— Não.

— O que faz com tudo isso?

— Queimo. O evaporador consome muita lenha. Se a temporada for longa, precisarei de toda a lenha que puder obter.

E voltou ao trabalho. Griffin avistou o machado e sentiu-se tentado. Mal entrara na adolescência quando o avô o ensinara a rachar lenha na cabana no Wyoming. Passara os melhores verões de sua vida naquela cabana e cortara muita lenha.

Impulsionado pela lembrança, ele pegou o machado. Avaliou o peso, mudando-o de posição nas mãos enluvadas, até experimentar uma sensação de familiaridade. Depois, pegou o primeiro dos pedaços cortados do tronco, pondo-o em pé na neve. Com as pernas abertas, ergueu o machado, olhou para o ponto macio que queria atingir e bateu. Com um estampido, o pedaço do tronco partiu ao meio.

— Muito bem — murmurou ele, exultante.

Levantou os olhos, meio esperando deparar com o avô de cabeça branca a sorrir de orelha a orelha. A visão de Micah, com uma expressão irritada, foi um choque.

— Não me processe se cortar o dedão do pé.

— Isso não vai acontecer. Aprendi muito bem a cortar lenha.

Com uma risada desdenhosa, Micah tornou a ligar a motosserra e virou-se.

Griffin, revigorado, rachou cada metade. Passou para o pedaço seguinte do tronco, depois para outro. Encontrou um ritmo e foi cortando-lhe os pedaços.

Quando acabou com a motosserra, Micah começou a pôr os pedaços rachados do tronco no trenó. Griffin também concluiu sua parte. Ansioso por mais, olhou para a pilha de galhos.

— Vai usar isto como gravetos?

— Outro dia. Pegue as rédeas.

Micah apontou com o queixo para a traseira do trenó, onde tiras de couro saíam dos cantos, estendendo-se pela neve pisoteada. Griffin pegou-as no momento em que Micah começava a puxar.

O trabalho lá atrás deveria ser fácil. Micah era o motor. Griffin precisava apenas segurá-lo com firmeza para evitar que o trenó se desgovernasse. Ao descerem pela encosta e chegarem à casa do açúcar, no entanto, ele sentia os braços tão cansados quanto as coxas.

— Para que serve o trator? — gritou ele enquanto Micah puxava o trenó para o ponto exato em que queria deixá-lo.

— Para facilitar o trabalho.

— Então por que não o levou lá para cima?

Micah lançou-lhe um olhar frio.

— Porque senti vontade de trabalhar assim. Tem algum problema?

— Claro que não — respondeu Griffin, porque não queria que Micah pensasse que não era capaz de suportar. — Nenhum problema.

E o trabalho ainda não havia acabado. Quando Micah começou a levar a lenha do trenó para a pilha, na parede da casa do açúcar, Griffin resolveu fazer a mesma coisa. Chegara à conclusão de que músculos doloridos eram um pequeno preço a pagar por um pouco de respeito.

Apesar dessa determinação, já se sentia exausto quando Micah empertigou-se de repente, em alerta súbito, e olhou para a estrada.

— Poppy... — murmurou ele.

No momento mesmo em que Griffin precisava de um fluxo de adrenalina, a visão da Blazer vermelha teve esse efeito. Desceu a estrada, os pneus fazendo barulho na neve compactada, e desapareceu na frente da casa. Ele punha os últimos pedaços do tronco na pilha quando duas meninas contornaram o canto da casa e correram para Micah. Eram muito bonitas, uma delas um pouco mais alta do que a outra, ambas de casaco e gorro coloridos, cabelos compridos escuros e olhos enormes também escuros. Griffin imaginou ver esperança naqueles olhos quando se fixaram no pai.

Sem querer ver a esperança desaparecer, no momento em que perguntassem por Heather, ele tirou as luvas, ergueu a mão num aceno e disse, alteando a voz:

— Bom exercício. Obrigado.

E afastou-se, indo para a frente da casa. Poppy já saltara da Blazer e subia a rampa na extremidade da varanda. Griffin subiu os degraus de dois em dois, quase tropeçando no último de tão fracas que estavam as pernas. Mas alcançou a porta a tempo de abri-la para Poppy.

Ela passou, fitando-o com uma expressão cautelosa. Lá dentro, longe da porta, Poppy tirou as luvas. Pegou um pano num cesto ao lado da cadeira e começou a remover punhados de neve das rodas.

— Veio perturbar Micah?

— Não. Apenas trabalhei um pouco, pelo exercício. — Ele tirou uma bala do bolso. — Quer um beijo?

Ela olhou para a bala. Parecia prestes a fazer um comentário mordaz quando a porta dos fundos foi batida. Seus olhos se desviaram nessa direção no mesmo instante, exibindo preocupação.

Griffin tirou o pano de sua mão, abaixou-se e acabou de limpar as rodas. Vinham sons do vestíbulo nos fundos enquanto as meninas tiravam botas e casacos. Depois, passos suaves. A menor apareceu primeiro, seguida pela mais velha. Pararam na entrada da sala.

— Quem é você? — perguntou a mais velha.

— Ele é... ahn... é...

Por mais cativante que achasse a indecisão de Poppy, ele não podia deixá-la sofrer.

— Sou Griffin — disse, largando o pano em cima da perna e estendendo a mão. Permaneceu agachado, na esperança de parecer menos intimidativo nessa posição.

— Essa é Missy — informou Poppy. — E Star é a outra.

— Missy... — repetiu Griffin, apertando a mão da menina. Repetiu o gesto com a irmã. — Star...

Era evidente que a família Smith não gostava de apertos de mão. No caso de Micah, ele presumia que era por hostilidade pura e simples. No caso das meninas, calculou que era por cautela. Nunca o haviam visto antes. Era um estranho. O instinto sugeria que fazer com que as meninas gostassem dele o ajudaria com Poppy. Por isso, ele disse:

— É um prazer conhecer as duas. Sou amigo de Poppy. E acabei de ajudar seu pai a cortar lenha.

— Veio ajudar no açúcar? — indagou Missy, cautelosa.

— Ela quer saber se foi contratado para trabalhar aqui — explicou Poppy.

— Não — respondeu Griffin. — Sou apenas um amigo.

Ele sorriu. Como nenhuma das duas meninas retribuísse o sorriso, Griffin enfiou a mão no bolso, tirou várias balas e ofereceu, esperançoso:

— Querem um beijo?

As meninas olharam para sua mão. Ele calculou que se persuadisse a mais velha a aceitar a outra seguiria o exemplo.

— Missy?

— Meu nome é Melissa — declarou ela, com firmeza. — E não comemos balas de chocolate aqui. Preferimos balas de açúcar de bordo.

— Eu não sabia disso. Mas deveria ter imaginado. Faz sentido. Você mesma faz as balas?

— Junto com Heather — respondeu a menina como se o desafiasse a fazer mais perguntas.

Mas antes que ele pudesse responder, Star saiu de trás da irmã e adiantou-se.

— Gosto de chocolate — disse ela, num fio de voz. — É do Charlie's?

— É sim — respondeu Griffin. — Eu costumava comprar balas iguais no armazém perto da cabana de meu avô, no Wyoming.

Poppy limpou a garganta. Ele a fitou.

— É verdade. Não acha que um homem que foi capaz de inventar o Hummers viveria num edifício de luxo como a Trump Tower, não é?

Griffin sentiu um contato em sua mão.

— Tem de nozes? — perguntou Star enquanto virava uma das balas em sua mão.

Griffin examinou os papéis das balas.

— Estas não são.

Ele passou os beijos para a outra mão. Tornou a enfiar a mão no bolso. Tirou uma única bala, verificou o papel de cor diferente e sorriu.

— Esta é de nozes. Eu sabia que tinha uma de nozes. Não quer? Poppy não pode. Ela está de dieta.

— Poppy não precisa de dieta — disse a menina, bastante perceptiva nesse ponto.

Ela tirou a bala da mão de Griffin, desembrulhou-a com jeito e cuidado e deu uma mordida. O chocolate grudava nos dentes da frente quando levantou os olhos e disse:

— Gosto mais com nozes. Se vier de novo, traga mais.

Star virou-se e voltou para a cozinha. Missy já devia ter ido para lá, porque não estava mais na sala.

— Está brincando com fogo — advertiu Poppy. — Essa criança é vulnerável.

Griffin pegou o pano, arqueou as sobrancelhas e apontou para o cesto. Enquanto guardava o pano ali, comentou:

— Não vou magoá-la. E ela sentiu isso. As crianças são como os animais sob esse aspecto. Sentem vibrações.

— Como sabe?

— Tenho doze sobrinhos. E os observo. Percebem no mesmo instante se um adulto que entrou na sala gosta ou não de crianças. Ei... — Griffin sorriu. — Tenho uma coisa para você.

— Já lhe disse. Nada de beijos.

— Não é isso.

Ele se ergueu. Mesmo com uma das mãos na cadeira de Poppy, sentiu a pressão nas coxas. Um gemido escapou de seus lábios antes que pudesse reprimi-lo. Poppy sorriu.

— Já vi que tem um pequeno problema.

— Nada que um banho de chuveiro quente não possa resolver. — Griffin aproximou a boca do ouvido de Poppy. — Recebi um pacote da Califórnia. Quando vai querer dar uma olhada?

Com o sistema de telefones ligado para bipar quando houvesse uma chamada, Poppy acomodou-se ao lado da lareira. Tratou de apagar o pensamento de qualquer outra coisa que não fosse o pacote em seu colo. Já dera uma olhada rápida em tudo, mas se sentira mais atraída pelas fotos. Mostravam Lisa Matlock na pose comum de formatura no ensino médio, outra menos formal num passeio de seu clube de excursionismo, com a cabeça envolta por um lenço, uma terceira em que ela aparecia em segundo plano, servindo comida no que parecia ser uma festa de casamento, e mais uma ampliação da foto da carteira de motorista.

— O que você acha? — perguntou Griffin, aproximando-se por trás.

Poppy pôs a foto de formatura por cima, examinando-a por mais tempo. A cada minuto que passava, sentia o coração se tornar mais pesado.

Não há semelhança, ela tinha vontade de dizer. *São duas mulheres completamente diferentes.* No mínimo, tinha vontade de dizer que podiam ser gêmeas idênticas, mas ainda assim era capaz de perceber uma diferença. Mas nem mesmo isso podia dizer. Conseguiu apenas murmurar uma palavra, desolada:

— Espantoso...

— São bem parecidas.

— É verdade.

Ela olhou para Griffin. Ele acabara de sair do chuveiro e estava muito bonito. Poppy poderia ter pensado mais a respeito se o outro assunto não a deixasse tão angustiada.

— Se esta era a foto na parede de seu irmão, posso compreender por que você ficou olhando — acrescentou ela. — A semelhança é...

— ... fantástica.

Era mesmo.

— O que não significa que seja ela — acrescentou Poppy.

Havia uma certa obstinação nessas palavras. Sentia-se grata a Griffin por ter obtido aquelas fotos, já que explicavam por que ocorrera a confusão. Mas era amiga de Heather. Mesmo que fosse apenas por lealdade, não estava disposta a admitir que Heather era Lisa.

— As pessoas podem ser parecidas. Afinal, não há tantos olhos, narizes e bocas diferentes. E a mesma coisa acontece com os cabelos.

Ela imaginou que quinze anos depois Lisa Matlock poderia ter também fios prateados.

— E o sorriso? Foi o que me chamou a atenção quando estive aqui em outubro. Mesmo pondo de lado a cicatriz, o sorriso é igual.

Poppy achava os olhos mais fascinantes. A foto de formatura era em cores, e aqueles tinham a mesma iridescência que os olhos de Heather.

— Segundo esses registros, ela tinha boas notas na escola. E as melhores recomendações. Não é de admirar que tenham lhe oferecido uma bolsa de estudos.

Ela separou um documento do resto. Era um relatório do pronto-socorro de um hospital de Sacramento, oito meses antes da morte de Rob DiCenza. O corte no canto da boca não era o único problema mencionado. Havia também equimoses no rosto. O médico anotara que desconfiava de abuso doméstico, apesar de a paciente ter negado.

— Por que ele não tentou descobrir? — indagou Poppy, sabendo que Griffin lia por cima de seu ombro.

— Não tinha a obrigação legal de fazer isso. Lisa disse que tinha dezoito anos. Era uma mentira, mas o médico não sabia. Poderia investigar se ela aparecesse machucada mais de uma vez. Mas isso não aconteceu. Se houve outros incidentes, Lisa procurou um hospital diferente.

— Seu contato não encontrou outros registros?

— Ainda não. Continua procurando.

Poppy voltou a estudar a foto de formatura. Comparou-a com as outras. A cicatriz aparecia em todas, menos no documento de habilitação.

— Quando ela tirou a carteira de motorista?

— Logo depois que completou dezessete anos.

— Aqui diz que a data de nascimento é em abril. O aniversário de Heather é em novembro.

Griffin não disse nada.

— Está pensando que Heather pode ter mentido. — Poppy já especulara a mesma coisa. — Sabemos que Lisa é capaz de mentir, se disse ao médico que tinha dezoito anos, quando não tinha. Mas ninguém que conhece Heather por aqui pode se lembrar de qualquer ocasião em que ela tenha mentido.

O painel telefônico bipou. Poppy virou a cadeira de rodas e foi até lá, largando os papéis no sofá ao passar. A ligação era para a linha de Micah, o que nada tinha de surpreendente. Um em quatro telefonemas recentes era para Micah.

Ela já estava irritada antes mesmo de atender.

— Alô?

— Micah Smith, por favor — disse uma voz profunda, de homem.

— Quem deseja falar?

— Samuel Atkins, do *Sacramento Bee.*

O tom era descontraído, como se Micah falasse regularmente com o homem.

— Samuel Atkins, do *Sacramento Bee* — repetiu Poppy, sem a mesma descontração. — E acha que vou transferir sua ligação para o sr. Smith?

— Quem está falando?

— A assessora de imprensa dele. Ele não recebe telefonemas. E não dá entrevistas.

— Estou disposto a pagar.

— É uma nova possibilidade, mas representaria a prostituição do sr. Smith. E ele não está tão desesperado assim. Samuel Atkins, do *Sacramento Bee.*

Ela encerrou a ligação com um floreio.

— Esse homem já ligou. Usou outro nome, mas reconheci a voz.

Poppy soltou um suspiro, aspirou fundo, dizendo a si mesma para relaxar. Largou o fone na mesa e voltou ao sofá para pegar o pacote que Griffin trouxera.

Tornou a pôr a foto de formatura por cima do resto, à procura de alguma coisa, qualquer coisa que não combinasse. As orelhas de Lisa eram furadas, as de Heather também. Lisa tinha cabelos escuros, compridos, ondulados, Heather também. Lisa tinha até a mesma extremidade irregular nos dois dentes da frente.

— Mas, se eu fosse Lisa, tão inteligente quanto ela, não teria feito alguma coisa para mudar a minha aparência? — Poppy olhou para Griffin. — O que estou querendo dizer é que esse é o melhor argumento para se concluir que essas mulheres não podem ser a mesma pessoa. Seria uma estupidez desaparecer para depois ressurgir em outro lugar exatamente com a mesma aparência.

— A menos que esse outro lugar fosse o último do mundo em que você poderia pensar que um agente da lei pudesse procurar — argumentou Griffin. — E se ela não deixou uma pista de papel... se usou um novo nome, uma nova carteira de motorista, um novo número da Previdência Social... não seria tão estúpido assim. Trocar os documentos é muito mais fácil... e mais barato... do que fazer uma cirurgia plástica. Umas poucas perguntas em qualquer esquina de rua indicarão quem você deve procurar e onde. Basta um pouco de dinheiro para fazer o negócio.

Poppy tentou imaginar Heather fazendo isso. Ainda não se ajustava.

— Já descobriu alguma coisa sobre a própria Heather?

— Não. Mas continuo procurando. — Griffin deu um sorriso breve. — É verdade que eu não entregaria tudo de uma só vez. Afinal, quero tomar uma boa chuveirada duas vezes por semana. Por falar nisso, seu chuveiro é ótimo.

Incisiva, Poppy disse:

— Desde que você ponha de lado minha cadeira de chuveiro.

— É bastante leve e vale a pena. Nós, os ricos, somos fascinados por boxes enormes.

— Nós, paraplégicas, precisamos de boxes assim, além de remédios todos os dias. Se tivesse bisbilhotado o armário de remédios, teria descoberto isso também.

Griffin continuava a se comportar como se tudo fosse normal. Só que a vida de Poppy não era normal... pelo menos não pelos padrões da maioria das pessoas.

— Não bisbilhotei, Poppy. Não precisava. Na última vez em que saí daqui, recebi uma aula sobre paraplegia. Sei de tudo sobre os medicamentos diários. Controlam os espasmos musculares.

— Uma aula sobre paraplegia... — repetiu Poppy. — Isso me deixa muito constrangida.

Ocorreu-lhe que Griffin poderia ter obtido seus registros médicos como conseguira os de Lisa. O que era ilegal. Não que ela se importasse em relação a Lisa. O que a transformava numa hipócrita total. Por isso, não argumentou sobre a questão de violação da privacidade. Em vez disso, limitou-se a dizer:

— Sabe o que acontece se eu não tomar as pílulas? Os músculos podem se contrair e ficar atrofiados. O que seria terrível. Tenho 32 anos e preciso tomar pílulas todos os dias. Assim continuarei pelo resto de minha vida.

Griffin não parecia impressionado.

— É tão diferente assim de um diabético tomando insulina? Desculpe, meu anjo, mas isso não me assusta.

Ela sustentou seu olhar.

— Não sou um anjo. Pensei ter deixado isso bem claro ontem.

— Tudo o que você fez ontem foi me mostrar que tem momentos de autocompaixão. E eu lhe disse que as outras pessoas também têm. Portanto, ainda não me sinto afastado disso.

— E se eu lhe dissesse que tenho um passado sinistro?

— Refere-se ao acidente?

Por uma fração de segundo, Poppy perguntou-se o que ele podia saber. Incapaz de pensar muito a respeito, porém, ela disse:

— Antes do acidente, eu era uma criança insuportável. Era mal-educada e rebelde. Minha mãe pode confirmar isso.

— Poppy, por que me importaria como você era quando criança?

— Porque... porque essa é a minha verdadeira natureza.

Griffin pensou a respeito por um momento. Depois, ainda pensativo, ele comentou:

— Não creio. Acho que a natureza das pessoas muda. Pode ser de um jeito quando crianças e de outro quando adultas. A vida faz isso.

As coisas acontecem, os traumas ocorrem, as pessoas aprendem, tornam-se sensatas e adaptam-se. Pode ter acontecido com você. Pode ter acontecido com Heather.

— Então acha que ela é Lisa? — indagou Poppy, satisfeita pela oportunidade de não falar mais de si mesma. — Nesse caso, não é meu amigo.

Ela apontou para a porta e acrescentou:

— Saia. Agora.

Griffin pegou o dedo estendido e o sacudiu gentilmente.

— *Não* creio que ela seja Lisa. Acho que ela é Heather.

Ele não terminou a frase. Isto é, terminou. Mas Poppy ouviu mais uma palavra final. *Agora.* Ele achava que Heather era Heather... *agora.*

Ela puxou o dedo e preparou-se para argumentar. Abriu a boca, reunindo toda a sua lealdade, frustração e medo. Mas logo tornou a fechá-la. Olhou para a foto de formatura de Lisa Matlock. Se não soubesse a diferença, seria capaz de jurar que era de Heather.

Micah não era bom com cabelos. Foi o que Missy lhe disse, em palavras diretas, quando saiu da banheira, vestiu a camisola e pediu-lhe para ajudá-la com a escova. Ele mal dera três escovadelas quando as cerdas prenderam num emaranhado e a filha gritou de dor.

Dor era a última coisa que ele queria para as meninas. Tentara resguardá-las quando Marcy morrera, e agora fazia isso de novo. Podia cozinhar. Era bastante fácil. Também podia ler histórias. Os cabelos eram diferentes. E mesmo que ele fosse capaz de ajudar, as meninas queriam Heather.

Como ele também queria. Só que Heather não estava com eles. Continuava na cadeia, excluindo-o de sua vida, de uma maneira que tornava impossível para ele ajudá-la a voltar para casa. Não podia deixar de se perguntar o que ela escondia. As possibilidades atormentavam-no. Sentia-se furioso com ela, e depois culpado por se sentir assim. Dizia a si mesmo que ela podia ter passado por coisas horríveis. Tentava compreender. Mas detestava ser excluído, detestava ficar na ignorância, *detestava* se sentir impotente.

Por precisar fazer aquilo em que era melhor, ele pôs as meninas na cama e depois foi até o quadro de cortiça pendurado na parede da cozinha. Havia ali uma lista de compras, um calendário da escola e amostras das obras de arte das meninas, além de diversos telefones e anotações, tudo escrito com a letra de Heather. Não tinha a menor idéia do que significava a metade.

Mas sabia do que tratava a lista do meio. Era tudo o que precisava ser feito; assim, quando a seiva começasse a escorrer, estaria preparado para a fervura. Já limpara o bosque da maneira apropriada. Agora tinha de estender os tubos pelos vinte hectares de bordos. Nos últimos anos, Heather sempre o ajudara. Agora, teria de fazer tudo sozinho.

Rangendo os dentes, ele saiu pela porta dos fundos. A neve era compacta, mas ele sabia que não continuaria assim por muito tempo. Um degelo no meio do dia era iminente. Não precisava verificar na agenda, no barômetro ou no canal de meteorologia. Também não dependia de outros sinais, como ouvir o crocitar dos corvos ou ver pegadas de guaxinins na neve. Podia sentir nos ossos. Não crescera como filho de fabricante de açúcar de bordo por nada.

Noites como aquela eram para lavar as cubas, ferramentas e biqueiras para tirar a seiva das árvores. Tudo fora feito antes, em abril, quando a seiva se tornara mais espessa e escura, até parar de fluir. Agora, tinha de ser feito de novo... tudo lavado com uma solução de água sanitária e enxaguado pelo menos três vezes para não ficar qualquer gosto. A limpeza era fundamental para a operação de um fabricante de açúcar de bordo, se queria que o produto final fosse de primeira qualidade; e, se o objetivo não era a primeira qualidade, ele achava que não valia a pena fazer.

Mal acabara de ligar o gás para esquentar a água quanto teve um pensamento horrível. Se uma das meninas tivesse um pesadelo, não poderia ouvir. Se uma delas ficasse doente ou apavorada, e as torneiras estivessem abertas, não saberia de nada. Contava com Heather para tomar conta das meninas enquanto ele fazia aquele serviço.

Mas Micah pensou que não podia deixar de aproveitar aquele momento para lavar tudo. Por isso, tratou de encher a pia grande, de aço inoxidável, acrescentando a quantidade certa de água sanitária.

Então, pensou duas vezes, deixou tudo como estava, desligou o gás e voltou para casa.

Oito

Griffin saiu de um sono profundo, no sábado, ao rugido intenso de um motor. Convencido de que era alguma coisa prestes a colidir com a parede da cabana, ele empurrou as cobertas para o lado e saltou da cama. Um facho de luz atravessou a escuridão, passou pelas cortinas e iluminou o quarto. Ele abriu a porta e deparou com um farol, ofuscante na escuridão que antecedia o amanhecer.

— Quem está aí? — gritou Griffin, protegendo os olhos.

Quando compreendeu que a pessoa, quem quer que fosse, não poderia ouvi-lo acima do barulho do motor, ergueu o braço e acenou.

O farol foi desviado para o lado, levando também o barulho. À luz refletida da neve no lago, Griffin divisou o *snowmobile*. Avistou alguma coisa grande atrás dele, antes que tudo desaparecesse por trás de sua ilha. Segundos depois, o motor foi desligado.

Ele fechou a porta e olhou para o relógio. Ainda eram seis horas da manhã. A lenha na estufa fora consumida durante a noite e a cabana estava fria, embora não tanto quanto na primeira vez em que entrara ali. Ele também guardava lenha dentro da cabana agora, o que significava que estava seca e pronta para arder.

Griffin tratou de pôr lenha na estufa. Ela pegou fogo no mesmo instante.

À luz das chamas, ele se vestiu, calçou as botas, pegou a parca e o lampião de bateria que comprara no Charlie's e saiu. O caminho para o lago estava compacto agora e era fácil de percorrer. Depois que alcançou o lago, foi andando nos sulcos abertos pelo *snowmobile* e seu reboque. Levaram-no por uma curta distância além de Little Bear. Ele ergueu o lampião.

— Como estão as coisas? — gritou um velho.

Griffin adiantou-se.

— Billy Farraway, presumo?

— O próprio.

— Disseram-me que viria para cá mais cedo ou mais tarde.

— Mais cedo apenas por causa dos Dias de Gelo. Eu estava no outro lado da Elbow Island e a pesca era boa. Mas outros vão aparecer por lá neste fim de semana. Não vejo sentido em partilhar meu espaço com quem resolve pescar. Deve haver trutas por aqui. Tem café?

— Ainda não, mas posso fazer.

— Arrumarei a casa enquanto você faz o café. Não precisa ter muito trabalho. Eu tomo puro.

Griffin voltou à cabana. Fez um bule de café e saiu com duas canecas fumegantes. A esta altura o amanhecer já se espalhara pelo lago. À claridade de um púrpura-claro, ele viu que a casa de Billy Farraway era... era mesmo uma casa. Era pequena, não mais que dois metros e meio por três, feita de madeira, com um telhado de folha-de-flandres e um cano para a fumaça. Ficava sobre uma plataforma, apoiada em rodas, agora imobilizadas por tijolos na frente e atrás.

Enquanto Griffin se aproximava, uma luz começou a brilhar na janela pequena, a única da casa. Ele abriu a porta. Havia no interior um catre cheio de cobertas, uma cadeira com almofadas e uma estufa. Prateleiras nas paredes sustentavam alimentos enlatados e livros. Um cesto continha bananas e outro, ovos. Havia uma frigideira enegrecida em cima da estufa.

O próprio velho era uma visão de sobrancelhas e cabelos grisalhos abundantes, as mãos e faces avermelhadas. As roupas eram uma mistura de Sherpa e lã, bem gastas, mas não esfarrapadas. Ele estava de joelhos, pondo lenha na estufa, da pilha ao lado. Ao fechar a estufa, o velho comentou:

— Esse é o grande perigo. Fogo. É preciso ficar atento.

Griffin estendeu uma das canecas.

— Passa o inverno todo por aqui?

— Quase todo.

— Com seu apito de gaviforme.

— Com meu apito de gaviforme.

O velho tomou um gole de café.

— O que faz quando há tempestades?

— O que eu faço? Tenho um teto sobre a cabeça. E comida.

Ainda de joelhos, ele se virou para um canto. Puxou um gancho. A tampa de um alçapão levantou.

— Pego meu trado e abro um buraco aqui. Baixo a linha, preparo a armadilha, fecho o alçapão e espero que a bandeirola balance avisando que um peixe mordeu a isca. Enquanto isso, fico bastante aquecido.

Griffin olhou para a pilha de lenha.

— Essa lenha aí não vai durar muito.

— O lenhador entrega mais.

— E quem é o lenhador?

Quando Billy rejeitou a pergunta, com um aceno de mão negligente, Griffin perguntou:

— Onde você mora quando não é inverno?

— No centro da cidade. Numa área de *camping* na praia. Muitos velhos moram lá.

— E onde eles estão agora?

— Na Flórida. — Ele soltou uma risada desdenhosa. — Não é um lugar *para mim.*

O velho levou a caneca à boca, tomou outro gole do café.

— Não há a menor possibilidade. O inverno no lago está no meu sangue.

— Viveu aqui durante toda a sua vida?

Ele confirmou com um aceno de cabeça.

— Toda a minha vida. — Billy continuou a acenar com a cabeça. — É a minha estação que se aproxima.

— A primavera é sua estação predileta?

O velho parecia perdido em seus pensamentos.

— Não sei o que aconteceu com ela. Eu gostava dela.

— Da primavera?

— Heather — Ele lançou um olhar irritado para Griffin. — Heather. De quem você pensou que eu falava? De quem *todo mundo* anda falando por aqui? Não importa se você vive no lago como eu. Acaba ouvindo. E ouve muita coisa. Mas é claro que eles não perguntam o que *eu* sei.

— E o que você sabe? — indagou Griffin como se não estivesse muito interessado.

Billy fitou-o nos olhos por um longo momento.

— O que eu sei é que desconheço quem é *você*.

Griffin ergueu a mão.

— Sou absolutamente seguro.

O velho soltou outra risada.

— Sei de tudo sobre a produção de açúcar, posso lhe dizer. Sei como recolher a seiva que escorre. Sei como evitar que o tacho queime. Sei qual é o instante exato em que o líquido fervendo muda de textura e você tem a calda.

— Como sabe?

Ele franziu o rosto, amarrou a cara.

— Não interessa. — As sobrancelhas se altearam, a expressão se animou. — Quer me observar molhar a linha?

Durante os Dias de Gelo, Poppy guiava um Arctic Cat. Não o possuía. A revendedora local era dirigida por um amigo, que a ajudava a subir com a maior satisfação, prendia o cinto de segurança e fornecia capacetes para ela e seus passageiros. Poppy sentia-se segura no Cat. Era um veículo para andar em qualquer terreno, com quatro pneus largos e de sulcos profundos, mudança automática e um compartimento traseiro que podia carregar 150 quilos de comida, bebidas ou crianças. Não andava muito depressa, mas isso não era um problema. Poppy não precisava de velocidade. Um veículo lento e firme era mais conveniente para ela.

Hoje, o compartimento traseiro levava duas dúzias de pizzas grandes, em caixas isolantes, presas por cordas elásticas. Também carregava Missy e Star, as duas meio escondidas pelos capacetes que usavam. Poppy levantou o visor protetor de seu capacete e olhou para trás.

— Vocês estão bem, meninas? — Duas cabeças balançaram. — Prontas para partirmos?

Soaram gritos de assentimento. Poppy fez o sinal de polegar erguido, tanto quanto a luva grossa em sua mão permitia, e esperou um instante. Cada menina ergueu a mão enluvada e sorriu.

Os sorrisos eram o que Poppy mais queria. Não havia nenhum naquela manhã quando Micah as trouxera. As duas estavam meio adormecidas, ainda de camisola, usando parcas, gorros e botas. Não pareciam muito satisfeitas por terem sido arrancadas da cama à primeira claridade do amanhecer, o que só não as incomodaria se fosse para visitar Heather. Quando Poppy abriu a porta, Micah disse apenas:

— Tenho de trabalhar.

Ela não discutiu. Claro que as meninas precisavam do pai. Com Heather ausente por um tempo indeterminado — e com Marcy tendo partido para sempre —, Micah era a única pessoa da família que lhes restava. Mas Poppy também sabia o suficiente sobre a corrida do açúcar para compreender a pressão que ele sentia.

Ela crescera com aquela pressão sazonal, embora no seu caso fosse pelas maçãs, não pela seiva do bordo. Sabia o que significava ter de colher as maçãs e levá-las para o mercado enquanto ainda eram viçosas, depois prensar o resto para fazer sidra, antes que estragasse. A produção de açúcar de bordo não era muito diferente. Uma pequena janela se abrira, e durante esse período todo o trabalho tinha de ser realizado. Os rendimentos de uma família dependiam disso.

A fabricação de sidra era a última colheita do ano, a produção de açúcar de bordo a primeira. Com isso, o ciclo recomeçava. Era uma poesia que Poppy sempre amara.

Só que ela não pensava em poesia quando Micah chegara com as meninas. Havia acabado de acordar. Levara as duas direto para a cama. Amontoaram travesseiros, puxaram as cobertas e ligaram a televisão. Para Poppy, fora um doce momento de pecado. Em sua própria casa, na companhia das meninas, sentia-se segura. Sentia-se útil. Sentia-se capaz. Tratara de reprimir os pensamentos angustiantes sobre Heather e encontrara prazer no calor daqueles dois corpos pequenos aninhados contra o seu, um alívio porque as duas demonstravam contentamento naquele momento.

E agora, com as meninas sentadas no Arctic Cat, seus sorrisos também eram como um bálsamo.

Poppy olhou para a frente, baixou o visor e virou o pulso. Partiu para o lago, tomando cuidado com as saliências na parte rochosa cobertas pela neve. Foi até a barraca de pizza que Charlie montara. Quando os dois filhos mais velhos de Charlie descarregaram as caixas de pizza, ela voltou à margem para buscar outra carga. Depois das pizzas, ela transportou refrigerantes e outras bebidas; em seguida, cachorros-quentes, hambúrgueres, bolos e outras iguarias.

Encerrado o trabalho, elas partiram em exploração. Descreveram um círculo lento, passando por outros *snowmobiles*, pessoas usando esquis e sapatos de neve. Mais além, em trechos ainda expostos, havia pessoas velejando na neve, as velas coloridas, agitadas pelo vento, formando um nítido contraste com a neve.

Depois que viram tudo, elas voltaram. Ao chegarem à margem junto da cidade, as meninas estavam com bastante fome para partilharem um cachorro-quente e um pedaço de pizza no meio da multidão que já se encontrava ali. Havia picapes estacionadas ao longo da estrada; os *snowmobiles* constituíam um espetáculo impressionante. Pessoas bem agasalhadas reuniam-se no lago, a respiração saindo branca quando falavam, as faces avermelhadas. Usavam todas as cores do arco-íris, levando alegria para as barracas, que vendiam não apenas comida, mas também camisetas, gorros de pele e placas ornamentais de madeira. Como havia um prêmio de dinheiro em jogo, os espectadores e pescadores concentravam-se na frente do grande quadro de avisos do concurso de pesca. Aplaudiam a chegada de novos pescadores, cada peixe pesado, classificado e posto em exibição.

Poppy sabia que se os anos passados serviam de qualquer indicação, havia pessoas de outros estados na multidão. Tinha certeza de que vários eram da mídia. Tentou reconhecê-los, mas o único que avistou com certeza foi Griffin. O sol brilhante refletia-se em seus cabelos ruivos. Com apenas uma faixa de lã para manter as orelhas aquecidas, aqueles cabelos eram como um farol. Poppy tinha a impressão de vê-los por toda parte. Recusava-se a procurar, mas sempre os avistava.

Houve um momento em que seus olhos se encontraram e ele acenou. Poppy acenou em resposta e voltou à conversa que mantinha naquele instante. Porque havia sempre muita conversa. Os Dias de Gelo eram um evento social. Pessoas que haviam permanecido dentro de casa durante a pior parte dos meses de inverno agora ansiavam em sair, ver os amigos, conversar. Havia as fofocas incidentais, um nascimento, morte, divórcio. Havia as conversas sobre o tempo, a neve que era prevista, quanto tempo duraria, o frio que faria, o impacto sobre Micah quando a seiva começaria a escorrer. E, como não podia deixar de ser, havia também as conversas sobre Heather; e como Poppy era a melhor amiga de Heather, era natural que se tornasse o alvo de muitas perguntas.

As primeiras foram as menos perniciosas, seguindo a linha das que a própria Poppy fizera com freqüência. *Por que Heather? Por que tão de repente? Por que Lake Henry? Por que agora?*

Depois vinham os comentários que deveriam ser inocentes, mas embutiam uma sondagem. *Viu a foto que mostraram na televisão? Aquela que sem dúvida se parece com a nossa Heather? O que você acha?*

Por volta de meio-dia, as indagações eram mais profundas. *De onde ela veio? Por que não sabemos disso? Onde ela nasceu? Onde foi criada? Deve ter pessoas conhecidas em algum lugar. Você é amiga dela, Poppy. O que sabe?* E mais: *O que Micah sabe? Ele deve saber mais do que nós. Afinal, viveu com Heather durante os últimos anos.*

A consternação parecia ser a conclusão final. *Não sabemos nada. Ela foi uma de nós durante catorze anos, mas continuamos na ignorância de seu passado. Como uma pessoa pode ocultar tanta coisa a respeito de si mesma?*

Griffin misturou-se com a multidão no lago, tentando se mostrar tão à vontade e cordial quanto era possível. Não era tão difícil assim. Conseguira em Aspen, Vail e Snowmass. Conseguira em Jackson Hole. Conhecia os mais animados eventos do inverno, e aquele o deixava encantado. O que carecia em sofisticação, mais do que compensava em sinceridade. As pessoas sentiam uma evidente satisfação em se encontrarem. Havia afeição genuína, entusiasmo genuíno.

Como nascera com uma curiosidade natural, fazer perguntas era um hábito. Agora, porém, manteve-as inocentes. Perguntou sobre as *bobhouses* que haviam surgido da noite para o dia, perguntou sobre a isca que os pescadores usavam, perguntou quem desenhara a camiseta comemorativa do evento, perguntou sobre as corridas de esquis que seriam realizadas no dia seguinte. Perguntou se os moradores não ficavam preocupados com a possibilidade de que tanta gente no lago rachasse o gelo. Perguntou se não se sentiam nervosos com a possibilidade de os *carros* no lago racharem o gelo.

Queria perguntar sobre Heather. Sentia-se tão curioso quanto qualquer outro. Mas, por ser um forasteiro — um representante da mídia, aos olhos dos habitantes locais —, não ousou abordar o assunto. Mas ficava atento quando ouvia as pessoas comentando.

Inevitavelmente, quando percebiam sua proximidade, todos se calavam.

Soube alguma coisa por meio dos filhos de Charlie, que cuidavam da barraca de pizza. Aos dezesseis e dezoito anos, eram menos desconfiados do que os mais velhos. Ou pelo menos foi o que Griffin pensou. Eles confirmaram que Heather trabalhara no café até ir viver com Micah, que costumava tomar conta deles quando eram pequenos e cuidava da loja quando os pais viajavam em férias. Quando Griffin perguntou se ela alguma vez falara de si mesma, os rapazes trocaram um olhar e deram de ombros. Repetiram o gesto quando ele insistiu que deviam conhecer segredos de Heather. E quando sugeriu que nada lhe contariam se soubesse, os dois se limitaram a sorrir.

Griffin afastou-se. Durante algum tempo ficou parado à beira da multidão, sobre a neve compacta que cobria o gelo, bastante grosso para sustentar, juravam os moradores, um exército inteiro. Os *snowmobiles* passavam ao seu redor. Pessoas passavam ao seu redor. Algumas se aproximavam, fitavam-no nos olhos e seguiam adiante.

Poppy estava por toda parte, circulando em seu Cat, com as duas meninas no compartimento de trás. Seus olhos se encontraram uma vez e ele acenou. Poppy acenou em resposta, mas não se aproximou. Ali, na cidade, ela estava em seu elemento.

Já Griffin, por outro lado, era *persona non grata*.

Com o passar do tempo ele foi se sentindo solitário. No início da tarde, foi para a picape com a intenção de voltar para Little Bear. Tinha trabalho a fazer. A ilha podia não ter recepção de celular, mas o centro da cidade tinha, e ele já recebera três mensagens de Prentiss Hayden.

Precisava trabalhar, de qualquer maneira. Só que a picape de Buck não seguiu para o lado do lago em que ficava Little Bear. Em vez disso, foi para a casa de Micah.

Como uma pessoa pode ocultar tanta coisa a respeito de si mesma?

Poppy não se lembrou de quem perguntou. Começou a pensar que fora mais de uma pessoa, porque continuou a ouvir as palavras. Não parecia se importar com o local onde se encontrava — no Arctic Cat andando sobre o lago, tomando um chocolate quente durante uma pausa, junto da estufa no armazém ou de volta ao lago —, as pessoas sempre a abordavam.

Desesperada por uma fuga, com receio de que o dia acabasse muito em breve, ela levou as meninas para um passeio. O sol já não estava mais tão alto quanto uma hora antes, mas algum calor persistia nos dedos amarelos que se estendiam pelo lago.

— Segurem firme! — gritou ela para as meninas.

Depois de baixar o visor, Poppy acelerou com um movimento do pulso. O Arctic Cat passou por cima de uma elevação e foi bater no lago com um estrépito, disparando em seguida.

Surpresa com a súbita velocidade, ela a reduziu no mesmo instante e olhou para trás. As meninas estavam presas e seguras. Poppy ofereceu-lhes o sinal de polegar levantado, que elas retribuíram.

E seguiu em linha reta, passando pelas barracas. Virava o guidom de um lado para outro, esgueirando-se entre as *bobhouses*, trocando acenos com os pescadores agrupados ali. Quando Missy deu um puxão em seu casaco e gritou: *"Mais!"*, ela fez a volta e repetiu os ziguezagues. Os gritos deliciados no compartimento traseiro foram uma alegria para seu coração.

Depois de entrar na trilha deixada pelos *snowmobiles*, ela se afastou até alcançar uma parte intacta do lago. Incapaz de resistir, levou o Arctic Cat para a neve ainda virgem e aumentou a velocidade.

Era inebriante. O caminho era livre; o ar era claro; o mundo era puro. Por alguns minutos, sua deficiência deixou de existir. Revigorada por essa sensação, continuou a avançar, através das sombras da tarde, cada vez mais longas; e se a velocidade aumentava progressivamente, a fuga valia a pena. Por aqueles poucos minutos, com uma sensação de incrível liberdade, Poppy não apenas esqueceu que não podia andar, mas também esqueceu Heather.

E, de repente, sentiu uma súbita pressão — um lampejo da memória —, uma pontada de medo. Diminuiu a velocidade e olhou para trás. As meninas estavam bem. Poppy levantou o polegar. Elas responderam com o mesmo gesto. Numa velocidade mais comedida e sã, ela fez uma volta grande e voltou para a cidade. Quanto mais perto chegava, menor a velocidade; por isso o veículo quase se arrastava quando um capacete bateu no seu. Segundos depois, o rosto de Star encostou em seu ombro. A menina levantou o visor de Poppy.

— Estão pintando os rostos ali — informou Star.

Ela parou o Arctic Cat e olhou para o ponto abrigado perto da margem.

— Ei, quase esquecemos!

Poppy mudou de direção. Parou o Cat e desligou o motor. Num instante as meninas tiraram os capacetes, largaram-nos no compartimento traseiro e saíram correndo.

— Oi, tia Poppy!

O grito veio da fila curta de meninas pequenas. Era Ruth, de seis anos, a filha mais nova de sua irmã Rose, esperando a vez. A filha do meio, Emma, de sete anos, estava à sua direita. Num piscar de olhos, Missy e Star também se postaram ali. Missy e Emma eram colegas de turma e amigas.

Rose afastou-se do grupo de mães paradas ali perto. Como sempre, suas roupas, a parca e a calça eram cor de ameixa, o gorro, as luvas e as botas, azul-marinho. Ao alcançar Poppy, levou a mão à garganta.

— Estive observando-a — murmurou. — Não posso acreditar que andava tão depressa.

Era um momento de Maida. Poppy firmou-se contra uma onda de culpa.

— Não andava tão depressa assim.

— Claro que andava. — Rose parecia assustada. — Começou a aumentar a velocidade assim que passou pelas *bobhouses.* Fiquei espantada. Todo mundo ficou... não fui a única. Você acelerava cada vez mais. E não pude deixar de pensar que aquela coisa ia capotar e as três seriam esmagadas.

Poppy tentou ser jovial para se esquivar do medo.

— Rose, essas coisas não capotam. As rodas são muito largas. Aderem ao chão como cola.

— Você corria sobre neve e gelo, não pelo chão. Seria diferente se estivesse sozinha. Mas com as meninas?

— As meninas estavam de capacete e presas com o cinto de segurança.

Rose olhou para as meninas, depois para o lago.

— Não sei se você deveria fazer isso.

Poppy teve uma sensação desagradável.

— Por que não?

A irmã fez um gesto de quem descartava o assunto.

— Não, Rose. Diga-me. Por que não?

— Você sabe.

Rose lançou um olhar sugestivo para as pernas de Poppy. Depois, bateu com a mão enluvada no Arctic Cat enquanto acrescentava:

— E não é só isso. Sei que é amiga de Heather, e ajudar com as meninas é um gesto maravilhoso, com todo o resto que Micah tem de fazer. Mas não está exigindo demais de si mesma? E se houver um problema? O que aconteceria se uma delas caísse? Você poderia pegá-la?

Poppy ficou irritada. Claro que já se fizera as mesmas perguntas, e não fazia muito tempo. Mas ouvi-las de Rose era humilhante. Por isso, declarou, em desafio:

— Claro que eu poderia pegá-la.

— Como?

— Da mesma forma que qualquer outra pessoa faria... com os braços. Meus braços são fortes, Rose. Aposto que são mais fortes do que os seus.

Rose suspirou.

— É possível. Mas os tombos são apenas uma parte. Você nunca foi mãe. Não sabe quais são os desafios.

— Mulheres cegas têm filhos — argumentou Poppy, porque Rose estava sendo *ofensiva*. — As surdas têm filhos. Mulheres com um QI *no fundo do poço* também. Insinua que sou pior do que todas elas? Mas não planejo ter filhos. Conheço os riscos. Conheço os problemas. Tudo o que faço agora é ajudar meus amigos. Se está tão preocupada com Missy e Star, por que não as ajuda também?

Ela se arrependeu no instante mesmo em que falou, porque sabia o que estava para acontecer. Acima de tudo, Rose era uma mãe perfeita. Reagiu com um entusiasmo sincero:

— Mas é uma idéia sensacional! Hannah vai passar a noite na casa de uma amiga. — Ela baixou a voz para murmurar, com ironia: — Dá para acreditar?

E logo continuou:

— Calculamos que essas duas estariam exaustas ao final do dia. Por isso Art e eu vamos alugar alguns filmes e levar pizza para casa. Adoraria levar Missy e Star também. Acha que Micah deixaria?

Poppy sabia que Micah deveria trabalhar pela noite afora e ficaria contente se as meninas tivessem para onde ir. Planejava sugerir que as duas passassem a noite em sua casa. Mas estariam melhor com as amigas. Emma e Ruth eram crianças ótimas e Poppy confiava em Rose. Nem sempre gostava da irmã, mas confiava nela.

Claro que isso significava que Poppy passaria a noite remoendo o que Rose dissera, mas não havia como evitar.

Griffin experimentava uma satisfação intensa. Micah não dissera mais que um punhado de palavras durante a tarde inteira. Mas à medida que a claridade do dia definhava, a sala principal da casa do açúcar, que era quente e úmida, recendendo a água sanitária, foi se enchendo com os resultados do trabalho dos dois. Lavaram e enxaguaram três vezes os inúmeros rolos de tubo de plástico, muitos baldes de goteira e uma dúzia de implementos de aço inoxidável. Termômetros, hidrômetros, refratômetros, escumadeiras e conchas... Griffin não sabia para que serviam e não pretendia perguntar. Pareceria conversa para passar o tempo, pela qual Micah não tinha a menor paciência. Na verdade, as poucas palavras que ele dissera até agora pareciam ter sido mais para si mesmo do que para Griffin.

— Não importa que tudo tenha sido lavado ao final da última temporada, porque não posso correr o risco — murmurou ele em determinada ocasião.

Em outro momento, ele comentou:

— Os microorganismos estão sempre à espreita. Podem estragar a qualidade da sua calda.

E mais:

— Tenho de continuar lavando... tenho de lavar o tempo todo.

Agora, porém, a curiosidade era mais intensa. Griffin refletiu que umas poucas perguntas, enquanto limpavam tudo, não fariam mal algum. Fez uma pausa enquanto esfregava a pia comprida de aço e apontou para uma máquina grande não muito longe da chaminé.

— O que é aquilo?

Micah lançou um olhar rápido na direção apontada.

— O. R. — Ele se abaixou para limpar as pernas da pia. — Máquina de osmose reversa. Remove a água da seiva antes mesmo que chegue ao evaporador. Poupa tempo. Poupa combustível.

— E aquilo?

Griffin indicou outra máquina.

— Uma prensa de filtro. Assim que você obtém a calda, despeja-a quente por ali. Não pode ter grãos de açúcar em sua calda, não na calda de alta qualidade. Se é de baixa qualidade, o preço é menor.

— Quanto você consegue fazer? — perguntou Griffin, especulando sobre a margem de lucro.

— Numa boa temporada? Mil e duzentos galões, mais ou menos.

Não era esse o significado de "fazer" a que Griffin se referia, mas o aceitou.

— O que proporciona uma boa temporada?

— Em primeiro lugar, um bom verão anterior — respondeu Micah, agachado agora para limpar o chão por baixo da pia. — Se uma árvore tem bastante sol e água, vai vicejar. E se vicejar, produz uma seiva mais doce. Você também precisa de um inverno tardio e uma primavera antecipada. A seiva pode escorrer durante seis semanas. Ou pode parar depois de duas. Obviamente, quanto mais escorre, mais você faz.

— O que determina a extensão da corrida da seiva?

— O tempo. A seiva escorre quando as noites estão abaixo do ponto de congelamento e os dias acima. Uma oscilação de sete ou oito graus é o ideal. Tudo frio ou tudo quente e a seiva não flui direito. Se há uma nevasca e ocorrem danos no bosque, você está com um problema grave, se não puder reparar depressa. Não terá seiva para ferver se a tubulação principal se romper. De qualquer forma, você tem de fazer o que puder antes que os botões comecem a crescer. Depois disso, o gosto da seiva é proibitivo.

— Aprendeu tudo isso com seu pai?

— E com o pai dele. E com meu tio.

Acocorado, ele olhou para Griffin e quase sorriu. A expressão abrandou o rosto, tornou-o menos duro e ameaçador.

— Fazer açúcar sempre foi uma atividade da família. Antes da Guerra Civil, era a única colheita que não usava escravos. A família imediata, a família ampliada, adultos, crianças... todos ajudavam. Minha mãe o guardava em vidros e latas. Minha avó alimentava todo mundo. Os homens faziam tudo numa época em que não havia máquinas de osmose reversa ou prensas de filtro. Não usavam tubulação quando eu era pequeno. Lembro-me de baldes.

Ele fez uma pausa. Parecia perdido em seus pensamentos, que deviam ser agradáveis, a julgar por sua expressão. Depois, o prazer se desvaneceu e a fadiga apareceu.

— Claro que eles não tinham a mesma área de cultivo que uso agora. Não haveria a menor possibilidade de eu carregar sozinho baldes de seiva por vinte hectares todos os dias. E não se pode obter ajuda. Quatro semanas por ano? Seis semanas no máximo? — Micah soltou um grunhido e recomeçou a esfregar o chão. — Os jovens só estão interessados em dinheiro grande. Por isso você tem de usar tubulações para reduzir o trabalho. E manter como uma operação em família. Pelo menos é o que deveria ser. Eu contava com Heather.

Ele parou de falar bruscamente.

Griffin recordou a cordialidade que houvera um momento antes. Queria pensar que Micah baixara uma defesa. Se qualquer parte dela ainda estivesse derrubada, haveria esperança.

— Eu queria conversar com você sobre isso.

Micah lançou-lhe um olhar desdenhoso.

— Eu já me perguntava quando começaria.

Ele deu as últimas esfregadelas no chão, com toda a força.

— Posso ajudar. Tenho contatos. Posso obter informações que as outras pessoas não conseguem. Você precisa saber sobre Lisa? Posso obter informações sobre ela. Quer me dar indicações sobre Heather? Posso obter informações sobre ela também.

— E o que vai ganhar com isso?

Griffin não podia falar sobre o sentimento de culpa. O lado mais suave de Micah desaparecera agora. Mencionar Randy seria desastroso. Por isso, ele se limitou a dizer:

— Poppy. Gosto dela. Quero ajudar seus amigos.

Micah ergueu-se.

— Foi ela quem mandou você aqui?

— Não. Poppy não faria isso. Quer protegê-lo. Não tem certeza se eu sou um amigo.

— Se ela não tem, por que eu deveria ter?

— Porque você tem minha palavra. E meus motivos vão além de Poppy. — Griffin sentia que dizia a verdade, embora não toda a verdade. — Venho de um lugar diferente. Tive sorte em meu caminho... pode dizer que fui um privilegiado... e fiz vários contatos. Uso-os para coisas que não são muito importantes para mim. Mas me importo com este caso. Gosto de Lake Henry. Gosto das pessoas daqui. Lily Blake sofreu muito no outono passado, e agora é a vez de Heather.

Micah começou a recolher panos molhados pela sala.

— Tenho Cassie para me ajudar.

— Sei disso. Mas os recursos de Cassie são finitos. Os meus são maiores.

Com os braços meio cheios, ele se virou para Griffin, os olhos sombrios.

— Quanto isso vai me custar?

— Nada. É o que estou querendo dizer. Sou um amigo. E conto com uma rede de amigos. Não vai me custar nada. Portanto, não custará nada para você. E você é a pessoa-chave. Quem tem mais informações. Quem pode me encaminhar na direção certa.

Com um grunhido, Micah voltou a recolher os panos molhados.

— Não preciso de muita coisa — insistiu Griffin. — Um local de nascimento seria ótimo. Mas, se não souber, uma cidade, uma escola, uma igreja já servem.

— Não posso lhe dizer nada.

— Não pode ou não quer?

— Não posso.

Com os braços carregados de panos, ele caminhou até a porta. Griffin pegou os casacos e o seguiu.

— Porque não sabe? Quando a conheceu, ela deve ter falado do lugar de onde vinha.

O ar frio fazia os pulmões aquecidos dele doerem.

— Por quê? Ela já vivia em Lake Henry havia algum tempo na ocasião? Por que eu perguntaria sobre o que aconteceu antes?

— Curiosidade? — sugeriu Griffin. — Muito bem, não perguntou. Mas vocês vivem juntos há quatro anos. Ela deve ter mencionado alguma coisa, deixado escapar certas indicações.

— Se isso ocorreu, não percebi — murmurou Micah enquanto desciam para a casa pelo caminho de neve compacta, as botas fazendo barulho a cada passo.

— Correspondência — tentou Griffin. — Ela nunca recebe qualquer correspondência?

— Durante todo o tempo. Temos uma empresa aqui.

— Correspondência pessoal. Um cartão de aniversário, um carimbo postal de algum lugar estranho.

— Não. Mas não sou eu quem pega a correspondência. Como poderia saber?

— Acha que ela podia estar escondendo alguma coisa?

— *Não.*

Micah abriu a porta dos fundos e entrou. Griffin segurou-a antes que ele a batesse e entrou também. Atravessaram a cozinha para a lavanderia adjacente.

— Claro que não precisamos de uma biografia. Basta uma coisa. Uma coisa que a situe em outro lugar, num momento determinado, diferente do lugar em que Lisa Matlock se encontrava na ocasião.

Micah colocou as toalhas na lavadora e largou o resto no chão. Foi com voz tensa que respondeu:

— Não tenho nada.

— Uma viagem que ela fez — insistiu Griffin. — Uma festa de aniversário. Um *presente* de aniversário.

Micah pôs o sabão em pó. Fechou a tampa. A lavadora começou a funcionar.

— Um parente... qualquer parente — continuou Griffin, seguindo-o de volta à cozinha. — Um passatempo. Um *sonho*. Os sonhos revelam muitas coisas.

Micah virou-se para ele abruptamente. A voz saiu controlada, mas quase inaudível:

— Ela não sonhava. Trabalhava muito, por longas horas, e tinha um sono profundo.

— Mas você tem de saber alguma coisa! — Griffin o pressionava na expectativa de que o calor da raiva pudesse produzir uma migalha. — Ela esteve em algum lugar antes de vir para cá!

Micah perdeu o controle neste momento. Com os olhos ardendo, ele gritou:

— Se ela esteve, não sei onde foi! Não tenho a menor idéia! Acha que isso faz com que eu me sinta bem?

Um silêncio tenso sucedeu à explosão. Foi neste instante que Griffin percebeu um movimento pelo canto dos olhos. Virou a cabeça para a porta e avistou Poppy. Ela observava Micah. E tinha a expressão arrasada. Griffin deixou escapar um suspiro.

— Não, acho que não.

Ele tornou a olhar para Poppy, mas ela continuava a fitar Micah. Desanimado, Griffin acrescentou:

— Acho que já fiz o suficiente por hoje.

E saiu pela porta dos fundos.

Poppy não se lembrava de Micah ter gritado em qualquer outra ocasião. Além de ser calado, ele era controlado, reservado e orgulhoso. O ato de admitir o que acabara de fazer devia tê-lo magoado.

— Sinto muito — murmurou ela. — Eu não sabia que ele vinha para cá.

Micah baixou a cabeça. Pôs a mão no pescoço.

— Que importância tem isso? Talvez ele desista agora.

Poppy não tinha certeza. Não sabia se Griffin deveria desistir. Ele tinha contatos, enquanto todos os outros não podiam obter ajuda igual.

— É mesmo verdade, Micah? Você não sabe de nada?

Ele ergueu os olhos cansados com uma expressão magoada.

— Não sei de nada. — Subitamente alerta, ele olhou além de Poppy. — Ó Deus, as meninas ouviram?

— Não. Deixei-as na cidade, com os Winslow. Iam pintar o rosto, junto com Emma e Ruth. Até mesmo Star estava se divertindo. Rose convidou-as para jantar e assistir a um filme. Ela gostaria que dormissem em sua casa, mas eu disse que tinha de perguntar a você.

Micah virou-se para a pia.

— Está certo. As meninas ficarão melhor lá. Não estou servindo para nada neste momento.

— Eu não diria isso. Nem Heather.

Ele tornou a se virar, as mãos nas costas.

— Não posso fazer nada, Poppy. Não sei de nada, absolutamente nada. Tenho pensado em tudo, vasculhado a memória. — Micah ergueu os braços. Passou os dedos pelos cabelos. — Venho escavando e escavando, mas nada encontro.

Micah baixou as mãos, num gesto de derrota.

— Como posso saber tão pouco? Éramos muito íntimos. Ela me conhecia por dentro e por fora. E pensei que sabia também o que ela pensava. — Ele fez uma pausa, os olhos atormentados. — Fui um tolo. Uma pessoa... uma pessoa não aparece de repente, do nada, aos dezenove anos, sem qualquer história anterior. Por que não perguntei?

— Porque não tinha importância.

— Claro que importa. Como é possível que eu não soubesse de coisa alguma?

— Porque ela não disse.

— Mas por que *não*? Sou o homem com quem ela vive. Por que não me contou?

— Se era ruim... se ela tinha medo...

— De mim? Mas eu a amo! E ela sabe disso. Além do mais, como alguém como Heather pode ter feito alguma coisa ruim? Ela é *boa demais*. Paciente, gentil, compreensiva. E muito generosa. Durante todo o tempo em que a conheço, ela nunca fez nada... *absolutamente nada*... que fosse ruim. Não grita com as meninas. Não grita comigo. Não tem um pingo de maldade. Como poderia ter feito qualquer coisa ruim?

— Não sei — respondeu Poppy. — Mas gostaria de saber.

— Ela também não disse nada para você?

— Não, não disse.

Micah olhou para o chão, considerando essa informação. Os maxilares se contraíam em movimentos espasmódicos. Finalmente, como um homem condenado, levantou os olhos e perguntou:

— Acha que ela é Lisa?

— Não — disse Poppy. — Acho que é outra coisa.

— Se é outra coisa, por que ela não pode dizer?

— Às vezes não é possível.

— Sinto muito, mas isso não é certo para mim.

Poppy entrelaçou os dedos. Permaneceram inertes, em seu colo, em cima de coxas que pareciam perfeitamente normais sob o jeans forrado de flanela, mas que não serviam para nada. E, naquele momento, ela se sentia tão inútil quanto suas pernas. Só que não havia mais ninguém para ajudar Micah. Ela tinha de tentar. Foi por isso que disse:

— Suponhamos que alguma coisa terrível tenha acontecido com Heather... alguma coisa tão terrível que ela acabaria enlouquecendo se continuasse a pensar a respeito... alguma coisa tão perturbadora que não poderia comer, dormir ou pensar em mais nada.

— Ela deveria ter me contado.

— Mas como você sobrevive a uma situação assim? Como pode sobreviver?

Micah manteve-se calado e tenso.

— Você expulsa de sua mente — continuou Poppy, com a convicção de quem já passara por isso. — Nega que tenha acontecido. Não sei pelo que Heather passou. Mas sei como ela é agora, e é tudo de bom que você diz. Então como explicar por que não pode falar sobre o que aconteceu antes?

Micah não respondeu. Mas Poppy estava desesperada para compreender.

— Ela ama você, Micah. Ama as meninas. Se ela não pode falar sobre o passado, talvez seja porque não pode se permitir. — Puxa, como Poppy sabia o que isso representava! — Talvez não funcione assim com você. Mas não acha que é possível... apenas possível... que uma pessoa que passou por alguma coisa terrível possa precisar se desligar do passado e se tornar outra a fim de sobreviver?

Micah esteve perto de abrir a mochila naquela noite. Chegou a tirá-la da pilha de lenha e mexer na fivela. Disse a si mesmo que provavelmente não havia nada lá dentro... que podia conter apenas um presente dos pais de Heather, com valor sentimental.

Mas isso não explicava por que ela a escondera no *closet* durante aqueles quatro anos em vez de guardar numa gaveta da cômoda. Ele nunca revistava as coisas de Heather. A gaveta da cômoda seria bastante segura.

Mas se ela guardava por motivos sentimentais, teria lhe mostrado. Ele podia apreciar o valor sentimental. Não fora por isso que mantivera a casa do açúcar? Fora uma atividade em sua família por duas gera ções. Havia um valor sentimental em providenciar para que continuasse a funcionar.

Isto é, agora havia mais do que isso. Graças à capacidade de Heather em ver um quadro mais amplo, ele considerava um lucro maior. O que seria ainda mais verdadeiro naquele ano.

Portanto, Heather fora maravilhosa. Por isso, seria uma traição abrir a mochila sem que ela soubesse.

Só que tal atitude não fazia sentido, não com Heather na cadeia, não com as acusações que lançavam contra ela.

Então por que ele não abria a mochila? Tinha medo de não encontrar nada? Ou tinha medo de encontrar *alguma coisa*?

Micah chegou ao extremo de se perguntar o que poderia ser pior. Talvez o pior fosse a descoberta de documentos de identidade dizendo que Heather era Lisa. Em segundo lugar, bem perto, seria um documento registrando que Heather era casada com outro homem. Isso explicaria por que ela não quisera casar com Micah.

Mas, nesse caso, por que Heather não se divorciara?

Talvez o homem tivesse ameaçado matá-la. Talvez o desaparecimento fosse a única coisa que ela pudesse fazer. Talvez fosse a isso que Poppy estivesse se referindo ao falar em se tornar outra pessoa para sobreviver.

Ou talvez ela fosse Lisa. Nesse caso, cometera um homicídio e iria para a prisão.

Mas se ela era Lisa, Micah não estava disposto a saber. Por isso ele tornou a pôr a mochila no esconderijo, empilhou lenha por cima e deixou a casa do açúcar.

Nove

Começou a nevar na madrugada de domingo. Quando o dia raiou, havia um manto de oito centímetros cobrindo o chão. Como se fossem plumas no ar frio, transformava a vista do quarto de Poppy em açúcar-cande congelado. Mas isso em nada contribuiu para melhorar seu ânimo. Depois de passar a maior parte da noite entrando e saindo de um sono conturbado, ela acordou sentindo-se deprimida.

Permaneceu na cama por mais tempo do que o habitual. Quando finalmente se levantou, tomou um banho de chuveiro. Como precisava de alguma coisa para animá-la, vestiu um *training* verde-limão. Depois de ajeitar os cabelos com os dedos, ela foi para a mesa telefônica a fim de ligá-la. Mas mudou de idéia. Virou-se, foi pegar o jornal na porta da frente e seguiu para a cozinha a fim de fazer um café.

Deu uma olhada na primeira página e sentiu-se aliviada ao verificar que não tinha nenhuma notícia sobre Heather. Folheou as primeiras páginas de cada seção, tentando decidir o que queria ler. Mas quando o café ficou pronto, largou o jornal e foi até a janela da sala.

Sentada ali, apenas... apenas sentada, ela observou mais um ou dois centímetros de neve se acumular sobre os galhos dos espruces perto da casa. Fragmentos caíam no chão, sob os pés minúsculos de dois cardeais que voavam de uma árvore para outra. O macho era de um vermelho forte; contra a neve, até a fêmea mais opaca se destacava. Voaram para seu deque, onde deixaram uma trilha de marcas na neve fresca antes de alçarem vôo de novo.

Poppy tirou uma loção da bolsa lateral da cadeira de rodas. Passou-a nas mãos, esfregando distraidamente os calos nas palmas enquanto acompanhava os movimentos de dois chapins. Pensou na liberdade de voar, decolar, subir pelo céu, desaparecer... e se perguntou como seria começar de novo, imaculada... como seria ter as mãos macias e limpas.

Seria ótimo, ela concluiu. Seria maravilhoso.

O problema dos sonhos, é claro, era acordar para uma realidade que, em contraste, tornava-se muito mais onerosa. Ela refletiu a respeito por um momento, depois virou-se para os telefones. Mas eles não ofereciam uma escapatória. Nenhuma luz piscava. O mundo de Lake Henry estava sentado diante de uma lareira acesa, ou atendendo suas próprias ligações, ou na igreja, ou nas montanhas, em que os Dias de Gelo se convertiam em disputas de esqui, competições de *snowboard* e escorregar em tobogã.

Poppy pôs os telefones no áudio e voltou para a janela. Ainda se encontrava ali quando, pouco depois, uma picape se aproximou. Não era a turma de remoção de neve com seu barulho, paradas e rádios. Aquela picape era a de Griffin. Avançava devagar, pela neve, que parecia agora, a julgar pela grade da varanda, ter uma camada de dez centímetros. Parou ao lado da Blazer.

Poppy não se mexeu. Não sabia como se sentia em relação à visita de Griffin. Ouviu-o subir pela rampa coberta de neve... e, de repente, especulou se ele trouxera o almoço. Uma comida quente do Charlie's seria maravilhoso. Charlie fazia um *chili* delicioso. Ela bem que gostaria de comê-lo. E pegar um pacote no banco da frente explicaria a pausa de Griffin.

Ele bateu com os pés na porta da frente. O capacho ali tinha uma textura especial, o suficiente para tirar a lama das rodas da cadeira de Poppy, mas sem estorvar seus movimentos. Aparentemente, porém, não fez o trabalho que ele queria. Poppy observou-o em sua imaginação enquanto ele voltava para o poste no alto da rampa, batia com as botas ali e se encaminhava de novo para a porta.

Griffin bateu na porta. Poppy não disse nada. Ele bateu de novo, depois virou a maçaneta, abriu a porta e gritou:

— Alguém em casa?

Sorriu ao vê-la.

— Oi. — Griffin entrou e fechou a porta. — Como você está?

— Estou bem. — Poppy sentia-se satisfeita com sua presença, mas infeliz porque não havia nenhum pacote. O *chili* do Charlie's viria a calhar. — Você está todo agasalhado — disse ela.

Ele tirou as botas, deixando as pernas do jeans caírem sobre as meias de lã. Tirou a faixa da cabeça e sacudiu a neve antes de passar a mão pelos cabelos.

— Está nevando um bocado.

— Eles devem estar adorando na montanha. Estou surpresa de que não esteja lá em cima.

— Já estive. — Ele não saiu da porta. — Pensei que a encontraria ali. Deu a impressão de que se divertiu muito ontem.

— Ontem foi no lago. Qualquer pessoa podia se divertir. Hoje é para esquiar e o resto.

Poppy torceu o nariz para descartar o assunto.

— Você nunca esquiou?

— Ninguém é criado por aqui sem esquiar. Eu esquiava o tempo todo.

— Estava me referindo a esquiar depois do acidente.

Poppy ficou surpresa por ele ter perguntado. A maioria das pessoas evitava. Mas Griffin, sendo quem era, não podia deixar de fazer perguntas.

— Não. É que tenho esse pequeno... problema.

— Nunca tentou esquiar sentada?

Ela experimentou a mesma ponta de desconforto que já sentira antes.

— O que você sabe a respeito?

— Apenas que dizem ser divertido.

— Ahn... Conversou com pessoas que costumam fazê-lo.

— Para ser franco, conversei.

Ele abriu a parca alguns centímetros. Poppy viu uma camisa vermelha em losangos. Pelo volume na cintura, calculou que usava mais um agasalho por baixo.

Muito bem, ele sabia sobre esquiar sentado. Poppy também não sabia como se sentia a respeito. Tentou sentir raiva — o senso de que sua privacidade fora violada —, mas foi impossível. Limitou-se a perguntar, em tom neutro:

— Conversou com outras pessoas sobre esquiar sentado enquanto estudava minha deficiência?

Ele não vacilou. Os olhos azuis sustentaram o olhar de Poppy sem qualquer remorso.

— Eu não diria que foi um estudo. Apenas estava curioso.

E Poppy também se sentia curiosa agora.

— O que sabe sobre a minha lesão?

— Apenas que foi na parte inferior da coluna. É o que chamam de "lesão incompleta".

— O que significa que não me encontro em uma situação tão ruim quanto outras, já que meus músculos abdominais funcionam — acrescentou Poppy, querendo que tudo viesse à tona. — Portanto, tenho controle sobre algumas coisas que os paraplégicos não controlam. Provavelmente poderia andar, mas não seria fácil nem prático... e, com certeza, não seria nem um pouco gracioso. Alguém aqui na cidade falou demais. Quem foi?

— Se eu dissesse você nunca mais tornaria a falar com ele.

— Ele? Foi John? Charlie? Meu fisioterapeuta? Meu massagista?

— Ei, um massagista na cidade! Ele é bom?

— Griffin...

Ele ergueu as mãos.

— Não vamos discutir. Como você parecia tão satisfeita ontem no Arctic Cat, tive certeza de que a encontraria na montanha hoje. Quer escorregar no tobogã comigo?

— Não.

— Passear num *snowmobile*?

— Não.

— Por causa do acidente?

— Não.

Era uma mentira. Como o esqui, os *snowmobiles* eram um modo de vida no inverno quando ela era jovem. Mas não andava em nenhum desde o acidente, doze anos antes.

— Por medo? — indagou Griffin.

Ela suspirou.

— Por que insiste nesse assunto?

— Porque sei que você pode fazer essas coisas, e quero fazê-las com você.

— Eu disse que não podia — lembrou Poppy.

Ela também não podia sentir raiva agora, porque sabia que não havia maldade em Griffin. Ele era uma boa pessoa.

— Foi o que falei no outono passado — acrescentou ela. — Se acalentou alguma esperança, o problema é seu. Olhe para os aspectos positivos... tudo aquilo em que me sinto à vontade para fazer. Sou mais afortunada do que muitos, e me sinto grata por isso. Estou perfeitamente satisfeita com a minha vida.

— Tem razão — disse ele com um sorriso autodepreciativo. — Falou tudo isso no outono passado. Talvez eu aja assim porque estou desesperado pela companhia de uma pessoa amiga, já que me sinto como um pária por aqui. Ninguém quis falar comigo ontem no lago. E ninguém quis falar comigo na montanha hoje. Por isso fui para o Charlie's. O lugar estava praticamente deserto.

O que não era surpresa para Poppy.

— Foram todos para a montanha.

Ela até teve pena de Griffin. Sentiu-se melhor, como se estivesse fazendo uma boa ação ao conversar com ele, quando ninguém mais queria fazê-lo. De certa forma, justificava a presença de Griffin em sua casa.

— Exceto uma mulher — acrescentou Griffin, ainda parado perto da porta. — Ela diz que não é de Lake Henry, mas estava no Charlie's. Começamos a conversar. De repente ela abriu a bolsa pendurada ao ombro e tirou um gato.

— Ahn... — Poppy podia imaginar a cena. Não era uma novidade. — Charlotte Badeau.

Ele respirara fundo para continuar, mas hesitou por um instante, para depois perguntar:

— Como sabe?

— É a mulher dos gatos. Aparece sempre que há uma multidão reunida, o que é inevitável que aconteça no Charlie's, mais tarde. Ela recolhe os gatos desgarrados e sempre tenta encontrar pessoas que queiram adotá-los. Devia haver pelo menos meia dúzia em seu carro.

Um pensamento súbito aflorou em Poppy.

— Você não aceitou.

Ela estudou o volume por baixo da parca. Griffin era esguio. Com ou sem agasalho por baixo, o volume era excessivo.

— Você *não aceitou*!

Como ele não negasse, Poppy sentiu uma onda de afeição absurda. Junto com isso, veio uma advertência.

— Você é um homem da cidade grande. Tem animais de estimação... um cachorro, gato, gerbo?

— Não. Mas esta gatinha é tão... tão meiga...

— Você aceitou? Jura que aceitou?

Ele ajeitou a gata.

— Não me diga que é alérgica.

— Não, não sou.

— Então detesta gatos.

— *Adoro* gatos. Tivemos vários em casa quando eu era pequena. Acontece apenas que Charlotte é insidiosa. Ela presume que qualquer um e todos podem e devem ter um gato, mas isso não é verdade. Já a vi mandar gatos para a casa de crianças de Ridge que mal têm condições de alimentá-los, muito menos de levar um gato ao veterinário. E de repente vem uma ninhada, depois outra. Antes que se possa adivinhar, as doninhas estão saindo em bandos. Já viu uma doninha?

Griffin sacudiu a cabeça em negativa.

— São grandes, ferozes, traiçoeiras e fortes. Banqueteiam-se com os pobres gatinhos, deixando corpos desmembrados por toda parte. Não é nada satisfatório, nem para os gatinhos, nem para as crianças com o coração partido.

Muito sério agora, Griffin prometeu:

— Isso não vai acontecer com a minha gata. É uma gata doméstica e já foi ao veterinário. Além do mais, sou um cara responsável. Comprei tudo o que precisava no Charlie's. Não haverá qualquer problema.

— Vejo pelo menos dois. — Porque ele estava sendo tão meigo e sincero, a parte perversa de Poppy precisava lhe mostrar que não pensara direito. — Primeiro, os gatos precisam de calor. A cabana em Little Bear não é nada quente, a menos que você passe o tempo todo lá para pôr lenha na estufa. O que significa que terá de levá-la para onde quer que planeje ir, pelo tempo de sua ausência. Por exemplo, quando estiver voltando para sua casa em Princeton, Nova Jersey. O que nos leva ao segundo problema. Gatos detestam carros.

Griffin olhou para dentro do casaco.

— Ela não pareceu se importar com a viagem até aqui. Dormiu durante a maior parte do tempo. E ainda dorme...

Ele fez uma pausa, para depois acrescentar, num sussurro excitado:

— Não, ela está acordando... — A voz subiu uma oitava. — Oi, querida.

Poppy estava pensando que o homem era adorável quando viu um tufo de pêlos alaranjados se erguer contra a camisa vermelha. Excitada, contra a vontade, ela perguntou:

— É filhote?

— Não. A mulher dos gatos disse que ela tem dois anos, o que é adulta para os gatos. Mas esta é bem pequena.

— Deixe-me vê-la.

Griffin atravessou a sala só com meias nos pés. Abriu a parca para expor a metade superior da gata. Ajoelhou-se ao lado da cadeira de Poppy. Não havia apenas um tufo de pêlos alaranjados. A gata era toda na cor laranja.

— Ela é ruiva como você! — exclamou Poppy.

Com evidente satisfação, ela afagou a cabeça quentinha da gata. É verdade que Griffin tinha os cabelos mais para o castanho-avermelhado do que para o laranja. Mas ele dissera que o apelido de sua família era "Red" (vermelho).

— Olhe só para os olhos fechados. Ainda está sonolenta.

A gata virou a cabeça ao som da voz de Poppy. Ao contato, o focinho começou a farejar sua mão. Poppy examinou-a mais atentamente e soltou uma exclamação de surpresa.

— Essa não!

— É verdade — confirmou Griffin. — Como eu podia dizer não? Ao que parece ela nasceu sadia, mas depois aconteceu alguma coisa. O dono, quem quer que fosse, não pôde agüentar, e por isso abandonou-a na beira da estrada. Ela foi recolhida e tratada, mas era tarde demais para salvar sua visão. A mulher dos gatos ficou com ela por dois meses. Teria continuado se não tivesse outros animais para cuidar.

— Os outros gatos maltratavam esta aqui?

— Não. Ela disse que se mostravam respeitosos, até protetores. Mas esta gata precisa de um colo, e a mulher dos gatos não fica quieta por muito tempo.

— E você fica?

— Claro que fico, quando estou trabalhando.

Poppy deixou a gata farejar suas mãos. Depois, incapaz de resistir, tirou-a da parca de Griffin e aproximou-a de seu rosto.

— Olá... — Ela continuou a afagar a cabeça da gata, que agora farejava seu *training*. — Você é uma pequena dama encantadora.

A gata apoiou uma pata no ombro de Poppy, enquanto farejava seu pescoço, orelha, rosto.

— O que está cheirando? A colônia é de Ralph Lauren. Gosta dessa fragrância?

A gata esbarrou com a cabeça no rosto de Poppy a caminho de se aninhar num ponto por trás de sua orelha.

— Ela tem bom gosto.

Griffin falou com tanta gentileza que Poppy ficou sem saber o que dizer. Ele era perceptivo, gentil e muito bonito, indubitavelmente bonito, com aqueles cabelos castanho-avermelhados ondulados, os olhos azuis, e uma sombra no queixo, indicando que não fazia a barba desde que tomara um banho de chuveiro em sua casa, dois dias antes.

Ao fitá-lo agora, ela sentiu alguma coisa presa em sua garganta. Recordou o primeiro encontro dos dois, ela na cadeira de rodas, ele de pé, no fundo da sala de reuniões, na igreja no centro da cidade. Antes, já havia uma ligação entre os dois pelo telefone. Mas pessoalmente foi mais forte... mais forte do que qualquer coisa que ela já conhecera, mais forte do que qualquer coisa que já experimentara mesmo antes do acidente. Seria alguma química? Poppy não correra o risco de descobrir se era ou não; e se fosse, se seu corpo seria capaz de suportar. Ficara apavorada demais com a possibilidade de fracasso.

E ainda se sentia assim. Mas alguma coisa dentro dela abrandara. Ou talvez fosse a gata. Como alguém podia se sentir de outra forma que não terna na presença de uma gata linda e cega?

A gata saltou para o chão.

— Espere! — Poppy olhou para Griffin. — Pegue-a!

— Não se preocupe. Ela está bem.

— Ela não conhece nada aqui. Vai se machucar.

A gata virou a cabeça para os dois, o corpo arqueado de uma maneira graciosa. Deu a impressão de erguer a cabeça num gesto de orgulho. Ficou de cócoras na frente das mesas curvas que continham os telefones. As narinas se contraíram de leve, os pêlos do bigode projetaram-se para a frente. Outra vez de quatro, ela avançou devagar na direção das mesas. Com uma precisão surpreendente, parou junto da perna mais próxima, explorou-a com o focinho, esfregando-se com o pescoço e as costas. Com a mesma meticulosidade fantástica, ela passou para a perna seguinte e para a outra. Depois que a mesa foi mapeada, a gata deslocou-se com uma graciosidade incomparável para a parede.

Poppy prendeu a respiração, temendo que ela pudesse bater de cabeça. Em vez disso, a gata parou pouco antes e passou a andar ao longo da parede, como se já tivesse feito isso centenas de vezes. Esfregou o corpo na arcada aberta, depois continuou, com a mesma nobreza, para o vestíbulo. Griffin apressou-se em dizer:

— Ela está à procura do banheiro.

Antes que Poppy pudesse explicar que os gatos eram como camelos, ele já correra para a porta, calçara as botas e saíra da casa.

Poppy seguiu a gata. Começou a atravessar o vestíbulo no instante em que a cauda alaranjada, erguida com extrema elegância, desapareceu na cozinha. A cena foi a mesma ali. A gata explorou. Andou, farejou, esfregou-se. Em determinado momento ergueu-se sobre as patas traseiras, as dianteiras nos armários que levavam ao balcão. Poppy aproximou a cadeira de rodas, pegou-a e gentilmente colocou-a em cima do balcão de granito.

Houve barulho na porta da frente — foi aberta e fechada, botas tiradas —, seguido por passos apressados.

— A caixa para as necessidades — anunciou Griffin, ainda com flocos de neve nos cabelos.

— Precisamos de comida — disse Poppy.

Ela abrira a bica, deixando escorrer apenas algumas gotas. A gata tinha as patas traseiras na borda da pia, as dianteiras dentro, a boca posicionada sob as gotas.

— Comida — repetiu Griffin.

Ele pôs a caixa no chão e tornou a sair. Quando voltou, a gata havia pulado do balcão e estudava as rodas da cadeira de Poppy. Sem querer incomodar seus movimentos, Poppy apontou para Griffin a tigela que tirara de uma gaveta. Ele a encheu com ração.

— Deve estar uma delícia... galinha e fígado — murmurou ele como se encorajasse uma criança.

Griffin aproximou a tigela do focinho da gata pela fração de segundo necessária para atrair sua atenção. Olhou ao redor e foi deixá-la num canto onde não haveria qualquer perigo de colisão.

A gata chegou ali num instante.

— Como ela consegue isso? — indagou Poppy, impressionada.

— Ela fareja. Ouve. Sente. Os pêlos do bigode são como antenas. Avisam quando ela está perto de alguma coisa. Seus reflexos são tão aguçados que é capaz de se deslocar com precisão.

Ele se virou e pegou a caixa para as necessidades. Olhou para Poppy.

— Onde ponho?

Ela apontou com o queixo para a sala em que ficavam a lavadora e a secadora. Era comprida, com uma abertura bastante larga, e as mesmas portas corrediças que se encontravam no resto da casa, do tipo embutido na parede, para permitir manobras mais fáceis com a cadeira de rodas. Havia bastante espaço para a caixa, no canto junto da porta, fora da linha de passagem.

Sons de mastigação ruidosa vieram da tigela de comida. Enquanto Griffin punha a caixa no lugar, Poppy enchia outra tigela com água e punha ao lado da tigela com ração. A gata tomou um gole, voltou à ração, mastigou um pouco mais. A intervalos, ela virava a cabeça de lado para mastigar, e um fragmento ocasional caía no chão. Ela farejava, apalpava com a pata, deixava de lado. Poppy não se importava nem um pouco com a sujeira.

Quando acabou de comer, a gata sentou e pôs-se a limpar o focinho, primeiro com a língua, depois lambendo a pata, que usava para esfregá-lo. A cada passagem da pata a área era ampliada, até que incluiu os olhos, depois as orelhas. Uma orelha dobrou para trás. No momento em que Poppy pensou que era um gesto delicado, a orelha endireitou e ela ouviu um pequeno estalido.

A gata virou a cabeça. Griffin ainda estava acocorado perto da porta da lavanderia. Ele estalou a língua de novo e bateu com as pontas dos dedos no chão de ladrilhos. A gata aproximou-se. Familiar com o cheiro de Griffin, esfregou o corpo em sua perna, na passagem, e foi para a caixa de necessidades. Griffin ergueu-se e esfregou as mãos.

— Pronto. Agora já me sinto melhor.

— Você sente? — Poppy riu. — Provavelmente ela também. Qual será seu nome?

Ele parecia pensativo.

— Estive pensando a respeito quando vinha para cá. "Baby" parecia um nome bastante bom, mas agora não tenho certeza.

— Não pode chamar essa gata de "Baby". É um insulto, considerando como ela é corajosa.

— E qual é o nome apropriado para uma gata com tanta coragem?

Poppy pensou um pouco.

— Gillian. É um nome forte.

Mas a gata de cor alaranjada não lhe parecia uma Gillian.

— Whitney.

O que também não parecia um nome apropriado. Houve um som de areia remexida, uma batida e então a gata saiu da caixa. Parou no limiar da lavanderia por um instante, para se orientar. Depois ergueu o rabo e seguiu em passos firmes direto para Poppy.

— Victoria — declarou Poppy. — Pela majestade.

Com um objetivo determinado, a gata pulou para o seu colo.

— Victoria? — perguntou Poppy à gata.

A gata esfregou-se em seu queixo e começou a ronronar. Virou-se no colo de Poppy, num círculo lento, e acomodou-se numa bola, como seda se amontoando no chão.

— E você não pode levá-la para Little Bear — decidiu Poppy. — Ela já se orientou aqui. Seria cruel mudá-la de casa de novo.

— Mas ela é minha gata — protestou Griffin.

— Mas pode ficar aqui.

— Só se eu ficar com ela durante uma parte do tempo.

Com a mão no pescoço quente de Victoria, Poppy levantou os olhos, desconfiada. Havia um lado tortuoso em Griffin. Tinha de haver. Não era possível que ele fosse *só* bondade e cordialidade.

— O que significa "parte do tempo"?

Griffin lançou um olhar para o teto antes de responder, paciente:

— Não significa absolutamente nada, exceto que tenho muito trabalho para fazer e você dispõe de uma escrivaninha com espaço suficiente para eu pôr as minhas coisas. Tem aquecimento e eletricidade.

E tem um *banheiro*. E um aparelho de fax. E sinal para celular. Tem linhas fixas extras para que eu possa usar como acesso à Internet sem ter de torcer para que a conexão através do celular se mantenha. Também tem bom senso e sabe que faz sentido o que estou dizendo. Ainda por cima tem um coração gentil. Não tente negar. Não pedi para que deixasse a gata ficar em sua casa.

Não, ele não pedira. E ocorreu a Poppy que a chegada de Victoria provocaria alguma estranheza. Há anos que Maida vinha insistindo para que ela tivesse um bicho de estimação, quase sempre mencionando um doberman, um rottweiler ou um pastor alemão. Mas Poppy rejeitara sistematicamente a idéia de um cão de guarda. Recusava-se a pensar que precisava. Rose também instava para que ela aceitasse um filhote de labrador dourado das sucessivas ninhadas de sua cadela. Mas um filhote de labrador dourado crescia para se tornar adulto e podia ficar enorme. Não havia a menor possibilidade de que um cachorro tão grande pudesse caber no boxe do chuveiro junto com a cadeira de rodas; e Poppy achava que não havia sentido em ter um animal de estimação se não pudesse cuidar dele pessoalmente.

E havia ainda Charlotte, sempre aparecendo com um cesto cheio de gatos para dar em exposições de artesanato, vendas de plantas e de bolos, desfiles do Dia Memorial, espetáculos de fogos de artifício do Quatro de Julho, em piqueniques do Dia do Trabalho — e não apenas em Lake Henry. Charlotte era uma instituição regional. As crianças corriam para ver o que havia em seu cesto, os adultos preferiam se esquivar. Para Poppy, aceitar um gato de Charlotte significaria que fora enganada.

Era engraçado, mas ela não se sentia enganada agora. Era verdade que não fora passada para trás por Charlotte. Se alguém fizera isso, fora Griffin. Mas Victoria estava aquecida contra aqueles músculos abdominais que sentiam calor. Enroscada no colo de Poppy, ajustava-se com perfeição.

Muito bem. Poppy não estava na montanha porque não queria pensar no que não podia fazer. Mas podia ter uma gata. E sentiu-se melhor ao pensar nisso. Sentiu-se mais forte. E havia Griffin também.

— Onde estão suas coisas? — perguntou ela. — Os papéis e o resto?

— Em Little Bear.

Ela olhou para o relógio. Quase meio-dia.

— Se voltasse para pegar o que precisa, depois parasse no Charlie's para comprar *chili*... — ela ainda estava com vontade de comer uma coisa quente — ... poderia chegar aqui até uma hora?

— Claro. Por quê?

— Porque se puder, e se estiver disposto a atender os telefones enquanto trabalha, eu poderia sair para visitar Heather. Acha que dá para fazer a viagem?

Não houve qualquer problema na viagem, mas também Poppy ainda se sentia mais forte. Tinha *chili* no estômago, experimentava o conforto de saber que Griffin se encontrava em sua casa. Trabalhando. Não havia nada errado nisso. Ele lhe dava cobertura nos telefones. Era um arranjo perfeito.

Além do mais, ela era uma profissional em matéria de guiar na neve. Com uma boa base, chassi de aço, tração nas quatro rodas e pneus grandes, não havia qualquer problema. Ao passar pelo centro da cidade, a neve ali já fora removida. Chegou a West Eames sem sequer ter derrapado uma única vez.

A esta altura o *chili* já fora digerido, Griffin parecia muito distante e ela se encontrava sozinha com seus pensamentos. Para sua mortificação, eram os mesmos que perturbavam seu sono e se recusavam a desaparecer. Mas Poppy também não tentava fazer com que sumissem. Era o que precisava conversar com Heather.

Não contara com uma sala grande, cheia de outros presos e seus visitantes. Nem com o choque que sentiu ao ver as outras pessoas, tão diferentes de Heather. Mas também não havia nada que se pudesse fazer a respeito. Ela conseguiu arrumar uma cadeira vaga e um espaço vazio junto da parede.

Heather avistou-a no mesmo instante. Depois de um rápido olhar ao redor, ela se adiantou e sentou na cadeira vaga. Pôs os cotovelos nos joelhos e inclinou-se para a frente. Poppy fez a mesma coisa, o que parecia lhes proporcionar um mínimo de privacidade.

— Já sei — disse Poppy ao perceber que Heather corria os olhos pela sala para depois se mostrar desapontada. — Não sou Micah. Sinto muito.

Heather parecia resignada.

— Calculei que ele estaria trabalhando. Mas quando disseram que havia uma visita, pensei...

— Ele passou o fim de semana lavando tudo. Acho que planeja instalar as tubulações esta semana. Quer estar preparado quando a seiva começar a fluir. A primeira é sempre a melhor.

— Eu deveria estar lá. Missy e Star estão ajudando?

— Não. Acho que ele precisa ficar sozinho.

— Mas ele não pode fazer tudo sozinho. Isto é, talvez não precise de mais ninguém para essa parte. Sabe se ele chamou Camille para cuidar dos papéis?

— Não, não sei.

— Ela sabe de tudo, Poppy. Fale com ele para chamá-la. E agora conte tudo sobre Missy e Star.

— Elas estiveram comigo ontem. Dormiram com Emma e Ruth. E hoje foram para a montanha com Marianne.

— Elas devem me odiar.

— Continuam a amá-la. Mas não compreendem o que aconteceu. Ninguém compreende. É por isso que estou aqui. Fale comigo, querida. Conte tudo o que aconteceu.

Os olhos de Heather ficaram vidrados.

— Não faça isso, por favor — sussurrou Poppy, segurando suas mãos. — Não ajuda. Quando você desliga desse jeito, prejudica a si mesma e a todos os outros. Fale comigo. Por favor. Nós duas sempre pudemos conversar. Lembra-se de quando Micah a convidou para ser babá das meninas e conversamos a respeito? Analisamos tudo, os prós e os contras. Concordamos que, se você quisesse uma carreira, seria melhor continuar no Charlie's. Mas o que você queria mesmo era cuidar das meninas. Lembra? Compreendi isso. E quando seu relacionamento com Micah esquentou? Entendi como você se sentia. E me contou quando aconteceu, porque precisava saber se era certo. Sabia que teria uma resposta justa minha, e foi o que aconteceu. Então por que não pode confiar em mim agora?

— Não adianta — sussurrou Heather.

Poppy também sussurrou em resposta, desesperada:

— Por que *não*?

— Ó Poppy, alguma vez você desejou que sua vida voltasse atrás para refazer as coisas de uma maneira diferente?

— É o que desejo durante todo o tempo. E você sabe disso. Um passeio num *snowmobile*... trinta minutos... e tudo mudou. Eu daria *qualquer coisa* para viver de novo aqueles trinta minutos.

— Mas não pode. Tudo o que pode fazer é seguir em frente.

— É o que você sempre disse. O que nós duas sempre comentamos. Falamos isso muitas vezes, tentando nos convencer de que era o único jeito. Só que talvez não seja.

— Mas é.

— Heather, vão julgá-la por homicídio. Quer você seja Lisa ou não...

— Não sou Lisa.

— ... vão levá-la para a Califórnia e submetê-la a julgamento. Estão sedentos de sangue. Você pode ser totalmente inocente, mas se não der alguma coisa a Cassie para trabalhar será condenada. Portanto, não haverá como continuar. Terá sido tudo bravata de nossa parte. Nada mais.

— Não sou Lisa — repetiu Heather.

Poppy baixou os olhos. Apertou as mãos de Heather.

— Diz isso porque seria doloroso demais ser Lisa? — Como Heather não respondeu, ela levantou os olhos. — Então também é doloroso demais ser *Heather*, falar sobre o que aconteceu antes de Lake Henry?

Heather indagou:

— É doloroso demais ser Poppy?

Poppy já sabia que a pergunta viria. Era uma das coisas que a haviam atormentado ao longo da noite. E acolhia com satisfação a oportunidade de ventilar a questão; mais do que isso, *precisava* dessa oportunidade. Apesar de tudo o que estava acontecendo, de tudo o que não compreendia, confiava em Heather, mais do que em qualquer outra pessoa, para escutar sem fazer julgamentos.

É doloroso demais ser Poppy?

— Ser a Poppy que eu era? É sim. Ela fez algumas coisas erradas, e isso causa dor. Também há dor nas coisas boas que se perderam.

— Por exemplo?

— Seu espírito. Sua ousadia. Sua *energia*. Ela se mantinha numa atividade constante durante o dia inteiro, todos os dias. Não sei onde ela estaria hoje... talvez em outra parte do país ou do mundo, talvez em Lake Henry, apesar de tudo... mas era uma mulher divertida. Também era difícil. E desafiadora. E tola. Não é fácil pensar sobre essas coisas. Mas minha situação é diferente da sua. Para mim, o passado acabou. Todo mundo sabe que nasci e fui criada aqui. Ninguém virá atrás de mim com algemas. Além do mais, ninguém ficaria pior se me acontecesse alguma coisa. Não tenho Micah, não tenho Missy e Star. E todos *precisam* de você.

Com um pequeno tremor, Heather empertigou-se. Passou os braços em torno da cintura e recostou-se.

— Então talvez seja uma punição — sugeriu Poppy. — Aconteceu alguma coisa em sua vida, alguma coisa tão terrível que não pode falar a respeito. Poderia ter se casado com Micah e tido filhos, mas não quis. Era uma punição pelo que aconteceu antes, o que quer que tenha sido?

Por um momento o silêncio entre as duas foi povoado pelos murmúrios no resto da sala. Depois, Heather perguntou:

— Você não faz isso?

— Punir-me? Como?

— Ao limitar o que você faz.

— Faço o que quero. Aceito o que não posso fazer.

— Mas alguma vez quis se arriscar? Assumir um risco por menor que seja?

— Como assim?

Heather ofereceu-lhe um olhar sugestivo.

— Com um homem. Não se sente curiosa?

— Sobre o quê? — indagou Poppy, sussurrando de novo. — Sexo? Já tive. E bastante, antes do acidente.

— Isso foi antes.

— Levo uma vida movimentada. Não estou à procura de mais. — Para reforçar a alegação, ela acrescentou: — Por exemplo, Griffin. Ele voltou à cidade.

Heather arregalou os olhos.

— É mesmo? Quando ele voltou? — Tão depressa quanto surgira, o excitamento se desvaneceu. — Ah, claro... Ele quer escrever a meu respeito.

— Não. Diz que quer apenas ajudar. Dispõe de contatos que nenhum de nós tem. — Poppy quase falou sobre as fotos de Lisa, mas alguma coisa a conteve. — E ele tem ajudado também em outras coisas. Está neste momento em minha casa, atendendo aos telefonemas para que eu pudesse vir visitá-la. Mas se quero sair para jantar com ele? Não. Ficarei em casa esta noite, com meus telefones. Amanhã jantarei com Lily e John. E na terça-feira temos a nossa reunião.

Heather, é claro, não poderia comparecer naquela semana. Talvez não comparecesse durante todo aquele mês. Mais do que isso, sua ausência poderia se arrastar por mais tempo, muito mais tempo.

— Adoro o nosso grupo — murmurou Heather.

— Então nos ajude, Heather. Ajude-nos a ajudar você.

Ela parecia angustiada. Hesitante, perguntou:

— Onde estão os contatos de Griffin?

Poppy sentiu um vislumbre de esperança.

— Por toda parte. Ele conta com uma vasta rede. Se há alguém que você precise encontrar, ou documentos, ou parentes... Griffin é bom nisso.

— Haveria um preço. Sempre há um preço.

— Ele é rico. Não precisa de dinheiro.

Ela não foi capaz de contar para Heather que fora o irmão de Griffin quem a descobrira, o que explicaria por que ele se mostrava disposto a fazer tudo sem qualquer recompensa. Mas o momento parecia apropriado para outra coisa.

— Ele tem fotos. Fotos de Lisa. E examiná-las é uma coisa espantosa. Pode-se compreender por que alguém cometeria o erro de confundi-la.

Heather ficou completamente imóvel. Tinha os olhos arregalados, fixados nos de Poppy, sem piscar. Depois, sem fazer uma pausa para respirar, ela abriu a boca e formulou três palavras, sem que saísse qualquer som. Antes que Poppy pudesse reagir, antes que pudesse sequer especular se interpretara aquelas palavras da maneira correta, Heather levantou-se, atravessou a sala e passou pela porta interna.

Dez

Griffin divertira-se no papel de telefonista. Já estivera no outro lado da linha muitas vezes, quando ligara para pedir informações sobre Lake Henry e fora despachado por Poppy, para fazer a mesma coisa agora com outros na maior classe. Três ligações da imprensa e ele foi cordial, mas firme; Lake Henry nada tinha a dizer sobre o caso de Heather Malone.

Também gostou das outras ligações. Agora que substituía Poppy Blake, as pessoas não o evitavam... ou, neste caso, não desligavam. Perguntavam onde Poppy se encontrava e quando voltaria. Perguntavam quem *ele* era e sabiam exatamente assim que dava seu nome. Perguntavam por que ele viera para a cidade, quanto tempo pretendia permanecer e se estava namorando Poppy. Griffin respondia de bom humor, porque as indagações não eram unilaterais. Pelo agente dos correios, Nathaniel Roy, que ligou para avisar que Poppy não pegava sua correspondência desde terça-feira, ele soube que ela lia o *Newsweek*, o *People*, o catálogo da rede de lojas de roupas Patagônia, o que não chegava a ser uma surpresa, e a revista *Martha Stewart Living*, o que era surpreendente. Pela massagista, ele soube que Poppy recebia uma massagem de corpo inteiro todas as semanas, em geral na tarde de segunda-feira, embora quisesse mudar naquela semana e, se Griffin estivesse interessado, o *menu* incluía não apenas a massagem sueca, mas também reflexologia, hidromassagem e condicionamento do corpo. Soube que a lenha no depósito de Poppy era reabastecida todas as semanas pelo mesmo homem que removia a neve de sua estrada, que ela tocara pistom no ensino médio, para desgosto da mãe, que achava que era um instrumento para homem, e a pressionava para tocar flauta. Soube também que todo verão ela completava a travessia do lago, que era uma tradição no Quatro de Julho.

Entre as ligações, ele ligou seu computador e entrou na Internet. Verificou a correspondência e nada encontrou de urgente. Por isso, iniciou uma busca da irmã. Era uma coisa que fazia com freqüência, uma espécie de passatempo, um enigma que insistia em tentar deslindar muitas e muitas vezes. Embora separados por sete anos, Cindy e ele eram os mais novos dos irmãos. Por isso, havia um vínculo especial entre os dois. Griffin não fora mais capaz do que os outros de evitar que ela saísse de casa, mas sentia sua perda com mais intensidade... e era o único para quem Cindy enviava mensagens. Haviam sido bem poucas e bastante espaçadas, encaminhadas à sua editora do momento, sem endereço do remetente. O que havia — sempre — era o carimbo postal de Nova York, com um código próximo da casa antiga da família.

Griffin sabia que isso era deliberado. Não acreditava por um momento sequer que a irmã estivesse em Nova York, mas adivinhava que tinha amigos na cidade, visitava-os e aproveitava para enviar as mensagens. Como era impossível descobri-la por meio das mensagens, ele encontrava conforto nas palavras de Cindy, que estava viva e bem, livre das drogas.

Ele tinha uma teoria. A irmã era uma poeta de talento — uma poeta *transtornada*, diziam alguns. Mas Griffin sempre sentira lealdade demais para dizer isso. Se ela se livrara das drogas e pensava com lucidez, venderia sua obra quando precisasse de dinheiro.

O mais terrível é que ela tinha um fundo de investimentos em seu nome. Poderia ter acesso ao fundo — e dispor de todo dinheiro que quisesse — se comunicasse seu paradeiro à família. O fato de que Cindy precisava fazer qualquer coisa para sobreviver deixava Griffin angustiado.

Isso dito, ela não era totalmente desprovida de recursos. Escreveria para ganhar a vida. Poemas, contos, qualquer coisa. Ele não tinha a menor dúvida quanto a isso.

Por isso, enquanto Ralph Haskins seguia os canais mais convencionais do investigador particular, Griffin verificava regularmente os arquivos de três dúzias de revistas que publicavam os tipos de textos que a irmã escreveria. Procurava os nomes dos colaboradores e investigava alguns. Não tentava encontrar Cynthia Hughes; a irmã não usaria esse nome porque Ralph o descobriria. Também não usaria qualquer variação de James, o irmão que lhe dera as drogas. Em vez disso, Griffin buscava na Internet outras possibilidades apropriadas. A maioria relacionava-se com o nome da mãe, Rebecca, com quem Cindy sempre mantivera um relacionamento de ódio e amor.

Assim, ele procurava Rebecca Hughes e Rebecca Russell, que era o sobrenome de solteira da mãe. Elizabeth Russell era a avó materna, e Elizabeth Casey seu nome de solteira. Griffin sempre tentava Hugh Piper, tirado do nome do pai, e combinações dos irmãos, como Randy Griffin e Alexa Peters. Num dia qualquer, se dispunha de tempo, tentava vários outros nomes, que podiam evocar uma lembrança da infância.

Naquele dia ele não tinha tempo e por isso verificou apenas os nomes habituais, sempre recebendo o aviso de que nenhuma página fora encontrada. Saiu da Internet. Arrumou os papéis do trabalho em cima da mesa e ligou para Prentiss Hayden. Estava disposto a falar que se encontrava totalmente absorvido na biografia. Prentiss, no entanto, impediu qualquer tentativa ao dizer, muito animado:

— Meu telefone informa que essa ligação é de New Hampshire. Eu deveria ter imaginado mais cedo. Você está no local, não é mesmo?

— Claro que estou — respondeu Griffin com a maior despreocupação. — Os lugares tranqüilos são ótimos para se escrever.

— Nada disso. Você está aí por causa do caso DiCenza. Para quem é a matéria desta vez?

— Não há nenhuma matéria. Apenas conheço algumas pessoas aqui, e acho que é um bom lugar para se escrever.

— Enquanto aproveita para bisbilhotar por aí. — O senador parecia mais interessado do que aborrecido. — Descobriu alguma coisa interessante? Há muito falatório por aqui. Conte-me alguma coisa para partilhar com outros, para que eu possa dar a impressão de que ainda estou por dentro das coisas.

— Não tenho muito para contar. Apenas esperamos pelo resultado, como o resto do país.

— Todo mundo por aqui tem especulado, e não é sobre coisas agradáveis. Tudo absurdo, é claro, mentes ociosas que não têm nada melhor para fazer. Não há problema, desde que você não esteja desperdiçando seu tempo com isso. Obteve as informações de que precisava com meus companheiros no Exército?

— Obtive. — Griffin já dissera isso várias semanas antes. — Incluí no capítulo sobre a guerra. Mas ainda me preocupo com a outra questão.

— Como estão as coisas por aí? — perguntou Prentiss, incisivo. — A cidade é bonita?

— Muito bonita. — Outra chamada acendeu no painel. — Tenho de desligar agora, senador. Tornarei a telefonar, está bem?

Ele atendeu a chamada seguinte. Era local, e foi despachada com rapidez. Depois guardou os papéis de Hayden na pasta, nem um pouco desapontado pelo adiamento por mais um dia.

O que o desapontou mesmo foi Victoria. A gata não quis sentar em seu colo. Ele assobiou baixinho. Prometeu iguarias. Emitiu sons de beijo. Bateu de leve nas coxas. Chegou a pegá-la uma vez e pôr no colo, mas Victoria pulou para o chão e se encaminhou para o sofá, em passos afetados, o rabo levantado. Caminhou ao redor, com todo o cuidado, ainda mapeando o espaço, calculou Griffin. Depois que ela saltou para as almofadas, a única coisa que dava para ver de sua mesa era o terço superior do rabo. A gata deslocou-se pelo sofá. Parou, virou-se, arriou. Quando ele ousou olhar de novo, Victoria enroscara-se como uma bola, no canto em frente ao fogo. Era o lugar de Poppy, a julgar pela colcha de *chenille* em que a gata deitara, com a maior satisfação.

O lugar de Poppy. A gata de Poppy. Griffin perdera mais uma.

Satisfeito de uma estranha maneira, ele deixou o painel telefônico piscar por vários minutos. Quando os botões permaneceram escuros, Griffin ajustou o fone para o máximo de conforto e usou uma das linhas de Poppy para fazer uma ligação pessoal pelo cartão de crédito. Ralph Haskins atendeu ao primeiro toque da campainha.

— O momento errado? — perguntou Griffin.

— Não — respondeu Ralph. — Estou num serviço de vigilância. Mas não tenho muito para lhe contar, ou ligaria antes. Só tenho encontrado becos sem saída.

— Não conseguiu nenhuma pista?

— Isso mesmo, Red. Não sei se o pessoal do senador fez uma ronda recente ou se a ordem transmitida há quinze anos continua em vigor. Mas tenho falado com pessoas que conheceram Rob e Lisa, mas ninguém quer dizer nada. Alegam que não lembram, ou que estava escuro demais para ver, ou que se encontravam no outro lado da festa na noite em que Rob morreu, praticamente a mesma coisa que disseram à polícia na ocasião.

— Mas pensei que havia testemunhas dizendo que Lisa ameaçou Rob.

— E havia mesmo. Localizei todas três, que contaram histórias similares. Não ouviram as palavras. Viram a raiva e os empurrões.

— De Lisa?

— É o que dizem.

Griffin estava consternado.

— Se ninguém ouviu as palavras, como podem dizer que ela tentava extorqui-lo?

— É a família que alega isso. Disseram que houve telefonemas para Rob nos dias anteriores ao atropelamento.

— Isso é depoimento indireto.

— Não, não é. A família alega que Rob contou tudo diretamente, ou pelo menos é o que consta dos registros. A família não atende minhas ligações. Descobri outro registro em pronto-socorro. Foi numa clínica perto de Stockton. Ela usou um nome falso e pagou em dinheiro. Mas, depois do crime, a equipe teve certeza de que Lisa e aquela moça eram a mesma pessoa.

— Que nome ela usou? — perguntou Griffin, pensando que seria pedir demais que Lisa tivesse usado o nome de Heather Malone.

— Mary Hendricks.

— M. H., em vez de H. M. Será apenas uma coincidência?

— Não sei. Pode ser. Lisa e Mary têm exatamente o mesmo tipo de sangue. Tipo A. Os federais dizem que Heather também tem, mas não estão explorando esse aspecto. Quarenta por cento dos americanos têm sangue tipo A.

— O que ela foi fazer na clínica perto de Stockton?

— Duas costelas quebradas.

Griffin soltou um palavrão baixinho.

— Sabemos se foi Rob quem fez isso?

— Ela não estava saindo com mais ninguém. Quando mencionei essa segunda visita ao pronto-socorro para o pessoal de DiCenza, fui informado de que Lisa era uma jovem perturbada, uma mentirosa patológica com um histórico de ferimentos auto-infligidos.

— Pode ser verdade — murmurou Griffin, pensando em voz alta. — Mas também é possível que Lisa tivesse uma razão legítima para temer por sua vida. Eu gostaria de conhecer seu lado da história.

— Os federais também. O que me leva a outra informação. Alguém da equipe local do FBI jogou futebol americano na universidade junto com Rob. E não tinha muita coisa boa a dizer sobre ele. Tudo bem. Talvez ele tivesse um motivo pessoal para isso. Talvez se ressentisse do privilégio e poder da família DiCenza. Mas ele foi logo dizendo que Rob era violento com as mulheres. Informou que testemunhou um incidente terrível, em que a garota poderia ter saído bastante machucada se a equipe não tivesse afastado Rob.

— Os escalões superiores do FBI sabem disso?

— Sabem. E disseram a ele para ficar de boca fechada.

— Para esquecer o caso?

— Não. Apenas esperar. O que poderia ser a mesma coisa.

— Estou surpreso que ele tenha lhe contado.

A voz de Ralph sugeria um sorriso.

— Ele é da segunda geração no FBI e ajudei seu velho uma ocasião. Sabe como é, Red. Uma mão lava a outra.

E como a família de Griffin lavara a mão de Ralph Haskins com muitas centenas de milhares de dólares ao longo dos anos, Griffin sentiu-se à vontade para perguntar:

— O que me diz da outra investigação? Descobriu alguma coisa?

O tom de Ralph passou de presunçoso para humilde.

— Nada. Ela é muito esperta. Sempre foi. Eu me lembro de quando visitava a casa e ela se sentava para absorver cada palavra minha. Eu pensava nos seriados de televisão *A Gata e o Rato* e *Remington Steele*, e imaginava que ela cresceria para fazer algo parecido. Acho que nenhuma daquelas mulheres levaria vantagem sobre a nossa Cindy.

Ele soltou um grunhido de menosprezo por si mesmo.

— Ela é muito esperta. Desde o início, soube encobrir suas pegadas. Tornar-se invisível não é coisa de outro mundo. Basta um pouco de engenhosidade e está resolvido. Eu não duvidaria que ela estivesse me observando durante todo o tempo em que a procuro.

Griffin pensou em Heather Malone, com sua vida adorável numa cidadezinha bucólica, sem qualquer passado. Imaginou Cindy vivendo da mesma maneira em algum lugar.

— Então como vamos descobri-la? — indagou ele.

Todas as suas pequenas buscas não deram qualquer resultado até agora.

— Uma dica — respondeu Ralph. — É assim que funciona. Você tem um golpe de sorte, fala com a pessoa certa e recebe uma dica.

Griffin pensou no caso de Randy. Pensava que não queria esperar quinze anos para descobrir Cindy quando ouviu um carro se aproximando. Sentiu o coração acelerar ao pensamento da volta de Poppy.

— Acho que estou impaciente.

— Continuarei a investigar.

— Obrigado, Ralph.

E desligou. Teria ido até a porta se uma luz não acendesse no painel neste instante. Era na linha particular de Poppy. E na esperança de dar a impressão de que tinha o controle total quando Poppy passasse pela porta, Griffin atendeu e disse, em tom cordial:

— Residência de Poppy Blake.

— Quem é você? — perguntou uma voz acusadora.

— E quem deseja saber?

— Sou Rose, a irmã de Poppy.

— Aqui é Griffin, Rose.

Haviam se encontrado duas vezes antes, uma em outubro e a outra no dia anterior. Nos dois casos, ele sentira que Rose era uma força que não podia ignorar. Gostaria de conversar com ela e conquistá-la, pelo menos um pouco, mas não podia ser desta vez. Poppy saltara da Blazer; ele podia ouvir a porta batendo. E Rose não demonstrava a menor disposição para conversar.

— Poppy está? — perguntou ela, a voz fria.

— Não. — E por aquele tom de voz ele não a deixaria esperando até que Poppy entrasse, para protegê-la. — Quer deixar recado?

— Diga que eu preciso falar com ela. Obrigada.

A ligação foi cortada no instante em que a porta da frente foi aberta. Mas não foi Poppy quem entrou. A mulher que passou pela porta largou no chão uma bolsa térmica, empurrou para trás o capuz da parca e olhou ao redor, esperançosa. Era vinte anos mais velha do que Poppy. Tinha os cabelos escuros, curtos, com um corte elegante, de tal maneira que assentava bem mesmo depois de desmanchado pelo capuz. Os olhos eram gentis e a pele, bronzeada. As mãos eram graciosas quando saíram de uma luva e depois da outra. Se podia haver uma indicação para Poppy continuar linda ao envelhecer, Maida Blake a oferecia.

Ao voltar para casa, Poppy teve várias derrapagens pequenas. Culpou primeiro a neve, depois o péssimo trabalho de desobstrução das estradas. Mas a neve fora removida muito antes de sua chegada a Lake Henry, e haviam espalhado areia sobre as estradas, o que significava — conclusão inevitável — que a culpa era sua.

Estava distraída. Lutava contra um pânico que vinha em acessos. A cada vez que isso acontecia, ela acelerava. A cada derrapagem, diminuía a velocidade.

Não é erro. Eram essas as palavras que Heather formulara em silêncio. Poppy falava sobre as fotos de Lisa que Griffin mostrara e comentava a semelhança na aparência. *Pode-se compreender por que alguém cometeria o erro de confundi-la,* dissera Poppy.

Não é erro, anunciara Heather.

Poppy continuava tentando encontrar outras palavras que pudessem ser formuladas da mesma maneira. Insistia em dizer para si mesma que interpretara da maneira errada a leitura dos lábios de Heather. Mas sempre voltava às mesmas palavras. *Não é erro.* O que a deixava atordoada.

Não, não atordoada.

Isto é, talvez sim, atordoada... pela enormidade da confissão.

Mas Poppy sentia outras coisas também. Estava desapontada. Assustada. Desesperada. Confusa. E *magoada*, embora não soubesse por que deveria estar. Heather não mentira durante todos aqueles anos. Apenas não dissera a verdade.

Mas Poppy também não dissera. O que não significava que não era uma boa pessoa agora... pelo menos não, se acreditasse na teoria do crescimento de Griffin. Ele alegava que as pessoas que experimentavam um trauma podiam aprender com isso, se tornar mais sensatas, se adaptar. Se assim fosse, Heather era agora uma boa pessoa. Se fora a responsável pela morte de Rob DiCenza, devia haver uma justificativa.

A única que ocorreu a Poppy era a legítima defesa, e a pessoa com quem queria conversar a respeito era Griffin. Mas quando desceu pelo caminho para sua casa, descobriu que a picape dele não era o único veículo estacionado ali. Ao lado, deparou com o SUV de Maida.

Numa fração de segundo, Poppy fez uma lista das pessoas que poderiam estar guiando o SUV de Maida enquanto ela se encontrava na Flórida. Uma vozinha interior, no entanto, avisou que era a própria Maida. Havia alguma coisa na voz de Maida no outro dia... um tom diferente, hesitante, inseguro.

Apreensiva por vários motivos, Poppy parou na frente da casa. Durante todo o tempo, especulava o que Maida estaria dizendo a Griffin e vice-versa. O que quer que fosse, porém, ela não estava disposta a aturar.

Manobrou rapidamente para deixar a Blazer. A rampa se encontrava úmida, mas sem neve. Mal chegara lá em cima quando Maida abriu a porta, com um sorriso, e disse, em tom seco e cordial, que Poppy não estava acostumada a ouvir da mãe:

— Eu poderia até gritar: "*Surpresa!*", só que não é o meu estilo.

Poppy sentiu prazer, contra a vontade, pelo sorriso da mãe.

— Você não está aqui, mamãe. Continua na Flórida.

— Aquilo lá ficou muito chato — disse Maida, jovialmente. — Havia mais coisas acontecendo por aqui. Por isso fiz as malas e voei para casa. Alguém deve ter me visto passar pela cidade, porque Rose acaba de telefonar. Griffin disse que ela parecia irritada.

Ela fez uma pausa, oferecendo um pequeno aceno urgente.

— Vamos entrar. Está congelando aqui fora.

— Ligou para Rose?

— Não. Ela pode esperar. Eu queria falar com você *primeiro*. Entre logo, Poppy, ou vai pegar um resfriado.

Poppy atravessou a varanda e entrou na casa no instante que Griffin vestia sua parca. Ele perguntou, discretamente:

— Teve uma boa tarde?

— Ótima.

Não era uma palavra que Poppy usaria para descrever os acontecimentos da tarde, mas subitamente não queria *pensar* a respeito, muito menos tratar do assunto na presença de Maida. Por isso, limitou-se a perguntar:

— Já vai embora?

— Convidei-o para jantar — interveio Maida, sempre a anfitriã consumada —, mas ele disse que tinha muito trabalho para fazer.

Poppy sentiu o cheiro de comida no fogo. Era familiar, trazendo-lhe de volta muitas lembranças. Ela se perguntou há quanto tempo a mãe estaria ali. Griffin prendeu a faixa azul na cabeça.

— Você e sua mãe vão querer algum tempo juntas.

Poppy pensava que não tinha certeza a respeito quando um movimento no sofá atraiu sua atenção. Esquecera a presença de Victoria. Mas era uma surpresa agradável. A gata deitara na colcha de *chenille* predileta de Poppy. Ao mesmo tempo, arqueou as costas e esticou as pernas, dando a impressão que acabara de acordar.

— Conheceu minha gata? — perguntou Poppy à mãe.

— *Sua* gata? — indagou Griffin.

As palavras mal haviam saído de sua boca quando Victoria saltou do sofá. Com uma orientação perfeita, ela se encaminhou para Poppy. Diminuiu o ritmo apenas para contornar uma roda da cadeira, depois saltou para o colo. O coração de Poppy derreteu. Com casaco de lã e tudo, meias-luvas e o resto, ela enlaçou a gata. Aliviou a angústia da confissão de Heather no bálsamo daquela criatura pequena e quente, o rosto comprimido contra o pêlo alaranjado macio. Imaginou que sentia o cheiro de sua colônia em Victoria, sem dúvida impregnada através da colcha de *chenille*.

Um ronronar suave começou. Poppy absorveu-o com o rosto no pêlo. Incapaz de resistir, levantou os olhos presunçosos para Griffin.

— Está bem — disse ele, encostado na parede para não perder o equilíbrio, enquanto calçava uma bota e depois outra. — Não há mais o que fazer. Um homem só é capaz de absorver a rejeição até certo ponto num único dia. Deixarei as três damas sozinhas.

E saiu fechando a porta. Poppy afagou a cabeça da gata com o dedo exposto de uma das mãos, enquanto usava a outra para desenrolar o cachecol.

— Quer dizer que já conheceu Victoria? — perguntou ela à mãe.

— Conheci. Ela acordou para isso. E depois voltou a dormir. Agora, acordou de novo. Parece interessada em você, apenas em você. — Maida sorriu. — E o mesmo acontece, minha cara, com Griffin.

Ela tirou o cachecol da mão de Poppy.

— Griffin está interessado em usar meu chuveiro, meu espaço de escrivaninha e meu telefone — informou Poppy. — Não sei o que ele contou, mas a verdade é que ninguém mais em Lake Henry está disposto a ajudá-lo.

Ela poderia ter poupado o fôlego, porque Maida já chegara a uma conclusão.

— Ele parece ser uma ótima pessoa. Comportou-se muito bem durante os problemas com Lily no outono passado. Eu gostaria que ele não fosse repórter. Mas John também é, e Lily está muito feliz com ele. Acho que se posso conviver com um genro jornalista, posso muito bem aceitar outro.

— Não se acostume com a idéia, mamãe. — Poppy guardou as luvas no bolso. — Não vou me casar com Griffin.

Maida estendeu a mão para o casaco da filha.

— Sei disso, Poppy. Não vai casar com ninguém. — Ela pegou o casaco quando Poppy tirou os braços, e foi pendurá-lo num gancho ao lado da porta. — Vem dizendo isso desde que tinha cinco anos de idade. Durante muito tempo fiquei preocupada, achando que seu pai e eu fizéramos alguma coisa para afastá-la do casamento. Até que compreendi que você *o* amava demais.

Era verdade. George Blake era bondoso e gentil, antiquado nos aspectos mais positivos. Acreditava em usar macacão, cozinhar com manteiga fresca, creme fresco, ovos frescos, em fazer a contabilidade à mão, num livro-razão enorme, com capa de couro. Quando imaginava o pai, Poppy podia sentir o sol quente, a terra úmida e maçãs maduras.

Quando imaginava a mãe, farejava tensão. Pairava opressiva sobre suas lembranças.

— Há uma contradição aqui — protestou ela. — Sabe que não vou casar, mas diz que pode conviver com Griffin como genro.

— Apenas um desejo — murmurou Maida.

Poppy sabia que a mãe se divertia à sua custa. Maida era uma perfeccionista. Gostava que tudo fosse certinho. Mais típico ainda, teria exortado Poppy a *encorajar* Griffin, porque casar e ter filhos, no final das contas, era o ideal. O fato de que não argumentou isso agora... que fora bastante honesta para reconhecer que não conseguiria necessariamente impor sua vontade, numa aceitação graciosa, deu o que pensar a Poppy.

— Você está bem, mamãe?

Maida tivera um problema de dor de cabeça no verão e no outono. Poppy não queria pensar que um médico diagnosticara alguma coisa horrível, que deixara a mãe mais branda. De qualquer forma, Maida parecia bastante saudável.

— Claro que estou.

— Parece descansada. E bronzeada. Mas nunca se sentiu chateada na Flórida antes.

Maida se tornou pensativa — e Poppy também não estava acostumada a isso. Ela e a mãe nunca haviam sido amigas. Nunca haviam partilhado seus pensamentos mais íntimos. E duvidava que Maida jamais os tivesse partilhado com alguém. Agora, porém, ela se mostrava ponderada e tranqüila.

— Este ano é diferente. Lily voltou e casou. Quero vê-la feliz. Rose está sendo muito rigorosa com Hannah, o que me deixa apreensiva, porque... ora, apenas por isso. Enquanto estava na Flórida, pensei que poderia ficar aqui, dispensando uma atenção extra a Hannah. E agora tenho de pensar também em você e Heather.

— Em *mim* e Heather? — protestou Poppy. — Em *Heather* e Heather.

— O que está acontecendo?

Poppy tinha vontade de contar o que acabara de saber, mas não podia. E não faria diferença se fosse Lily, John ou Cassie quem estivesse ali em vez de Maida. Ela tratou de fechar aquela caixa de Pandora em particular, reprimindo o significado daquelas três palavras formuladas.

— Nada está acontecendo. Heather continua na cadeia, enquanto o pessoal na Califórnia tenta reunir provas suficientes para levá-la de volta para lá.

— Levá-la de volta?

— Isso mesmo.

— Ela veio da Califórnia?

— Não. E não quero mais falar sobre isso, mamãe.

Com a mão em Victoria — sua aliada — ela foi até o painel telefônico.

— Incrível!

— O que foi?

— Griffin deixou uma lista de todas as ligações que atendeu. Preciso usar mais esse homem.

Ele até ligara o áudio para que ela pudesse ouvir se houvesse outra ligação. Também deixara seus papéis numa pilha no canto da mesa, com a pasta no chão, ao lado. Era uma declaração de confiança ou um convite para Poppy dar uma olhada.

Sem saber qual das duas opções, ela passou pelo painel telefônico e seguiu o aroma de folhas de louro e sálvia pelo corredor. Quanto mais se aproximava da cozinha, mais forte o aroma se tornava. Depois que passou pela porta, o cheiro se tornou absolutamente divino.

Ela abriu o forno para dar uma espiada. Victoria ergueu a cabeça o suficiente para aspirar junto com Poppy.

— Hum... — murmurou Poppy, com um suspiro de satisfação. — Ninguém faz uma carne assada como você.

— Não havia nada fresco — declarou Maida, mais de acordo agora com sua personalidade meticulosa. — Tive de tirar tudo do *freezer* ou da despensa. De qualquer maneira, não é mesmo a época para as batatas vermelhas de Mary Joan. Por isso tive de usar batatas em conserva. Mas vim direto para a cozinha assim que cheguei, coloquei a carne no microondas para descongelar e tinha tudo cozinhando antes mesmo de arrumar minhas coisas.

Poppy já se acostumara às atenções de Maida. A mãe sempre lhe mandava comida pronta, comida por fazer, roupas, doces e livros. Ainda assim, Poppy ficou comovida pelo esforço feito agora.

— Não precisava fazer isso.

— Mas eu queria fazer. — Maida se tornou séria. — Eu me senti muito solitária na Flórida, Poppy.

— Mas tem uma porção de amigos ali.

— Amigos não são as minhas filhas.

Com um embaraço evidente, ela se virou para o balcão. Abriu uma bolsa, começou a tirar laranjas frescas, que pôs numa tigela de madeira grande.

— Vocês três são boas meninas.

— Uma declaração surpreendente — comentou Poppy, sem pensar. — Não seria capaz de dizer isso há algum tempo. Detestava o que Lily fazia.

— Eu me sentia assustada — confessou Maida.

Ela não olhou para Poppy, apenas continuou a pôr as laranjas na tigela.

— O que mudou agora?

Maida acrescentou uma laranja à pilha. Mudou-a de lugar duas ou três vezes, estudando a disposição.

— Não sei. Na minha idade...

— Tem apenas 57 anos.

— Quase 58 anos. — Ela pegou a última laranja e mais duas, ajeitando-as em lugares diferentes. — Costumava pensar que era velha, mas aqui estou com três filhas que em breve entrarão na casa dos 40 antes que eu perceba.

— Só tenho 32 anos.

— O que estou querendo dizer é que as três estão crescidas.

— Já estamos há bastante tempo.

— E tento aceitar esse fato. — Maida levantou os olhos da tigela. — Se vocês são adultas, isso significa que não posso controlá-las. Não posso lhes dizer o que fazer. Devem levar sua própria vida. Cometer seus próprios erros.

Lá estava. Maida como ela era. Com medo de erros. Com medo de que sua vida não fosse perfeita.

— Mas isso não significa que não me preocupo — continuou ela. — A verdade é que me preocupo... e muito. Não se pode mudar a maneira de pensar de uma vida inteira em poucos meses.

— Deve se sentir contente por não ser a mãe de Heather. — Poppy teve uma súbita curiosidade. — Como reagiria se fosse e lesse tudo que os jornais andam dizendo? O que pensaria?

— Estamos presumindo que Heather não é Lisa?

— Isso mesmo. — Poppy experimentou apenas uma pequena pontada de culpa. Mas falavam apenas de uma hipótese. Mesmo assim, ela acrescentou uma informação: — A mãe de Heather foi embora quando ela era pequena.

Maida pensou a respeito por um longo momento, para depois perguntar:

— Que tipo de mulher faz isso?

— Não sei. Mas digamos que havia uma razão. Digamos que a separação era necessária. Como a mãe de Heather estaria se sentindo agora?

— Exposta. — Uma pausa e Maida acrescentou, a voz mais suave: — Assustada. Preocupada. Confusa. Eu estaria me perguntando o que ela fez para que isso lhe acontecesse.

— Iria visitá-la? Daria seu apoio? Arrumaria dinheiro para ajudar a pagar a defesa?

— Dependeria da natureza do relacionamento ou do motivo pelo qual ela foi embora tantos anos antes.

— Estamos falando de mãe e filha — lembrou Poppy, impaciente. — Você a apoiaria?

Maida deixou escapar um suspiro relutante.

— Esta seria a atitude correta.

— Mas você faria isso?

— Teria de saber a verdade sobre o que ela fez.

Poppy teve vontade de gritar, porque não queria que a mãe se esquivasse das respostas diretas. Não queria condições. Queria uma resposta. Uma resposta definitiva. Uma resposta positiva.

O que ela queria mesmo, compreendeu de repente, era que Maida dissesse que se fosse a mãe de Heather haveria de amá-la de qualquer maneira, não importava o que pudesse acontecer. Poppy queria que

Maida, a perfeccionista, expressasse esse tipo de amor incondicional. Faria com que Poppy se sentisse melhor quando telefonasse para a mãe no dia seguinte.

Mas era pedir demais, e isso a deixou perturbada. Sentiu-se aliviada quando Victoria escolheu esse momento para saltar de seu colo e ir atrás da própria comida. Maida também estava distraída.

— Como ela sabia que a comida estava ali?

— Nós mostramos antes. Ela se lembra.

As duas observaram em silêncio enquanto Victoria comia. Depois de um momento, a gata foi para a caixa das necessidades. Não entrou, apenas farejou. E voltou para a comida.

— Como ela faz isso? — indagou Maida. — Pelo cheiro?

— Cheiro, memória, bigodes. Eu diria que os outros sentidos se tornaram aguçados depois que ela ficou cega.

— Presumo que é uma gata doméstica.

— Eu não a deixaria sair.

— E Griffin trouxe-a para você? Um gesto de muita ternura.

— Não se pode dizer exatamente que ele a trouxe para mim. Queria apenas me mostrar sua gata. Mas ela deu a impressão de que gostava daqui, e por isso fazia sentido deixá-la. Mas será apenas por enquanto, até Griffin partir.

— Acho que ele a trouxe para você.

— Não, não trouxe. Acredite em mim.

Maida continuou, como se não tivesse ouvido o que Poppy dissera:

— Ele sabia que você precisava de um bicho de estimação.

— Não preciso.

— Sempre foi boa com os nossos gatos. Lembra-se daquela malhada?

— Claro que lembro. Nós a chamávamos de Malhada. Mas isso foi naquele tempo, mamãe. Minha vida é bastante movimentada agora. Saio de casa a todo instante. Tenho muitas responsabilidades. Não preciso de um bicho de estimação.

— Ele viu essa gata e teve certeza de que você cuidaria dela. Sabia que você compreenderia suas necessidades especiais.

Poppy não estava gostando do rumo da conversa.

— Que necessidades são essas?

— A gata é cega. Precisa de compreensão. E você sabe o que é ter necessidades especiais.

Poppy se irritou.

— A gata deficiente para a mulher deficiente?

— Não — respondeu Maida, com extremo cuidado. — A gata deficiente para a mulher que é capaz de compreender. Era tudo o que eu queria dizer, Poppy.

Mas Poppy não podia tirar o outro lado da mente.

— A gata deficiente para a mulher deficiente... — repetiu ela, especulando se Griffin pensara isso também. Sentiu uma súbita irritação por Maida ter mencionado. — Precisava falar isso?

— Não falei. Foi você. Não era o que *eu* pensava.

— Consegui criar uma vida aqui, mamãe. Uma vida boa e movimentada. Acostumei-me a viver nesta cadeira de rodas, em parte porque as pessoas me aceitam assim, não falam a respeito, não questionam... nem sequer *notam*. Não sei por que você tinha de jogar isso na minha cara.

Ela virou a cadeira e saiu da cozinha.

— Não joguei, Poppy — protestou Maida, seguindo-a.

— Jogou sim. Pegou um gesto inocente de Griffin e fez com que parecesse uma coisa tão... tão patética que faz com que eu me sinta uma *aleijada*.

Ela tornou a virar a cadeira num movimento abrupto para fitar a mãe.

— Ninguém mais me faz sentir assim. Por que você tem de fazê-lo? Por que não pode me aceitar como sou? Por que não pode me tratar como uma pessoa normal? Ajudaria, sabe disso. E ajudaria muito!

Poppy virou a cadeira e foi para o seu quarto. Ao alcançar aquela ala da casa, no entanto, entrou na sala de musculação e fechou a porta. Por um longo momento ficou imóvel, furiosa, os dentes cerrados, as mãos apertando as rodas com toda a força. Até que ouviu um som na porta.

Se fosse a voz de Maida, ela poderia ter pedido para ficar sozinha por algum tempo. Mesmo furiosa — e *magoada* —, sabia que sua reação fora exagerada.

Mas o som não era da voz de Maida, mas apenas de um miado triste e inquisitivo.

Poppy abriu a porta apenas o suficiente para que Victoria passasse. A presença da gata trouxe-lhe um fluxo de calma. Poppy recostou-se e observou-a explorar a sala. Victoria primeiro andou ao longo de duas paredes, para obter uma noção de largura e comprimento. Depois, verificou os equipamentos, um a um. Contornava-os, usando os bigodes, o olfato e as patas para determinar altura e formato. Ergueu-se sobre as patas traseiras para conferir os pesos. Pulou para o assento de uma bicicleta ergométrica horizontal. Desceu segundos depois. Quando alcançou as barras paralelas, subiu na passadeira e percorreu toda a sua extensão. Ao final, sentou-se e virou-se para Poppy.

— Você é mesmo esperta — murmurou Poppy.

Ela sentia que recuperara o controle. Inclinou-se para a frente, apoiando os cotovelos nas coxas.

— Já sei o que vamos fazer. Pode ficar com esse aparelho. É seu. Ande por aí quanto quiser. Sente. Sorria. Esse é seu, os outros são meus. Acha que é um acordo justo?

Victoria deu a impressão de que concordava. Mas esse foi o único acordo justo que Poppy sentiu que conseguia naquele dia. Jantou com Maida, mas as duas quase não se falaram. Adorava a companhia de Victoria, mas se Griffin quisesse algo mais por isso, podia levar a gata na manhã seguinte, pois era sua. E havia também o problema de Heather. Depois de remoer sobre Maida, remoer sobre Griffin, ela começou a remoer sobre Heather... e não apenas sobre a questão da identidade. Agora, horas depois, na privacidade de sua casa, ela podia ouvir, muitas e muitas vezes, a voz de Heather.

É doloroso demais ser Poppy?

Onze

Embora se mantivesse atento ao relógio durante a maior parte da noite, Griffin não permaneceu ocioso. Depois de deixar a casa de Poppy, ele comprou sanduíches no Charlie's. Foi partilhá-los com Billy Farraway na *bobhouse*. Mais tarde, ao voltar para a cabana, não se apressou. Com o céu estrelado e três quartos da lua brilhando sobre uma camada recente de neve, a noite era de um azul profundo e reluzente. Ele levantou a gola, enfiou as mãos nos bolsos e ficou parado contemplando o espetáculo por um longo momento. A luz de um avião cruzava o céu de vez em quando. Também dava para ver um ou outro satélite mais lento. A intervalos irregulares, o ronco de um motor ressoava pelo lago. Na maior parte do tempo, porém, reinava o silêncio.

Também deu para ouvir os chamados de um ou outro gaviforme... Billy adorava seu apito. Além disso, o lago oferecia uma beleza tranqüila e silenciosa.

Então ele avistou uma raposa. Ou pelo menos achou que era uma raposa, pelo tamanho de cachorro esquelético, o rabo comprido e peludo. Manteve a cabeça abaixada, de uma maneira que poucos cachorros faziam, e atravessou a neve através do lago. Parou uma vez para olhar na direção de Griffin, depois continuou para a praia e desapareceu entre as árvores.

Com o frio aumentando, Griffin resolveu entrar. Aumentou o fogo e verificou a hora. Fez café e verificou a hora. Abriu a porta, olhou para fora e verificou a hora.

Quando já era bem tarde, ele pôs as roupas que mais o agasalhavam e foi para a margem do lago, pisando nas pegadas que deixara ao seguir para a cabana. Entrou na picape, deixou-a esquentar por um ou dois minutos e partiu em seguida. Quando chegou ao ponto certo, parou, ligou o pisca-alerta e telefonou para Poppy.

— Oi — disse ele, sentindo-se um pouco mais animado ao ouvir a voz de Poppy. — Não a acordei, não é?

Ela não parecia tão sonolenta, mas sim imersa em pensamentos.

— Não. Eu estava acordada. — Poppy suspirou. — Muita coisa na cabeça... Pensei que havia dito que não tinha sinal no celular.

— E não tenho na ilha. Mas estou sentado na picape, no ponto exato da estrada em que a recepção começa. Você descobre essas coisas.

— Que horas são? — Ela deve ter olhado para o relógio, pois se apressou em responder: — Quase onze horas. Deve ter sentido muito frio na travessia do lago.

— Não tanto quanto antes. Não há mais vento. Mas eu não podia ligar antes. Queria ter certeza de que sua mãe já fora embora. Como foi?

— Como foi o quê?

Poppy fez a pergunta com uma rispidez que a fez se lembrar da visita a Heather. Mas tinha de pensar em uma coisa de cada vez.

— O jantar com sua mãe.

Houve outra pausa, seguida por uma resposta surpresa, mas em tom mais gentil:

— Correu tudo bem. Obrigada por perguntar.

Aliviado por ter encontrado um terreno seguro, Griffin disse:

— Ela se mostrou adorável comigo. Mas senti que vocês duas nem sempre se deram bem. Acho que é o problema habitual de relacionamento entre mãe e filha. Sabe como é, a competição. Mulher contra mulher. A distância entre gerações. Muita pressão para decidir quem manda.

— Acho que tem razão. — Mas ela não respondeu a nenhum dos itens levantados. Seu tom indicava que pensava em outra coisa. — Preciso lhe perguntar uma coisa, Griffin.

Ele sentiu seu coração disparar. Estava preparado para uma pergunta pessoal. Por exemplo, se ele tinha uma namorada em Princeton, ou se gostava de Lake Henry, ou o que *de fato* sentia por ela viver numa cadeira de rodas. Poderia respondê-las. Com a maior facilidade.

— Estou escutando. Pode perguntar qualquer coisa.

— Aceitou aquela gata pensando em mim?

Era uma pergunta pessoal, sem dúvida, embora não do tipo que ele previa. Pensou que talvez a gata estivesse doente e que Poppy queria encontrar uma maneira gentil de devolvê-la.

— Há alguma coisa errada com ela?

— Não. Victoria dorme ao meu lado, na cama. Charlotte tinha razão. É uma gata muito meiga. Mas também é cega. Por isso tenho de perguntar: no instante em que soube disso, você pensou em mim?

— Se pensei que você gostaria de ter a gata?

— Se pensou que combinaria comigo. Ela é deficiente. Eu sou deficiente. Foi isso?

— Não — respondeu Griffin, com toda a sinceridade. — Não foi isso o que pensei. Não pensava em você quando Charlotte me ofereceu e eu a aceitei. Aceitei por mim, porque ela... me comoveu.

— Porque é cega?

— Porque merece um bom lar.

— Porque é cega? — repetiu Poppy, insistente.

— Talvez.

— É assim que se sente em relação a mim?

Ele riu.

— Parece-me que você já tem um bom lar.

— Mas não um homem. Não um relacionamento. Aí está você, com o tipo de sensibilidade que o leva a querer que uma gata cega tenha um lar... e essa mesma sensibilidade pode ser o motivo para que me procure. Eu só queria que você soubesse que não estou tão necessitada assim. Tive muitos homens me paquerando desde o acidente.

— Não tenho a menor dúvida quanto a isso.

— Conheceu Jace Campion? Ele tem uma forja em Hedgeton.

— Uma forja?

— Ele é ferreiro. Agora só trabalha nisso de vez em quando. Era o negócio de seu pai. Mas não há muitas pessoas por aqui que tenham cavalo hoje em dia. Jace ferra os poucos que existem. Nos intervalos forja metal em lindas obras de arte. Suas peças são expostas em Nova York. Já saíram reportagens a seu respeito em todas as revistas. Faz o maior sucesso.

Griffin não disse nada. Sentia que a melhor maneira de lidar com Poppy era deixá-la descarregar tudo.

— Estou contando isso para que você saiba que eu poderia ter alguém, se quisesse — continuou Poppy. — Não quero sua compaixão. Não *preciso* de sua compaixão. Jace sempre me convida para sair. E não é o único. Portanto, se você está aqui porque seu coração mole se comoveu com a minha *situação*, quero que saiba que essa situação não é o que está pensando. Não estou desesperada.

Griffin soltou um grunhido de protesto.

— Muito obrigado.

— A resposta saiu errada.

— Também não estou desesperado, Poppy. Poderia estar saindo com várias outras mulheres.

— E por que não o faz?

— Não tenho a menor idéia. Afinal, elas são muito menos difíceis do que você. — Ele pensou um pouco a respeito e se acalmou. — Mas ser difícil é divertido. É interessante. As outras não me intrigam tanto quanto você.

— Quer dizer que é curiosidade? Deseja saber como é ir para a cama com uma paraplégica?

— Ora, Poppy, pare com isso. Se é toda a fé que tem em mim, não há qualquer esperança para nós. Você me intriga porque pensa. É uma líder. Age. Faz o que quer. Nunca desejei fazer amor com uma paraplégica. — A voz abrandou. — Mas desejo fazer amor com você. Passei muitas horas especulando como seria. E me deixa fisicamente desconfortável.

— Como se estivesse repugnado?

— Como com tesão, Poppy. Muito tesão.

Ela ficou calada por um longo momento. Griffin chegou a pensar que havia desligado.

— Ainda está ao telefone? — perguntou ele.

— Estou.

Mas a voz soava diferente. Ele podia jurar que tremia um pouco.

— Está chorando de novo?

Griffin tentou falar como se fosse uma piada, a fim de não se sentir magoado demais. Poppy fungou.

— Foi um dia difícil.

— A visita a Heather? — Quando ouviu o que parecia ser um gemido, ele acrescentou: — Você está bem?

— Acho que sim.

Mas não era o que parecia. Griffin ouviu um soluço baixo.

— Vou até aí.

— Não. — Mais fungadelas, e depois uma voz chorosa: — Estou bem. Acontece apenas que às vezes você diz coisas espantosas, e também tenho meu lado sensível.

— Posso chegar em sua casa em dez minutos.

Ela soltou uma risada anasalada.

— Não, não pode. Acabaria se matando... derraparia para fora da estrada e bateria numa árvore... como aconteceu com Marcy McCleary... Marcy Smith... a mulher de Micah... a ex-mulher.

— A falecida esposa. Já entendi. E agora me fale sobre Heather. Ela disse alguma coisa?

— Não sei.

— Como assim?

— Ela pode ter dito. Ou eu posso ter me enganado.

Griffin esperou. Quando o silêncio persistiu, ele acrescentou:

— Você não vai me deixar em suspense desse jeito, não é?

— Simplesmente não sei!

Ele sentiu que haviam voltado ao começo. Essa era a posição em que se encontravam quando ligara pela primeira vez.

— Ela é Lisa?

— Não sei.

— Mas ela deu uma pista?

Poppy não respondeu. E ele não queria pressionar. Era uma mulher independente, um fator que Griffin apreciava. Vivera muito tempo sem ele. Tinha de deixar que Poppy tirasse suas próprias conclusões.

— Posso ir pela manhã e preparar seu desjejum?

— Eu mesma posso fazer o que como.

— Sei disso. Mas gosto de cozinhar e as instalações em Little Bear são um tanto primitivas. Seja indulgente comigo, Poppy. Ou tenha pena de mim. Deixe-me usar um fogão de verdade. Vamos, seja camarada.

— Já não ouvi isso antes?

— Deixe-me fazer o desjejum.

Houve uma pausa, depois uma pergunta hesitante:

— O que você sabe fazer?

— Você gosta de quê?

— Perguntei primeiro.

— Está certo. Faço omeletes. Panquecas. E preparo torradas francesas deliciosas.

— Assadas?

— Podem ser. O que me diz?

— Parecem apetitosas. Adoro torradas francesas.

— Oito horas é muito cedo?

— Não.

— Temos um encontro marcado.

Ele se arrependeu no mesmo instante da escolha das palavras, meio esperando que Poppy protestasse. Como isso não aconteceu, ele se animou:

— Depois que acabarmos, poderia me contar o que a aflige em relação a Heather?

Houve uma pausa antes da resposta em voz baixa:

— Veremos.

Outra pausa, e ainda mais baixo:

— Griffin...

— O que é?

— Obrigada.

A palavra saiu num sussurro.

— Pelo quê?

— Por me telefonar. Por querer saber como foi o encontro com minha mãe. Por se importar com a possibilidade de eu ter ficado transtornada. As pessoas não costumam fazer isso.

— Isso acontece, menina — gracejou ele, porque seu coração batia como uma tempestade e precisava imprimir uma leveza à conversa para se acalmar —, porque você irradia mensagens dizendo que é independente e auto-suficiente... e é, de fato, muito boa nessas coisas. Mas de vez em quando é maravilhoso que alguém faça as coisas por nós, não é mesmo?

— É sim — respondeu Poppy, também jovial, aparentemente concordando que era preciso aliviar a profundidade das emoções. — Dirija com cuidado.

— Está certo. Durma bem.

— Você também.

Cassie trabalhava até tarde, embora tivesse pouco a mostrar pelo esforço. Ainda assim, estava tão absorvida que teve um sobressalto quando Mark pôs a mão em seu ombro. Ela ergueu a mão para pegar a do marido.

— Vamos deitar — murmurou Mark.

Ela sorriu.

— Daqui a pouco.

— Você disse isso há uma hora. — Ele fez uma pausa, retirou a mão e empertigou-se. — Não está melhorando.

Não, não estava. O acordo que haviam feito na terapia de casais era o de que iriam para a cama juntos, ao mesmo tempo, várias vezes por semana, quer fosse para conversar, fazer amor ou apenas dormir abraçados. Há dias que não faziam isso.

Cassie passou a mão pelos cabelos. Os cachos louros estavam totalmente desgrenhados, mais do que o habitual, com toda a certeza refletindo sua falta de controle.

— Sinto muito. Mas eu... eu preciso desse tempo para pensar.

Mark inclinou-se por cima de seu ombro para espiar os papéis espalhados sobre a mesa.

— É o trabalho do comitê?

— Em parte. Precisamos salvaguardar o lago de qualquer maneira. Bebemos aquela água.

— Pensei que havia acabado o levantamento de custo na sexta-feira.

— E acabei. Três policiais, um para cada turno de oito horas, mais uma radiopatrulha, mais equipamentos de testes... não é tão caro assim. Poderia ser coberto por um aumento nominal no imposto predial. Eu diria que é um pequeno preço a pagar pela paz de espírito.

— Quem está dizendo não?

— Os suspeitos de sempre. Alf Buzzell e a turma do vivi-aqui-durante-toda-minha-vida alegam que estamos apenas imaginando uma ameaça, que o lago continua tão seguro quanto sempre foi. Nathaniel Roy e a turma do viver-livre-ou-morrer insistem que não querem a presença da polícia. Willie Jake e sua turma dizem que sabem tudo o que é preciso para proteger a cidade, e que se queremos impedir que alguém despeje substâncias letais no lago devemos contratar *nove* homens, para que três possam sempre patrulhar ao mesmo tempo. Essa turma acha que um só homem de cada vez seria tão ineficaz que representaria um desperdício de dinheiro. E não querem que o imposto predial seja aumentado.

— Como acha que será a votação na Assembléia Municipal?

— Deve ser a nosso favor, mas por pouco. Portanto, de qualquer maneira, haverá muitas pessoas infelizes.

— Vocês precisam de uma campanha de relações públicas. É necessário educar as pessoas sobre os perigos.

— É o que estamos fazendo. — Cassie apontou para os papéis que um amigo em Concord providenciara. — Infelizmente, algumas pessoas sentem-se mais felizes quando enterram a cabeça na areia. Não querem conhecer os riscos. Gostam de continuar como é agora, neste momento.

Mark puxou o canto de um papel no fundo da pilha. Não era um documento, mas uma foto. Cassie estudou-a junto com ele. Mesmo depois de horas a examiná-la, ainda se sentia aturdida.

— Essa é Lisa Matlock ou Heather Malone? — murmurou Mark. — Uma pergunta difícil?

— Não é difícil. É Lisa.

— Você tem um problema e tanto.

— É verdade. E Heather não está ajudando. Portanto, há a possibilidade de que ela seja incapaz de ajudar. Conversei com dois psiquiatras, que dizem que ela deve estar sofrendo de transtorno de estresse pós-traumático. Mas se não sabemos qual é o trauma, não temos nada em que nos apoiar. Ou ela não compreende o risco do silêncio, ou é culpada disso e mais ainda, de tal forma que será condenada por qualquer coisa que disser.

Mark recuou para observar a esposa.

— Você é sua defensora. Não deve pensar assim.

— Talvez não — concordou Cassie, pesarosa. — Mas não sei mais o que pensar. Recebi um relatório preliminar da Califórnia. Descreve uma mulher que, com a maior facilidade, poderia ser Heather. Esta foto transmite a mesma mensagem, como as que apareceram nos jornais. Tenho testemunhas técnicas dispostas a declarar que a análise grafológica não constitui uma prova em que se pode confiar. Mas não tenho mais nada. Absolutamente nada. Heather é uma amiga querida, mas não consigo preparar sua defesa.

Cassie podia sentir a angústia aumentando. Mais uma vez.

— Ela não me dá nenhuma informação com a qual trabalhar. O que devo fazer?

— Obter informações sobre Lisa.

— Isso não vai ajudar Heather.

— Vai sim, se ela for Lisa. E se ela for Lisa, e também é a mulher que conhecemos, tem de haver um bom motivo para que atropelasse aquele homem. A mulher que conhecemos não é uma assassina. Não é propensa à histeria ou a acessos furiosos de raiva. Não é maníaco-depressiva e não é insana. Portanto, há alguma razão. Até agora você esteve obcecada pela necessidade de provar que ela é Heather...

— Não obcecada — protestou Cassie.

— Obcecada sim, Cass, mas não é nada demais, porque você é uma amiga leal. Mas talvez agora você precise considerar o caso por um ângulo diferente.

Cassie virou-se para fitá-lo.

— E como eu poderia fazer isso... — Era mais uma declaração de frustração do que uma pergunta. — De que recursos disponho? Nenhum. Micah está afundado até o pescoço em empréstimos para os novos equipamentos. Mesmo assim, ele se ofereceu para obter um novo empréstimo... pelo menos ofereceu no início, pois agora está tão zangado com Heather que não sei se a oferta continua de pé. Assim como posso obter informações sobre Lisa?

— Griffin.

— Griffin é um forasteiro e um jornalista.

— Ele obteve essa foto para você.

— Obteve para Poppy. Não, Mark. Preciso de uma pessoa independente trabalhando para Heather. Mas isso significa pagar os custos de transporte, alimentação e estadia, mais os honorários pela obtenção das informações. São despesas inevitáveis. Eu usaria nossas reservas, mas você diz que estão muito baixas. O que devo fazer?

— Use Griffin.

— Não posso confiar nele.

— É mesmo por isso? Ou é uma questão de orgulho?

Cassie ficou irritada.

— Isso não é justo.

— Você é uma pessoa orgulhosa. Admitiu na semana passada.

Na terapia. Era verdade. Agora, ela caiu na defensiva.

— Eu disse que me orgulhava do que fazia. Por isso, às vezes tinha dificuldade para largar uma questão. Mas isso é diferente de recusar ajuda por orgulho.

— Como?

— Sentir orgulho do meu trabalho é positivo. Você pode achar errado quando dedico muito tempo a um caso, mas é uma boa coisa para os meus clientes. O mesmo acontece com você e seus alunos. Recusar ajuda por orgulho é negativo. Sugere que não faço tudo por meus clientes. E sou uma advogada boa demais para fazer isso.

— Esqueça a advogada. Pense como pessoa. Pense como *mulher*. Você se orgulha de fazer as coisas pessoalmente.

— Gosto de fazer as coisas.

— Quando *você* faz, o que posso muito bem compreender. Deixou a cidade logo depois que concluiu o ensino médio, quando deveria ter ficado. Agora, precisa compensar pelo tempo de ausência.

Foram oito anos, incluindo o *college* e a faculdade de direito. Durante esse período, porém, seu pai morrera de câncer, a irmã de drogas e a mãe de solidão. Cassie jamais compreendera direito o que deveria ter feito, até que casara e também se tornara mãe... e ter filhos fora crucial para ela. Criar uma família, da maneira apropriada, era a esperança de uma segunda oportunidade. Trabalhar muito como advogada era outra. E apesar dessas duas coisas, ela passaria o resto da vida desejando ter estado presente para ajudar os pais e a irmã.

— Não precisa provar que você é capaz durante todo o tempo — continuou Mark. — Acredita sinceramente que alguém possa levantar o passado contra você depois de tudo o que fez pelas pessoas desta cidade nos nove anos desde a sua volta?

— Acredito. Os amigos de meus pais lembram o que eu fiz. Há sempre algum sarcasmo quando Alf apresenta o argumento de que viveu aqui durante toda a sua vida. O mesmo acontece com Nathaniel Roy. Na superfície, ele é bastante simpático. Mas a verdade é que ele se ressente do que fiz naqueles anos de ausência, e se ressente por eu ter voltado e assumido o controle. Se eu procurar Griffin Hughes, a velha guarda vai se sentir ainda mais ressentida.

— Você se importa?

— Não... sim. — Com um suspiro, ela admitiu o dilema. — Eu me importo. Quero o respeito dessas pessoas. Mas também tenho de pensar em Heather. O que faço em relação a Heather? Nunca me senti tão frustrada num caso.

— Procure Griffin — sugeriu Mark mais uma vez. — E, agora, vamos para a cama.

Poppy estava deitada na noite não muito escura, iluminada pelo reflexo da lua na neve. Não pensava em Griffin agora, embora o fizesse antes, logo depois que apagara a luz. Também não pensava em Heather, porque já refletira demais sobre a amiga.

Agora, pensava em Perry Walker. Fora um homem bonito — mais de 1,80m de altura, cabelos louro-avermelhados, que caíam até os ombros, olhos joviais, um sorriso largo —, a vida da festa, até o momento de sua morte. Ele contava uma piada, gritando acima do barulho do *snowmobile*. A piada era picante ou politicamente incorreta, porque Perry adorava ser irreverente. Só que Poppy não podia mais se lembrar das palavras. Haviam se perdido no horror do que acontecera em seguida.

Com um gemido pela lembrança, ela estendeu um braço sobre os olhos. Mas o retirou em seguida, quando sentiu um movimento a seu lado. Era a gata. Havia se enroscado junto de Poppy. Sentou agora, a cabeça virada para nada em particular.

— Por que está acordada? — perguntou Poppy, baixinho.

Victoria bocejou. Levantou uma pata, lambeu-a, passou-a pelos olhos.

Poppy se perguntou o que a gata sentia por trás daquelas pálpebras, se era a mesma ausência de sensação que havia em suas pernas. Perguntou-se também se Victoria se lembrava do tempo em que podia ver as coisas; e se lembrava, se isso a ajudava a viver sem a visão.

A memória não ajudava Poppy. Doía bastante. Começou a imaginar Perry como ele fora naquelas semanas antes de sua morte; e no instante seguinte, sem que percebesse a transição, passou a pensar como ele seria se continuasse a viver. Calculou que ele teria uma porção de filhos, não por causa de algum planejamento, ou por convicção religiosa, mas apenas por pura negligência. Era um homem sensual. Gostava de sexo da maneira como gostava de hóquei, caçada e cerveja. Não teria considerado a possibilidade de usar um preservativo, da mesma forma como jamais carregaria seu rifle com balas de festim.

Poppy tivera um atraso de seis semanas uma ocasião. Até hoje não tinha certeza se havia engravidado. Nunca confirmara — ficara com medo, incapaz sequer de começar a pensar nas conseqüências —, e depois se tornara uma questão irrelevante. A menstruação viera num fluxo de sangue e cólicas.

Na ocasião, ela simplesmente agradecera à sua estrela da sorte e continuara a tomar a pílula. Depois do acidente, durante aquelas semanas no hospital, quando nada tinha a fazer senão pensar, concluíra que o desígnio divino se encontrava por trás da perda. Não seria capaz de se tornar mãe de uma criança. Não tinha o direito de ser mãe de uma criança.

Era uma punição justa.

Como estar confinada a uma cadeira de rodas.

Como nunca mais esquiar.

Como nunca mais sequer *beijar* um homem.

E foi então que ela teve outra idéia. Perguntou-se como seria se a situação fosse invertida. O que Perry faria se fosse ela quem morresse. Se ele teria mudado seu comportamento.

Victoria foi até a beira da cama. Estendeu as patas dianteiras pela colcha e desceu para o chão. Poppy observou-a se encaminhar para a janela e sentar numa faixa de luar. Ali ela se limpou, parecendo confiante e contente. Em determinado momento, ergueu o focinho para a janela. Tinha uma fresta aberta, como era o hábito de Poppy. Pois gostava de ouvir o que acontecia lá fora. Fazia com que se sentisse menos deficiente.

Ao se aproximar da parede por baixo da janela, Victoria levantou as patas da frente. Com um pequeno salto gracioso, subiu para o peitoril estreito. Se encolheu, para caber ali, e acomodou-se, o focinho virado para a fresta pela qual entrava o ar frio.

Poppy especulou se a gata sempre tivera aquela agilidade ou se a adquirira com a cegueira. Victoria, sem dúvida, parecia aventureira. E independente. Com comida e uma caixa de necessidades, era também auto-suficiente. Era verdade que passara, sem a menor cerimônia, de Charlotte para Griffin e Poppy, mas fizera isso com a maior classe.

Mas Victoria, é claro, não era oprimida pelo sentimento de culpa.

Micah mal pegara no sono quando foi despertado por um pequeno grito. Saltou da cama no mesmo instante e atravessou o corredor. Encontrou Star sentada na cama, chorando baixinho.

Ele se agachou.

— Está se sentindo mal?

A menina balançou a cabeça em negativa.

— Um pesadelo?

Ela confirmou com um aceno de cabeça.

Micah olhou para a outra cama. Missy continuava num sono profundo.

— Quer leite? — perguntou a Star.

Quando ela inclinou a cabeça em aceitação, Micah pegou-a, ajeitou-a no quadril e deixou o quarto. Não acendeu a luz na cozinha. Teria sido desagradável, de tão sensível que ele estava. Graças ao luar, havia claridade suficiente. Dava para ver tudo.

Ele pôs Star sentada no balcão e serviu-lhe um copo de leite. Ela segurou o copo com as duas mãos e bebeu devagar, saboreando, engolindo, saboreando, engolindo. Enquanto a observava, Micah sentiu uma pressão no peito. Star era especial desde o nascimento, tão adulta como se saísse do útero sabendo o que teria pela frente, e estivesse preparada para enfrentar tudo. Mas ainda era uma criança. Com os olhos no leite, ela sussurrou:

— Apenas eu estava no sonho.

— Apenas você? Onde eu estava?

Solene, a menina respondeu:

— Não sei.

— Para onde eu iria?

Star deu de ombros.

Micah pegou o copo, colocou-o no balcão e abraçou-a. A sensação dos braços da filha em torno de seu pescoço fez com que as lágrimas aflorassem aos olhos.

— Eu moro aqui — murmurou ele, incisivo. — Com você. Não vou para lugar algum.

E continuou a abraçá-la ali por um minuto. Então a levou para a cama e sentou ao seu lado. Mesmo depois que Star virou de lado e cruzou as mãos sobre o queixo, ele continuou a sentir os braços em torno de seu pescoço. Nunca recebera muitas carícias quando era pequeno. Sempre achara que era por isso que uma mulher era tão importante para ele. Marcy era carinhosa. O que era parte de sua atração. E, depois, Heather entrara em sua vida. Seus carinhos eram diferentes dos que Marcy dispensava, muito mais honestos e sinceros.

Mas seriam também uma grande mentira, da mesma forma como o lugar de onde viera e quem fora antes?

A possibilidade deixava-o enfurecido.

E, agora, ele tinha Star ali. E Missy na outra cama. Heather as ensinara a estender a mão, tocar, segurar, acariciar. Star tentara fazer isso no sono e se descobrira abraçando o vazio.

Ao contemplá-la agora, ainda sentindo a confiança nos braços da filha, com a tremenda responsabilidade que isso acarretava — tudo dependia dele agora, somente dele —, Micah experimentou um profundo ressentimento contra Heather. E quando Star virou-se para o outro lado, num sono profundo, a fúria era intensa.

Doze

Como queria fazer seus exercícios e tomar um banho antes da chegada de Griffin, Poppy levantou cedo na manhã de segunda-feira. Efetuou a rotina habitual, primeiro com os pesos, para ter força, depois na bicicleta, para a flexibilidade. Victoria sentara no início das barras paralelas, virando-se na direção do lugar para onde ela ia. De vez em quando, com um ar de impaciência, ela levantava, erguia uma pata, baixava, erguia o rabo. A cada vez que isso acontecia, Poppy dizia:

— O colo ainda não está livre, Victoria. Daqui a pouco, menina, daqui a pouco...

Quando concluiu os exercícios, ela usou a mesa para se apoiar, voltou para a cadeira de rodas, foi até as barras paralelas e afagou a cabeça da gata. As palavras eram desnecessárias. A gata parecia saber. Com uma precisão fantástica, ela saltou para o colo de Poppy. O pequeno corpo alaranjado virou-se, testou um ponto, tornou a se virar, testou outro. Poppy não podia sentir o peso em suas pernas. Mas depois que Poppy se acomodou, pôde sentir o calor em sua barriga.

Com a mão na gata, absorvendo o conforto que o contato lhe proporcionava, Poppy estudou as barras paralelas. A não ser pelo fato de serem na altura da cintura, não por cima da cabeça, não eram muito diferentes dos brinquedos do playground da escola quando era pequena. Como uma menina impetuosa — *competidora,* ela preferia pensar —, atravessava a distância com a maior facilidade, usando o impulso do corpo balançando para deslocar as mãos de um ponto para outro. Seus braços eram mais fortes agora do que naquele tempo. Também era mais pesada, mas não muito. Em torno dos cinqüenta quilos. O que não era muito peso para sustentar com os braços.

Podia se deslocar por aquelas barras, fazendo a mesma coisa que os ginastas, transferindo o peso do corpo de uma para outra. Mas percorrer a extensão das barras não era o objetivo. O importante era usá-las para ter estabilidade enquanto movimentava um quadril para a frente, depois o outro. Podia condicionar seus quadris a fazerem isso. Com alguma prática, daria certo.

Com a mão ainda na gata, ela correu os olhos pela sala. Ali, pendurados em ganchos que os tornavam facilmente acessíveis, havia um par de suportes para as pernas. Não eram bonitos. E era difícil colocá-los. E faziam barulho... o que ela mais detestava. O menor estalido mecânico fazia com que pensasse num robô, o que era motivo suficiente, em sua opinião, para não usar os aparelhos.

Além disso, mesmo na melhor das hipóteses, precisaria de muletas; e mesmo com as muletas, só conseguiria andar cambaleando. Não imaginava por que deveria fazer isso quando podia se deslocar na cadeira de rodas sem maiores dificuldades.

Mas ela se lembrou de Star Smith subindo para o bosque, enquanto ficava parada na porta, sentindo-se frustrada e impotente, o pânico crescente ao compreender que não poderia ir atrás da menina. Mas isso fora um incidente isolado.

Seria diferente se ela tivesse seus próprios filhos. Talvez então valesse a pena o esforço de tentar andar.

Mas ela não tinha filhos. Provavelmente não deveria ter filhos. Não era a mais responsável das pessoas. Não a longo prazo.

— "Não é erro"? — repetiu Griffin. — Tem certeza de que foi isso que ela disse?

— Observe meus lábios.

Poppy formulou as três palavras sem som. Já limpara os lábios da calda de bordo que despejara sobre as torradas francesas preparadas no forno, que, tinha de admitir, eram as melhores que já saboreara.

Tornou a repetir o movimento com os lábios.

— Foi bastante claro — concordou Griffin. — Quer dizer que ela é Lisa?

Quando Poppy inclinou-se para a frente, pondo o rosto nos joelhos e as mãos nos tornozelos, ele sentiu uma súbita angústia.

— Não vai chorar de novo, não é? — indagou ele, apreensivo.

Seu coração se desmanchava quando ela chorava, porque Poppy era uma mulher forte. Além do mais, precisavam montar uma estratégia.

— Não, não vou — murmurou ela. — Apenas... me sinto cansada.

Griffin acariciou a cabeça de Poppy. Os cabelos escuros eram curtos, mas macios, abundantes e limpos, ainda úmidos do banho de chuveiro que ela acabara de tomar no momento de sua chegada. Ele passou os dedos por aqueles cabelos, massageando a cabeça de leve.

— O problema é como a Heather que eu conheço poderia ter matado Rob DiCenza... ou qualquer outra pessoa — disse ela com a mesma voz cansada.

Ele deixou a mão em seus cabelos, enquanto comentava:

— Esse é o rumo que devemos seguir. Presumimos que Lisa não é a vilã que os DiCenza apregoam, e tentamos descobrir o motivo de como ela pode tê-lo atropelado. Mas há um problema. Meu amigo Ralph está esbarrando num muro. Ninguém na Califórnia se mostra disposto a falar, e a única pessoa com quem contamos neste lado é Heather.

— Ela não disse nada a Micah.

— Mas formulou as palavras para você. Portanto, temos uma admissão.

— Ela pode negar. E pode me odiar por ter contado a você.

— Ela também pode morrer na cadeira elétrica.

Griffin arrependeu-se no mesmo instante em que falou. Poppy empertigou-se. Ele segurou sua cabeça entre as mãos, inclinou-se para mais perto e disse:

— Acho que precisamos de outra opinião. Pode arrumar alguém para dar cobertura nos telefones enquanto saímos para um passeio?

Depois de deixar as meninas na escola, Micah parou para encher o tanque no posto à entrada da cidade. Mal passara o cartão de crédito e começara a pôr a gasolina quando uma picape parou no outro lado das bombas. Havia três homens na cabine, todos moradores de Lake Henry. Fora colega de dois no ensino médio; o terceiro mudara-se para a cidade mais tarde. Trabalhavam para um construtor local; pela aparência, estavam a caminho de uma obra.

— Oi, Micah — disse Skip Houser, o motorista, ao saltar da picape. — Como vão as coisas?

Micah acenou com a cabeça e se concentrou no que fazia. Não sentia a menor disposição para conversar.

— O sol está cada vez mais alto — comentou Skip, tirando a tampa do tanque da picape e inserindo a mangueira. — A temperatura está subindo. Já vai começar a produção?

Micah monitorava atentamente o Canal Meteorológico e seus barômetros. Acima de zero hoje, talvez subindo mais amanhã. Se chegasse a cinco ou seis graus, a seiva poderia escorrer, o que significava, acima de tudo, que seria atrapalhado pela mudança de estação mais cedo. Planejava começar a instalar a tubulação naquela manhã e trabalhar como se o demônio estivesse em seu encalço.

Só que nada disso era da conta de Skip Houser. Por isso, ele se limitou a grunhir, indiferente:

— Não.

— Estamos trabalhando numa casa grande no outro lado de West Eames — continuou Skip. — Não sei se poderei ajudá-lo este ano. O que me deixa aflito, já que não pode contar com Heather. Ela trabalhava muito bem. Eu gostava dela.

Micah não se importou com o uso do verbo no passado.

— Ela está se dando bem na cadeia? — Skip sacudiu a cabeça na direção da cabine da picape. — Dunfy passou ali duas semanas em cana por se divertir com a garota de Harry Schwicks, antes que ela confessasse que era mentira. Ele diz que o lugar não é dos piores.

Dunfy era o que não nascera em Lake Henry, mas Micah o conhecia bem. Era um canalha, um cara que não prestava. Provavelmente fizera tudo o que a garota dissera e mais alguma coisa. Não valia o cuspe de Heather.

Irritado por Skip incluir Heather e Dunfy na mesma categoria, Micah tirou a mangueira da abertura do tanque, que ainda não estava cheio, mas ele não se importava. Atarraxava a tampa quando Skip acrescentou:

— Você sabia que ela era Lisa?

Era um comentário exorbitante, e caiu da maneira errada. Micah ergueu a cabeça, lentamente.

— Você disse alguma coisa?

Skip, que nunca primara pela inteligência, pensou que era um convite.

— Perguntei se você sabia quem ela realmente era. Afinal, você viveu com Heather durante todo este tempo.

Micah abriu sua porta.

— Quem diz que ela é Lisa?

— Não sou apenas eu. Quase todo mundo na cidade está dizendo. Ouvi de novo no Charlie's. E não se fala de outra coisa lá em Ridge. Ficamos esperando que digam mais alguma coisa, só que isso não acontece. É como se Heather tivesse aparecido aqui um dia sem qualquer passado... e depois pensamos nela envolvida com o filho de um senador, talvez indo para Washington se o cara...

— Você não sabe de nada, Skip — interrompeu-o Micah. — Mantenha essa boca suja fechada.

Ele pôs um pé na cabine.

— Não sou o único.

— Pois então diga aos outros para também manterem a boca suja fechada.

Skip respirou fundo, nervoso.

— Você não me paga o suficiente para fazer isso. Esquece que já trabalhei para você?

— Não, não esqueci. E também não esqueci que você já estava reclamando e se lamentando às três horas da tarde, querendo voltar para casa para tomar uma cerveja, pois não preciso de você, Skip. Não preciso de você nem de seus amigos.

Ele sentou ao volante, ligou a picape e partiu. Não olhou para trás. Não precisava. Sabia que o dedo do meio fora levantado em sua direção. Dos três homens.

Mas falava sério. Não precisava daquela gente. Se viessem ajudá-lo naquele ano, deixariam a calda com o mesmo gosto ruim que costumava ter quando a seiva era extraída no final da temporada.

Poppy e Griffin partiram em carros separados. Poppy insistiu que era mais fácil assim, já que a Blazer estava plenamente equipada para ela e a cadeira de rodas. Agora que tinha uma substituta nos telefones, ela avisou a Griffin que talvez não voltasse direto. Poderia fazer uma visita a Lily ou dar um pulo à livraria para conversar com Marianne. O que ela não explicou — porque tinha medo de que Griffin pudesse se convidar — é que tencionava almoçar no Charlie's. O sol era forte e começava a derreter a neve recém-caída. A varanda envidraçada do café era um ótimo refúgio num dia como aquele.

— Uma desculpa esfarrapada — comentou ele, rindo. — Apenas não quer ser vista em minha companhia

Poppy hesitou por um momento, mas acabou dizendo:

— Isso também.

Ele deveria saber. Aparecer no café com Griffin daria às pessoas outro assunto para falar além de Heather... à custa de Poppy. Já corria risco suficiente ao entrar na cidade com a picape de Griffin atrás dela. John McGillicudy parou de tirar a neve de seu telhado para acenar. Maddy Harris, passeando com seu cachorro, também acenou. Luther Wolfe e Mercedes Levesque acenaram da varanda da agência dos correios.

Poppy acenou em resposta para todos... e com algum entusiasmo. Sentia-se revigorada, muito melhor agora que fazia alguma coisa para ajudar Heather. Ficara dando voltas, sem saber o que fazer com a confissão de Heather, até que a partilhara com Griffin.

O que não significava que a cidade tinha de saber que trabalhavam juntos. Mesmo sem a especulação romântica, ela não sabia como isso seria recebido.

Por sorte, o escritório de Cassie ficava depois de uma esquina, fora de vista do centro da cidade. Era uma casa pequena, pintada de azul-claro, com as madeiras em branco, uma graciosa cerca de piquetes em que a neve se acumulava e uma enorme placa de carvalho pendurada na varanda. *Cassie Byrnes, Advogada*, dizia, em letras de um azul bem escuro.

Cassie orgulhava-se de ser uma pessoa de iniciativa. Em termos ideais, teria procurado Griffin em vez de esperar por sua visita. Mas ainda não o fizera. Não se sentia preparada. Ainda refletia sobre o que Mark dissera. Além do mais, esperava uma nova cliente naquela manhã, uma mulher de Ridge que finalmente concordara em pedir proteção judicial contra um namorado que a espancava. Não dispunha de *tempo* para procurar Griffin.

Mas Poppy telefonara e solicitara uma reunião. Cassie confiava em Poppy. E lá estava Griffin, parando logo atrás da Blazer de Poppy.

Enquanto o observava correr para abrir a porta de Poppy, galante, e ajudá-la com o elevador — uma ajuda de que Poppy não precisava, mas nem por isso menos encantadora —, Cassie tentou determinar o que a perturbava no homem. Mark acertara no ponto principal: Griffin era um forasteiro. Por causa disso, Cassie não podia confiar que ele fosse capaz de zelar pelo melhor interesse de Heather. Mas havia mais. Ele era um escritor, o que a deixava apreensiva. Mas o que a deixava mais apreensiva era o fato de que ele queria Poppy. Cassie era quase tão protetora em relação a Poppy quanto o era com Lake Henry e com Heather.

Mas não estava conseguindo nada com Heather, o que era uma fonte de frustração, até mesmo de embaraço. Mark também estava correto nesse ponto. Sentia o orgulho ferido. Perturbava-se por não ser capaz de ajudar a amiga.

Também a incomodava que seu escritório estivesse numa terrível desordem. Cassie conhecia o tipo de Griffin; cursara a faculdade com gente assim. A imagem que tinham de escritórios de advocacia era da variedade masculina, rica, com obras de arte, móveis de mogno, mármore e tapetes orientais. Essas firmas contratavam assistentes que eram pagos para datilografar etiquetas e organizar pastas de arquivo. Mas Cassie não tinha condições de contratar um assistente para isso. Seu escritório era uma coleção eclética de arquivos, estantes e espaço de trabalho, tudo acrescentado ao longo dos anos à medida que a necessidade surgia. Suas paredes eram cobertas por obras de arte de seus três filhos, com menos de sete anos, reproduções de personagens de desenhos animados, pompons e outros ornamentos, presentes das crianças. Se tudo isso sugeria uma falta de profissionalismo, ela nunca pensara duas vezes a respeito, até agora.

Adorava seu escritório e se ressentia porque a presença de Griffin deixava-a contrafeita. É claro que ele devia ter percebido isso, porque sorriu para o caos de livros, papéis e pastas, e comentou, divertido, enquanto sentava na cadeira indicada por Cassie:

— Sensacional...

Um momento depois, Cassie esqueceu o escritório por completo, quando Poppy informou-a sobre as palavras silenciosas que Heather formulara no dia anterior.

Não estava preparada para aquela notícia, assim como também não estava para Griffin, mas explicava muitas coisas. Com uma profunda tristeza, ela baixou a cabeça. Quando tornou a levantá-la, deixou escapar um suspiro desanimado.

— Creio que faz sentido. Se é verdade, precisamos desenvolver uma defesa.

— É isso que temos de discutir — declarou Poppy.

— Em termos legais, o que acontece se você admitir no tribunal que Heather é Lisa? — perguntou Griffin.

— Imediatamente? — Cassie já pegara um bloco e escrevia anotações, com rapidez suficiente para sacudir o monstro de olhos esbugalhados na extremidade da caneta. — Se suspendermos nossa resistência às acusações e renunciarmos às audiências de extradição... ela será embarcada para a Califórnia.

— Vamos supor que isso aconteça — disse ele. — Qual é a possibilidade de fiança?

— Para um caso capital? Nenhuma. Zero. Qualquer tentativa seria pura perda de tempo.

— Caso capital? — Poppy parecia horrorizada. — Como em pena capital?

— Isso mesmo. Não que os promotores vão necessariamente pedi-la. Não há premeditação. Ainda assim é um caso de homicídio. Não haveria fiança, a menos que tivéssemos um argumento tão forte que faria todo mundo pensar duas vezes.

— E o que poderia ser? — indagou Poppy.

Como focalizara até aquele momento o ângulo da identidade trocada, só agora Cassie começava a abrir a mente para outras possibilidades.

— Heather deve ter razões para temer por sua vida. Se fosse ameaçada, espancada ou estuprada. Por Rob. Ou por seu pai.

— Pelo pai? — murmurou Poppy. — Nunca pensei nisso.

— O problema é que precisamos de uma testemunha.

— O que é um grande problema — interveio Griffin. — Pelo que eu soube, todas as pessoas que tinham contato com Lisa foram procuradas pelos DiCenza. Ninguém quer falar. Portanto, se há uma testemunha de qualquer coisa, não vai se apresentar. Há também a guerra de relações públicas. Lisa já a perdeu se não mudarmos alguma coisa depressa.

Cassie recostou-se. Largou a caneta no bloco. Cruzou os braços.

— O que você sugere? — indagou ela.

— Um encontro reservado entre mim e Heather.

— Um encontro reservado? Poppy e eu somos amigas de Heather. Micah vive com ela. Por que ela contaria qualquer coisa a você e não a um de nós?

— Por que uma esposa diz ao terapeuta coisas que não pode contar ao marido? Porque há uma neutralidade nesse tipo de relacionamento, uma certa objetividade. Não há medo de censura. Heather ama todos vocês. Importa-se com o que pensam a seu respeito. Pode ter medo do que vocês dirão. Mas eu não represento nada para ela.

Cassie tinha de admitir que havia um elemento de verdade no que ele dizia. Mas Griffin não estava dizendo tudo.

— Você é um jornalista.

— Ele não vai escrever sobre este caso — declarou Poppy.

— Então o que ele ganha com essa ajuda?

Poppy sorriu.

— A mim. Quer me impressionar. — O sorriso foi substituído por uma expressão suplicante. — Ele tem recursos de que nós não dispomos, Cassie.

— E vai usá-los com Heather? Por quê?

Tinha de haver uma condição.

— Porque ele tem a consciência culpada — interveio Griffin.

Ele explicou sua participação na prisão de Heather. Cassie sentiu-se momentaneamente justificada em sua desconfiança de Griffin.

— Isso é demais. Incrível.

— Já aconteceu, Cassie — argumentou Poppy. — São águas passadas. Ele quer ajudar. E tem contatos.

— Como seu irmão?

Cassie ainda tinha dificuldade para absorver o que acabara de saber. Se Griffin tivesse mantido a boca fechada ao ver uma foto no escritório do irmão, nada daquilo teria acontecido.

— Como um investigador particular que me deve favores — explicou Griffin. — Rob DiCenza espancava mulheres. Lisa procurou tratamento médico pelo menos duas vezes.

Cassie elevou uma sobrancelha.

— E você pode ligar essas duas coisas? Pode vincular as surras à procura de tratamento? — Ela o pegara nesse ponto, podia ver em seus olhos. — Tem alguém que possa testemunhar sobre a relação? Porque é isso o que precisamos. Depoimentos indiretos não servem, rumores não funcionam, e provas circunstanciais têm um resultado incerto. O que estou querendo dizer...

Ela fez uma pausa, ampliando o olhar para incluir Poppy, antes de acrescentar:

— ... é que se não puderem obter depoimentos diretos, Heather estaria melhor com a alegação de que não é Lisa.

— O que nos leva ao ponto de partida — disse Poppy. — Griffin quer conversar com ela. Você vai marcar um encontro?

Cassie não sabia se Griffin seria capaz de arrancar de Lisa mais do que os outros. Os psiquiatras com os quais ela conversara até agora haviam informado que se Lisa sofria do transtorno de estresse pós-traumático, a verdade poderia estar enterrada fundo demais para ser descoberta sem uma terapia significativa. Griffin parecia ser bastante simpático — Cassie não podia deixar de reconhecer —, mas não era um psiquiatra.

Assim, onde isso os deixava? Micah não tinha dinheiro. Cassie podia doar seu tempo, mas não tinha condições de contratar um psiquiatra para descobrir as verdades que Heather ocultava. Também não tinha condições de contratar um investigador particular para descobrir as verdades por outros caminhos. Se Griffin tinha um amigo que era investigador particular e estava com a consciência culpada, o que significava que ajudaria Heather de graça, Cassie não podia se opor. Se o fizesse, provaria que Mark tinha razão.

Além do mais, enquanto Griffin conversasse com Heather, ela teria muito o que fazer. Griffin tinha razão sobre o fato de a guerra de relações públicas estar quase perdida, e ele era bastante perceptivo para saber que isso era importante. Antes de definir sua estratégia de defesa, Cassie precisava saber mais sobre os principais elementos no caso, o que não significava apenas Rob e Lisa. Incluía outros que podiam ter um impacto no caso; nesta instância, o governador, o procurador-geral, o assistente do procurador-geral na Califórnia, Charles DiCenza e sua esposa, e o juiz que fora designado para o processo. Se Cassie conhecesse as personalidades que enfrentaria, poderia elaborar uma estratégia mais eficiente.

Precisava dar alguns telefonemas. Griffin não era o único que dispunha de contatos. Cassie tinha amigos da faculdade de direito na Califórnia, pessoas que partilhariam com ela o que soubessem. Tinha John Kipling, com uma rede de jornalistas amigos que lhe contariam de bom grado o que sabiam. E tinha Mark, que acertara mais uma vez. Precisava telefonar para ele e informá-lo. Não havia orgulho nisso também.

— Quando você quer se encontrar com ela? — perguntou Cassie a Griffin enquanto estendia a mão para o telefone.

Micah guiava com a janela aberta, na esperança de que o ar frio dissipasse sua raiva. Mas ainda estava furioso quando saiu da estrada do lago, entrou em seu caminho e avistou o sedã escuro parado perto da casa. Dois agentes esperavam na varanda da frente. Eram os mesmos que haviam revistado a casa na quinta-feira anterior. Um deles segurava o computador de Heather.

A simples visão dos dois trouxe de volta o sentimento de violação que experimentara na ocasião. Ele parou com uma freada mais brusca do que o normal. Saltou da picape e ficou com a mão na porta aberta.

— Foi rápido — disse ele.

— Achamos que você precisaria.

— Errado. Verificaram tudo o que continha e nada encontraram, como eu disse. Os únicos arquivos nesse computador relacionam-se com o meu trabalho.

— E o de Lisa.

— Não há nenhuma Lisa aqui. É o trabalho de Heather.

— Está jogando com as palavras. Onde quer que a gente coloque o computador?

Micah não se mexeu.

— Quero que deixem no lugar de onde o tiraram.

— Revistamos a casa inteira. Desculpe se não lembramos o lugar exato em que estava o computador.

— Onde as pessoas costumam trabalhar?

Os agentes trocaram olhares irritados.

Larguem na varanda, pensou Micah. *Larguem essa merda aí, e vou processá-los por destruição dolosa de propriedade alheia.*

Ele ficou desapontado quando os agentes desceram os degraus e se encaminharam para os fundos.

— A porta está trancada? — perguntou um deles.

— Estava na última vez? — indagou Micah. — Viu alguma tranca ou cadeado na porta?

Quando os agentes desapareceram por trás da casa, ele bateu a porta da picape e foi atrás, até o ponto em que podia avistar a casa do açúcar. Parou ali. Enquanto esperava, duas coisas afloraram em sua mente. A primeira relacionava-se com uma parte da conversa que acabara de ter.

Não há nenhuma Lisa aqui. É o trabalho de Heather. Micah disse. E o agente respondera: *Está jogando com as palavras.*

Eu sou Heather Malone, insistira Heather, durante aquele primeiro encontro no tribunal. Ocorreu-lhe que ela podia também estar jogando com as palavras. Podia dizer que era Heather Malone agora, uma verdade absoluta. Mas também podia ter sido outra pessoa quinze anos antes... o que levava à segunda coisa que lhe ocorreu. Experimentou um desejo súbito e intenso de ver o que havia na mochila.

Ele ficou parado, com as mãos nos quadris, até que os agentes voltaram. Passaram direto, sem dizer nada, e entraram no carro. Micah observou-os se afastarem. Teria ido direto para a pilha de lenha, no instante em que o carro sumiu de sua vista, se outro carro não se aproximasse. Era um Chevy pequeno, já com uma dúzia de anos, mas muito bem cuidado. Tudo em Camille Savidge era bem cuidado.

Ela parou ao lado da picape e abriu a janela. Lançou um olhar rápido para trás e perguntou:

— Está tudo bem?

Micah soltou um grunhido.

— Eles devolveram o computador. Não falaram muita coisa. Meu palpite? Os arquivos foram apagados. Deixaram tudo limpo.

Camille levantou um punhado de disquetes.

— Posso dar um jeito nisso. E fazer qualquer outra coisa que você precisar.

Se outra pessoa dissesse isso, ele teria virado as costas e se afastado. Mas um homem não fazia isso com Camille. Ela era uma pessoa muito decente.

— Estou bem — murmurou Micah, torcendo para que ela fosse logo embora.

— Pode restaurar os arquivos sozinho?

— Não. Trabalharei como fazia antes.

— Mas se não sabe o que há nos disquetes...

— Darei um jeito.

— Como?

Como qualquer outro, ele diria, talvez acrescentando um palavrão. Mas ninguém podia ser grosseiro com Camille. Com toda a cortesia possível, considerando sua impaciência, ele conseguiu dizer:

— Darei um jeito, Camille. Podemos conversar sobre isso em outra ocasião? Tenho trabalho a fazer.

— Heather deixou uma cópia em papel do que há nos disquetes?

— Não sei. Vou descobrir.

— Deixe-me cuidar disso, Micah. Não tenho nada para fazer até mais tarde. Quero ajudar.

— Pode tirar Heather da cadeia? — Subitamente, ele não pôde mais se conter. — Pode provar que ela não é Lisa? Pode fazer Heather falar? Pode explicar para Missy e Star por que alguém que diz que as ama é capaz de esconder segredos tão terríveis que não pode falar a respeito nem para salvar a própria vida? Pode explicar *para mim*? Não posso lidar com essa Heather, Camille. Quero a Heather que tinha antes. Nossa vida era boa. Quero-a de volta.

A expressão angustiada de Camille fez com que ele se arrependesse da explosão. Não que tivesse qualquer controle. Mantivera muita coisa reprimida e sentia que isso acontecia havia anos em vez de dias.

Incapaz de analisar a questão ou de pensar a respeito de Heather por mais um segundo sequer, Micah ergueu as mãos em rendição e afastou-se. Tinha de instalar as tubulações. Era bom nisso. Mais do que qualquer outra coisa, precisava da rotina naquele momento.

Os planos de Poppy foram frustrados. Lily estava dando aula. Marianne fora ao dentista. E ainda era muito cedo para almoçar. Poderia ter sentado junto da estufa de lenha, no armazém geral, e conversado com quem aparecesse. Só que não tinha a menor disposição para isso. Também não tinha vontade de ver Maida... ou qualquer outra pessoa, ela compreendeu. Queria ficar sozinha.

Por isso, circulou de carro por algum tempo. Deu a volta no lago, o rádio desligado, ouvindo apenas o barulho dos pneus onde a neve derretida molhava a estrada. Quando voltou ao centro da cidade, decidiu parar na igreja. A torre era iluminada pelo sol, gloriosamente branca contra o céu azul. Contemplou-a por algum tempo, antes de partir de novo e pegar a estrada estreita que levava ao cemitério. Foi avançando devagar, recordando-se de várias pessoas enterradas ali. Sentiu um aperto na garganta ao alcançar a sepultura do pai.

Seguiu adiante. Parou por um momento, sem saber o que sentia, por que se encontrava ali, o que queria. Sem intenção consciente, continuou em frente. A respiração tornou-se superficial quando alcançou a crista de uma pequena elevação.

Já estivera no cemitério nos anos transcorridos desde o acidente, lamentando não apenas o pai, mas outros da cidade que haviam morrido. Não estivera ali por Gus Kipling, o pai de John, apenas uns poucos meses antes? Não tivera qualquer problema. Evitara aquele ponto com a maior facilidade. Agora, no entanto, nem por sua própria vida poderia seguir adiante.

Parou ali, deixando a Blazer em ponto morto. Tentou se controlar, respirando fundo, devagar; tentou se distrair, pensando em Victoria; tentou olhar para qualquer outro lugar. De forma inexorável, porém, seus olhos foram atraídos para lá. Deslocaram-se por uma dúzia de lápides de granito, de diferentes tamanhos e formatos, para uma lápide simples, mas bonita, que ficava no fundo, com a impressão de estar apartada e isolada.

Mesmo com o sol, a paisagem de inverno parecia desolada ali. Os cornisos ladeando a lápide eram pequenos e desfolhados. O que podia ter sido um banco era agora um retângulo de neve.

Mas não era por isso que aquela lápide em particular parecia tão sozinha. Perry Walker morrera jovem. Embora houvesse espaço ali para outras pessoas de sua família, todos continuavam vivos. Sua lápide era a única no terreno da família.

Os pais de Perry moravam em Elkland agora, quarenta minutos para o norte. Poppy nunca soubera se haviam deixado Lake Henry por causa do acidente. Também não sabia se qualquer dos irmãos de Perry continuava a residir no estado de New Hampshire. Não perguntara. Não podia perguntar. Não queria saber. Talvez tivesse ouvido alguma informação a respeito ao longo dos anos, mas a apagara. A mente fazia dessas coisas quando um assunto trazia a ameaça de dor.

Mesmo agora, ainda sentia uma ânsia profunda, uma necessidade de escapar. Mas seus olhos continuaram fixados na lápide, nas letras que eram visíveis do lugar em que se encontrava, como se fossem projetadas apenas para Poppy, como se alguém quisesse que ela as visse da estrada, para ler, lembrar e se arrepender. É verdade, ela queria fugir. Mais do que isso, no entanto; queria conversar com Perry.

Mas o pensamento de dizer certas coisas em voz alta, mesmo para um morto, deixou-a apavorada.

Por isso, engoliu em seco, engrenou a Blazer e partiu. Quando Perry chamou-a, ela acelerou. Num instante deixou a lápide para longe. Saiu do cemitério sem olhar para trás, mas isso não significava que o assunto estava concluído. Ela e Perry ainda tinham uma questão inacabada para resolver. E precisava encontrar a melhor maneira de enfrentá-la.

Griffin não teve qualquer dificuldade para entrar na cadeia. Cassie dera os telefonemas necessários. Assim, ele não apenas era esperado, mas também contou com a privacidade de uma sala para reuniões entre advogado e cliente. Duvidava que isso pudesse acontecer em Nova Jersey, Nova York ou na Califórnia. Era uma das vantagens de um estado pequeno e civilizado como New Hampshire.

Quando a porta foi aberta e Heather entrou na sala, ele teve a sensação de que a conhecia muito bem. Cabelos escuros, mas com fios prateados, olhos de um cinza fascinante, pele clara, a cicatriz na boca forçando um sorriso... tudo era familiar depois de horas estudando as fotos.

Heather, por outro lado, ficou espantada. Assim que a porta foi fechada, ele estendeu a mão.

— Sou Griffin Hughes, amigo de Poppy. Poppy e Cassie concordaram que eu deveria vir. Não quer se sentar?

Ela ignorou o convite, permanecendo junto da porta. Dava a impressão de que se preparava para fugir a qualquer momento se alguma coisa saísse errada.

— Por que elas não estão aqui? — indagou Heather, a voz trêmula.

Ela não parecia nem um pouco à vontade. Em vez disso, parecia assustada. Griffin respondeu, gentilmente:

— Elas acharam que você poderia me odiar. Mas não quero que isso aconteça. Sou um amigo. Não estou aqui para lhe causar qualquer mal.

Como ela continuasse assustada, Griffin decidiu sentar. Calculou que a vantagem da altura poderia fazer com que Heather se sentisse mais segura. Já decidira não confrontá-la com a confissão que ela fizera para Poppy. Era suficiente que a tivesse feito. Indicava que se sentia disposta a falar. Ou que faltava pouco para isso. Talvez.

— O problema é o seguinte. Você não quer falar, o que significa que não temos qualquer pista sobre o lugar onde vivia antes de ir para Lake Henry. Pode dizer que é Heather Malone tanto quanto quiser, mas a declaração de nada valerá se não obtivermos uma prova. Lisa Matlock deixou a Califórnia há quinze anos. Precisamos de uma prova de que você era Heather Malone antes dessa época. Qualquer documento servirá. Ou uma testemunha... amiga, parente, colega de trabalho. Os advogados usam a palavra "corroboração". É disso que precisamos.

— Você não é advogado — murmurou ela com a mesma voz trêmula.

— Não, não sou advogado. Sou um escritor. Mas não estou aqui para escrever. Estou aqui como amigo. Minha especialidade como escritor é o jornalismo investigativo. Meus livros vendem porque descubro fatos que os outros não conseguem encontrar. Posso fazer isso porque tenho uma rede de contatos. Alguns são meus, outros são de meu pai. E me prestarão favores. Não vai lhe custar um centavo.

Heather ainda não parecia muito à vontade.

— Portanto, o que precisamos — continuou Griffin com a mesma voz gentil — é de uma prova corroborativa. Em termos ideais, procuramos uma prova sobre Heather Malone. Mas você não quer falar. Não quer nos dar uma pista. Meus contatos são muito bons, mas não podem fazer nada se não tiverem por onde começar. Sabemos que Heather Malone chegou a Lake Henry há catorze anos. Antes disso, trabalhava num restaurante em Atlanta. Mas foi apenas por um curto período, e a trilha termina aí. Portanto, temos de fazer outra coisa. Vamos procurar no outro lado... o lado de Lisa. Vamos tentar descobrir por que Lisa Matlock atropelou Rob DiCenza.

Heather enfiou as mãos nos bolsos do macacão de cor laranja.

— Por que Cassie não está aqui? Ela me odeia?

Griffin sorriu para atenuar o impacto de suas palavras, mas isso era o máximo de apaziguamento que estava disposto a fazer.

— Não, Cassie não a odeia. Mas sente-se frustrada porque você não quer ajudar.

— Micah me odeia.

— Duvido muito. Se odiasse, ele não ficaria tão transtornado como está.

— Ele não veio me ver.

— Está afundado até o pescoço em trabalho. E precisa cuidar das meninas.

Heather encostou na porta.

— Se você vai atrás de Lisa, o que quer de mim?

— Qualquer coisa que puder nos dar sobre Heather. Absolutamente qualquer coisa. Um nome. Uma data. Um lugar. Uma espécie de esforço final e desesperado. O outro lado é muito difícil. A família DiCenza procurou a maioria das pessoas que sabiam qualquer coisa sobre Rob e Lisa. Por isso ninguém quer falar. De uma coisa tenho certeza: Rob era violento. Lisa esteve várias vezes em prontos-socorros, sob nomes falsos, mas sempre negou os maus-tratos. Sei que ela era inteligente, ia para a universidade com uma bolsa de estudos, não tinha ficha anterior na polícia, nem mesmo uma multa por excesso de velocidade. Não creio que ela tivesse a intenção de matar Rob. Meu palpite? Estava escuro naquela noite e ele pulou na frente do carro. Lisa talvez não o tenha visto ou, se viu, talvez não fosse capaz de parar. Era um campo. Havia carros estacionados por toda parte. Rob deve ter saído correndo do meio dos carros, o que faria com que o crime fosse imperícia ao volante em vez de homicídio doloso. Acho que ela não queria atropelá-lo. Acho também que ela nem sabia que Rob havia morrido. Provavelmente fugiu antes de saber. Fugiu porque sabia que Rob era de uma família poderosa, e por isso estaria perdida pelo simples fato de atropelá-lo. E depois que soube de sua morte continuou a fugir.

Griffin fez uma breve pausa.

— Não posso culpá-la por isso. Os DiCenza tinham poder, enquanto ela não tinha nada. Sabia... e tinha toda a razão... que ninguém acreditaria em sua história. Mas o fato é que alguém deve saber alguma coisa sobre o relacionamento. — O tom era agora suplicante. — Alguém deve ter ouvido alguma coisa... uma discussão ou uma ameaça. Rob DiCenza era gregário. Havia sempre pessoas ao seu redor, durante todo o tempo. O processo tem depoimentos de testemunhas dizendo que Rob e Lisa se encontravam, embora às escondidas. Alguém entre essas testemunhas deve ter visto ou ouvido alguma coisa para sugerir que Rob era menos do que um cavalheiro.

— Mas você disse que a família abordou as testemunhas. Se não falaram na ocasião, por que falariam agora?

— Quinze anos se passaram. É bastante tempo para o sentimento de culpa corroer alguém que possa ter mentido. Ou essa pessoa pode estar numa posição diferente na vida. Pode ter um ressentimento contra os DiCenza, o que não acontecia na ocasião. Ou pode haver alguém que não foi encontrado durante as investigações há quinze anos. O pai de Lisa disse que ela tinha amigos, mas nenhum se apresentou para depor. Um deles pode estar disposto a falar agora. Alguém naquele tempo pode ter se calado por medo. Talvez ele... ou ela... não tenha motivos para sentir medo agora.

Ela pensou a respeito por um momento.

— Sendo Heather, eu não saberia nada a respeito.

Griffin tentou amaciá-la com um sorriso.

— Alguma possibilidade de que você e Lisa fossem gêmeas idênticas, separadas no nascimento?

Ela não retribuiu o sorriso. Nem disse nada.

— Já sei — acrescentou Griffin. — A cicatriz.

Ela não piscou.

— Ajude-me, Heather. Ajude *a si mesma.*

Ela arriou um pouco, ainda encostada na porta.

— De que adianta?

— Está brincando? A alternativa é passar o resto de sua vida na prisão. Se insistir que é Heather, mas não puder provar, eles vão condená-la.

— Talvez pensem que sou louca.

— Se pensarem, será mandada para um manicômio judiciário. Fiz uma reportagem com uma pessoa que escapou, entre aspas, sob a alegação de insanidade. Eu não diria que ela "escapou". O que aconteceu no manicômio foi brutal.

Os olhos de Heather encheram-se de lágrimas. Ele continuou:

— Talvez isso não a incomode, mas vai incomodar seus amigos... e seus amigos são um bom motivo para que você pelo menos tente se defender. Estão do seu lado para o que der e vier. Eles a amam. E quanto mais tempo você permanece calada, mais os decepciona.

O queixo de Heather tremeu. Mesmo com a cicatriz que proporcionava à boca a sugestão de um sorriso, ela parecia profundamente infeliz.

Griffin recusou-se a abrandar as palavras e deixou que pairassem no silêncio que se seguiu. Finalmente, ela gritou:

— O que você quer de mim?

— Apenas o que eu disse antes: um nome. Uma data. Um lugar. Quero alguma coisa que se relacione com Heather ou com Lisa, alguma coisa sugerindo que as pessoas na Califórnia estão erradas.

Ela cobriu o rosto com as mãos. As pernas do macacão de cor laranja tremiam na altura dos joelhos.

— Pode me odiar, Heather. — Griffin sabia que corria o risco de a mulher deixar a sala, mas tinha de pressioná-la mais um pouco. — Pode me odiar por dizer isso, mas o que você está fazendo é egoísmo. Uma atitude egoísta, egocêntrica e míope. Não é a única envolvida neste caso. Se não pode fazer nada por Poppy, Cassie e todos os outros amigos que tem na cidade, então faça por Micah, Missy e Star. Seu silêncio os deixa magoados. Você entrou em suas vidas e corações. Dê um tiro no próprio pé, se quiser, mas não atire neles. Não é justo o que está fazendo. Eles merecem uma explicação.

Ela baixou a cabeça. Por um momento, Griffin receou que pudesse arriar no chão. Mas Heather continuou ali, as mãos no rosto, as pernas apoiando o corpo contra a porta. Ele teve de recorrer a todo o seu autocontrole para não dizer alguma coisa que pudesse aliviá-la. Sentia-se cruel.

Mas ele esperou, primeiro um minuto, depois outro e mais outro. Ao final, Heather empertigou-se, ainda encostada na porta. Baixou as mãos. Tinha os olhos secos.

— Aidan Greene — disse ela, sem qualquer entonação, para soletrar em seguida: — A-I-D-A-N. G-R-E-E-N-E.

Griffin não precisava escrever o nome; ficou gravado instantaneamente em sua mente.

— Onde posso encontrá-lo?

— Agora? Não sei.

— Há quinze anos?

— Sacramento.

Os olhos dela se tornaram desconsolados com a afirmação. Griffin deu um sorriso triste, levantou-se e se adiantou. Gentilmente, apertou o ombro dela.

— Obrigado, Heather. Isso é ótimo. Vai ajudar.

Micah voltou do bosque de bordo mais cedo do que o normal. Mas à medida que a tarde passava, enquanto ele esticava um rolo de tubulação de uma árvore para outra, à medida que o corpo se tornava mais e mais cansado, o sol baixava pelo céu e as sombras na neve se alongavam, a questão da mochila foi assomando cada vez maior.

Dentro da casa do açúcar, foi direto para a pilha de lenha, pegou a velha mochila de lona e colocou-a em cima da bancada de trabalho. Por um minuto, apenas um minuto, foi contido pelos mesmos temores antigos. Desta vez, no entanto, sua necessidade de saber o que havia dentro era maior do que o medo pelo que descobriria.

Ele soltou as fivelas e abriu a mochila. Havia três envelopes ali. Micah tirou-os.

Um era menor do que os outros e continha três fotos. Eram em preto-e-branco, as mesmas duas jovens em cada uma. Não deviam ser mais do que adolescentes, embora fosse difícil ter certeza. Roupas, cabelos, até mesmo a rua estreita em que se encontravam, tudo parecia estrangeiro. Havia alguma coisa familiar nos rostos. Micah imaginou que podia perceber traços de Heather. Mãe e tia? Avó e tia-avó? Não havia nada escrito em qualquer parte, nem data, nem nenhuma anotação.

Ele guardou as fotos e passou para os envelopes maiores. O mais fino dos dois tinha o endereço de remetente de uma firma de advocacia de Chicago e era endereçado a Heather, numa caixa postal daquela cidade. Micah tirou a carta que continha e leu. Depois, leu-a de novo. Abriu o último envelope. Era de um hospital, mas não havia nome da pessoa endereçada, nem selo, nem carimbo postal. Dentro, havia duas pulseiras de plástico de identificação, do tipo usado em hospitais. Cada uma fora cortada de uma maneira meticulosa perto do fecho de metal que a prendia. A maior tinha o nome de Heather, e a menor a inscrição de Bebê Menina Malone.

Então era isso. Heather tivera um bebê seis meses antes de vir para Lake Henry e o entregara para adoção por meio de uma firma de advocacia de Chicago.

Micah deixou escapar a respiração reprimida. Deveria estar com raiva. Heather não quisera ter um filho *seu*, embora soubesse que ele queria muito. Agora, só podia imaginar que ela deixara parte de seu coração com aquela criança, a que tivera de renunciar, qualquer que fosse o motivo.

Ele tentou pensar em qual poderia ser a razão, e como poderia influenciar o silêncio de Heather, quando ouviu o barulho de passos na neve compacta que já começava a amolecer. Levantou os olhos no instante em que Griffin passava pela porta.

Não lhe ocorreu esconder a mochila. Junto com a raiva, o orgulho também se desvanecia. Griffin podia ser um forasteiro, mas havia algo nele que deixava Micah à vontade. Talvez fosse pelo fato de que Griffin, por ser um forasteiro, pudesse avaliar a situação de uma maneira mais objetiva. Ou talvez fosse o fato de que Poppy confiava nele e Micah confiava em Poppy. Ou o fato de que o homem passara por uma prova de fogo em Little Bear e parecia enfrentar tudo com determinação. De qualquer forma, Micah precisava de ajuda. Griffin foi o primeiro a falar:

— Conhece um homem chamado Aidan Greene?

— Não. — Micah estendeu os envelopes para Griffin. — Estavam dentro da mochila que ela manteve escondida no *closet* desde que veio morar comigo.

Griffin olhou para as fotos primeiro, exatamente como Micah fizera.

— Parentes?

— Devem ser.

Depois, ele leu a carta da firma de advocacia e examinou as pulseiras de identificação. Seus olhos exibiam muita ansiedade quando fitou Micah.

— Parece que nós dois descobrimos segredos hoje.

Ele relatou para Micah sua conversa com Heather e em seguida acrescentou:

— Pode-se telefonar para uma firma de advocacia. E pode-se examinar os registros de um hospital. É um começo.

Micah tentou partilhar sua ansiedade, mas o medo voltara. Ele não conhecia a Heather que estivera num hospital em Chicago. Não conhecia qualquer criança. Não conhecia as mulheres das fotografias. E não conhecia Aidan Greene.

Uma porta se abrira para o passado de Heather. E ele se sentia apavorado ao pensar para onde o levaria.

Treze

Griffin acordou na manhã de terça-feira com o sol entrando enviesado pela janela da cabana. Não fechara as cortinas curtas na noite anterior; quase nunca o fazia. Privacidade era uma necessidade da cidade grande. Ali, ninguém olhava pela janela. Nem passava por perto. Em Little Bear, tinha seu próprio canto do mundo. Dispunha de eletricidade, embora se descobrisse acendendo velas com bastante freqüência. Agora que dominava a arte de manter a estufa sempre acesa, cozinhava refeições rudimentares e fazia suas necessidades numa latrina no bosque, sentia-se surpreendentemente confortável. O celular ainda não funcionava ali, mas havia vantagem nisso. Para cada ligação que queria fazer, tendo de esperar até sair da ilha, havia três ligações que ficava feliz em perder. Tinha muitos amigos que ligavam com freqüência. Tinha muitos irmãos que também ligavam com freqüência. Ao lembrar agora, Griffin calculava que, sem contar a parte do trabalho, gastava pelo menos duas horas por dia ao telefone... e não se importava nem um pouco antes. Era um modo de vida.

Aqui, o telefone era um acessório, não um foco. Ali, falava com as pessoas cara a cara; e se permaneciam cautelosas com ele, já não era tanto quanto no início. Sabiam quem ele era. Cumprimentavam-no pelo nome. Começavam a se acostumar com sua presença na agência dos correios, no armazém geral, na lavanderia automática, no posto de gasolina. Deixavam-no ouvir as conversas, o que era uma concessão extraordinária.

Ele não precisava do telefone para preencher seu tempo aqui. Estava sempre com pessoas, até mesmo no café da manhã. Quando não estava com Poppy, tinha a companhia de Billy Farraway. O velho adquirira o hábito de aparecer pelos ovos fritos e torradas. Tinha um corpo tão magro e uma aparência tão faminta, no sentido mais amplo da palavra, que Griffin preparava a comida mesmo quando só ia comer o desjejum mais tarde, com Poppy. Billy era uma relíquia de Lake Henry que existia no tempo em que o Charlie's Café ocupava apenas uma parede do armazém, e quase só se servia presunto com feijão. Nunca falava muita coisa, mas o que dizia sempre tinha charme.

Mal dera sete horas quando Billy apareceu naquela manhã... e isso era outra coisa que Griffin notara. Acordar cedo era um hábito natural ali. Não havia vida noturna, por assim dizer, é verdade, mas Griffin também não se incomodava com isso. Sentia-se bem. A equimose no rosto já sarara. Os músculos não estavam mais doloridos. Sentia-se mais forte do que em muito tempo. Com mais energia.

Foi um dos motivos pelos quais partiu para a cidade assim que Billy foi embora. Outro foi o *bon mot* de Farraway para o dia.

— Por aqui você tem de procurar viver da maneira certa — dissera o velho, em sua voz ríspida. — Olhe para o sol, olhe para os corvos, olhe para as copas das árvores. Boa copa, boa seiva. Se o corvo grita alto, a colheita é alta.

Griffin parou no armazém geral pelo tempo suficiente para encher sua caneca com café e sentir a vibração da cidade antes de seguir para a casa de Micah. Chegou no momento em que Micah voltava, depois de levar as meninas à escola. Tomou o resto do café e saltou da picape.

— Passei a informação para meu investigador — comunicou ele, andando ao lado do homem mais alto. — Ele é o especialista. Ligará quando descobrir alguma coisa. Precisa de ajuda aqui?

Micah lançou-lhe um olhar que refletia com perfeição o sentimento geral no Charlie's. A temporada do açúcar aproximava-se depressa. Com o sol forte pelo segundo dia consecutivo, a neve derretia das torres, os pingentes de gelo pingavam dos beirais, o ar era mais suave nos pulmões e o mundo exalava uma fragrância promissora... tudo isso criava um senso de expectativa no resto dos habitantes, e um senso de urgência para Micah, que agora precisava estender os tubos por toda a plantação de bordos num punhado de dias. A corrida era iminente. E todos sabiam que a primeira corrida era a melhor. Assim como todos sabiam também que Micah estava rejeitando os oferecimentos a torto e a direito. Não queria ninguém ali, alegava. Podia fazer tudo sozinho. Não precisava de favores.

Verdade seja dita, Griffin prestava um favor a si mesmo ao vir. Tivera outra conversa cansativa com Prentiss Hayden na noite anterior. Por uma questão de princípio, não queria trabalhar hoje na biografia do político. Em vez disso, queria sair, aspirar o ar fresco, no sol, na neve.

Micah entrou pela porta dos fundos da casa, e colocou chapéu e luvas. Entregou a Griffin um par de sapatos de neve e pegou outro na traseira da picape. Buscaram rolos de tubulação na casa do açúcar e subiram para o morro.

A primeira parte da estrada já fora desobstruída. Quando essa parte terminou, Micah baixou a placa para a remoção de neve e seguiu em frente, a uma velocidade que deixou Griffin espantado. Se estivessem contornando o lago, poderiam acabar fora da estrada. Ali, o único perigo era baterem em alguma árvore. Mas ele sabia que Micah não faria isso. Passaram por uma sucessão de elevações cobertas de neve, a caminho de um ponto muito acima do lago.

— O bordo adora as encostas íngremes — comentou Micah.

Naquele ponto, Griffin, olhando pelo pára-brisa, não se importava com o que os bordos gostassem.

— Como sabe onde fica a estrada?

— Conheço as árvores. Sei em que lado da estrada fica cada uma.

Griffin via árvores finas e grossas. As finas pareciam iguais. As grossas também pareciam iguais. Não dava para divisar um padrão.

— *Como?*

— São minha vida. Além do mais, sei onde fica a estrada. Fui eu quem a construiu.

Micah mudou a marcha e diminuiu um pouco a velocidade. Griffin relaxou na mesma proporção.

— Quando foi isso?

— Há cerca de doze anos. Comprei mais terra, aumentando o plantio do bosque, até que se tornou grande demais para percorrer a pé. Antes disso, usávamos um cavalo.

Griffin sorriu.

— Um cavalo? Até doze anos atrás?

— E baldes. Algumas pessoas ainda usam. Pode imaginar o que é carregar baldes com seiva de dois ou três mil bordos?

Micah parou na neve, puxou o freio de mão e saltou da picape. Griffin também saltou, prendendo os sapatos de neve ao mesmo tempo que Micah. Pendurou nos ombros vários rolos de tubo de plástico azul. Depois de prender na cintura um cinto com ferramentas, Micah também pegou rolos de tubo. Seguiu na frente.

Griffin já usara sapatos de neve quando visitava a cabana do avô, mas do tipo antiquado, de madeira. Aqueles eram menores, feitos de alumínio. Depois dos primeiros passos, meio sem jeito, ele passou a andar com uma surpreendente facilidade. Permanecer na superfície era uma melhoria considerável sobre sua tentativa de ajudar ali, pois antes afundava a cada passo. Micah se concentrava agora no trabalho.

— Está vendo aquele tubo preto? — perguntou ele.

Griffin olhou. O tubo tinha cerca de dois centímetros e meio de diâmetro, contornando a área para a qual se encaminhavam.

— É o conduto principal — explicou Micah. — Mais largo do que os tubos que vamos instalar agora. Permanece aqui durante o ano inteiro. Deixá-lo exige algum cuidado, mas é mais fácil do que retirá-lo.

Griffin podia compreender o motivo. O conduto principal era mantido no lugar por um sistema de postes de aço, arame e presilhas de plástico fixadas a intervalos de trinta centímetros. E numa área de vinte hectares? Não dava nem para começar a contar.

— No final da temporada, depois de lavar tudo, cubro as aberturas com fita adesiva — explicou Micah. — Se não fizer isso, os insetos entram e fazem seu ninho lá dentro. Na última semana inspecionei cada centímetro do conduto principal. Tive de substituir dois trechos, roídos por esquilos e cervos. Vamos instalar agora os tubos laterais. Eles levam a seiva das árvores para o conduto principal. A seiva desce então para a casa do açúcar.

Griffin estava fascinado pelo processo. Também estava intrigado pelo muito que Micah falara de uma só vez, sem qualquer nervosismo. Era óbvio que a produção de açúcar de bordo era uma boa coisa para ele.

Agora Micah estava calado, mas suas ações falavam por si mesmas. Depois de prender a ponta do tubo azul em torno da árvore mais distante do conduto principal, ele o estendeu para a árvore ao lado, depois outra. Alternava os lados das sucessivas árvores — lado direito, lado esquerdo, lado direito, lado esquerdo —, aplicando o máximo de tensão para manter o tubo no lugar.

De vez em quando, indicava que Griffin devia segurar uma seção, até que houvesse a tensão indispensável. Não havia necessidade de palavras. Griffin podia compreender; e começou a antecipar uma necessidade aqui, outra ali.

— B-E-R — comentou Micah em determinado momento. — Para baixo, esticado e reto.

O que também dispensava outras explicações.

Não que Griffin subestimasse o trabalho. Era evidente que se tratava de uma arte toda especial, na qual Micah era um mestre. Ele sabia a altura em que devia passar o tubo, quanto esticar, como eliminar qualquer afrouxamento, se por acaso ocorria. Sabia como fazer a ligação com o conduto principal, usando as presilhas e outros dispositivos tirados de uma bolsa no cinto. Além disso, ele parecia ter um mapa mental de todo o bosque. Bastava um olhar para o código na pequena etiqueta em cada rolo de tubo para que soubesse com precisão em que árvores se ajustariam.

— Vai deixar estas de fora? — indagou Griffin quando Micah ignorou várias árvores.

— São muito pequenas. Mais dois ou três anos e darão uma boa seiva, enquanto estas duas grandes aqui estarão aposentadas. É um sistema de administração da plantação.

Enquanto falava, Micah apontava para as árvores com os olhos. Não tirava as mãos do trabalho em momento algum. Trabalhavam sem parar, enrolando, esticando, ligando, prendendo.

Não mais do que três ou quatro árvores eram ligadas a cada abertura no conduto principal. Depois de terminar uma área, Micah pegava a picape e passava para a seguinte. Já não tinha quase mais nada na traseira da picape quando o celular tocou.

Com uma intensa expectativa, na esperança de que Ralph pudesse ter localizado Aidan Greene, Griffin enfiou a mão no bolso. Mas foi Micah quem pegou o celular tocando.

— Alô? — disse ele. — Nada... não... vinte minutos.

Desligou, guardou o celular no bolso e pegou o último rolo de tubo.

— Poppy espera com o almoço pronto na casa.

Griffin sentiu de novo uma intensa expectativa. Desta vez durou não apenas pelos vinte minutos — exatos — que demorou para instalar o último rolo e pela viagem de volta à casa, mas também durante o almoço. Bastou olhar para Poppy e ele se sentiu mais animado. Ela, com suas faces rosadas e os cabelos desarrumados de uma maneira adorável, tinha uma profunda ternura nos olhos castanhos. Sorria com facilidade, insistiu para que Griffin comesse metade de seu sanduíche de atum, alegando que não agüentava mais, e assegurou várias vezes a Micah que Aidan Greene era uma pista importante. Também se mostrou maravilhosa quando telefonaram da escola para avisar que Star estava doente.

— Já estou a caminho.

Poppy vestiu o casaco. E parou.

Havia uma coisa que Poppy precisava dizer. Pairava ali na cozinha, entre as impressões digitais de Heather e a expressão pensativa de Micah. Ele estava ao lado do telefone agora, a testa franzida, olhando para o chão. Poppy impulsionou a cadeira de rodas em sua direção.

— Não conversamos sobre a história do bebê — disse ela. — Sente-se bem com isso?

Ele levantou os olhos sombrios.

— Não. Ela deveria ter me contado.

Poppy concordava. Mas também podia compreender o lado de Heather.

— Era parte de seu passado e envolvia outro homem. Talvez ela tenha pensado que você não gostaria de saber.

— Eu sabia que ela já tivera um homem antes de mim. Não sou idiota. Não era virgem. E não estava apaixonada por outro homem quando veio para cá. Não havia nenhum amor persistente. Eu tinha certeza disso. Então por que ela não pôde me contar sobre o bebê?

— Talvez associasse o bebê com o homem.

— Um bebê é um bebê. Se ela estivesse grávida quando nos envolvemos, eu aceitaria o bebê. E não me importaria com o homem, se ela não se importasse também.

— Mas era parte do seu passado — repetiu Poppy, precisando destacar esse ponto. — Um passado morto e enterrado. Por que ela tinha de lhe contar?

— Porque ela me amava. Ou pelo menos disse que me amava. Não se guarda segredos assim de alguém que você diz que ama. Ter um bebê é muito importante para uma mulher. Como é possível que ela nunca tenha falado qualquer coisa a respeito?

— Talvez ela não pudesse falar.

— Não posso aceitar essa alegação de que ela não era capaz.

Mas Poppy sabia que era possível.

— Você mesmo disse que ter um bebê é muito importante para uma mulher. Ter de renunciar ao bebê é ainda mais importante. Há todos os tipos de emoções associadas a esse ato.

Micah soltou um grunhido.

— Já estou começando a me cansar dessa história. Também tenho emoções. Tenho sentimentos. Tenho duas filhas pequenas e não sei o que dizer. Essas coisas começam a transpirar, e não posso deixar de pensar que não sei de nada.

Poppy poderia dizer a mesma coisa. Não esperava por tudo aquilo. Nem esperava se sentir culpada por conta de Heather, mas isso explicava por que sentia necessidade de defendê-la.

— Sobre a criança, tenho certeza de que ela pensou que você ficaria magoado.

Era evidente que Micah também pensara nessa possibilidade. Embora fosse um homem normalmente calado, mostrava-se eloqüente agora.

— Ela poderia ter dito que fora uma gravidez difícil e não poderia sobreviver a uma outra. Poderia ter dito que depois de dar um bebê não suportaria ter outro. Eu não concordaria com ela, mas seria melhor do que o silêncio. E você... você era amiga dela, Poppy. De mulher para mulher, ela poderia ter lhe contado. Isso não a incomoda?

— Claro que incomoda. — E incomodava demais, pensou Poppy. — Mas não sei quais eram as circunstâncias que envolveram o nascimento do bebê.

— Porque ela não disse.

Poppy recostou-se. Não sabia para que lado levar a conversa, ainda mais na presença de Griffin. Embora ele se mantivesse apartado, numa atitude sensata, Poppy sabia que estava ouvindo tudo.

Por isso, ela sentia que não podia dizer mais nada, muito menos os argumentos que seriam capazes de convencer Micah. Além do mais, defender Heather era uma coisa, seguir adiante era outra. E precisavam seguir adiante. Ela fitou Micah, com uma nova determinação, e disse:

— Talvez Heather precise de ajuda. Talvez devamos dizer as palavras por ela. Quebrar o gelo. Fazê-la saber que está tudo bem.

Micah foi até a mesa e recolheu os papéis dos sanduíches.

— Não sei se posso dizer que está tudo bem — confessou ele, a voz mais baixa.

A declaração perturbou Poppy. Ela virou a cadeira para segui-lo.

— Não pode perdoá-la?

Ele amassou os papéis.

Micah era uma boa pessoa. Honesto, decente e leal. Poppy precisava acreditar que ele era capaz do perdão... e, se não fosse, ela não queria saber. Além do mais, Star a esperava.

— Podemos conversar de novo sobre isso em outra ocasião?

Ele pôs os papéis amassados na lata de lixo. Empertigou-se, o rosto franzido. E, depois de um longo momento, acenou com a cabeça em concordância.

Poppy apertou o braço dele, depois passou pela porta.

Griffin acompanhou-a até a Blazer. Não tentou continuar a conversa, não perguntou como ela podia compreender Heather tão bem, não mencionou o acidente de Poppy, embora ela soubesse que ele sabia que havia uma ligação. Segundos antes de Poppy entrar no elevador da cadeira de rodas, ele pegou sua cabeça por trás, puxou-a de leve e deu-lhe um beijo na testa.

— Você é uma pessoa muito gentil, Poppy.

Ela não disse nada. Não podia. Sentia um aperto muito forte na garganta.

Star não estava tão doente assim. Sentia-se cansada e disse que a cabeça doía, mas não havia febre. Recuperou-se no instante em que Poppy ajeitou-a no banco de passageiro. Poppy compreendeu que ela precisava mais de carinho do que de Tylenol. Levou-a para sua casa, ao encontro de Victoria. Deixou Annie cuidando dos telefones enquanto as três iam para a cama, a televisão ligada, o som muito baixo. Star parecia mais interessada na gata do que na TV.

— Ela dorme com você, Poppy?

— Dorme. Todas as noites. Acho que ela gosta da colcha. Está vendo como se enrosca toda?

— Se ela fica com os olhos fechados durante todo o tempo, como sabe quando está dormindo?

— Reparou na maneira como ela se enroscou com a cabeça nas patas? Pode ter certeza de que está cochilando.

— As orelhas mexeram.

— Ela resolveu escutar nossa conversa.

— Psiu...

Star afagou de leve o pêlo alaranjado da gata. Riu quando Victoria roçou o focinho em sua palma. Momentos depois, a gata levantou, atravessou a colcha, indo até o pé da cama.

— O cochilo acabou — murmurou a menina.

No instante seguinte, Star soltou um grito aflito, quando Victoria deu a impressão de que caíra da cama. Ela engatinhou para a beira da cama, de onde comunicou a Poppy:

— Ela está bem. Acho que quer ficar mais perto da TV.

Victoria ergueu-se sobre as patas traseiras, encostada na cômoda. Segundos depois, tentou saltar para cima. As garras erraram a beirada superior da cômoda por uma fração. Tornou a errar na segunda tentativa. Mas conseguiu na terceira. Com os bigodes levantados, começou a explorar a TV.

Star tornou a se aconchegar contra Poppy. E sussurrou, com a devida consideração:

— Ela sabe que é cega?

— Não como nós saberíamos — respondeu Poppy, também num sussurro. — Não conscientemente.

— E não se sente angustiada por isso?

— O que é tão ruim em seu estado? Parece-me que não há muita coisa que ela não possa fazer.

— Não pode ver passarinhos.

— Mas pode ouvi-los, melhor até do que nós. Observei-a ontem. Ela estava na janela, ouvindo um velho corvo lá fora.

— Papai também ouve os corvos. É assim que ele sabe quando a seiva vai escorrer. Poppy, os olhos da gata estão sempre fechados. Ela tem olhos... olhos de verdade... lá dentro?

— Acho que sim.

Mas Poppy duvidava. Presumia que as pálpebras de Victoria haviam sido fechadas e costuradas porque não havia nada por trás. Mas receava que a verdade nua e crua pudesse perturbar a menina.

— Se as pálpebras ficam fechadas é escuro durante todo o tempo — comentou Star. — Isso me deixaria apavorada. Não gosto do escuro. Mas ela não parece assustada. E continua a tentar uma porção de coisas.

Star soltou um grito estridente.

— Ei, ela subiu em cima da TV! E não parece nem um pouco assustada!

— É uma gata curiosa... mais curiosa do que assustada.

Star inclinou a cabeça para trás, contra o ombro de Poppy, para que seus olhos pudessem se encontrar.

— Mamãe diz que eu não deveria ter medo, mas às vezes não posso evitar.

— De que você tem medo?

— Do escuro.

— E do que mais?

— De papai ir embora.

Poppy já ia assegurar que Micah nunca a deixaria quando Star continuou:

— Tenho medo de Missy me trancar no banheiro e ninguém saber que estou lá. Se eu fosse uma gata, poderia subir na janela e pular para fora. Depois, daria a volta na casa e entraria pela porta da frente. Para dar um susto em Missy. Eu gostaria de ser uma gata.

Poppy abraçou-a e apertou-a, porque Star era a criança mais linda do mundo, tornando aquele momento doce quando tantas outras coisas estavam azedas. *Não azedas*, pensou Poppy. *Assustadoras*. Se Poppy fosse uma gata, poderia lidar melhor com a situação. Seria capaz de confrontar Heather ou dizer a verdade a Maida. Ou beijar Griffin.

Star oferecia-lhe uma desculpa para pôr de lado esses pensamentos. A criança era meiga. Não exigia mais nada senão os braços de Poppy... e dava o mesmo tipo de amor incondicional de Victoria. Naquele momento, parecia absolutamente contente, o que era importante para Poppy. Ela precisava saber que podia fazer aquilo direito, mesmo que fosse por pouco tempo apenas. Precisava se concentrar em Star para não ter de se fixar em Griffin, Maida, Perry, Heather ou o bebê que fora entregue para adoção. Especialmente o bebê.

Se as coisas fossem diferentes, Poppy poderia gostar de ter um bebê. Podia admitir isso para si mesma. Teria sido maravilhoso se as coisas fossem diferentes...

Se as coisas fossem diferentes, Poppy poderia ter convidado Griffin para ficar e jantar. Missy e Star estavam em casa com Micah, todos três bem alimentados pelos bifes de panela que Maida levara para Poppy. Ela não hesitara em dividir, dando a maior parte para Micah comer junto com as meninas. Havia também Griffin, que ajudara Micah durante o dia inteiro e agora precisava muito de um banho de chuveiro e comida quente.

Mas as noites de terça-feira eram reservadas para o Comitê de Hospitalidade de Lake Henry, o que significava que Marianne, Sigrid e Cassie viriam. Poppy meio que desejou que isso não acontecesse. Sabia que falariam de Heather, requentando as informações antigas, especulando possibilidades, sem chegarem a parte alguma. Ela meio que desejou poder passar a noite com Griffin.

Em vez disso, adiou o jantar para a noite de quarta-feira. Mas quando o momento se aproximou, ela começou a ter outras idéias. Tomara uma chuveirada antes, vestira uma blusa de seda, jeans pretos e botas, arrumara os cabelos, passara maquiagem nos olhos e faces... todas as coisas que não deveria absolutamente fazer para que ele não pensasse que era um encontro romântico.

Mas devia a ele por ajudar Micah, o que continuava a fazer. De qualquer maneira, Griffin aparecia todos os dias, para tomar um banho, com ou sem notícias sobre Heather. E ele tinha o direito de ver sua gata, embora Poppy não tivesse a menor intenção de deixá-lo levar Victoria para Princeton.

Além do mais, ela gostava de Griffin.

Por isso, ela pôs dois lugares na mesa da cozinha, com os jogos americanos vermelhos, guardanapos e descansos de copo que ganhara de Sigrid no Natal. Acabara de verificar a galinha Rock Cornish no forno quando ele saiu do banheiro. Parecia deliciosamente úmido, com um perfume fascinante. Apareceu com uma garrafa de vinho, um nível acima do que Poppy costumava tomar, e tratou de abri-la.

— Estamos comemorando — anunciou Griffin, enchendo dois copos. — Aidan Greene foi encontrado.

Poppy arregalou os olhos. Havia muitas coisas a perguntar, junto com o medo de perguntá-las. Por isso, ela se contentou com um murmúrio simples:

— Finalmente...

Griffin sorriu enquanto lhe estendia um copo.

— Micah teve a mesma ambivalência, como se encontrar Aidan Greene fosse ao mesmo tempo a melhor e a pior notícia.

A voz contida, Poppy explicou:

— Sinto uma profunda afinidade com Heather.

Ela não queria ouvir nada negativo. Mas podia haver alguma coisa boa. Por isso, fez uma pergunta cautelosa:

— Aidan Greene é alguém que queremos reconhecer?

— Meu palpite é que sim. Ele era o melhor amigo de Rob DiCenza.

Poppy sentiu um aperto no coração. O melhor amigo ficaria do lado de Rob.

— Então ele *não* vai ajudar.

— Não ajudou na ocasião do acidente. — Griffin abriu o forno e espiou. — Foi você quem fez?

— Mamãe fez. Eu apenas a coloquei no forno.

— O cheiro é incrível. — Ele fechou a porta do forno e empertigou-se. — Na ocasião, Aidan Greene disse que estava no banheiro masculino naquela noite. Nem estava perto quando o acidente ocorreu. Mais tarde, quando a polícia o interrogou sobre o relacionamento entre Rob e Lisa, ele tomou partido. Menos de um ano depois, porém, praticamente desapareceu.

— Desapareceu como se tivesse alguma coisa a ver com o bebê de Heather?

O bebê permanecia em primeiro plano na sua mente.

— Desapareceu como se tivesse deixado Sacramento e saído da tela do radar. Tinha um bom emprego com a fundação DiCenza, mas foi embora assim mesmo, deixou as amizades morrerem. Foi por isso que tivemos dificuldade para encontrá-lo. As pessoas sugeriam que ele podia estar em diferentes lugares, mas ninguém sabia com certeza.

— Onde ele está, afinal?

— Minneapolis. É conselheiro escolar lá. Tem esposa e dois filhos. Leva o tipo de vida discreta e cuidadosa que mantém seu nome fora de jornais, círculos sociais e registros policiais. Ralph descobriu-o por intermédio de um primo, que por acaso esbarrou com ele no aeroporto.

Poppy tomou um gole do vinho. Não queria saber. Mas tinha de saber.

— O que ele disse?

— Nada. Ralph ainda não o abordou. Achou que eu poderia querer fazê-lo pessoalmente. Mas não posso... pelo menos por mais dois ou três dias, até que toda a tubulação esteja instalada. Por isso, ele mesmo vai falar com o cara amanhã.

Poppy permaneceu cautelosa.

— Por que achamos que ele dirá qualquer coisa diferente do que falou antes?

Griffin tornou a abrir a porta do forno. Desta vez pegou as luvas e tirou a assadeira.

— Está pronto.

Ele tirou as luvas, pegou os utensílios ao lado e começou a servir em cada prato a metade da galinha, batatas assadas e legumes diversos.

— Achamos que ele dirá algo diferente agora porque quinze anos se passaram e o homem promoveu uma reviravolta em sua vida. Naquele tempo tinha um bom emprego, muitos amigos e uma ligação direta com os DiCenza. Não tem mais nada disso agora. Contentou-se com a obscuridade. As pessoas não costumam ir de um extremo a outro se não têm um motivo para isso.

– Talvez ele tivesse se cansado da Califórnia — sugeriu Poppy. — Talvez a mudança fosse parte do seu plano de vida.

— É possível. Mas também é possível que ele não fosse capaz de viver com as restrições impostas pelos DiCenza. Talvez não gostasse de ficar calado.

— Se é isso, se ele tem uma história diferente para contar agora, já não teria procurado a polícia? Ele deve ler os jornais. Deve saber que Heather foi presa.

Griffin pôs os pratos na mesa.

— Talvez ele precise de uma pequena pressão. Ralph vai tentar. Se não conseguir nada, eu irei até lá. — Griffin gesticulou para a mesa. — Lamento ser impaciente, mas meu corpo diz que mereceu o sustento hoje. Estou faminto, o aroma é divino, e não vamos esperar mais um segundo sequer. Posso ajudá-la com sua cadeira, madame?

Poppy não pôde deixar de sorrir.

Horas depois ela ainda sorria. A galinha, as batatas e os legumes haviam desaparecido. O vinho também desaparecera. Até a mesa... ou, mais apropriado, haviam-na deixado e se instalado no sofá, junto do fogo. A cadeira de rodas também saíra de cena, empurrada para o lado, onde Poppy não podia vê-la. Assim, tinha a possibilidade de imaginar que era tão fisicamente capaz quanto qualquer mulher. Harry Connick Jr. cantava baixinho. O fogo ardia e crepitava em cada acha de bétula que Griffin acrescentara. O próprio Griffin estava esparramado no sofá, ao alcance das mãos, mas sem contato.

Perto, mas não é suficiente, pensou Poppy, estudando seu perfil. Parecia familiar, com maneiras que ela não imaginara em suas fantasias. Sentia-se absurdamente próxima de Griffin. Absurdamente contente.

— Eu não deveria estar tão relaxada — murmurou ela. — Não com tudo que está acontecendo.

Griffin recostou a cabeça no sofá. Na ausência da iluminação incandescente, os cabelos eram de um castanho-avermelhado mais forte, os olhos de um azul mais escuro.

— Você parece se sentir culpada.

— E eu me sinto.

— O que Heather fez ou deixou de fazer não é culpa sua.

— Sei disso. Ainda assim. Ela é minha amiga.

Como Griffin não respondeu, Poppy tornou a olhar para o fogo. Segundos depois, ele pegou sua mão. Não fez qualquer coisa, apenas entrelaçou os dedos. A sensação era agradável... e bastante segura. Por isso, ela não retirou a mão.

— Quer um beijo? — perguntou Griffin, enfiando a outra mão no bolso.

— Não. Nada de beijo. Não agüento comer mais nada.

Ele tornou a se recostar.

— Fale-me sobre o acidente.

Poppy o fitou. Não podia fingir que ele se referia ao acidente em Sacramento. Havia intimidade no rosto de Griffin, intimidade no momento. Em seus sonhos, ela podia despejar tudo e ainda ser amada.

— Foi há muito tempo — murmurou Poppy, com um sorriso triste.

— Conte assim mesmo.

Ela reagiu com um tom seco:

— Diga o que você já sabe.

Griffin sorriu com tanta ternura que ela sentiu o coração disparar.

— Não pedirei desculpas por isso. É parte de quem eu sou. Depois que a conheci, no outono passado, queria saber o que aconteceu.

— Diga o que você já sabe — repetiu Poppy.

— Houve uma festa... uma festa ao ar livre, em meados de dezembro, com uma enorme fogueira, numa clareira no alto das colinas.

Todos foram em *snowmobiles*. Beberam muito. Você e Perry foram embora. O veículo fez uma curva depressa demais e bateu num bloco de pedra. Os dois foram lançados para fora. Perry morreu. Você sobreviveu.

Poppy, sem desviar os olhos do fogo, permitiu-se recordar o acidente.

— Eu não queria a princípio. Não queria mais viver.

— Por causa de Perry?

— Por causa de Perry e de minhas pernas. Foi uma dessas coisas horríveis que poderiam facilmente ser diferentes. Se estivéssemos alguns palmos para um lado ou outro, ambos estaríamos incólumes.

— Você está incólume.

Poppy não disse nada. Ele puxou a mão dela para seu peito.

— Você e Perry eram apaixonados?

— Acho que não. Transávamos. Mas não ia durar. Éramos muito diferentes. — Poppy repensou a declaração. — Na verdade, não éramos. Ao contrário, éramos muito parecidos. E esse era o problema. Tínhamos o mesmo impulso desenfreado, a mesma necessidade de rebeldia. Nenhum dos dois podia conter o outro, e acho que os bons relacionamentos precisam de parceiros que fazem isso... a cabeça e a cauda, *yin* e *yang*.

— Pensa nele com freqüência?

— Tento não pensar.

— Não respondeu à pergunta.

Ao virar a cabeça, ela descobriu que Griffin fitava-a atentamente.

— Penso nele com mais freqüência desde que você apareceu.

— Por quê?

Poppy ofereceu um sorriso torto.

— Você sabe.

— Não com certeza. Quero pensar que é porque sou o primeiro homem que você deixou se aproximar desde Perry.

Ela não disse nada.

— O que vai ser, Poppy? Estou querendo beijá-la, mas não ouso, porque você pode com a maior facilidade brigar comigo ou retribuir o beijo.

Poppy decidiu que não brigaria. O pensamento de retribuir o beijo tinha uma certa atração. Era parte do bom vinho, da boa companhia, de um bom fogo. Era parte do sonho.

— Diga alguma coisa — sussurrou Griffin.

Ela não sabia o que dizer.

— Você disse a Micah que ele poderia ter de quebrar o gelo e dizer as coisas que Heather não podia falar. Se eu fizesse isso com você, diria que gosta de mim... gosta mais do que de qualquer outro homem que já apareceu... mas acha que não tem o direito de fazer algumas das coisas que deseja. É uma punição. Por Perry.

Poppy não ia negar.

— Ele está morto e eu estou viva.

— E tem de se punir por isso? Por quanto tempo mais a punição deve continuar? Quando vai acabar? Quando você sairá em busca do ouro?

Poppy não sabia.

— Estou enganado? — indagou Griffin, indeciso.

Ela puxou a mão, os dedos ainda entrelaçados; os de Griffin eram mais masculinos, mas se entrelaçavam com tanta perfeição quanto os fios dos jogos americanos de Sigrid.

— Não, não está enganado. — Era mais fácil falar sem olhar para ele. — Posso estar me punindo.

— Foi um acidente.

— Poderia ter sido evitado. Se estivéssemos mais devagar, se tivéssemos bebido menos, se não fosse tão tarde da noite, e se não nos sentíssemos tão cansados... Pensávamos que éramos imortais.

— Todos nos sentimos imortais nessa idade. E não é típico de você se punir por tudo, Poppy. Criou uma boa vida. É produtiva. Tem conforto. Apenas não se permite ir além de um certo ponto.

Os olhos se encontraram.

— Que ponto?

— Aventura. Esquiar. Andar num *snowmobile*. Correr riscos. Ter um marido e filhos.

— Minha irmã Rose diz que não tenho condições de ser mãe.

— Sua irmã Rose é cheia de merda.

— Tenho limitações, Griffin. O fato é que nunca poderei andar.

— Talvez não da maneira como eu ando.

— Nem dançar. Mesmo que eu consiga superar toda a culpa pelo passado, ainda me sentiria culpada por saber que impediria um homem de fazer tudo o que quer se me envolvesse com ele.

Griffin fez uma careta.

— Isso também não tem sentido, Poppy.

Em um segundo ele levantou, foi até o aparelho de som, trocou os CDs. Quando voltou ao sofá, os acordes iniciais de "In This Life", de Collin Raye, espalhavam-se pela sala. Griffin inclinou-se para ela.

— Quero mostrar como podemos dançar. Mas terá de confiar em mim.

Poppy confiava nele. Mas sentia medo. Mas antes que pudesse dizer qualquer coisa, Griffin estendeu as mãos por baixo de seu corpo e levantou-a.

— Ponha os braços em torno de meu pescoço.

Já estavam ali, num impulso natural, apenas em parte como uma reação ao medo. Ele começou a balançar no ritmo da música, segurando-a. Mas não era como a dança normal. A parte superior do corpo de Griffin movimentava-se num ritmo suave, que ela podia sentir. Assim dançando, ele a conduziu ao redor da sala.

— Relaxe... — sussurrou ele, depois da primeira volta.

Como Poppy podia não relaxar? Mas ainda estava assustada, com medo de cair. Adorava a música, adorava o ritmo, adorava o jeito confiante com que Griffin a segurava... e adorava dançar. O acidente não matara esse impulso. Com freqüência, ela se movimenta ao som de música na cadeira de rodas. Mas nunca mais tentara dançar com um homem.

Mais alguns acordes, porém, e aconteceu de repente, com a maior facilidade. A parte superior da coluna de Poppy relaxou e seus braços enlaçaram-no pelo pescoço com mais vontade do que necessidade. Ela deixou que seu corpo sentisse o ritmo, e que se espalhasse pelos ombros e peito. Baixou o rosto para o ombro de Griffin e movimentou-se com ele. O que também era muito fácil. Os corpos tinham uma perfeita sincronia. Ela começava a se animar quando a música acabou.

— Toque de novo — pediu ela, atordoada.

E ela mesma apertou o botão quando Griffin levou-a, sem parar de dançar, até o aparelho. Desta vez ela dançou do princípio ao fim. Ergueu a cabeça ao final, fitando-o nos olhos, com um sorriso de puro prazer.

Ele beijou aquele sorriso, deixando-a sem fôlego, mas também com medo de que não seria capaz, não daria certo, alguma coisa sairia errada e arruinaria o sonho. Sentia-se tonta quando Griffin recuou.

— Não pare — murmurou ela.

Ela enfiou os dedos nos cabelos de Griffin, retribuindo o beijo. Também não houve nada errado desta vez, nem o encontro dos lábios, línguas ou respirações... até que os braços de Griffin começaram a tremer. Poppy não protestou quando ele a baixou para o sofá e continuou a beijá-la ali. Ou quando ele desceu a boca para seu pescoço. Ou quando acariciou seus seios. O gemido de Poppy nada tinha a ver com protesto.

— Sente isso? — sussurrou ele.

— Sinto.

— E é uma boa sensação?

— Muito boa.

Poppy sentia-se incrivelmente viva. Depois de doze anos sem aquilo, estava completamente atordoada. A sensação era mais forte do que imaginara. Talvez tivesse esquecido. Talvez a memória tivesse sido substituída por uma nova realidade. Talvez, como Victoria ouvindo mas não vendo, os seios se tornassem mais sensíveis para compensar a ausência de sensação por baixo. Só que não sentia uma dormência total por baixo. Não era a mesma coisa que podia recordar, mas sentia uma plenitude incrível.

Já começava a pensar que essa plenitude era especial, que queria saber aonde a levaria, quando Griffin recuou. Ele tinha as faces vermelhas, a testa suada, os olhos com o azul mais profundo que Poppy já vira. Ela desatou a rir. Griffin arregalou os olhos.

— Este não é um momento para rir.

Poppy segurou o rosto dele entre as mãos. Passou o polegar pelo vestígio da equimose que ele sofrera em seu primeiro dia em Lake Henry. Era um homem adorável.

— Desculpe. Lembrei-me de uma coisa que você me disse em outubro... que seus olhos adquiriam uma tonalidade azul-escura durante o sexo. Sei que isso não é sexo, não realmente, mas seus olhos têm essa cor agora.

— Por que não é sexo?

— Porque não é... você sabe... — Poppy gesticulou para seus corpos. — Não é... a coisa toda.

Griffin deixou escapar um suspiro irregular.

— Não por causa da falta de desejo de minha parte.

— Não posso sentir isso — sussurrou ela, como um lembrete.

Ele pegou a mão de Poppy. Teria mostrado se ela não a puxasse de repente. Poppy não queria sentir quando murchasse, não queria sentir a perda do interesse.

Griffin ergueu o corpo, apoiado nos cotovelos, e disse, com a voz mais baixa, mais gentil, mais sensual:

— Nesse caso, Poppy, terá de aceitar a minha palavra. Mas quero que aceite também minha palavra em outra coisa. Se não quer fazer agora, posso me abster. Não vou pressioná-la além do que você quiser dar. Isso é muito importante.

Ela sentiu lágrimas aflorarem a seus olhos.

— Você está bem? — perguntou Griffin.

Incapaz de falar, Poppy apenas acenou com a cabeça.

— Mas tem um preço — acrescentou ele. — Sei das reuniões nas quintas-feiras na Back Room do Charlie's. Quero ir. Está disposta a me acompanhar?

Catorze

A Back Room do Charlie's era uma tradição de Lake Henry há mais tempo do que qualquer um podia se lembrar, a não ser os mais antigos habitantes. Depois de assumir o café de Charlie Senior, que o herdara de seu pai, Charlie Joe, o atual Charlie mudara apenas o que sua esposa, Annette, insistira como indispensável. Ou seja, as mesas e cadeiras foram substituídas por fileiras de bancos. Também fora instalado um novo sistema de som. A não ser por um reforço nas escoras, o pequeno palco não mudara. Nem a estufa, que irradiava um calor bem-vindo no frio. O lugar ainda recendia a madeira de estábulo antiga, o cheiro agora misturado com o aroma de café, em todas as formas modernas. O melhor de tudo, na opinião de Poppy, era o aroma dos biscoitos com lascas de chocolate, feitos de acordo com a receita da avó de Charlie, e servidos no instante em que saíam do forno.

As noites de sábado, na Back Room, eram para ouvir os grupos já conhecidos, enquanto as quintas-feiras eram reservadas para os novos. O número de abertura daquela noite seria um garoto de North Woods que tocava guitarra acústica. Mas a principal atração era um quarteto de cordas que tocava os Beatles no violino, viola, violoncelo e baixo.

Poppy amava os Beatles. Ao que parecia, Griffin também gostava. Para cada verso inicial que ela dizia durante o percurso, ele dava o nome da canção. Ela usou essa desculpa para explicar a presença de Griffin naquela noite.

— Ele é um fã obstinado dos Beatles — anunciou ela para todos ao se encaminharem para a Back Room. — E ajudou Micah durante toda a semana. Acredito que lhe devemos isso.

Poppy achava que lhe devia mais do que agradecimentos por ajudar Micah. Devia-lhe por ter trazido Victoria, a quem ela adorava, e por fazer torradas francesas no forno tão deliciosas que ela salivava só de pensar. Devia-lhe por respeitar sua cautela nas questões românticas. E também devia-lhe por dançar com ela. Ao fazer isso, Griffin lhe proporcionara um dos melhores momentos de sua vida desde o acidente.

Também devia-lhe por Heather. Toda a cidade devia, concluiu ela, sem qualquer sarcasmo. Se não fosse Griffin quem comentasse a semelhança entre Heather e Lisa, outra pessoa o faria. Mas Poppy duvidava que qualquer outro pudesse se mostrar tão compadecido e envolvido nas conseqüências quanto Griffin. E duvidava ainda que qualquer outro empenhasse tantos recursos quanto ele vinha fazendo. Sim, a cidade devia-lhe agradecimentos por isso.

Mas os hábitos antigos demoram a morrer. Embora a iniciativa de Poppy ao levá-lo à Back Room fosse uma declaração de aprovação, ainda persistia o fato de que ele se encontrava na cidade há pouco mais de uma semana. Poppy achava que isso era espantoso, considerando o quanto se sentia ligada a Griffin. Mas o resto da cidade não o via com tanta freqüência. É verdade que ele sobrevivera a uma prova de fogo em Little Bear. Mas ainda era um forasteiro em Lake Henry.

Isso dito, ele se comportou muito bem. Se ansiava em fazer perguntas, seguindo sua inclinação natural, demonstrava comedimento. Permaneceu ao lado de Poppy, discreto e amável, deixando que ela fizesse as apresentações, formulasse as perguntas, orientasse a conversa. Depois de algum tempo, ela sentiu que Griffin estava sendo excluído e passou a dar um jeito de abrangê-lo.

Era uma transição fácil, porque a conversa acabava se voltando para a produção do açúcar de bordo. Como Micah não estava presente, e Griffin vinha ajudando-o, era natural que ele desse as informações solicitadas. E Griffin fez um relatório sobre a instalação dos tubos, como estava a lavagem, e até endossou os novos rótulos. Disse que Micah precisava de toda a ajuda possível no bosque... e Poppy torceu para que a sugestão trouxesse ofertas. Mas houve apenas sorrisos tristes e acenos de cabeça compadecidos. Micah ofendera muitos moradores da cidade.

A multidão aquietou-se quando o rapaz de North Woods começou a tocar. Mas seu repertório era limitado. A apresentação acabou em quinze minutos e as conversas recomeçaram. Griffin parecia à vontade... cada vez mais, compreendeu Poppy. Era do tipo que podia encontrar algum ponto em comum para conversar com qualquer pessoa. Com o marido de Cassie, Mark, a conversa foi sobre Princeton, a universidade em que os dois haviam estudado. Com Charlie, foi sobre Little Bear, agora que Griffin tinha algumas histórias para acrescentar à coleção dos Owens. Com John, foi sobre amigos comuns em Boston.

No lado de Poppy, houve as inevitáveis especulações. Cassie começou por censurá-la, num sussurro:

— Você não me disse que vinha com ele.

— Nem eu sabia — sussurrou Poppy em resposta. — Foi uma decisão de última hora. Ele ama os Beatles.

— Posso imaginar... — murmurou Cassie, zombeteiramente. — Mas fico contente que ele esteja aqui. A situação de Heather continua indefinida. Fiquei preocupada, pensando que não iam falar de outra coisa. Estou me sentindo desesperada.

— Você tem feito o melhor possível.

— O melhor possível não está nos levando muito longe. Sua presença aqui com seu homem dá outro assunto para as pessoas falarem.

— Ele não é meu homem.

Cassie sorriu, um pouco presunçosa.

— De qualquer forma, você está muito bonita. Gosto dos seus cabelos assim. Estão mais compridos?

— O crescimento de dois dias desde a última vez que nos vimos — respondeu Poppy, com um olhar eloqüente.

Ela não podia gracejar com a mesma facilidade com Annette, que puxou uma cadeira para sentar ao seu lado assim que Charlie e Griffin começaram a conversar.

— Ele é adorável, Poppy. Charlie quer ser cauteloso, mas olhe só para ele... não está conseguindo. Há alguma coisa em Griffin que ele aprecia. Fico contente que ele esteja aqui. E está perdidamente apaixonado por você.

Poppy tentou negar apenas pelo registro. Embora Annette não fosse nem um pouco mesquinha ou irresponsável, era um ponto de articulação das conversas na cidade. Qualquer coisa que ela dissesse em voz alta logo circulava por toda a cidade, mesmo que fosse apenas uma brincadeira.

— Ele não está perdidamente apaixonado por mim, Annette. E mesmo que estivesse, eu não estou.

— Mas ele é persistente. Você o chutou em outubro, mas ele voltou para continuar na caçada. — Ela olhou para Griffin. — Um homem que dá a impressão de que pode escolher entre muitas mulheres.

— Tem razão — disse Poppy, num tom de indiferença. — Para satisfazê-lo de muitas maneiras que não posso.

As palavras desafiavam Annette a sondar a sexualidade de uma paraplégica. Mas era algo que Annette jamais faria, porque era muito do Velho Mundo sobre esse aspecto.

Lily — com a impudência, talvez o *amor* de uma irmã — não se mostrou tão prudente. Quando John e Griffin começaram a conversar, ela sentou ao lado de Poppy.

— Você está usando rímel. O que isso significa?

Poppy riu. Era fácil usar uma tática diversionária.

— Mamãe disse isso quando eu tinha dezesseis anos... exatamente as mesmas palavras. Lembra... quando eu ia sair com o capitão da equipe de esqui de Dartmouth?

— Claro que eu me lembro. Eu já estava na universidade, mas soube da história... *e* também soube da infame noite da maconha. Era tudo uma experiência na ocasião. Você brincava de bancar a adulta e ter o comando. O que é agora?

— Espere um pouco. Já se olhou no espelho? Está usando rímel... e batom... e *blush.*

— Não é *blush.*

Poppy podia jurar que era. Lily sempre fora a mais bonita da família, mas agora estava absolutamente radiante.

— Só rímel e batom — acrescentou Lily. — Tenho de parecer mais bonita para John. Qual é a sua desculpa?

— Sobrevivência — declarou Poppy, mantendo a voz baixa. — Preciso de alguma coisa para me animar. Foi uma semana péssima, de preocupação com Heather. Mas se pensa que fiz isso por Griffin, pode mudar de idéia. Ele é apenas um amigo, Lily. Mais nada.

— É uma pena. Gosto dele.

— Eu também gosto. Amizade é isso.

— Lamento que não seja mais do que amizade. Deveria ser com um homem assim. Você deveria estar pensando nas coisas mais indecentes.

Era o que acontecia, mas Poppy não podia admitir. Não sabia se o relacionamento seguiria adiante. Nem sabia se era o que queria. Aos dezesseis, dezoito ou vinte anos vivera para o momento. Não podia mais fazer isso agora, aos 32 anos. Sob muitos aspectos, não era diferente de outras mulheres de sua idade, que não podiam perder a esperança de encontrar o Príncipe Encantado. Só que Poppy *era* diferente. Tinha uma grande desvantagem, o que aumentava as apostas em contrário.

— Amigos não pensam coisas indecentes um do outro, Lily.

— Mas você deveria. É o homem perfeito para você.

— Não, não é. Pertence a uma família tradicional. É da mídia. E ainda por cima é *rico*.

— Ora, Poppy, nós também somos.

— Não como ele. É um homem da cidade grande. Da alta sociedade. Pode me imaginar passando guardanapos de linho brancos, para prender em adoráveis argolas cor de morango, que combinam com os pequenos e adoráveis centros de mesa em cada uma das oito mesas alugadas, para o sexto jantar anual de Ano-Novo, na minha casa de vários andares e absolutamente inadministrável, no bairro mais rico da Filadélfia?

— Griffin não mora na Filadélfia.

— Nova Jersey fica perto, mas você entendeu o que eu quis dizer. O fato é que sou perfeita para mim mesma. — Poppy começava a se sentir irritada. — Eu sabia que haveria conversas por causa da minha presença aqui com Griffin. Por que todo mundo pensa que *preciso* de alguém? Não estou funcionando bem sozinha?

— Até muito bem.

Lily falou de uma maneira que, pelo ânimo atual de Poppy, seria considerada condescendente se partisse de qualquer outra pessoa.

Mas Lily era sensível. Sabia o que era ter uma deficiência. Era verdade que a gagueira parecia ter passado junto com a mudança de seu estado civil, mas isso era apenas por fora. Lily tinha momentos de persistência da insegurança. Eram muito ligadas, como irmãs, para Poppy saber disso.

Só que aquele não era um desses momentos. Lily inclinou-se para a irmã, parecendo muito segura.

— Tenho observado os dois desde que chegaram. Você pode pensar que ele está totalmente absorvido com John, Charlie ou Mark, mas a todo instante Griffin olha para você, como se fosse o seu centro... sua *âncora*. Ele quer ficar junto de você, Poppy.

— Claro que ele quer. Sou sua garantia de ingresso aqui. Sua proteção.

Lily sacudiu a cabeça com absoluta convicção.

— Não é isso o que eu vejo.

— Mas é o que *eu* vejo. — À beira de um ataque de nervos, Poppy olhou ao redor. — Há alguma razão para que todos insistam nesse assunto?

Lily sorriu.

— Não posso falar pelas outras pessoas.

— Pois então fale por si mesma. Diga alguma coisa que não tenha a ver com Griffin.

— Estou grávida.

Poppy prendeu a respiração.

Por mais incrível que pudesse parecer, Lily fez a mesma coisa. Arregalou os olhos de repente, como se não pudesse acreditar no que acabara de dizer. Parecia chocada, de uma forma total e cômica.

— Feche a *boca* — sussurrou Poppy, jovial. Com um sorriso, ela abraçou a irmã. — Que notícia maravilhosa!

— Ninguém sabe ainda... isto é, além de John — sussurrou Lily em seu ouvido. — Tenho apenas seis semanas e não tencionava lhe contar por enquanto.

Poppy afastou-a para fitá-la nos olhos.

— Estou feliz por você.

Havia preocupação nos olhos de Lily.

— Está mesmo?

— Por que não estaria? Porque não posso ter filhos? Eu posso, Lily. Apenas optei por não ter.

— Está certo. Mas tantas coisas boas me aconteceram nos últimos meses que às vezes me sinto culpada.

— Você merece tudo, Lily — declarou Poppy com absoluta sinceridade. — Passou por momentos terríveis. Agora é a sua vez.

— E você? — indagou Lily, gentilmente. — Quando será a sua vez?

— Com licença...

Griffin virou-se quando a mulher saiu das sombras. Ele estava num canto do armazém geral, fechado agora, em contraste com a Back Room. Viera ali para fazer sua reserva no avião. Aidan Greene recusava-se a falar. Griffin queria tentar pessoalmente.

Agora, ele sorriu e estendeu a mão.

— Sou Griffin. E você é Camille.

Camille Savidge era uma mulher atraente, na casa dos cinqüenta anos, olhos cor de chocolate, a pele clara que parecia macia e fresca. Os cabelos grisalhos deveriam fazer com que parecesse mais velha, mas eram tão abundantes, compridos e ondulados que isso não acontecia. Vestia-se com simplicidade — calça comprida, blusa, xale —, em cores suaves. Mas exibia uma elegância que a distinguia, talvez o porte distinto, a maneira comedida como falava ou o fato de que era uma solitária e preferia ficar em segundo plano a virar o centro das atenções. À sua maneira discreta, como guarda-livros, contadora e especialista em computadores, estava envolvida com a vida de metade de Lake Henry.

Fora o que Charlie dissera a Griffin várias semanas antes, quando Camille passara por eles, deixando o escritório, atravessara um corredor de queijos, molhos e mercadorias similares, e saíra pela porta da frente. Aquela noite era a primeira vez em que os dois mantinham um contato formal.

— Tem um minuto? — perguntou Camille.

A conversa distante vinha da Back Room. Griffin ainda dispunha de alguns minutos.

— Claro.

— É sobre Cassie. Sei que ela está doando seu tempo, e dizem que você também não cobra nada. Micah não tem dinheiro neste momento. Mas eu tenho uma reserva. Se precisar, gostaria que me avisasse, por favor.

Griffin não aceitaria a oferta, mas ficou comovido.

— É muita generosidade de sua parte.

— Sempre gostei de Heather.

— Já faz muita coisa para ajudar Micah. Ele disse que você trabalharia esta noite.

— Já estive lá. Verificamos o estoque... rótulos, garrafas, potes e o resto... e tentamos determinar uma prioridade para as contas, mas ele pensava em outras coisas.

— Já vi isso acontecer várias vezes. Não no pomar, pois ali ele é o profissional dedicado, mas quando fazemos um intervalo para um café ou o almoço. Ele está preocupado com Heather.

— E exausto. Acho que quase não dorme. — Camille hesitou. — Heather tem uma chance de se livrar das acusações?

— Saberei mais dentro de poucos dias. Viajarei amanhã. Pode haver alguém com novas informações.

Camille parecia com vontade de perguntar mais. Depois de vários segundos, porém, apenas comprimiu os lábios e balançou a cabeça. Griffin, como era de esperar, sentia-se curioso pelo envolvimento de Camille.

— Conheceu a família de Micah?

Ela alteou as sobrancelhas e sorriu.

— Conheci. Eram boas pessoas.

— E a primeira esposa?

Camille refletiu a respeito, depois ergueu um ombro, num gesto eloqüente.

Até este momento, Griffin presumira que se Heather confidenciara qualquer coisa a alguém, teria sido para Micah, Poppy ou Cassie. Ocorreu-lhe agora que talvez estivesse enganado.

— Era muito ligada a Heather?

Camille sorriu.

— Éramos boas amigas.

— Conhece seu passado?

— Ela não fala sobre isso.

— Ficou surpresa quando tudo isso aconteceu?

— Muito. Não esperávamos. Micah não podia imaginar. Sente uma tremenda pressão agora. Se eu puder aliviar um pouco essa pressão, ajudando-o a descobrir alguma coisa que possa ser útil a Heather, quero que me diga. Vai me falar?

Griffin acenou com a cabeça em confirmação.

— Obrigada.

Ela saiu com a mesma discrição com que entrara.

Poppy mantinha um olhar que parecia indiferente na porta, mas sentiu-se aliviada quando Griffin finalmente apareceu. Ela o queria ao seu lado para a apresentação principal. Não queria que ele perdesse uma única canção. Se ambos adoravam aquela música, Poppy queria que desfrutassem juntos.

Com um sorriso ansioso, ele foi sentar ao lado de Poppy, no momento em que violino, viola, violoncelo e baixo acabavam de esquentar. Então, a diversão começou. Canções como "Yesterday", "Norwegian Wood" e "Strawberry Fields Forever" pareciam ter sido feitas para instrumentos de cordas, e aquele quarteto as tocava muito bem.

Poppy perdeu-se na música. Quando os músicos passaram para canções mais rápidas — "Here Comes the Sun", "Eight Days a Week" e "All You Need Is Love" —, ela acompanhou o ritmo com a mão no braço da cadeira de rodas. E como deixar de cantar com o coro de "Yellow Submarine"? Em diversos momentos, ela trocou sorrisos com Griffin, satisfeita por vê-lo tão contente quanto ela se sentia.

Ao final da primeira parte da apresentação, o grupo fez uma pausa. Os biscoitos de chocolate foram servidos, quentes, melados, muito doces. Cassie e Mark foram falar com alguém no outro lado da sala. As cadeiras vazias deviam ser uma grande tentação — isso, ou as pessoas estavam bastante alegres e cordiais, ou sentiam-se curiosas demais para resistir —, porque vários dos presentes vieram ocupá-las para conversar com Griffin.

Poppy não se surpreendeu com as primeiras perguntas. Refletiam o que ela já vinha ouvindo pelo telefone. Em uma questão de dias,

Heather passara de acusada injustamente para uma mulher que mantinha um estranho silêncio até se tornar Lisa.

— Ela terá de voltar para a Califórnia? — indagou Amy Kreuger, que fizera a universidade em Santa Bárbara antes de voltar para a granja da família.

— Terá de cumprir uma pena de prisão? — perguntou Leila Higgins, que contava com a presença de Heather na biblioteca e queria sua volta o mais depressa possível.

— Alguma chance de que ela possa se livrar das acusações? — indagou Seth, o filho mais velho de Charlie Owens.

Depois, a conversa teve uma mudança sutil. O grupo em torno de Poppy e Griffin aumentou, conversando entre si tanto quanto com os dois. O que aconteceu mais ainda quando Allison Quimby, que cuidava da corretora de imóveis local, passou a falar com Anna Winslow, que dirigia a indústria têxtil.

— Heather sempre foi honesta e trabalhadora desde que veio para cá — declarou Anna. — É o que todos nós pensamos.

— Não pensamos — corrigiu Allison. — Temos certeza. Cada um tem histórias sobre a nossa Heather. Ela sempre se empenhou em ajudar todo mundo em um momento ou outro.

— Acha que ela fazia isso deliberadamente? — perguntou Anna. — Como compensação pelo que fez na Califórnia?

Allison acenou com a mão, impaciente.

— Não estou interessada no que ela fez lá.

— A família do rapaz ainda se interessa.

— Mas qual é a situação *agora*? Ela é uma pessoa diferente. Leva uma vida íntegra há catorze anos.

— Uma vida *exemplar* há catorze anos — reiterou Anna. — Uma mulher não merece crédito por ter melhorado?

— Se querem saber minha opinião — disse Allison —, o crime seria desperdiçar o dinheiro dos contribuintes para mantê-la na prisão depois que ela se tornou uma cidadã produtiva. Ela é um perigo para a sociedade? Não creio.

Poppy tinha certeza que não. Heather era tudo de bom que elas diziam... e isso devia valer alguma coisa. Muitas vezes ela especulara sobre sua própria vida, querendo saber se contava alguma coisa o tipo de pessoa responsável que se tornara desde o acidente. Queria acreditar que contava. Era mais generosa agora, mais paciente, mais ponderada. Seria uma mudança em sua natureza básica ou apenas uma reação a um acidente? Não importava, ela compreendia. O resultado final era o mesmo. E para Heather também. Mas Poppy não sabia se as autoridades na Califórnia também pensariam assim.

Ela já ia pedir a opinião de Cassie quando a música recomeçou. As melodias eram mais suaves agora. "The Fool on the Hill" foi acompanhada por "Eleanor Rigby", depois por "Hey Jude". A pedido da platéia, como acontecia com freqüência na Back Room, Lily foi instada a subir ao palco. Cantou "Strawberry Fields Forever" e "Yesterday". Quando ela se recusou a cantar mais, apesar dos aplausos entusiasmados do público e do assobio de lobo de Poppy, o quarteto passou a tocar músicas mais vibrantes, como "Hello Goodbye". Vários casais começaram a dançar. Outros aderiram com "Here Comes the Sun", com mais e mais pessoas na platéia cantando junto.

Poppy cantou. E Griffin também. Quando seus olhos se encontraram, no entanto, não foi em cantar que ela pensou. Recordou a maneira como haviam dançado na noite anterior. A expressão de Griffin dizia que aceitava.

Mas ela não podia fazê-lo. Não ali. Não na frente de todo mundo. Houvera um tempo em que ela era o centro da dança, junto com qualquer um que fosse capaz de acompanhá-la. Mas não podia mais dançar assim. Era diferente agora. E não podia escapar a esse fato.

Havia outra coisa, no entanto... uma coisa que foi se avolumando em sua mente quanto mais Griffin sustentava seu olhar. O que haviam feito juntos era particular. Fora sensual e excitante. Poppy queria fazer de novo. E queria muito. Mas não ali.

A apresentação terminou com uma longa versão de "Let It Be", numa vigorosa interpretação. Antes que a canção chegasse ao meio, a maior parte da platéia estava de pé, balançando-se. Quando o último acorde soou, os aplausos foram ensurdecedores.

Poppy aplaudiu. Griffin também. Acenaram para os que saíram primeiro, despediram-se dos outros e foram para a Blazer. Quase não falaram enquanto Poppy guiava de volta para casa. Quando chegaram, Griffin perguntou:

— Posso entrar?

Ela ficou apavorada. Mas não podia mantê-lo fora, mesmo que sua vida dependesse disso.

Griffin devia ter notado sua apreensão e compreendido para onde se encaminhavam, porque disse, quando se adiantou para ajudá-la a saltar:

— Vamos primeiro até o lago.

Ela não perguntou como chegaria lá. Depois de dançar com Griffin, sabia qual era a mecânica.

— Deve estar frio — advertiu ela.

Mas Poppy sabia que frio era o objetivo. Houvera calor no veículo, muitos graus do sistema de aquecimento da Blazer. Griffin tentava esfriar a situação. E ela se sentia grata por isso.

Ele se inclinou e ajeitou o cachecol em torno do pescoço de Poppy. Fechou seu casaco e pôs a faixa na cabeça. Poppy pôs as luvas. Ele também. Depois Griffin pegou-a no colo e levou-a pela neve na direção do lago.

Não foi uma viagem suave. O sol durante o dia amolecera a neve, mas o frio no ar tornara a congelar a superfície agora. Por isso, a cada passo, as botas de Griffin mantinham-se na superfície por um ou dois segundos, para depois afundarem.

Poppy não se queixava. Não ia até a beira do lago à noite desde que caíra a primeira nevasca.

— Em qualquer outra estação posso fazer isso sozinha — comentou ela. — Há um cais e um sistema de rampas. Entro com a cadeira na água e começo a nadar.

— Aposto que você adora fazer isso.

— Adoro mesmo.

— E também aposto que é uma boa nadadora.

— Claro que sou.

Chegaram à beira do lago. Sem qualquer anteparo, uma brisa ligeira soprava ali. A lua espiava através dos dedos nodosos das nuvens. Mas mesmo nos momentos em que ficava mais encoberta, ainda projetava claridade suficiente para que ele visse.

— Quer andar um pouco pelo lago?

Ela acenou vigorosamente com a cabeça.

— Você tem de descer por aquelas pedras.

Griffin levou-a sem maiores dificuldades, como o profissional que parecia ter se tornado desde que fora morar em Little Bear. Já no lago, era mais fácil de andar.

— Acho que não se pode deixar de nadar bem quando se é criado à beira de um lago como este — comentou ele.

— Você sabe nadar?

— Claro.

— Onde aprendeu?

Griffin fez uma careta.

— Num clube. — Ele a fitou enquanto andava. — Deveria me desculpar por isso, mas era um bom clube. Restaurante, churrasqueira, campo de golfe, quadras de tênis, duas piscinas...

— Duas?

— Uma para Pampers, outra para Speedos.

Poppy sorriu.

— Não posso imaginá-lo num Speedo.

Ele parou de andar.

— Eu era muito rápido. Fazia parte da equipe do clube. Já faz algum tempo que não nado.

— Gostava?

— Adorava.

Eles continuaram a trocar olhares.

— Sinto-me livre na água. A parte superior do corpo compensa o que a inferior não pode fazer.

— Fico surpreso que não tenha ido para o Sul durante o inverno, a fim de poder nadar o ano inteiro.

— Como os gaviformes?

— Como os gaviformes. Quando eles voltarão?

— Em abril. Horas depois do degelo. É fantástico. O próprio degelo é um espetáculo. Você observa o gelo se tornando mais e mais fino, durante vários dias, até que fica preto. Depois passa a ser poroso, até que de repente se parte e desaparece. Os gaviformes pousam... é impressionante... *horas* depois que isso acontece.

— Como eles sabem?

— Efetuam um reconhecimento. Os machos vêm primeiro... deixam o mar e voam para o Norte, assim que uma voz interior avisa que as estações começaram a mudar. Devem subir direto pela costa, antes de virarem para o interior, em missões de reconhecimento. Não podem pousar, a menos que haja águas livres. Precisam disso para encontrar peixes *e* decolar de novo. Se pousassem no gelo, não apenas não teriam alimento, mas também ficariam retidos até que derretesse. A primeira vez em que se ouve os gaviformes na primavera...

Poppy sentiu um súbito anseio.

— É lindo. — Ela olhou para o céu. — E isto também é.

A lua se escondera por trás de um dos dedos de nuvens, mas isso não tirava qualquer coisa do charme da noite. Havia estrelas; ela correu os olhos pelo céu, devagar. Fazia frio, é verdade, mas ela estava abrigada contra Griffin. E o frio era metade da diversão.

— Outra semana e teremos a lua cheia — comentou ela. — Nesta época do ano, é a lua do bordo. Ou a lua do açúcar, como os nativos americanos diziam. Sabia que eles foram os primeiros fabricantes de açúcar?

— Micah me contou — sorriu Griffin. — E que a fabricação de açúcar passou a ser feita depois por escravos.

— Já falei sobre o açúcar na neve?

O sorriso de Griffin não se alterou.

— Acho que não.

— Se você pinga na neve a calda recente e quente, ela endurece em filamentos que se pode mastigar. Fazemos uma festa durante a temporada. Calda na neve, *donuts* e picles. Come-se um de cada vez, para acentuar o gosto dos três.

Ainda sorrindo, ela encostou o nariz no ponto quente sob a orelha de Griffin.

— Frio?

Poppy sacudiu a cabeça e gracejou:

— Não posso sentir os dedos dos pés.

Ele não perdeu a oportunidade:

— Nesse caso, teremos de tomar uma providência.

Griffin começou a voltar pelo lago. Ela deixou o nariz onde estava. Ele recendia a seu sabonete de aloés. Poppy sempre achara que era uma fragrância leve, viçosa, feminina. Ainda era leve e viçosa, mas nele se tornava masculina.

Ele subiu pelas pedras do lago para a terra. Seguiu para a casa. Poppy subiu o nariz até a beira da faixa de cabeça que ele usava e deu um beijo no ponto em que antes estivera seu nariz. Mesmo ali fora, com a brisa farfalhando nos galhos que mantinham as folhas, ela o ouviu prender a respiração. Passou a língua pelo mesmo ponto, além da sombra da barba. A pele era surpreendentemente macia.

Griffin não disse nada. *Aquilo* era um desafio, e Poppy sabia muito sobre desafios. Enfrentá-los era sua especialidade antes do acidente. O que sentia vontade de fazer, ela fazia. O que queria, ela pegava. O que a tentava, ela ia atrás.

Com a cadeira de rodas ainda na Blazer e Griffin seguindo direto para os degraus, era fácil esquecer os doze anos entre aquele tempo e agora. Era como ser capaz de andar, mas optar por não fazê-lo... e por que deveria com um homem deslumbrante para carregá-la em seus braços?

Ele foi até a porta, abriu-a e fechou-a com o pé, e levou-a pelo corredor para seu quarto. Poppy estava absorvida demais, a beijar seu queixo, para protestar; e quando teve de parar, apenas porque ele a pôs na cama e seus corpos se separaram, ela ficou igualmente absorvida nos olhos de Griffin.

Já fazia mais de doze anos que ela não via uma fome assim. Não esperava ver de novo, mas lá estava. Se havia insinuações de medo no fundo de sua mente, aquela fome manteve a distância. Ele tirou as luvas de Poppy, soltou o cachecol, abriu o casaco, sem que a fome sumisse de seus olhos por um instante sequer. Tinha as faces coradas, a respiração era trêmula. Também tirou suas luvas, a faixa na cabeça e o casaco. Cruzou os braços, estendeu as mãos para a bainha da suéter e a tirou pela cabeça, junto com a camisa por baixo.

Poppy não estava preparada para aquilo. Sentiu um sobressalto. Desamparada, estendeu a mão. Nunca vira antes o peito nu de Griffin, muito menos o sentira. Era quente, os músculos bem definidos, os pêlos castanho-avermelhados esparsos formando um T. Com os dedos abertos, ela deslizou a mão sobre o peito e as costelas dele.

Griffin respirou fundo. Ela o fitou no mesmo instante, meio receando que ele tivesse esfriado, quisesse sair... porque, afinal, ela era paraplégica. Apesar das poucas carícias, não sabia até onde ela podia ir... e muito menos até onde *ele* podia ir.

Um pouco mais adiante, ele parecia dizer, porque a beijou, com os lábios demonstrando a mesma fome que seus olhos haviam projetado. Como ela podia deixar de reagir? Também sentia uma fome intensa. Não tinha certeza se isso aconteceria. Tecnicamente, os órgãos sexuais funcionavam, e ela sempre soubera disso. Mas o sexo não era apenas uma coisa física. Por causa de sua deficiência, havia uma série de questões emocionais. Não querendo lidar com isso, ela sempre optara antes por ignorar as possibilidades.

Mas as possibilidades se tornavam agora inebriantes. Sentia o corpo comichar, e seria capaz de jurar que a sensação estendia-se à parte inferior. O cérebro era capaz de compensar dessa maneira, recebendo uma mensagem de um lugar e a atribuindo a outro. Ela esperava que não fosse apenas compensação. Pelo menos parecia real.

A boca de Griffin acariciava a sua, várias vezes, o beijo aprofundado devagar, com firmeza, até que era mútuo, aberto, íntimo... pouco mais que uma troca de respiração ou o contato de uma língua. Mas era excitante demais, a um ponto inacreditável. Poppy arqueou as costas — era uma maravilha ser capaz de fazer isso —, e ele aproveitou para puxar-lhe a suéter.

— Levante os braços, meu amor — sussurrou Griffin.

Depois que a suéter saiu e Poppy ficou apenas de sutiã, ele o tirou também.

E olhou. Acariciou. Poppy nunca se sentira muito dotada, em particular em comparação com as irmãs. Quando fazia aquilo, antes do acidente, os seios sempre haviam sido secundários. Nunca os considerara como cruciais para sua identidade, porque a feminilidade nunca fora uma questão fundamental. Sexo era sexo — ela era mulher, o parceiro era homem —, e homens e mulheres faziam aquilo porque era gostoso. Também era um ato de rebeldia, por não ser o que sua mãe queria que ela fizesse... o que aumentava a diversão.

Aquilo era novo. A boca de Griffin fazia com que seus seios se sentissem femininos. Não apenas os mamilos apontaram e ficaram rígidos, mas também as ondulações de calor provocadas viajaram tão profundo que ela teria estremecido toda se tivesse mobilidade.

Esse pensamento foi breve. Mas devia ter feito alguma coisa — talvez uma súbita respiração mais forte, um pequeno recuo, *qualquer coisa* —, porque Griffin levantou a cabeça.

— Você está bem? — sussurrou ele.

Como resposta, ela pegou seu rosto entre as mãos e puxou-o. Tomou a iniciativa do beijo desta vez, e aumentou a intensidade mais e mais, como um meio de se esquivar dos pequenos pensamentos assustadores. Adorava a sensação do queixo de Griffin, mais áspero agora, depois de várias horas do último barbear. Ela adorava a abundância dos cabelos ondulados, a força do pescoço; adorava a maneira como os músculos se contraíam — nas costas, ombros, peito — quando os tocava. Como precisava sentir a barriga de Griffin, ela enfiou os dedos por baixo da cintura do jeans.

Quando ele deixou escapar um grito abafado, Poppy parou no mesmo instante.

— Não pare — balbuciou Griffin, a voz rouca.

Horrorizada, ela retirou as mãos.

— Não pare...

Mas as palavras saíam forçadas ou pelo menos foi o que pareceu à mente consternada de Poppy.

Ela enfiou as mãos por baixo dos travesseiros, muitos travesseiros, mais do que uma pessoa normal precisaria, mas que eram necessários para manter uma deficiente em uma posição ou outra.

Griffin estendeu-se ao seu lado e virou-a de frente. Fez isso com extrema gentileza, puxando travesseiros para escorá-la pelas costas. Sua respiração era acelerada, mas ele parecia ter pleno controle.

— O que aconteceu, meu amor?

— Não sei.

Mas Poppy sabia. Claro que sabia.

— Machuquei-a?

— Não.

— Mas você parou de repente.

— Por sua causa. Emitiu um som, como se estivesse acontecendo mais do que queria.

Ele a segurou pelo queixo.

— O som foi porque não estava acontecendo o suficiente.

As lágrimas afloraram.

— Eu sei. Não posso fazer mais. Desculpe. Não posso deixar de ser o que eu sou.

— Não era a isso que eu me referia. — Ele deslocou o polegar para a boca de Poppy. — Não acontecia o suficiente porque estávamos apenas começando e sou impaciente. Queria mais depressa... isso é tudo. Porque sou homem. Não tem nada a ver com qualquer coisa, exceto o fato de que você é uma mulher linda, que me deixa muito excitado.

Griffin fez uma pausa antes de perguntar:

— O que você é?

— Paraplégica.

— Poderia ter me enganado. Não senti qualquer deficiência no que estávamos fazendo. Tive a impressão de que você estava gostando.

— E estava, até que alguma coisa... o lembrou.

— Foi você quem se lembrou de alguma coisa. O que foi?

Você gemeu. Ou ficou sufocado. Ou qualquer outra coisa. Já não agüentava mais.

— Diga-me, Poppy, fiz alguma coisa errada? Alguma coisa não foi boa? Você não sentiu alguma coisa... não lhe despertou qualquer sensação?

— Senti tudo — confessou ela, porque tinha de ser sincera. — Eu me senti como uma mulher. E há muito tempo não me sentia assim.

Griffin beijou-a de novo, bem devagar desta vez. E no mesmo instante ela voltou a sentir o calor. Só que ele recuou, encostando a cabeça no travesseiro.

— Diga o que está pensando, Poppy.

— Que você beija muito bem.

— Não é sobre isso. É sobre fazer. Eu quero fazer, Poppy. Você também quer?

Ela queria. E não queria.

— Tem medo?

Poppy estava apavorada, mas como poderia dizê-lo? Nunca sentira tanto pavor antes. As mulheres fortes não tinham medo do sexo. Muito menos as rebeldes. O sorriso de Griffin foi extremamente gentil.

— Acho que tem. Tem medo de não sentir o que quer sentir. Tem medo de que não dê certo. Tem medo de que eu esfrie por alguma coisa, que não poderei me excitar ou continuar excitado.

Ele compreendia, no final das contas. O queixo de Poppy tremeu, mas ela acenou com a cabeça.

— Não terei esse problema — acrescentou ele, numa voz que se tornara rouca de novo. — Confie em mim. Não terei esse problema.

Griffin baixou os olhos para os seios dela, murmurando:

— Você é linda demais.

— Talvez aí, mas não...

— Não onde? Nas pernas? — Ele passou a mão nelas. — Você pode não sentir isso, Poppy, mas eu sinto... e suas pernas me parecem perfeitas.

Os dedos foram roçando pelo corpo de Poppy, até alcançarem os seios. A sensação era tão intensa que ela fechou os olhos, inclinou a cabeça para trás e aspirou fundo.

— Seu corpo funciona muito bem — sussurrou ele, seus lábios roçando no pescoço de Poppy. — Por isso, acho que o problema é emocional. Tenho a impressão de que você se sente culpada por isso.

Ela sentia mesmo, mas os dedos de Griffin continuavam a roçar em seus seios, deixando-a sem fôlego no processo. Subitamente, ela decidiu não se importar com mais nada. Podia morrer de culpa pela manhã, mas queria fazer aquilo... agora.

Pegou o rosto de Griffin entre as mãos e beijou-o. Mergulhou na novidade e no prazer que proporcionava. Empurrou a culpa para o fundo da mente, reprimiu o medo, até restar apenas a sensação. Concentrou-se nisso... no calor, na comichão, na sensação de ser feminina. E continuou assim até que Griffin tirou o resto de suas roupas — concentrada nas sensações —, e a intensidade era tanta que foi ela quem se tornou impaciente, puxando as roupas dele só para que retomassem o contato.

Se ele foi excepcionalmente lento, gentil ou cuidadoso, Poppy não soube, porque adorou tudo o que ele fez. Muito tempo passara e ela se sentira apavorada. Mas a plenitude estava ali, preenchendo-a; e se o orgasmo que teve agora foi diferente dos que experimentara antes do acidente, não podia dizer que fora menos satisfatório. Era um milagre.

E mesmo que ela não tivesse alcançado o orgasmo, teria se regozijado com o orgasmo de Griffin. Todo o seu corpo tremera com a força. Fora a melhor coisa que lhe acontecera desde que inventaram a cadeira de rodas de magnésio... e foi o que ela disse a Griffin quando o relógio de pulso dele bipou, às cinco horas da manhã seguinte.

Griffin não ficou nada satisfeito.

Quinze

Griffin não gostou da hora, não gostou da escuridão, não gostou de Victoria se intrometendo entre suas pernas e as de Poppy. Não gostou do fato de que tinha um vôo reservado para Minneapolis às seis e meia da manhã. Mas o que realmente o perturbava era a palavra "coisa".

— A melhor *coisa* desde as rodas de magnésio? Não chamo o que nós fizemos de *coisa*.

— Como chamaria?

— A melhor experiência de minha vida.

Estavam deitados agora de lado, de frente um para o outro, embora não há muito tempo. Poppy passara a maior parte da noite de barriga para baixo, os travesseiros amparando-a com todo o conforto. *Alonga os músculos,* anunciara Poppy, naquele jeito em que precisava lembrar que era uma deficiente. Griffin não se importava com a maneira como ela dormia, contanto que fosse a seu lado: e, na verdade, achava sua bunda tão excitante quanto a frente. Agora, é claro, ele podia contemplar seus seios. O impacto foi imediato. Ele estendeu a mão para acariciá-los, mas mudou de idéia.

— Não posso fazer isso agora. Tenho de me levantar.

Para desafiá-lo, Poppy tocou em seu peito. Ele lhe segurou a mão e manteve-a imóvel.

— Tenho um avião para pegar.

Ela desvencilhou a mão, estendeu-a para seu pescoço e puxou-o para um beijo. Deixou-o excitado de novo. Ele estava tão excitado como na noite anterior... tão excitado quanto nos melhores momentos de sua vida. Sussurrou o nome de Poppy, numa última tentativa de parar, mas ela não permitiu... e como ele poderia parar? Poppy o desejava. Se ela queria chamar aquilo de sexo, tudo bem. Se queria chamar de *coisa*, tudo bem também. Ele tinha de pegar um avião, é verdade, mas satisfazê-la era mais importante.

E muito agradável para ele também. E muito fácil. Poppy podia não ser capaz de mexer as pernas, mas ele podia. Levantou uma por cima de seu quadril, abrindo-a, e tratou de preencher o espaço. Adorava como ela era apertada, adorava sua maneira sensual de mexer a parte superior do corpo. Adorava como ela prendia a respiração, os suspiros trêmulos, os sons guturais que emitia quando o calor se tornava intenso. Teve de fazer um esforço para não gozar uma dúzia de vezes, em resposta, mas esperou e esperou, conteve-se até que ela alcançasse o orgasmo primeiro, antes de se soltar.

Queria continuar deitado ali, aproveitar o contentamento posterior, mas tinha de pegar um avião. Por isso, pegou-a no colo e levou-a para o chuveiro. *Não posso ficar de pé no chuveiro*, dissera Poppy, outro dos bloqueios que tentara erguer em seu caminho. Mas ele o removeu, como fizera com a resistência a dançar. As barras de metal em torno do boxe ofereciam um perfeito ponto de apoio, enquanto ele a ensaboava, depois a si mesmo, enquanto se beijavam e acariciavam... e faziam amor de novo, por mais incrível que pudesse parecer. Depois, envolveu-a com uma toalha, tirou-a do boxe e ajeitou-a na cadeira retirada lá de dentro. Deixou-a observar, enquanto se vestia apressado.

— Estou muito atrasado — disse ele, pulando para pôr uma meia, depois outra —, mas valeu cada segundo.

Ela estava corada, saciada, satisfeita. Griffin vestiu o jeans.

— Adivinhei que seria assim na primeira vez em que a vi... não, antes mesmo disso. Senti quando nos falamos ao telefone.

— Não acredito — protestou ela, mas sorrindo.

— Juro que é verdade. Havia alguma coisa entre nós desde o início. Você é única, Poppy.

Ela apertou os braços da cadeira.

— Eu sou isto.

Griffin não ia negar essa parte. Vestiu a camisa e abotoou dois botões enquanto escolhia as palavras. Pôs as mãos nos braços da cadeira e inclinou-se para ficar com o rosto no mesmo nível do de Poppy.

— Esta cadeira é parte de quem você é. Não tenho qualquer problema com isso. Não interfere com o que quero numa mulher. — Ele a beijou no nariz. — Eu amo você, Poppy.

Griffin não se importaria se ela chorasse naquele momento. Podia se sentir desamparado quando o desânimo a fazia chorar, mas as lágrimas de felicidade seriam bem-vindas. Eram apropriadas, junto com um sorriso, um abraço, um beijo, para não mencionar um retorno daquelas três palavras.

Só que não houve nenhuma. O sorriso de Poppy se desvaneceu. Os olhos se tornaram tristes.

Griffin respirou fundo. Se Poppy planejava dizer alguma coisa sobre sua deficiência, ele lhe daria uma surra.

— Poppy...

As lágrimas surgiram, mas não eram de felicidade. Ela balançou a cabeça devagar e suplicou, num sussurro:

— Não diga nada. Não estrague este momento.

— Eu esperava torná-lo ainda melhor — murmurou ele, desesperado por um sorriso. — Eu nunca disse essas palavras para uma mulher antes. Não acha que é o momento ideal?

Mas ela não sorriu.

Griffin se ergueu. Terminou de abotoar a camisa. Escovou os dentes, esfregou a cabeça com uma toalha, penteou os cabelos com as mãos, depois com uma escova. Durante todo o tempo, ela se manteve calada.

— Não se sinta na obrigação de dizer qualquer coisa — acrescentou Griffin. — Dizer a uma pessoa que a ama é importante demais. Eu não gostaria que você dissesse se não sentisse. E, obviamente, não sente neste momento. E só queria que soubesse como me sinto.

Ele olhou para o relógio.

— Tenho de ir agora.

Griffin nunca ficara com o coração partido. Sempre fora o menos envolvido, e embora sempre tentasse ser gentil ao se afastar, sabia que causava muita dor. Era como se sentia agora.

Não que ele e Poppy tivessem rompido, mas queria demais ouvir aquelas palavras. Claro que sabia que ela tinha obsessões por causa do acidente. Como um casal, porém, haviam encontrado uma coisa boa, especial. E ele era humano. Também queria ser amado.

Poppy podia amá-lo. Ou talvez não.

Como precisava se proteger naquele início de manhã escuro — precisava recuperar o Griffin que fora antes de ouvir a voz de Poppy —, ele levou a picape de Buck até a marina, onde deixara o Porsche. Cumprimentou Sage com um entusiasmo que ela provavelmente jamais conhecera. Depois que pegou a estrada, pisou no acelerador até o fundo.

Devia estar a 140 quilômetros por hora. Embora o patrulheiro estadual não devesse ser muito mais velho e fosse capaz de compreender os problemas da vida amorosa, Griffin aceitou a multa sem protesto. E passou a guiar de uma maneira mais sensata quando recomeçou a viagem.

Poppy pegou as meninas e levou-as para o desjejum em sua casa. Sabia que Micah ficaria satisfeito pela hora extra para trabalhar, e ela agradeceria pela distração. Testou Missy na soletração e fez alguns biscoitos rápidos no forno quando Star mencionou uma venda especial na escola. Quando deixou as meninas lá, sentia-se outra vez à vontade com sua vida. Até satisfeita.

Fora capaz de satisfazer Griffin. E esse pensamento proporcionava um certo alívio. Uma sensação de *triunfo*.

Por outro lado, cuidar das meninas... Ora, não era Heather. Não eram muitas as mães substitutas que podiam ser tão boas assim. Mas até que ela se saía bem para uma paraplégica.

Na volta para casa, ela passou pelo cemitério e disse isso a Perry.

Ele não respondeu.

Mas também ele estava lá, e ela aqui.

Micah estava instalando as canaletas. Lembrou os velhos tempos, quando os buracos eram abertos por uma pua, esguichos de metal cravados nas árvores com um martelo e baldes pendurados por baixo. Suas canaletas eram agora de plástico. Cada uma tinha meio metro de tubo de plástico fino, já preso na canaleta e virado para baixo, graças ao trabalho que realizara tarde da noite durante as últimas semanas.

Dormir? Ele não precisava dormir. Sua cama era solitária e fria. O sono só fazia com que perdesse o foco; e quando perdia o foco, pensava em Heather; e quando isso acontecia, sentia uma dor intensa no coração. Não podia explicar seu anseio... não podia explicar a tristeza que ameaçava virá-lo pelo avesso. A raiva era mais fácil de suportar do que a tristeza, o que o levava a se esconder por trás dela. Heather guardara segredos. Mantivera-o na ignorância. Traíra-o. O que era motivo para sentir raiva.

Isso — o foco na produção do açúcar — era terapêutico. As pessoas da cidade grande achavam que era um trabalho sem sentido: abrir um buraco, meter um esguicho, pendurar um balde, recolher a seiva.

Um trabalho sem sentido? Eles não tinham a menor idéia. Primeiro, era preciso saber onde abrir o buraco. Se fosse muito perto do buraco anterior, não se conseguiria nada que valesse a pena ferver. Se fosse reto, não se teria a ajuda da força da gravidade. E se a pessoa se agoniasse por causa de tudo isso, demoraria tanto que não teria metade das árvores preparadas para a primeira corrida da seiva.

Micah trabalhava depressa. Bastava um olhar para saber se uma árvore precisava de uma ou duas canaletas e onde instalá-las. Com uma broca elétrica fazia um buraco ligeiramente inclinado para cima, para que a seiva pingasse. Sabia a profundidade em que devia perfurar, sem que saíssem as aparas escuras que indicavam que atingira o cerne. O que de nada adiantaria. A seiva vinha do alburno, cujas aparas eram mais claras.

Aberto o buraco, ele enfiava a canaleta e fazia a ligação. Sabia com que firmeza bater para cravá-la, com uma economia de movimentos. Usava uma ferramenta especial para ligar a biqueira ao tubo lateral, de uma maneira rápida e eficiente. Não demorava. Concluída uma ligação, ele passava para a árvore seguinte.

Durante os três últimos anos, ele fizera esse serviço com Heather. Ele perfurava, ela cravava a goteira, enquanto ele fazia o encaixe no sistema. Trabalhavam bem como uma equipe, passando de uma área para outra com extraordinária rapidez. O entusiasmo de Heather acompanhava o dele. Micah não achava que era uma tarefa repetitiva, porque a presença de Heather fazia com que se tornasse uma diversão.

Mas não havia diversão naquele ano. Em vez disso, ele sentia uma ansiedade total. O sol estava alto, a neve se tornava mais fina e o crocitar dos corvos era ensurdecedor. Eram os sinais. Micah podia vê-los. Podia sentir a seiva se preparando para escorrer. Mais dois ou três dias. Podia apostar. E ali estava ele, ainda pondo as primeiras goteiras.

Uma voz áspera surpreendeu-o, com um grito alto:

— Ei!

Micah olhou ao redor. Billy Farraway estava parado a menos de uma dúzia de passos de distância. Tinha as botas desamarradas e presas em sapatos de neve do tipo antigo, de madeira. O casaco estava aberto, mas pelo menos ele tivera o bom senso de cobrir a cabeça... embora com um boné de caçador empurrado para trás. O velho ainda morreria de frio um dia destes, Micah sabia. Mas, por outro lado, Billy era um homem resistente. Devia ter herdado a longevidade junto com a altura. Para um homem que passava a maior parte do tempo encurvado, ele era surpreendentemente alto.

— Ei! — repetiu Billy.

— O que está fazendo aqui? — perguntou Micah, gentilmente.

— Só vim dar uma olhada.

— Devia estar no lago.

— Soube que estava sozinho. Não vai acabar a tempo se continuar sozinho.

Micah tornou a se virar para a árvore. Abriu um segundo buraco, para o lado e mais alto do que o primeiro. Cravou a goteira. Estendeu a mão para o cinto de ferramentas, a fim de efetuar o ajuste.

— Não deveria estar aqui, Billy.

— Porque meu irmão proibiu? Isso foi há muitos anos. Não acha que é tempo de deixar o passado para trás?

Micah comentou, ironicamente:

— Talvez eu pudesse, se soubesse o que é.

— Então não sabe?

Micah não sabia... nem sobre Heather nem sobre Billy.

— Vou contar, porque já não é sem tempo. Seu pai imaginava que eu cobiçava a esposa dele. Não havia um pingo de verdade nisso. Éramos apenas amigos. Mas ele era um homem ciumento. Sabe o que o deixou furioso? Chorei no funeral de sua mãe. Alguém tinha de chorar. Você ficou em estado de choque, e Dale estava furioso... furioso porque ela tivera a desfaçatez de deixá-lo, como se tivesse pedido para ter o câncer. Depois que ela morreu, Dale precisava de alguém para culpar. Lá estava eu, amigo de sua mãe, como se tivesse conspirado para desorganizar sua vida. E tratou de me culpar, por isso e por todos os outros pesadelos que não se consumaram. Disse que eu não prestava, que não precisava de mim, que atiraria se eu tornasse a aparecer por aqui. Por isso, nunca mais vim. Há quanto tempo ele morreu?

— Onze anos.

Micah estava aturdido. Nunca ouvira aquela história. O pai não era de falar muito.

— E ainda estamos ouvindo o que ele diz, você e eu? — indagou Billy. — Você não ouve, eu sei. Sempre me leva lenha. Leva roupas. Leva comida. E diz que não posso ajudá-lo aqui?

Micah fazia todas aquelas coisas. Havia um ponto fraco em seu coração pelo tio. Em parte era por causa das filhas de Billy, que consideravam o pai um velho simples e atrasado, um embaraço. As duas viviam na cidade e quase nunca voltavam a Lake Henry. Mas a simpatia de Micah vinha também da experiência pessoal. Billy lhe ensinara grande parte do que sabia... ensinara de uma forma discreta e gentil, pelas costas do chefe rigoroso e autoritário, o irmão mais velho de Billy. Micah podia se lembrar de rir com Billy. Nunca rira com o pai. Dale Smith fora um homem severo e impaciente, com uma necessidade de dominar os outros.

Micah sentia-se grato porque o pai falava pouco, porque suas palavras eram quase sempre sombrias. Ele não tinha ciúme apenas de Billy. Também sentia ciúme de Micah.

E a mãe dele? Se Billy ajudara a tornar sua vida mais agradável, então era uma coisa que partilhava com o sobrinho. Talvez Micah soubesse desse vínculo em algum nível inconsciente. Talvez isso explicasse o prazer que sentia em ajudar Billy.

Agora, Billy queria ajudar na corrida da seiva.

— Nunca falei que você não podia ajudar aqui — explicou Micah. — Foi ele quem disse. E disse várias vezes.

— Até no leito de morte. Eu soube disso. Mas ele morreu, Micah. Isto tudo é seu agora. Poderia cuidar de tudo se sua mulher estivesse aqui. Mas ela não está. Você declarou a todo mundo na cidade que não precisava de ajuda, como Dale fazia. Só que eu sei que não é bem assim. Você não conseguirá preparar tudo a tempo para a primeira corrida se não deixar alguém ajudá-lo. E não sou apenas alguém. Caso tenha esquecido, sobrinho, já fiz isso antes.

— Não com os tubos.

— Pois então me mostre como se faz. Posso aprender. Não encontrará ninguém na cidade mais ansioso do que eu para saber.

Micah sabia que ele tinha razão. Mas era como se seu pai ainda estivesse ali. Como se Micah fosse violar uma lei, profanar a memória do pai.

— Pense bem, rapaz — insistiu Billy. — Se não pode com tudo e precisa de ajuda, faça isso por mim. A produção de açúcar de bordo foi minha vida por mais anos do que posso contar. A luz de bordo me traz tudo de volta. Tenho isso... tenho isso no sangue, que parece esquentar pouco antes de a seiva começar a escorrer. Vinha aqui todas as temporadas para olhar. O velho Dale costumava pôr quatro goteiras numa árvore, mas você usa apenas duas. Também modernizou o trabalho. O velho Dale resistia a isso. Mas aposto que sua produção aumentou. E se não quiser que alguém da cidade saiba que estou aqui, não contarei a ninguém. Não quero estragar sua imagem como um sujeito mal-humorado, parecido com seu pai. Mas deixe-me ajudar. Não restam muitos anos. Quero fazer isso de novo antes de morrer.

Enquanto Micah deixava que parte do passado morresse e Griffin perseguia a outra parte, Cassie ligou para o escritório em Chicago de Weymarr, Higgins e Hack, uma firma de advocacia. Pediu para falar com Jonathan Fitzgerald. Seu nome constava da carta que Heather guardava na mochila.

Foi informada de que o sr. Fitzgerald ainda não chegara. Quando ela tornou a ligar, meia hora depois, o advogado estava ocupado em outra ligação. Ela não queria deixar um recado porque sabia como alguns advogados trabalhavam. Se você deixa um nome, o motivo para a ligação, eles só vão verificar no final do dia, escolhendo que telefonemas devem retornar. Por tudo o que Cassie sabia, era bem possível que os DiCenza já tivessem entrado em contato com Jonathan Fitzgerald.

Por isso, disse apenas que era um problema legal, da mesma maneira reticente que seus próprios clientes costumavam usar, e esperou na linha. Dez minutos mais tarde, ele atendeu, com uma atitude profissional:

— Jonathan Fitzgerald falando. Quem é você?

— Meu nome é Cassandra Byrnes, sr. Fitzgerald. Sou advogada e estou ligando por conta de uma cliente que precisa de sua ajuda.

Ou ele era mesmo um homem decente ou tinha alguma solidariedade profissional, porque perguntou, amavelmente:

— Qual é o problema?

— Ela teve uma criança há algum tempo. E contou com sua ajuda para providenciar uma adoção particular.

— Não faço esse tipo de trabalho há muito tempo. Posso recomendar um colega se ela desejar entregar outra criança para adoção.

— Não há outra criança. Ela quer localizar a primeira. Pensamos que poderia ter guardado os registros e nos dar a informação.

— É uma questão delicada. Não posso dar informações sobre uma adoção. Há leis rigorosas sobre a confidencialidade. Teria de entrar com uma petição em juízo, apresentando uma razão para querer a informação... como um problema médico.

— Minha cliente foi acusada de homicídio. É possível que um teste de DNA na criança comprove um relacionamento entre minha cliente e o falecido, que a promotoria pode negar. E isso pode ser fundamental para a defesa de minha cliente.

Cassie não sabia se isso era verdade, mas parecia bastante razoável na ausência de qualquer outro argumento.

— E eu já sabia antes de ligar que não poderia me dar essa informação — acrescentou ela. — Apenas queria saber se ainda a tem. Estamos com pouco tempo neste caso. Eu detestaria ter de apresentar uma petição e esperar um longo tempo apenas para descobrir que os arquivos não existem mais.

— Há quanto tempo aconteceu?

— Catorze anos e meio.

— O nome da cliente?

— Heather Malone — respondeu Cassie, porque não sabia como se esquivar disso.

Houve uma pausa prolongada no outro lado da linha, e depois uma indagação surpresa:

— A mesma Heather Malone?

Cassie deixou escapar um suspiro de alívio. A surpresa era sincera.

— A mesma.

— Não pude deixar de especular a respeito quando ouvi a notícia.

— Eu receava que a família DiCenza o tivesse procurado antes de mim.

— Duvido que saibam da minha existência.

— Então deve ter uma ótima memória.

— Nem sempre. Eu cuidava de muitos casos assim, e a maioria era fácil. Heather teve mais problemas do que as outras.

— Problemas?

— Em entregar a criança.

— Ela contou alguma coisa sobre sua vida... sobre a concepção da criança?

— Não, não contou. E bem que perguntei, porque sentia pena de Heather. A maioria das jovens me procurava em companhia de alguém... amiga, mãe, assistente social... mas ela estava sozinha.

— E teve a impressão de que ela era capaz de matar alguém?

— Não... nem de extorsão. — Antes que Cassie pudesse dizer qualquer coisa, ele explicou: — Li a respeito no jornal. A Heather Malone que me procurou não queria aceitar dinheiro algum. Despesas cotidianas, o custo do hospital... ela teria pago tudo se eu não lhe dissesse que era assim que as adoções particulares funcionavam. Dei-lhe dinheiro para alugar um quarto. Quando a criança nasceu, uma semana antes do prazo, Heather devolveu o dinheiro do aluguel que não usou. Uma extorsionária não faria isso.

— Poderia prestar esse depoimento?

— Claro.

— Mas não vai me ajudar a localizar a criança?

— Tenho os registros, sra. Byrnes, e me sinto muito tentado. Mas não posso. A lei proíbe. Por outro lado, se encontrar alguma evidência... *qualquer coisa...* que demonstre a necessidade, eu mesmo falarei com o juiz.

Griffin não conseguiu encontrar a casa de Aidan Greene. Era justamente por isso que tinha Sage no Porsche. Não era muito bom na leitura de mapas. Mas deixara o Porsche no aeroporto de Manchester, e o carro alugado ali oferecia apenas um mapa comum, mais organizado, para que levasse o carro de volta ao aeroporto, no final do dia, do que para ajudá-lo a encontrar o caminho no intervalo. Por isso, ele teve de parar e pedir orientações. Assim, chegou mais tarde do que planejara. Mas não tarde demais. A presença de dois carros ao lado da pequena casa de alvenaria, numa rua modesta, mas arborizada, significava que Aidan ainda não saíra para o trabalho.

Griffin estacionou. A neve era mais profunda ali do que em New Hampshire, e o ar não sugeria o calor da seiva do bordo. Agradecido por estar usando suas roupas de Lake Henry, ele foi bater na porta. Foi aberta por uma mulher mais ou menos de sua idade. Sem qualquer adorno, tinha os cabelos louros despenteados, uma criança no quadril, outra na barriga, a julgar pela protuberância no vestido grande. Parecia cordial, confiante, nem um pouco cautelosa.

— Estou procurando Aidan Greene — disse ele com seu sorriso mais amável. — Meu nome é Griffin Hughes. Temos uma amiga em comum.

Ela sorriu.

— É mesmo? — Ela virou a cabeça. — *Aidan!*

A mulher tornou a fitar Griffin e perguntou:

— Você é da Califórnia?

— Não, mas minha amiga é. — Ele olhou para a barriga da mulher. — É a segunda?

— A terceira. — Ela balançou a criança no quadril, afetuosa. — Esta é a segunda. Meu primeiro filho acaba de pegar o ônibus da escola. Seu nome é Thomas e tem cinco anos. Esta é Jessica, que tem dois anos. A criança que vai nascer é Brooke.

— Menino ou menina?

— Saberemos em breve.

O marido apareceu por trás. Ela se virou.

— Meu bem, este é Griffin Hughes. Conhece amigos seus na Califórnia.

Aidan Greene era da altura de Griffin, embora um pouco mais corpulento. Por baixo dos cabelos louros, lisos e curtos, que provavelmente estariam brancos em mais uma dúzia de anos, tinha a pele clara e a testa franzida. Aidan mostrava-se cauteloso, em contraste com a despreocupação da mulher.

— O banho de Jessie está pronto — disse ele. — Não quer levá-la enquanto Griffin e eu conversamos?

A mulher sorriu para Griffin e se retirou. A amabilidade de Aidan desapareceu com ela.

— Quem é a amiga comum?

— Lisa.

Ele começou a fechar a porta.

Griffin estendeu o pé para impedi-lo, enquanto dizia, em voz baixa e urgente:

— Peço que me escute, por favor. Minha amiga, na verdade, é Heather... isto é, a melhor amiga de Heather. Uma das muitas que ela tem em New Hampshire. Criou uma vida boa lá. Há alguma coisa que não combina nessa história toda.

— Haskins é seu homem?

— É sim.

— Eu disse a ele que nada tenho a declarar. E repito a mesma coisa para você. — Aidan empurrou a porta. Como não conseguisse fechá-la, por causa do pé de Griffin, ele acrescentou: — Isto é invasão de domicílio! Tire o pé da porta ou chamarei a polícia!

— Se fizer isso, terei de explicar por que estou aqui. Terei de dizer aos jornais por que estou aqui. E se o *Sacramento Bee* souber, pode mandar um repórter vir procurá-lo. Não foi fácil encontrá-lo. Parece com alguém que fez questão de apagar suas pegadas na neve, por assim dizer.

Aidan não achou a menor graça.

— Por que veio até aqui? Como obteve meu nome? O que quer de mim?

— Heather me deu seu nome, e é por isso que estou aqui. Quanto ao que quero de você, não tenho a menor idéia. Ela não explicou. Não disse quase nada, o que significa que será transferida para Sacramento e levada a julgamento por homicídio. Acha que ela teria um julgamento justo com toda a publicidade envolvendo o caso?

— Não estou preocupado com isso.

— Foi por isso que se mudou para cá, afastando-se da família DiCenza, para não ter de se preocupar? Posso compreender. Não resta a menor dúvida de que o caso de Heather é motivo para preocupação. Neste momento, há uma porção de pessoas em New Hampshire que estão preocupadas.

Ele tirou várias fotos do bolso. Mostrou a primeira a Aidan.

— Esta é Heather. Foi tirada no verão passado. Quem está com ela é Micah. Sorrisos de felicidade, não é mesmo? Só que não tem havido mais nenhum ultimamente. Ela se preocupa com a possibilidade de Micah deixar de amá-la se souber a verdade. Micah também se preocupa, porque precisa de Heather em sua vida, e ela foi embora.

Griffin mostrou a segunda foto.

— Aqui está Heather com as meninas, Missy à esquerda, Star à direita. Missy tem sete anos. Star tem cinco, como seu Thomas. As meninas não são de Heather por nascimento. A mãe biológica morreu quanto Star tinha dois meses de idade. Heather mudou-se para a casa alguns meses depois. A esta altura, Heather é a única mãe que elas conhecem. São meninas doces e *vulneráveis*. E *estão* preocupadas neste momento, porque não entendem por que Heather foi para a cadeia, não sabem quando voltará. Depois da perda da mãe biológica, pode ter certeza de que as duas especulam se há alguma coisa errada nelas que faz suas mães irem embora. Heather é uma boa mãe, Aidan.

— Não conheço Heather — disse Aidan, só que agora com mais cansaço do que cautela.

Griffin mostrou a última foto.

— Ela é do tipo gentil e quieta. Aqui está Heather com suas amigas. — Ele apontou. — Cassie é advogada, Marianne vende livros, Sigrid é artesã e Poppy dirige um serviço telefônico para a cidade. Poppy é minha namorada. Vive numa cadeira de rodas desde que sofreu um acidente num *snowmobile* há doze anos. Heather foi uma grande amiga durante sua recuperação. É uma grande amiga para muitas pessoas na cidade. Essas quatro mulheres sofisticadas, inteligentes e bem-sucedidas a adoram. Ela é também uma mãe dedicada, sempre fazendo coisas com as meninas, sempre animada, sempre sorrindo. Lembra-me sua esposa, o que traz à tona a questão de seu relacionamento com Heather. Ela nos deu seu nome. O que você representava para ela?

— Não conheço Heather.

— Então Lisa. Foram amantes?

Aidan sacudiu a cabeça.

— Nunca tive qualquer envolvimento com Lisa.

— Mas Rob teve, e você era seu melhor amigo. Diga alguma coisa, Aidan.

O homem suspirou. Com a saída do ar, todo ele pareceu se encolher.

— Dizer o quê? Que não foi ela? Não vi nada.

— Foi o que contou à polícia. Mas depois deixou Sacramento e cortou os laços com os DiCenza. Não posso deixar de pensar que não queria lembrá-los.

— Não queria que eles me vissem, mais por isso. Sabe como é a família? Pode imaginar o tipo de poder que eles possuem? Charlie DiCenza pode fazê-lo ou destruí-lo, até mesmo hoje. Pode fazer com que você seja despedido de seu emprego e entre numa lista negra por pecados que nunca cometeu e muito menos considerou.

— Foi isso que ele fez com Lisa? — perguntou Griffin.

— Não sei o que ele fez com Lisa.

— Sabe o que Rob fazia com Lisa? Sabe que ele a espancava?

Aidan não disse nada.

— Temos médicos que confirmarão isso em depoimentos — continuou Griffin. — E pessoas que nos dirão que estava escuro naquela noite, tão escuro que não podiam ver nada, mesmo que estivessem no campo em que os carros foram estacionados. A questão é inevitável: se estava tão escuro que as pessoas não podiam ver, como Lisa poderia ter visto Rob? Acha que ela o atropelou deliberadamente?

— Não tenho a menor idéia.

— Ela extorquia dinheiro de Rob?

Aidan soltou um grunhido. Griffin esperou. Como o homem nada dissesse, ele perguntou:

— O que isso significa?

Ainda nada.

— Sabia que ela estava grávida?

Ainda nada.

— A criança era sua?

— Não.

— Então era de Rob? Ou mesmo de Charlie DiCenza? É possível provar um vínculo com a família. Se encontrarmos a criança, poderemos fazer testes. Heather entregou-a para adoção. Você a ajudou a fazer isso?

— Já disse que não estava envolvido com ela. E agora tenho de ir trabalhar.

— Eu sei. Cheguei aqui o mais cedo que pude. Por falar nisso, acho sensacional o que você faz. Fez o curso de aconselhamento depois que deixou a Califórnia?

Aidan confirmou com um aceno de cabeça.

— E, antes disso, trabalhou para a fundação DiCenza. Juntando as duas coisas, chego à conclusão de que é um homem decente. Fico surpreso que não esteja angustiado pelo que aconteceu com Rob e Lisa.

E, subitamente, Aidan deu a impressão de que era assim que se sentia. Griffin perguntou:

— Ela era mesmo a garota conivente e sórdida que eles apregoaram?

Aidan desviou os olhos.

— Foi homicídio em primeiro grau? — insistiu Griffin. — Um crime premeditado? Ninguém quer nos dizer nada. Ninguém quer falar. Temos uma mulher que leva uma vida meritória, mas tudo está prestes a se perder porque uma família quer vingança. Quando vai acabar? Com a execução de Heather?

— Não foi premeditado.

Aidan não disse mais nada.

— Não pare aí — exortou Griffin. — Não quer falar porque eles ainda mantêm suas garras em você? Foram eles que arrumaram seu atual emprego?

— Não.

Aidan pôs a mão na beira da porta, acima da cabeça. Griffin percebeu um certo tremor, embora o resto dele — olhos, voz, costas — se tornasse subitamente firme. Griffin apertara o botão certo. Tinha a palavra ORGULHO escrita ali.

— Eles *não têm* nada a ver com meu emprego, minha casa, minha esposa, meus filhos ou meu carro. Tudo o que tenho agora ganhei com meu próprio esforço. Consegui tudo, apesar de viver com as lembranças daquela noite. Sabia que a memória pode atormentar uma pessoa? Não preciso de um psicanalista para me dizer que me tornei um conselheiro escolar porque não pude ajudá-la. Ela teve um tratamento injusto e cruel.

— Usa o verbo no passado — comentou Griffin, grato por uma admissão mínima, mas precisando de mais, muito mais. — Ainda não acabou. Pode estar apenas começando para ela. Precisamos de fatos, Aidan. Ela não quer falar, talvez porque tenha ainda mais medo dos DiCenza do que você. Mas precisamos saber o que aconteceu naquela noite. Seu nome é a única informação que Heather nos deu. Ela nem sequer admitiu que era Lisa. Você é a conexão. E esta é a sua chance de redenção. Conte tudo o que sabe, Aidan.

Griffin detestava o fracasso. Talvez tivesse sido arrogância de sua parte pensar que poderia persuadir Aidan quando nem Ralph nem a consciência do próprio Aidan haviam conseguido. Aidan não respondera à sua persuasão ali na porta, nem mais tarde, quando se encontraram num corredor da escola, nem quando foi esperá-lo no estacionamento depois das aulas.

Era verdade que Aidan não chamara a polícia. Nem sequer ameaçara depois da primeira vez. Em vez disso, travara uma guerra de atrito, firme em seu silêncio, deixando Griffin apresentar sua argumentação várias vezes, até perder o fôlego.

Griffin sabia que Aidan podia ser intimado. Podia ser interrogado no banco das testemunhas, sob juramento. Mas para isso teria de haver um julgamento. E Griffin não queria chegar a esse ponto.

Desanimado, ele pegou um avião de volta para Manchester, ao anoitecer. Voltou no Porsche para a marina em Lake Henry, trocou para a picape e seguiu direto para a casa de Poppy.

Poppy ouviu Victoria primeiro. A gata estava sentada na cama, virada para a porta, miando no escuro. Segundos depois, pés apenas com meias atravessaram o corredor. E em seguida, Griffin sentou na beira da cama.

Poppy fitou-o no escuro, cautelosa, por vários motivos. Havia sexo. Havia amor. Havia Aidan.

Griffin não deu a menor indicação, limitando-se a fitá-la. Depois de um longo momento, ele sussurrou:

— Sua porta não estava trancada.

— Nunca fica. Que horas são?

— Duas.

Ela esperou, sem saber qual das três questões estava em primeiro plano na mente de Griffin. Quando não pôde suportar mais o silêncio, ela perguntou:

— Como foi?

— Horrível. Estou exausto. Portanto, se quiser sexo, querida, está sem sorte. Foi um dia longo e frustrante. Quero apenas dormir com você, Poppy. Posso?

Ela queria sexo. Pensara nisso durante o dia inteiro, querendo ter certeza de que era real o que haviam feito, não apenas outro de seus sonhos. Queria ouvi-lo dizer que ficara satisfeito, apesar das limitações dela, e ansiava por mais.

Mas a vida era mais do que sexo e Griffin estava visivelmente angustiado. E comoveu-a o fato de que viera procurá-la. Comoveu-a profundamente. E ele não dissera aquelas três palavras outra vez. Respeitava os sentimentos dela nesse ponto.

Com uma estranha satisfação, quase tanto quanto teria se ele a procurasse ardendo de desejo, Poppy deslocou-se para o lado e levantou a coberta.

Griffin não dormiu mais que quatro horas. A mente era povoada por pensamentos instáveis e insistentes que a faziam zumbir. A energia nervosa escarneceria até mesmo do sexo. Precisava levantar-se, movimentar-se, fazer alguma coisa que pudesse distraí-lo.

Deixou Poppy na cama, ligou o computador, acessou seu *e-mail*, depois fez uma rápida verificação dos pseudônimos de Cindy. Fizera isso seis dias antes, mas novas publicações deviam ter sido apresentadas na Internet com a aproximação de março.

Seu coração parou quando encontrou um dos nomes em sua lista. Seguiu o *link* com a mão trêmula e encontrou um poema. Falava de sonhos, como o primeiro passo para superar a tristeza. O poema tinha apenas uma dúzia de versos, alguns só com uma ou duas palavras, mas era poderoso. Em sua opinião, era a cara de Cindy.

Apressado, ele anotou o nome do poema, o autor, a publicação e a página. Não havia qualquer indicação sobre o paradeiro da pessoa que o escrevera, mas uma ligação para o departamento editorial da revista poderia ajudar. Infelizmente, era sábado. Nada poderia fazer até segunda-feira.

Frustrado, ele guardou o papel no bolso. Ao sair da Internet, sentia-se mais irrequieto do que nunca. Precisava fazer alguma coisa física, prática e positiva.

Chegou à casa de Micah no momento em que as meninas saíam para passar o dia com Camille. Micah ia preparar o escoamento. Griffin queria participar.

Billy Farraway já se encontrava lá. Sentara na traseira da picape de Micah usando o boné de caçador com a aba virada para trás, as pernas pendendo, dando toda a impressão de que estava a fim de trabalhar. Griffin poderia ter indagado a respeito se outra picape não aparecesse neste instante. Pete Duffy saltou da cabine no instante em que Micah saía de casa.

— Pensei que tivesse dito para você não vir — declarou Micah.

— Isso foi no outro fim de semana — respondeu Pete. — Este é diferente. O tempo é curto. Meu palpite é de que a seiva vai escorrer na segunda ou terça-feira.

— Terça. Vai escorrer na terça-feira.

— Terça-feira — repetiu Billy.

— Estou de folga por três dias — acrescentou Pete. — Quero ajudar.

— Os federais sabem que está aqui?

— Não, não sabem. E isso não é da conta deles. Não trabalho para os federais. Nunca trabalhei. Só os trouxe até aqui naquela manhã porque Willie Jake mandou. É para ele que eu trabalho.

— Ele sabe que você está aqui? — perguntou Micah.

Pete não piscou.

— Claro que sabe. E não se importa com isso. Você é o único que tem um problema. Portanto, pode ficar parado aí e me chamar de traidor ou aceitar minha ajuda. Se conta com Billy e Griffin, minha participação sobe para quatro pessoas. Ou seja, duas duplas. O dobro do trabalho realizado.

— Como vou saber que não vai sabotar a operação?

Pete desviou os olhos num momento de raiva. Tornou a fitar Micah e disse:

— Sempre gostei de você porque é inteligente. Sabia o que queria. Sabia o que precisava fazer. Aprendeu o necessário para expandir a operação. Pode dizer que Heather fez tudo, mas não foi ela quem freqüentou a escola de açúcar de bordo em Vermont para aprender as últimas técnicas. Foi você, Micah. Ela ajudou, mas foi você quem conseguiu. E fez isso porque se orgulhava daqui. Então por que bancar o idiota agora? Use-me, cara. Estou aqui para isso.

— Ele tem razão, Micah — disse Billy.

Micah lançou um olhar furioso para o velho. Irritado, olhou em seguida para Griffin.

— Vai querer dar seu palpite também?

Griffin pensou por um instante, depois sacudiu a cabeça.

— Quero apenas trabalhar.

Trabalharam durante o sábado e o domingo, doze horas em cada dia, pela noite afora, iluminados por luzes estroboscópicas na traseira da picape. Griffin nunca se sentira tão cansado em toda a sua vida, mas havia satisfação junto com a fadiga. Por volta do meio-dia de segunda-feira, todas as encostas viradas para o sul já estavam preparadas para a corrida. Como essas encostas representavam dois terços do bosque, e as árvores viradas para o sul davam a primeira seiva, era um feito extraordinário.

Em outro mundo, Griffin poderia tirar o resto do dia de folga. Mas Micah estava no comando... para ser mais preciso, a Mãe Natureza estava no comando, e o momento decisivo era iminente. Ainda restavam cerca de cinco hectares para preparar.

Mas ele precisava de uma hora para si mesmo, avisou a Micah. Não. Duas horas. Voltaria assim que acabasse de resolver seu problema.

Enquanto guiava, ele verificou que recebera ligações de Prentiss Hayden, seu editor, seu irmão Alex e dois amigos. Quando ouviu a mensagem da revista em que vira o poema que julgava ser de Cindy, ele parou a picape. Foi a única ligação que retornou. A editora foi cordial; reconhecera o nome de Griffin por seus trabalhos. Mas não conhecia outro nome para a pessoa que escrevera o poema além do que saíra na revista. Tinha apenas uma caixa postal e um número de telefone, e ela não queria dar qualquer dos dois. Mas Griffin podia ser persuasivo quando estava decidido. Em poucos minutos, obteve o número do telefone. Guardou o papel com a anotação no bolso.

Com três minutos restantes na picape, ele ligou para o escritório de Aidan Greene e deixou uma mensagem na secretária eletrônica. A Mãe Natureza não era a única que se aproximava do momento decisivo, o mesmo acontecia com o procurador-geral da Califórnia, segundo Cassie.

— Aidan, aqui é Griffin Hughes. Espero que tenha pensado em nossa conversa. A Califórnia tinha um mês para apresentar a justificativa do pedido de extradição, e quase metade desse prazo já transcorreu. Se você vai ajudar, este é o momento. Tem meu telefone. Pode ligar a qualquer momento.

Ele desligou no momento em que estacionava ao lado da casa de Poppy.

Poppy estava na frente do painel de telefones, olhando para o lago. Pensava que deveria desfrutar o silêncio, porque dentro de uma hora pegaria as meninas na escola. As duas dormiam em sua casa desde a noite de sábado, o que ela e Camille haviam concluído que era o arranjo mais fácil, com Micah no bosque durante o dia inteiro. Depois que a seiva começasse a escorrer e a casa do açúcar passasse a funcionar, as meninas voltariam para casa. Poderiam ajudar ali, cada uma à sua maneira. Micah gostaria disso.

Poppy sentiria a falta delas. Gostava do barulho, da agitação, da companhia e se saíra muito bem.

Rose teria ficado contente. Não, concluiu Poppy, com alguma satisfação, a irmã ficaria *consternada*. Imaginaria os problemas que poderiam ocorrer e se concentraria neles.

A satisfação de Poppy acabou com o som de uma picape... e não era qualquer picape, mas o velho calhambeque de Buck. A porta da frente foi aberta um minuto depois. Griffin entrou. Tinha as faces coradas, os olhos excitados.

— Estamos quase acabando — anunciou ele. — Mais um dia e vai começar.

Poppy sorriu.

— Isso é ótimo.

— O que está acontecendo aqui?

Ela olhou para o painel silencioso, para o livro que lia antes de se distrair com seus pensamentos, para Victoria, enroscada em cima da mesa, dormindo.

— Não muita coisa.

— Quando terá de pegar as meninas?

— Dentro de uma hora.

Griffin alteou as sobrancelhas.

— O que é? — perguntou Poppy.

Ele olhou pelo corredor, na direção do quarto.

— Pensei que talvez...

— Talvez o quê?

Ela não ia facilitar. Tinha medos demais para se deixar levar daquele jeito. Não podia admitir nada como certo.

Griffin suspirou.

— Pensei que talvez você me deixasse levá-la para a cama.

Poppy sentiu um aperto no coração.

— Fez isso na última sexta-feira, durante quatro horas, e desde então não apareceu mais aqui. O que não diz muito sobre o que tivemos.

— E o que tivemos?

— Um grande sexo.

— Um grande sexo? Eu diria que houve mais. Houve amor, porque você nunca fez aquilo com outro homem, não da maneira como fizemos. Eu disse que a amava. Você não quis me ouvir. Explique o motivo.

— Não estou preparada. Ainda é muito cedo. Não me conhece há tempo suficiente para ter certeza que me ama.

— Por acaso temos dezoito anos? Somos ingênuos? Somos inexperientes?

— Sabe o que estou querendo dizer.

— Não, não sei, com toda a sinceridade — respondeu Griffin, parecendo magoado. — Acabo de fazer 31 anos. Passei muito tempo procurando pela mulher certa. Acho que sei o que quero. E creio que você também sabe, apenas tem medo de ir atrás.

— Por que tenho medo? — indagou Poppy, incapaz de dizer as palavras e especulando se ele o faria.

— Porque é deficiente. Porque acha que isso é importante para mim e tem medo da rejeição.

— Todo mundo tem. Você não?

— Nada disso. Não estamos falando de mim, mas sim de você. Tem medo de que eu canse de viver com alguém que não pode fazer as mesmas coisas que eu posso. Por isso, estou tentando fazer tudo naquela sua lista. Já dançamos, não é?

— Já.

— E tomamos banho de chuveiro juntos?

— Também.

— Um dia destes vou levá-la para um passeio num *snowmobile*.

Ela não podia excluir essa possibilidade. Mas acompanhá-lo não era a maior de suas preocupações.

— Ainda há muita coisa que você não sabe.

— Deve ser sobre o acidente. — Griffin largou o casaco no sofá e puxou uma cadeira. — Pode falar.

— Já falei.

Ele não se alterou. Paciente, repetiu:

— Pode falar.

Poppy não queria falar. Falava sério quando dissera a Micah que algumas coisas provocam angústia demais para se pensar a respeito. Mas Griffin não ia desistir. Por isso, ela optou pelo caminho mais fácil.

— Passei oito semanas no hospital. Estive em coma durante a primeira semana. Não foi nada mau para mim, mas um pesadelo para meus pais. Acordei de repente e soube o que aconteceu. Foi terrível.

Griffin franziu o rosto. *Não ser capaz de se mexer?*, foi o que Poppy imaginou que ele pensava.

— Saber que Perry havia morrido — corrigiu ela. — Ele já fora enterrado, e todos tentaram me consolar, dizendo que eu era afortunada. Mas levei algum tempo para perceber isso. Puseram-me para fazer exercícios o mais rápido possível. Passei as últimas semanas num centro de reabilitação. Sou mesmo afortunada. Dinheiro não era problema. Meus pais adaptaram uma ala de sua casa para mim, depois me construíram esta. Ainda bem que não tenho dois metros de altura, pois neste caso teria de me inclinar para usar o forno.

— Fale-me sobre o acidente.

— Já falei a respeito.

Griffin manteve-se tão paciente quanto antes, mas igualmente obstinado.

— O que você lembra?

— Não muita coisa.

— De propósito? Por que não quer lembrar?

— E isso seria tão lamentável? — indagou Poppy em autodefesa. — Foi uma noite horrível.

— Houve uma festa. E houve bebida.

O tom de Griffin exortava-a a continuar.

— E houve um acidente.

Ele esperou, mas Poppy já havia acabado. Não queria pensar a respeito, muito menos falar. Pagava o preço pela irresponsabilidade vivendo numa cadeira de rodas. Não devia a Griffin uma penitência adicional. Mas ele a fitava nos olhos.

— Quando voltei para cá, depois da prisão de Heather, disse que você confiava em mim em algum nível. Você contestou. Mas eu acreditava nisso e continuo acreditando agora. Só que esse nível não é tão profundo quanto eu pensava. Creio que tem um problema com confiança. — Griffin se levantou. Foi pegar o casaco. — Você e Heather são muito parecidas. Nenhuma das duas confia que alguém possa saber tudo a seu respeito, e mesmo assim continuar a amá-la.

— É um bocado de confiança. Muitas pessoas têm dificuldades para aceitar isso.

— Não estou falando de muitas pessoas, e na verdade também não estou falando de Heather. Refiro-me a você.

— O que você quer que eu diga?

Griffin deu de ombros e ajeitou a faixa para cobrir as orelhas.

— Tenho de voltar — disse ele, e saiu.

Dezesseis

Se Micah tivesse apostado na terça-feira, ganharia muito dinheiro. Naquela manhã, o sol nasceu forte. Em uma questão de horas, a temperatura passou de abaixo de zero para muito acima. A neve pingava das árvores, a terra em torno das sempre-vivas emitia uma fragrância de fertilidade, e a seiva começou a escorrer.

Se lhe perguntassem, ele poderia ter determinado até a hora do início da corrida, mesmo sem ver a descida reveladora do líquido pelo tubo. Primeiro uma gota, depois várias, até o suficiente para encher o tubo e continuar em frente. Ele passou a manhã preparando as árvores nas encostas que davam para o norte. A seiva ainda não fluía ali, e provavelmente não começaria por mais uma semana, mas ele podia sentir nas outras. Era como se a pulsação da memória da infância o envolvesse e ele ouvisse os primeiros ruídos da seiva pingando nos baldes. Crescera com esse excitamento. Embora não houvesse mais baldes, o som ainda ecoava em seu sangue. A primavera chegava. A primeira colheita do ano assinalava um renascimento.

Ele desejou que Heather estivesse ali. Ela amava aquilo. Desejou que as meninas também viessem para poderem partilhar a emoção. E elas viriam, mais tarde. Poppy as traria da escola e elas ajudariam. A escola costumava vir em segundo lugar para a produção do açúcar de bordo. Ele era menor do que Star quando começara a se envolver. Era um empreendimento de família.

Ou, pelo menos, fora antes. O que seria agora? Ele e Billy eram da família, mas Griffin não. Nem Pete, embora tivesse demonstrado ser um amigo de verdade. Empenhara a energia e as horas, agüentara a irritação de Micah. Em algum momento, Micah teria de lhe agradecer. Talvez depois que o ressentimento passasse.

Ele calculou que dispunha de mais quatro horas, talvez cinco, para continuar a preparar as árvores das encostas ao norte. Era o tempo necessário para que a seiva saísse em quantidade suficiente das árvores, percorresse a tubulação lateral, alcançasse o conduto principal e alcançasse a casa do açúcar, a fim de justificar a ligação do evaporador. Com Pete de volta ao seu trabalho de policial, Billy e Griffin formavam uma dupla, enquanto Micah trabalhava sozinho.

Gostaria de formar uma dupla com um filho. Fora o que dissera a Heather. Uma das meninas poderia se casar com um homem interessado, mas não seria a mesma coisa. Micah não podia esperar que um genro sentisse a emoção da mesma maneira.

Ele não tinha um filho, mas tinha suas árvores. Continuariam ali à sua espera, quer as meninas casassem, Heather fosse condenada ou o velho Billy morresse. Eram sua prole, no sentido mais arcaico. Ele mesmo as plantara. Protegera-as de outras que teriam roubado seu sol, deixara-as crescer até ficarem bastante maduras para a extração da seiva. Podara-as quando se expandiam demais, escorara-as quando precisavam de apoio. Aliviava-as do excesso de seiva num ano para que pudessem produzir mais no ano seguinte.

Eram suas crianças. E Micah se orgulhava do desempenho delas agora.

Poppy recebeu o aviso pouco depois do meio-dia. Começou a fazer ligações. Não precisava se identificar, não precisava tomar cuidado com as palavras.

— A seiva está escorrendo.

Isso era tudo o que ela tinha de dizer. As pessoas da cidade sabiam o que tinham de fazer. Desligavam, concluíam o que estavam fazendo e seguiam para a casa do açúcar levando comida suficiente para alimentar o fabricante e seus ajudantes, além dos visitantes que resolvessem aparecer.

Pelo menos era assim que acontecia no passado. Desta vez, no entanto, a recepção que Poppy teve não foi das mais calorosas.

— É mesmo? — murmurou alguém. — Já era tempo.

Já outra pessoa demonstrou uma ligeira preocupação:

— Micah está pronto? Ouvi dizer que ele continua preparando as árvores.

E de um terceiro:

— Espero que seja um bom ano. Ele passou por maus momentos.

Na verdade, a mãe de Poppy foi a única que manifestou o excitamento esperado. Mas também Maida era uma produtora de sidra. Sabia o que era se aproximar da linha de chegada com o fruto de seu trabalho. E, ainda por cima, adorava cozinhar.

— Já estou na cozinha — disse ela a Poppy. — Deixe-me fazer mais algumas coisas. Estarei na casa de Micah no meio da tarde.

— Não quer que eu vá buscá-la? — propôs Poppy.

Maida ficou surpresa, e tinha razão para isso. Poppy não costumava tomar a iniciativa de qualquer contato no relacionamento com a mãe. Nem precisava. Maida aproveitava qualquer oportunidade, mimando-a de uma maneira exagerada. Com qualquer coisa, Poppy em geral corria na outra direção, para não ser sufocada.

Não sabia por que não fizera isso agora. Talvez fosse por Maida ter voltado das férias mais cedo, ou porque estava sozinha na casa enorme, ou porque Poppy queria conversar com a mãe. Qualquer que fosse o motivo, ela sentiu uma estranha recompensa quando Maida mostrou-se satisfeita com o convite.

— É uma ótima idéia, Poppy. Mas não tem de pegar as meninas?

— Eu as pegarei no caminho. Pode estar pronta às três horas?

— Claro que posso.

A promessa foi cumprida. Mal Poppy parou o carro na entrada coberta, na frente da linda casa de pedras da mãe, Maida saiu. Ela pôs um cesto de vime com embrulhos de papel laminado na traseira da Blazer, correu de volta para pegar outro, depois mais um. Ofegante, sentou no banco de passageiro. Ofereceu um sorriso satisfeito a Poppy.

— Pronto. Já temos alguma coisa para alimentar os famintos.

— Deve ter esvaziado o *freezer* — comentou Poppy enquanto dava a partida na Blazer.

— Nem tanto. Aprontei tudo depois que você telefonou. Aprendi a cozinhar quando fazia comida para grupos grandes.

— Refere-se a nós?

— Antes de vocês. Antes mesmo de Lake Henry. No Maine. Minha mãe trabalhava, e havia todos os meus tios para alimentar.

— Três tios.

Poppy vira uma foto. Lily lhe mostrara. Encontrara entre as coisas da avó, quando Célia morrera. Até esse momento, nenhuma delas sabia que havia uma família no Maine. Não era um assunto sobre o qual Maida costumasse conversar.

— Quatro tios — disse Maida agora, em tom casual. Ela olhava pelo pára-brisa enquanto Poppy avançava aos solavancos pela estrada que levava à cidade. — Célia tinha quatro irmãos, e criou todos. Eram mais moços do que ela. O caçula, Phillip, tinha vinte anos a menos. Era mais da minha idade. E era o meu melhor amigo.

Poppy continuou a guiar, mas apreensiva agora. Não apenas Maida não costumava falar sobre sua infância, mas também não costumava usar aquele tom jovial. Devia demonstrar descontração, mas não era isso o que transmitia a Poppy.

Mas Maida continuou a falar assim, observando a estrada, enquanto os pneus zumbiam na neve que se derretia.

— Íamos juntos a todos os lugares. E conversávamos por horas. — Ela lançou um olhar rápido para Poppy. — Era esse tipo de relacionamento que você tinha com Perry?

— Não — respondeu Poppy, cautelosamente, pois não sabia para onde a mãe seguia.

— E com Griffin?

— O relacionamento ainda é recente.

— Phillip era da família — continuou a mãe. — Está presente em minhas lembranças mais antigas. Meu pai era um homem muito rigoroso, e o dinheiro era curto. Phillip e eu proporcionávamos conforto um ao outro. Crescemos juntos. E depois nos tornamos amantes.

As mãos de Poppy se contraíram no volante... um espasmo muscular tanto quanto um choque. Ela olhou depressa para Maida, antes de voltar a se concentrar na estrada. Aproximavam-se da cidade. Ela precisava ter todo o cuidado.

— Amantes?

— Isso mesmo. — A jovialidade de Maida desaparecera, como se esse fosse o objetivo da conversa desde o início. — Ele foi mandado para longe quando as pessoas descobriram. Mas não sabia para onde ir, e sentia-se perdido. Acabou se matando.

Poppy respirou fundo.

— Que coisa terrível! Lamento muito.

— Lamenta que tivéssemos sido amantes? — perguntou Maida, parecendo nervosa.

— Lamento que ele tenha morrido.

— E a parte de amantes?

Poppy lançou outro olhar rápido para a mãe. Maida parecia quase assustada, o que constituía uma declaração sobre a mudança dos tempos. Não que Poppy pensasse que o incesto era mais comum agora, apenas que o assunto era debatido com mais franqueza. O choque de Poppy tinha mais a ver com o inesperado de Maida fazer uma confissão do que com o seu conteúdo. Poppy não conhecera o tio-avô. Durante muito tempo, nem sequer soubera que os quatro existiam. Também não conhecera a mulher que vivera no Maine. Mas estava intrigada. A Maida que ela sempre conhecera nunca teria mencionado fazer sexo com o próprio marido, muito menos com um tio.

O centro da cidade faiscava ao sol, que tremeluzia na neve derretida. Distraída, Poppy levantou a mão para cumprimentar um dos filhos de Charlie, que varria a neve derretida da calçada do armazém geral.

— Acho que é... uma bomba — murmurou ela, sentindo uma espécie de libertação.

— Uma bomba?

— Uma coisa imoral. Mas emocional. Muito humana. *E* aconteceu há muito tempo. Eu não diria que a vida que você levou desde então tenha sido devassa.

— Seu pai nunca soube — acrescentou Maida, como se pedisse a censura de Poppy. — Vivi com esse sentimento de culpa. E com o medo.

Poppy não tinha a menor intenção de censurar a mãe. O roto não fala do esfarrapado.

— Medo de que ele descobrisse?

— Isso mesmo. Não era uma maneira das mais agradáveis de se viver. Tinha de me esforçar o dobro para fazer com que tudo em nossas vidas fosse duas vezes melhor.

— Acho que conseguiu.

— Não era uma maneira das mais agradáveis de se viver — repetiu Maida.

Ela arriou no banco. Virou o rosto para a janela, encerrando a conversa. Mas Poppy não podia deixar que isso acontecesse. Sentia que havia uma mensagem para ela ali. E queria saber mais.

— O que provocou essa confissão? — perguntou ela enquanto passavam pelo escritório de Cassie.

— Vi alguém na Flórida.

— Um homem?

Foi a primeira coisa que aflorou na mente de Poppy. George Blake morrera há três anos. Se Maida conhecera alguém novo, era bem possível que pudesse encarar o mundo de uma posição diferente.

— Uma terapeuta.

Poppy ficou chocada de novo.

— É mesmo?

— É sim. Eu começava a me sentir velha. Fui para lá em janeiro, e compreendi que era mais moça do que muitas pessoas ao meu redor. Tenho apenas 57 anos. Não sou velha, pelos padrões de hoje. Por isso, comecei a me perguntar por que me sentia tão velha. Como não consegui encontrar uma resposta, obtive um nome.

— De uma terapeuta?

— Exato. Ela está me ajudando a descobrir o que eu quero.

— E o que é?

Maida virou-se para a filha.

— Felicidade. Alegria. Lily disse que contou a você que está grávida.

Excitada com a menção do bebê de Lily, Poppy confirmou com um aceno de cabeça.

— Quero aproveitar esse bebê — disse Maida. — Quero fazer coisas pela criança que não fiz por ela. Não fui uma boa mãe para Lily.

— Foi uma boa mãe. — Poppy pegou a rua para a escola. Por trás dela veio uma Suburban com uma amiga que ia buscar seus quatro filhos. — Apenas nem sempre foi... compreensiva.

— Está sendo muito gentil, Poppy. Não vou contestá-la. Mas a verdade é que me sentia obcecada pelo lugar de onde eu vinha, e pelo que fiz ali. Era obcecada por compensar pela culpa que sentia, e exagerei quando minha primeira filha nasceu. Lily, sendo essa criança, arcou com o peso de tudo que eu tentava esconder. Você pensa que escondeu sua roupa suja em algum lugar seguro. Depois de algum tempo, no entanto, é inevitável que algum cheiro escape.

— É uma analogia desagradável.

— Mas é verdade. Ou pense na produção de Micah. Estou em Lake Henry há mais de trinta anos, e tenho observado a fabricação de açúcar de bordo durante todo este tempo. As coisas mudaram. Dale Smith costumava usar um único tacho para a fervura. Quando a calda começava a formar um lençol ao escorrer, ele a despejava e punha mais seiva no tacho. Mas restava sempre um pouco da antiga, que continuava a ferver. Com isso, o produto final nunca era muito puro e doce, pois tinha o ligeiro gosto da seiva velha. Micah usa três tachos. A seiva passa de um para outro à medida que condensa e forma um lençol ao escorrer. Assim, a calda é sempre fresca. Não é maculada pela fervura antiga.

Era uma analogia mais atraente. Poppy entendeu o significado. Mais uma vez, no entanto, começou a imaginar.

— Por que está me contando isso?

Maida não respondeu por um longo momento.

— Só queria que você soubesse — murmurou ela.

Poppy teria insistido se não tivesse de parar na frente da escola. Avistou as meninas, já correndo pela calçada, ansiosas em ouvir sobre a seiva, no maior entusiasmo, querendo voltar logo para casa. E o momento passou.

O vapor subia pela cúpula da casa do açúcar, pairando sobre as copas das árvores, espalhando-se pelo céu, sobre a cidade. Mais ainda que os telefonemas de Poppy, o vapor deveria ter servido como uma convocação. Deveria haver carros no caminho da casa de Micah levando os habitantes de Lake Henry, ansiosos em experimentarem a primeira calda da temporada.

Naquele ano, porém, não havia carros chegando, a não ser a Blazer de Poppy. Ela parou na frente da casa do açúcar, ao lado da picape de Griffin. Deixou as meninas saltarem, e elas entraram correndo.

— Onde estão todos? — murmurou Maida, consternada.

Mas era uma pergunta retórica. Sem esperar por uma resposta, ela saltou e deu a volta para a traseira da Blazer.

Poppy gostaria de seguir as meninas para a casa do açúcar. Adorava o aroma doce que havia lá dentro quando a seiva fervia. Mas calculou que Maida talvez quisesse acrescentar alguma coisa à conversa... uma pergunta, um comentário, até mesmo uma acusação.

E Maida tinha mesmo uma acusação para fazer, só que não tinha nada a ver com Poppy.

— Não está certo — murmurou ela ao tirar um cesto da Blazer. — Eles sabem que Micah está passando por momentos muito difíceis. Foi por isso que perdeu o controle.

— Mais de uma vez.

— Pode ser. Mas eles sabiam que não havia maldade. Deveriam estar aqui.

Poppy pegou outro cesto, pôs no colo e impulsionou a cadeira de rodas para a varanda. O percurso estava mais difícil do que nos dias anteriores, com trechos de terra à mostra entre a neve compacta. Mais algumas semanas e o lugar teria um lamaçal. A essa altura, Micah já teria estendido tábuas compridas ali, não tanto por Poppy, mas por Heather e as meninas. A temporada de lama era terrível, pois deixava tudo sujo.

Heather poderia perder aquele ano, pensou Poppy, impulsionando a cadeira de volta para a Blazer. Com tábuas ou sem tábuas, ela teria de dar a volta pela frente se quisesse entrar. Era ali que estavam as rampas. Maida interveio antes que ela pudesse subir no elevador.

— Entre na casa do açúcar, Poppy. Eles precisam de uma audiência. Pode deixar que eu organizo toda a parte da comida. Depois virei também para cá.

Poppy pôs as mãos nas rodas. Mas tornou a levantá-las. Maida parecia calma, controlada.

— O que me contou no caminho... as outras sabem?

— Suas irmãs? Lily sabe. Contei no outono passado, quando ela sofria toda aquela pressão. Lily não podia entender por que eu me sentia tão assustada com a presença da imprensa. Era a única maneira que eu podia explicar... medo da exposição. Creio que ajudou as duas. Não contei a Rose. Deveria. — Maida suspirou. — Vai exigir mais coragem. Mas estou me preparando.

Griffin era o peão. Seu trabalho era manter o fogo aceso sob o evaporador, acrescentando lenha à medida que queimava. Missy e Star ajudavam carregando a lenha da pilha para junto do evaporador. Não se importavam com as idas e vindas; tinham toda a energia do mundo. Estavam excitadas por voltarem para casa e queriam ajudar. Haviam tirado seus casacos logo no início, porque a casa do açúcar era quente. E era úmida também; os cabelos de Missy estavam se tornando cada vez mais encrespados. Griffin brincou, como fazia com freqüência com as duas sobrinhas de cabelos cacheados:

— Está crescendo cada vez mais cabelos. Comeu alguma coisa especial hoje de manhã?

Missy sacudiu a cabeça e fez um pequeno número de dança no lado da sala. Star mantinha-se mais quieta, perto de Griffin. De vez em quando metia a mão em seu bolso, tirava uma bala de chocolate, a desembrulhava e punha na boca. Ele providenciara para que as balas em seu bolso tivessem nozes. E aquele não era o bolso em que estava o telefone que podia ser de Cindy. Guardara-o no bolso de trás, transferido de um jeans para outro. Ainda não ligara. Não tivera a coragem necessária. Pelo que imaginava, enquanto Ralph estivesse procurando em outros lugares, Cindy permaneceria onde estava... presumindo que fosse mesmo Cindy. E ele queria presumir que era. Mas a realidade, depois de tantos anos, é a de que podia ser outro beco sem saída. Griffin estava se concedendo um pouco mais de tempo para fingir que não era.

E se manter ocupado ajudava. Quando não acrescentava lenha ao fogo, Griffin ficava contente em olhar as meninas, ainda mais porque Micah não podia fazê-lo. Ele era o fabricante do açúcar. O maestro. Num processo que nada tinha de simples. Não era como antigamente, em que apenas se fervia a seiva em caldeirões no próprio bosque. A realidade era mais evidente agora que os equipamentos funcionavam.

Micah explicava o processo em voz contida enquanto monitorava, alterava, orientava e tirava. Griffin não sabia se a narrativa era para ele, para Billy ou para as meninas, mas sentia-se grato por ouvi-la.

— Esta válvula permite que a seiva venha do tanque lá fora. Eu a mantenho ali pelo máximo de tempo possível, porque o frio diminui as possibilidades de desenvolvimento de bactérias. Depois que entra, a seiva passa primeiro pela máquina de osmose reversa. Isso tira boa parte da água. De lá ela vai para o tubo do tacho, onde o vapor do que já está servindo serve para começar a esquentar. Depois, vai para o último tacho, onde é levada ao ponto de fervura. — Ele deslocou o líquido para a frente com uma enorme pá de metal. — O tacho seguinte, o do meio, é menor que o anterior, porque a seiva já começou a condensar.

— Qual é o nível de doçura quando sai da árvore? — perguntou Griffin.

— A seiva da árvore tem dois por cento de açúcar. Meia hora nesses tachos e vira calda, com 67 por cento de açúcar.

Ele trabalhou um pouco, alternadamente deslocando a seiva e deixando-a parada para borbulhar.

— Antes, um tacho pelo menos acabava queimado em cada temporada. Não apenas era necessário jogar fora aquela porção da seiva, mas com freqüência o próprio tacho também ficava perdido. Agora, tenho um aferidor em cada tacho para monitorar o nível da seiva. Quando fica baixo, sou avisado.

— Posso provar? — indagou Missy.

— Ainda não — respondeu Micah. — Daqui a pouco.

Ele deslocou mais seiva.

— É no tacho da frente que a situação se torna complicada. É o último estágio, quando a seiva se transforma em calda.

— Como sabe quando isso acontece? — perguntou Griffin.

Micah explicou:

— Há uma mudança sutil nas borbulhas. Se você não ouvir, pode constatar pelo termômetro ali. A seiva vira calda quando alcança sete graus acima do ponto de fervura. Se você quer ter certeza, verifique com aquela coisa ali. É um hidrômetro de açúcar.

— Há alguma coisa aqui com um cheiro maravilhoso — comentou uma voz, da porta.

Era Lily Kipling, acompanhada pelo marido e por Charlie Owens. Como eles tiraram o casaco e pareciam dispostos a ficar, Griffin deixou as meninas aos seus cuidados e desceu para a casa.

Micah gostava de falar sobre o que fazia. Sentia-se competente e forte. Com a chegada de visitas, porém, sua atenção foi desviada. Amigos e vizinhos aparecendo ao primeiro sinal do vapor de açúcar era a tradição em Lake Henry. Naquele ano, ele preferiria dispensar as visitas.

Claro que precisava de Billy e de Griffin. Afinal, os dois cuidavam das tarefas secundárias enquanto ele se ocupava com a seiva. Também não se importou quando Maida trouxe comida e bebida da casa. E não se importava com a presença de Poppy. As meninas a adoravam. Ela era praticamente da família. Ele não sabia como teria feito nos últimos dias sem a ajuda de Poppy.

Mas poderia ter passado sem Lily, John e Charlie. Lembravam-no da multidão que costumava aparecer com a primeira seiva. Só que naquele ano era diferente. Pior ainda, Charlie sabia disso e tentou ser solícito.

— O que precisa ser feito? — perguntou ele esfregando as mãos. — Posso trabalhar.

— Já tenho tudo preparado — respondeu Micah olhando para as borbulhas douradas no tacho.

— Já terminou de pôr as goteiras?

— Ainda não. Aproveitarei as manhãs para fazer isso. Não posso mesmo começar a ferver a seiva antes da tarde.

Charlie sabia disso... e, se não sabia, que utilidade poderia ter para Micah? Qualquer um que sabia alguma coisa sobre a produção de açúcar não ignorava que a seiva escorria no auge do calor do dia e que parava quando o sol se punha e a temperatura tornava a cair. Micah podia continuar a ferver a seiva pela noite, a fim de aprontar o que fora recolhido das árvores naquele dia, porque a melhor calda vinha da seiva fresca. Era inevitável, porém, que ele acabasse parando e esperasse que a seiva tornasse a escorrer.

— Posso dispensar um ou dois dos meninos se precisar de ajuda — ofereceu Charlie.

— Está tudo preparado.

A verdade é que ele se sentia como um tolo aos olhos da cidade, quando ficara patente que Heather era outra pessoa, sem que ele soubesse de qualquer coisa. Era como se ela o tivesse enganado. Ele se sentia humilhado.

— Ei! — exclamou Billy, cutucando-o.

Micah tornou a se concentrar na seiva e ouviu aquele borbulhar mais profundo. E sentiu uma intensa expectativa, contra a sua vontade. Com todo o cuidado, passou a concha de metal pelo tacho e levantou-a. Tinha calda. Escorria pela beira da concha como um lençol.

Ele abriu uma válvula e deixou a calda escorrer do tacho para um tonel. Enquanto a calda assentava, ele transferiu mais líquido para o tacho da frente, transferiu mais seiva do último tacho para o do meio e abriu a válvula no início do processo, deixando que mais vinte centímetros de seiva bruta entrassem no sistema. Foi somente quando passava a seiva de um tonel para outro, maior, com os filtros, é que pensou na oportuna cutucada de Billy. Sem isso, poderia ter deixado a seiva queimar. Orgulhava-se de ser um fabricante de açúcar melhor do que isso.

A quem culpar? Podia culpar Lily, John e Charlie por distraí-lo ou Heather por deixá-lo angustiado. Em última análise, no entanto, a culpa era sua. Cabia a ele se manter atento ou a temporada estaria condenada ao fracasso.

Poppy estava sentada num canto aconchegante do velho sofá de Micah quando Griffin saiu do corredor, vindo da cozinha. Ela não estava lendo. Nem assistindo à televisão. Nem ouvindo música. Não podia dizer que estava fazendo qualquer coisa... e, no entanto, isso parecia exigir toda a sua força.

Ela sorriu quando Griffin entrou na sala, mas não disse nada. Ele também sorriu.

— Sua mãe está ocupada demais na cozinha. Pensei em encontrá-la ajudando. Está se sentindo bem?

Poppy não tinha certeza. Sentia-se... deprimida. E não era um sentimento a que estivesse acostumada.

Mas acenou com a cabeça assim mesmo e gesticulou para que Griffin se aproximasse. Quando ele se abaixou, Poppy inclinou-se para a frente e encostou o nariz em sua camisa de flanela.

— Hum... Açúcar de bordo. É um aroma insidioso. Como estão as coisas lá em cima?

— Sua irmã veio.

Lily... *a futura mamãe,* pensou Poppy. E sentiu uma súbita necessidade de partilhar a notícia com Griffin.

— Ela está grávida, mas ninguém deve saber por enquanto. Não diga nada.

— Não direi. Obrigado por me contar. Um novo bebê é sempre emocionante.

Poppy balançou a cabeça. Cruzou as mãos no colo.

— Há alguma coisa errada — insistiu Griffin, ainda agachado.

Ela deu de ombros. Mas Griffin tinha razão, ela precisava desabafar.

— Eu me sinto... como... como uma espectadora. Como se ficasse sentada vendo as coisas acontecerem.

— Como o fato de Lily ter um bebê? Ou de Heather ir para a prisão? Estamos fazendo tudo o que é possível. Continuo pressionando Aidan. E Cassie pressiona o procurador-geral da Califórnia. Até certo ponto, somos todos espectadores.

— Mas você está ocupado com outras coisas.

Os olhos de Griffin se iluminaram.

— Quer subir para a casa do açúcar comigo?

— E ficar assistindo? — indagou ela, irritada. Sabia que parecia uma criança mal-humorada, mas não podia se controlar. — Não, não quero assistir.

— Pode ajudar com a lenha.

Poppy sacudiu a cabeça. A frustração que sentia agora nada tinha a ver com a produção de açúcar.

— Ainda está zangada comigo pelo que falei, Poppy?

— Deveria. Por isso e muito mais.

— Mais o quê?

— Vir para cá. E me fazer pensar em tudo o que não posso fazer. Eu costumava sentir que poderia fazer qualquer coisa que quisesse.

— E não pode?

Em vez de responder, ela disse:

— Fico sentada em casa, observando Victoria. Ela tenta tudo. Nada se interpõe em seu caminho. Não sente medo.

— Ela é uma gata. E gatos não pensam da mesma maneira que nós. Não analisam as coisas. Não sentem culpa ou arrependimento. Nem medo.

— Pois eu sinto medo de muitas coisas.

— Diga uma.

— Você. — Embaraçada pela confissão, Poppy apressou-se em acrescentar: — Minha mãe está consultando uma analista. Talvez eu devesse fazer a mesma coisa.

— Não precisa disso. Um bom amigo pode servir ao mesmo propósito. Às vezes é apenas uma questão de ter alguém para descarregar seus pensamentos. Um amigo pode prestar essa ajuda.

— E uma analista também.

— Um amigo é mais barato. Além do mais, você não precisa de uma analista. Tem a mim.

Ela pegou a gola do casaco de Griffin e soltou um suspiro.

— Você é o problema.

— Porque a amo? Isso é um absurdo, Poppy.

— É por isso que preciso de uma analista.

— Uma analista ficaria sentada aqui com você até que odiasse o silêncio o suficiente para despejar seus medos. Eu poderia mostrar como funciona. Faríamos uma representação de papéis, você e eu... só que não disponho de muito tempo. Não neste momento. Tenho de voltar para ajudar Micah. Portanto, vamos deixar de rodeios.

Tudo em Griffin se tornou gentil, os olhos, a voz e as mãos que seguraram os lados do rosto de Poppy.

— Sei sobre o acidente, Poppy. Sei de tudo a respeito. Imagine o pior, e pode ter certeza que eu sei. Se pensa que descobrirei mais tarde e a odiarei, está enganada. Não há nada que você possa dizer que seria capaz de me afastar.

Poppy mal podia respirar. Não disse nada. Não era capaz de falar. Ele estava pagando o blefe dela, pura e simplesmente.

— É uma questão de perdão — continuou Griffin com a mesma voz gentil. — Tem todo o perdão que quiser, mas nem isso é necessário. Merdas acontecem. Quer ouvir sobre uma merda terrível? Merda é quando seu irmão mais velho fornece drogas à irmã adolescente e todo mundo olha para o outro lado.

Poppy deixou escapar um murmúrio de espanto.

— Cindy?

Ele confirmou com um aceno de cabeça, desolado.

— Só reconhecemos anos mais tarde, mesmo assim apenas em sussurros, dois de cada vez... e só depois que os danos eram irreparáveis. James vive com a esposa e três filhos em Green Bay, Wisconsin. Cindy há muito que desapareceu. James diz que era ela quem suplicava... e Cindy era uma rebelde, diga-se de passagem. Começou com maconha, e James nada teve a ver com isso... mas depois passou para as drogas mais pesadas, e ele *estava* envolvido.

— Ele era *traficante*?

— Não. Mas tinha acesso. Quando Cindy pedia, ele fornecia. Ela continuou a pedir, e ele continuou a fornecer. A situação foi se tornando cada vez pior entre ela e a família, sua vida se deteriorando mais e mais, até que ela se tornou uma viciada total. As coisas ficaram insuportáveis. Cindy não pôde suportar e fugiu. De quem era a culpa? De meu pai, por ser tão rígido e autoritário... minha e dos outros por não fazermos coisa alguma... de James, obviamente por fornecer as drogas só para desafiar o velho.

Griffin respirou fundo.

— Havia maldade no que James fez? E em você? — Ele balançou a cabeça, voltando ao problema entre os dois. — Mesmo quando imagino as piores possibilidades, não vejo qualquer maldade de sua parte.

Poppy manteve-se calada enquanto voltava do pesadelo da história de Cindy Hughes para o seu. Não, não houvera maldade, pensou ela, apenas uma tremenda irresponsabilidade que causara a morte de uma pessoa.

— O que levanta outra questão, diz Griffin, o analista — escarneceu ele, num tom que fez Poppy compreender que era uma tentativa de tornar a verdade mais aceitável. — Sugere que o problema, no fundo, não tem nada a ver comigo. Não precisa que eu a perdoe pelo que aconteceu naquela noite. Você é que precisa perdoar a si mesma.

Um barulho de botas soou na varanda da frente. Segundos depois, Camille passou pela porta, os braços carregados com embrulhos de papel laminado. Sem perceber que interrompia alguma coisa, ela bateu as botas.

Mas Poppy logo compreendeu que Camille percebera a interrupção, apenas usava todo o seu tato para dar a impressão de que ignorara, como só ela podia fazer tão bem.

— Creio que vão precisar de ajuda durante a noite — disse ela encaminhando-se para a cozinha. — Ficarei aqui enquanto for necessário.

Poppy observou-a deixar a sala para se envolver com uma conversa distante com Maida, na cozinha. Ela tornou a olhar para Griffin e deparou com uma surpreendente vulnerabilidade.

— Fale-me mais sobre Cindy.

Griffin sacudiu a cabeça. Apontou para ela. E esperou, esperou até que ela não pôde mais suportar o silêncio. Demorou dois segundos.

— O que você quer que eu faça? — sussurrou Poppy.

Mas Griffin não daria a resposta de que ela precisava. Não podia. E Poppy sabia disso. Ele se limitou a murmurar:

— Deixe-me ir para sua casa esta noite. Trabalharei aqui, com Micah, enquanto ele precisar de mim... e, para constar, o problema não é apenas ele me perdoar, mas eu também me perdoar. Como pode perceber, falo com conhecimento de causa. Mas não quero ir para Little Bear de madrugada. Quero você.

Ela encostou os dedos na boca de Griffin. Presumindo que era verdade o que ele dissera — sobre o acidente, sobre a maldade, sobre o perdão —, não se podia negar que piorara a situação. Era um homem extraordinário e parecia lhe pertencer, se ela quisesse. Só que ela não o merecia.

Isso dito, Poppy não negaria o pedido. Podia ser culpada de coisas que ela jamais dissera em voz alta. Mas não era estúpida.

Griffin permaneceu na casa do açúcar até quase meia-noite naquele dia, até onze horas na quarta-feira, e outra vez até meia-noite na quinta. Durante todos os anos em que abrira latinhas de calda de bordo, despejando sobre panquecas, descuidado, nunca imaginara o trabalho que dava a produção. Micah era exigente, mas tudo fazia sentido. Depois que a seiva se tornava calda, tinha de ser filtrada para remover granulações, por menores que fossem. O processo de enlatar vinha logo em seguida, quando a calda ainda estava bastante quente para ser esterilizada e criar um vácuo na lata enquanto esfriava... e como se isso não fosse suficiente por um dia, ainda era preciso lavar tudo o que fora usado na casa do açúcar.

Griffin sempre chegava exausto à casa de Poppy todas as noites. E também estava enregelado na noite de quinta-feira. Uma chuva fina caíra durante o dia, intermitente. Não era problema enquanto preparavam as árvores, pois o ar permanecia quente. Mas depois que anoiteceu, quando a temperatura caiu, ele sentia até mesmo a menor umidade em suas roupas. Um banho de chuveiro quente era indispensável. Como não podia ter isso em Little Bear, sentia-se especialmente grato por Poppy ter concordado com o seu pedido.

Verdade seja dita, ele não conseguiria chegar a Little Bear, mesmo que sua vida dependesse disso. Os dias eram extenuantes demais. O que também significava que não servia para muita coisa quando se deitava ao lado de Poppy. O cansaço era extremo, mas ele tinha de acordar ao amanhecer para ajudar Micah a aprontar o resto das árvores.

Mas aconteciam coisas boas entre a primeira claridade e Micah. Griffin nunca se sentira tão compatível com uma mulher, em termos físicos, como acontecia com Poppy. Não perguntava mais sobre o acidente. Ela própria tinha de encontrar as respostas. Também não falava mais sobre Cindy. Queria aproveitar da melhor forma possível o pouco tempo que tinham juntos.

A chuva fina continuou na sexta-feira, pouco mais que uma neblina. Não caía com bastante intensidade para interromper o preparo das árvores. Nem o ar era bastante frio para suspender o fluxo da seiva. A umidade simplesmente tornava a neve no solo mais densa e suas roupas mais desconfortáveis.

Na manhã de sábado, quando acordaram com o mesmo tempo, ele seria capaz de dar qualquer coisa para permanecer na cama com Poppy. Mas os bordos não sabiam o que era fim de semana. Nem se importavam com a chuva. Quando a seiva escorria, escorria e tinha de ser processada. Griffin estava bastante absorvido na temporada agora — e treinado exclusivamente por Micah — para não querer que a seiva ficasse num tanque de depósito por mais tempo do que o necessário. Além do mais, ainda havia trabalho nas árvores. Com um pouco de sorte, encerrariam a última encosta antes do meio-dia. E isso, por si só, era motivo para aparecer no trabalho.

Uma causa ainda melhor surgiu naquele dia. Desceram da casa do açúcar para o almoço, pensando em ligar o evaporador para uma tarde de produção, quando um carro comum apareceu. Bastou um olhar para que Micah resmungasse. Mas Griffin sabia que o carro não era do FBI. Reconheceu o homem ao volante. Era Aidan Greene.

Dezessete

Micah poderia preferir o FBI a Aidan Greene. Podia criticar os agentes do FBI. Podia acusá-los de ignorância, excesso de zelo, robotização ou indiferença. Aidan Greene era uma figura da vida real do passado de Heather; embora o cérebro de Micah soubesse agora que ela era Lisa, o coração continuava a resistir, continuava a acalentar a esperança de que havia outra razão para que ela não pudesse lhe dizer a verdade.

Não tenho tempo para isso, pensou o fabricante de açúcar. *Tenho de trabalhar.* Mas o homem que se apaixonara perdidamente por Heather não saiu do lugar.

O coração batia forte quando Aidan se aproximou, embora ele não fosse o que Micah esperara. Micah imaginara poder. Arrogância e astúcia. Aquele homem vestia-se muito bem, ao melhor estilo da cidade grande. Mas nada nele sugeria privilégio. Parecia cansado e abatido. Aflito. Até mesmo apreensivo. Griffin recebeu-o no meio do caminho, com a mão estendida.

— Eu o esperaria no aeroporto se telefonasse.

— Eu não sabia que viria — disse Aidan. — Não tinha certeza, até chegar aqui. Um cara no armazém geral me disse onde encontrá-lo.

Ele lançou um olhar para Micah.

Mas Micah não foi capaz de se adiantar. Se reconhecesse a existência de Aidan, teria de detestar o fato de que o homem demorara todo aquele tempo para falar.

— Esse sujeito rabugento é Micah — informou Griffin. — Tem dificuldade para aceitar tudo o que aconteceu, e por isso carece de cortesia. Temos de perdoá-lo. Podemos entrar, Micah?

Não tenho tempo para isso, pensou de novo o fabricante de açúcar. *Tenho seiva para ferver.* Mas Micah acenou com a cabeça em concordância. Preferia conversar em sua própria casa do que em outro lugar. Ali, tinha pelo menos um arremedo de controle.

Ele entrou pela cozinha, pensando que a porta dos fundos era apropriada para Aidan Greene. Além do mais, o homem devia ver como eles viviam. Aquela casa não era uma mansão em Sacramento. Não havia mordomo, nem arrumadeira, nem cozinheira. Se sujasse, ficaria sujo.

Poppy, com os cabelos curtos, o rosto limpo e o colete de lã cardada, estava à mesa, com as crianças. Haviam acabado de almoçar. Uma travessa com sanduíches aguardava os homens.

Micah não podia comer nada, e foi o que disse a Poppy, com um olhar.

Griffin e Aidan seguiram-no através da cozinha. Ele ouviu Poppy oferecer-lhes comida, ouviu-os recusar tudo, menos café, ouviu-a dizer alguma coisa para as meninas, mas a esta altura já ouvia vozes demais em sua cabeça para entender as palavras. Ouvia todas as coisas que haviam falado desde os dias da prisão de Heather... todas as especulações, suposições, palpites. Não tinha certeza se estava preparado para as respostas. Não tinha certeza se algum dia estaria.

Não ofereceu a ninguém um lugar para sentar na sala de estar, pois a cortesia nada tinha a ver com aquilo. Não era uma festa. Era um momento de ajuste de contas. Ele olhou pela janela da frente, procurando encontrar conforto na terra que possuía, ao mesmo tempo em que tentava respirar fundo. Falhou nos dois intentos. A respiração permaneceu superficial e o coração continuou disparado.

Virou-se para a sala, encostou-se na parede ao lado da janela, cruzou os braços, olhou para Aidan e esperou.

Aidan ajeitava o casaco dobrado no encosto de uma cadeira. Levantou os olhos, com uma expressão aliviada, quando Poppy entrou com o café.

— Dor de cabeça — murmurou ele, enquanto pegava o café e tomava vários goles, desesperados.

Poppy estacionou perto do sofá, com a intenção evidente de permanecer na sala. Micah refletiu que Poppy tinha esse direito. Depois das meninas e dele, ela era a pessoa mais afetada pelo passado secreto de Heather.

Quando Micah pensou por onde começar, Griffin disse:

— Tomara a decisão de não falar quando estive em Minneapolis. O que o fez mudar de idéia?

Aidan levou a caneca à boca para outro gole. Ao baixá-la, ficou olhando para o café.

— Você fez um comentário sobre o fato de eu me tornar um conselheiro, e tinha razão. Sou bem-intencionado, quero mudar o mundo... sempre fui assim, desde garoto. Era por isso que Rob adorava minha companhia. Eu fazia e sentia todas as coisas que ele devia fazer e sentir. Sair comigo ajudava sua imagem.

— Por que ele precisava de ajuda? — indagou Griffin. — Era um DiCenza. A família é famosa por sua caridade.

Aidan lançou-lhe um olhar irônico.

— Quando se tem tanto dinheiro quanto os DiCenza, é preciso fazer alguma coisa ou perde-se tudo para o Tio Sam. Charlie DiCenza preferia morrer sufocado a fazer isso. Toda aquela conversa de ser contra o governo? Ele não se importava com o governo por si mesmo. Era um ótimo lugar para empregar os amigos. Desde que ele não tivesse de pagar. A fundação DiCenza foi criada antes como um meio de obter deduções do imposto de renda. A imagem de caridoso era um benefício secundário. Nesse sentido, a fundação matou dois pássaros com uma só pedra.

— Já sabia de tudo isso naquele tempo?

— Sabia. Todo mundo sabia. Mas quando se é jovem você pensa que pode embarcar na onda de uma entidade poderosa e usá-la para seus próprios fins. Não percebe que eles cravam os dentes em você, até que já é tarde demais para se desvencilhar. A esta altura, eles são seus donos.

— Você se desvencilhou.

Aidan passou a língua pelos dentes, num sinal de desagrado.

— Não naquele tempo. Sou formado em direito. Já era quando surgiu o problema com Rob e Lisa. Rob era meu amigo, e por isso eu era leal a ele. E o velho tinha muito poder. Pensei que ele poderia ser eleito vice-presidente. Nesse caso, eu poderia arrumar um emprego na Casa Branca ou me tornar assessor jurídico de algum comitê do Congresso. Tive a ilusão de que poderia usá-lo para isso e depois aproveitar o cargo para fazer algum bem. — Ele riu, desdenhoso. — Como eu era ingênuo!

— Como assim? — perguntou Griffin.

— Porque fiquei de boca fechada sobre Rob e Lisa, porque disse à polícia uma coisa, quando a verdade era outra; cometi perjúrio, na essência. — Aidan acenou com a mão. — Não era oficial, mas estava em minha mente. Eu me vendera. Cuidava de pequenos problemas jurídicos para a fundação, mas de repente não pude mais suportar. Sentia-me um impostor. Por isso, caí fora. Trabalhar como um conselheiro era muito melhor, e o diploma de direito não foi um desperdício. Os garotos com os quais trabalho em Minneapolis costumam ter problemas com a Justiça. Organizo a defesa deles, e passo para o advogado, que usa como se a idéia fosse sua.

Micah sentia-se contrafeito. Tinha um trabalho a fazer.

— Você é um cidadão exemplar, o homem mau que se tornou bom — resmungou ele, irônico.

Aidan o fitou, aturdido.

— Eu tento.

Micah sustentou o olhar.

— Pois agora tente alguma coisa por Heather. Tente a verdade.

— Ela era uma boa pessoa.

— Ainda é. Diga alguma coisa nova.

— Ela amava Rob DiCenza.

Isso doeu. Micah sabia que Aidan falava sério. E recuou. Griffin perguntou a Aidan:

— Rob também a amava?

Um longo momento transcorreu antes que Aidan soltasse um suspiro e tornasse a focalizar Griffin.

— Rob não era capaz de amar como você e eu conhecemos. Fora criado numa família em que o amor era uma mercadoria de troca...

faça isto por mim e eu farei aquilo por você. Quase tudo tinha um propósito político. Nada era puro. O amor de Lisa era puro.

— Ela é que deu em cima de Rob, como os jornais disseram? — perguntou Griffin.

— Não. Lisa jamais faria isso. Não era sofisticada nem bastante confiante. Foi Rob quem deu em cima dela, não o contrário. Lisa trabalhava para o serviço de bufê que a família DiCenza usava. Como eles ofereciam muitas festas, Lisa aparecia na casa duas vezes por mês. É bem provável que Rob tenha sentido a atração inicial porque ela tentava se manter distante. E ele adorava o fato de Lisa ser pobre. O romance levou o velho Charlie à loucura. Ele gostava da ilusão de ser um homem do povo, mas era um arrivista social. Nascera pobre. Aproveitava esse fato de todas as maneiras possíveis... a velha história da miséria à riqueza... mas não queria que os filhos confraternizassem com os pobres.

— Sabia que Rob a espancava? — perguntou Griffin.

Aidan tornou a estudar o café.

— Ele disse que Lisa falava demais. Que merecera o que recebera.

— Várias vezes.

Aidan deu de ombros. Era uma confirmação.

— E você não fez nada? — indagou Micah, tenso, sem desviar os olhos quando Aidan o fitou.

— Claro que fiz. Disse a ele para não machucá-la. Disse que um dia uma de suas garotas procuraria a polícia. Depois que ela falasse, as outras seguiriam o exemplo. E que ele podia acabar na prisão. Rob riu de mim. Achou que eu era louco.

— E a gravidez? — perguntou Griffin.

Aidan desviou os olhos.

— Quando ela contou, Rob disse que era uma armadilha, que a criança não era dele. Pagaria o aborto por bondade de seu coração, apenas porque gostava dela.

— Era dele? — indagou Micah.

Sua Heather era mulher de um só homem. Não era promíscua.

— Como vou saber?

— Dê um palpite — sugeriu Griffin.

— Era sim. Lisa não saía com nenhum outro. Como eu disse, estava apaixonada.

— Ela concordou com o aborto?

— Não. Esse foi o problema.

— Problema como fonte de discórdia?

— Isso mesmo.

— Ela queria arrancar dinheiro de Rob como a família alega?

— Não. Duvido que o pensamento jamais tenha passado por sua cabeça. Ela era muito gentil, além de ingênua. E não faria qualquer coisa para irritá-lo. Sabia o que os punhos de Rob podiam fazer. Manteve a esperança de que ele acabaria se enternecendo e aceitando a criança.

— Como sabe que esperança ela tinha? — perguntou Micah.

Aidan sustentou seu olhar.

— Lisa me contou.

— Ela telefonou para você e relatou tudo?

— Não precisava telefonar. Eu estava sempre presente. Guiava o carro em seus encontros.

— Era o motorista de Rob.

— Prefiro dizer que era o amigo que o ajudava. Lisa pensou que eu poderia convencê-lo de que não seria tão ruim ficar com ela e a criança.

— Você tentou?

— Não havia sentido. Eu sabia como ele se sentia. Rob era incapaz de amar, como falei antes. Por isso, eu disse que ela podia conseguir coisa melhor. Que devia deixar a cidade, ter a criança e encontrar outro homem.

Poppy interveio, a voz suave:

— Sob certos aspectos, foi isso que ela fez.

— Só que aconteceu alguma coisa antes do estágio de deixar a cidade — comentou Griffin. — Temos uma página faltando.

Ele fez uma pausa. Olhou para Aidan.

— Você estava presente naquela noite?

Aidan empertigou-se.

— Estava. Consta do registro de ocorrência na polícia. Só que eu não me encontrava no banheiro dos homens.

— Viu o que aconteceu?

— Estava escuro.

Micah chegara ao fim de sua paciência.

— Foi para isso que voou até aqui? Para nos dizer que estava escuro? Este é o momento da temporada em que tenho mais trabalho. Comecei às oito horas da manhã e continuarei até meia-noite. Não posso desperdiçar meu tempo com conversa mole. Se tem alguma coisa para dizer, diga agora. Caso contrário, saia de minha casa.

O relato demorou cinco minutos e deixou Micah com dois problemas. O primeiro foi o de que não acreditaria em Aidan até que Heather confirmasse o que o homem dizia, e Heather não queria falar. O segundo era mais imediato. Mal Aidan acabara de falar quando um movimento atraiu a atenção de Micah. Foi apenas uma ondulação no pano que cobria a mesa e se estendia até o chão, talvez uma aragem. Quase sem respirar, Micah ficou olhando. Quando houve outra ondulação, ele atravessou a sala, levantou o pano e pegou Star.

— Você não deveria estar aqui — censurou ele, mas sem qualquer raiva.

Era sua filha. Sua responsabilidade. Star sofrera mais perdas em sua curta vida do que merecia. Se não fosse capaz de lhe proporcionar qualquer outra coisa, queria pelo menos que ela tivesse uma infância.

— Mamãe é uma boa motorista — disse a menina. — Não guia depressa.

— Eu sei, querida. Estávamos falando sobre outro lugar e outro tempo?

— Mas sobre mamãe?

— Sobre uma moça chamada Lisa.

— Quero a mamãe.

Ele encostou o rosto da filha em seu ombro.

— Estamos nos esforçando para trazê-la de volta. É sobre isso que a gente falava. — Ele correu os olhos pela sala, procurando em outros esconderijos. — Onde está sua irmã?

— No clube. Missy não o quer aqui.

Micah encaminhou-se para o corredor.

— Ligue para Cassie — disse ele a Griffin.

Ainda com Star no colo, Micah foi para o quarto das meninas. A porta do *closet* estava entreaberta.

— Saia, Missy.

— Não — disse uma voz abafada.

Ele abriu a porta. Havia cobertores pendurados em ganchos e não dava para ver Missy. Mas tornou a ouvi-la.

— *Você* pode entrar. Mas não aquele homem. Nem Heather.

Micah agachou-se na direção da voz. Ajeitou Star em seu joelho.

— Por que não Heather?

— Ela não é mais da nossa família.

— Por que não?

— Porque não gosto daquele homem.

Micah entendia o que ela estava querendo dizer. Aidan representava uma parte de Heather que as assustava. Missy estava reagindo a esse medo.

Como confortá-la, especulou Micah, quando ele próprio não sentia qualquer conforto?

— Venha até aqui.

— Não.

— Só eu estou aqui. Eu e Star.

— E Poppy e Griffin. Também não gosto dele.

— Eu gosto — declarou Star.

Missy, com a cabeça entre os cobertores, disse:

— Só gosta porque ele traz balas de chocolate. Mas é *muito pequena* para ver o que eu vejo.

— O que você vê? — perguntou Micah.

— Que ele está tentando tirar Poppy da gente, como alguém tirou Heather, e alguém tirou mamãe.

— Ele não está fazendo isso, Missy. O que está acontecendo aqui não é tirar. É somar. Acrescentar Griffin para Poppy. E Heather para nós.

Os olhos de Missy estavam turvos. A voz era uma versão feminina infantil do que fora a sua na sala.

— Não preciso de Heather.

— Pensei que você a amava — murmurou Micah.

Star fitou-o nos olhos.

— Você também ama, não é?

Foi neste instante que Poppy disse, baixinho, da porta:

— Micah, Cassie quer que a gente vá até lá.

Ele se levantou, com Star no colo.

— Não posso ir. As meninas e eu temos seiva para ferver.

Micah contornou a cadeira de rodas e se encaminhou para a cozinha, com Star em seu quadril. Billy estava ali, comendo um sanduíche. Na passagem, ele avisou:

— Vou ligar o evaporador.

Ele foi para o vestíbulo dos fundos. Já tinha a mão na maçaneta da porta quando a voz de Griffin o deteve:

— Temos de nos encontrar com Heather.

Micah olhou para trás.

— Como quiser.

— Aidan também vai.

— Ótimo.

Poppy aproximou-se.

— Você tem de ir, Micah. É importante.

Micah desejou que Poppy estivesse certa. Mas já passara por aquilo antes e Heather não dissera nada. Que sentido haveria em sua presença sob esse aspecto? Por outro lado, sua presença na casa do açúcar, com as meninas, tinha um propósito, uma razão.

— Tenho de trabalhar, Poppy. Não posso sair correndo para West Eames. A seiva está escorrendo, o sol brilha. Se eu não fizer isso agora, quem fará?

— Eu — disse Billy, aparecendo por trás de Griffin, parecendo mais alto do que nunca. — Posso cuidar de tudo. Se me deixar usar seu telefone, pedirei ajuda. Ainda tenho amigos nesta cidade.

Poppy avançou na cadeira de rodas.

— Como pode ainda estar furioso depois do que Aidan disse?

Micah não respondeu, mas sentiu agora uma extrema irritação.

— Estamos perto... bem perto — acrescentou Poppy. — Cassie quer uma confirmação. Precisa ouvir a história de Heather. Não é o que você também quer?

Claro que era. Há dias que Micah não desejava outra coisa.

— A presença de Aidan pode fazer com que ela fale — continuou Poppy, o tom suplicante. — Cassie conta com isso. Mas se você não estiver presente, Heather pode não se importar. Ela o ama, Micah. E se alguém um dia precisou de você, este é o momento.

Poppy fez uma pausa para respirar, depois sussurrou:

— Ela já sente medo de tê-lo perdido, porque você não foi mais visitá-la. Não pode perdoá-la?

Ele foi poupado da necessidade de responder por Star, que pegou o rosto do pai entre as mãos e virou-o em sua direção.

— Ajudei Poppy a fazer os sanduíches, e tem de atum. Mamãe adora sanduíche de atum. Se você levar um, será que ela vai pensar em mim?

A sala era pequena para cinco pessoas, mas Cassie insistiu que todas elas eram vitais para a defesa de Heather. Por isso, o guarda os deixou entrar. Micah permaneceu em segundo plano, encostado na parede, dizendo a si mesmo que só estava ali pelo bem de Star... até que a porta abriu e Heather entrou. Quando os olhos prateados de Heather encontraram-se com os seus, Micah compreendeu que mentia para si mesmo. Sentiu um aperto no coração igual ao que experimentara quando ela fora levada pela primeira vez.

Depois ela viu Aidan e sua pouca cor se esvaiu. Olhou frenética para Cassie, que se adiantou, pegou suas mãos e falou baixinho.

Cassie estava determinada a ter êxito. Mark podia acusá-la de se tornar envolvida demais com seu trabalho, para exclusão das pessoas que ela amava. Mas Heather era uma dessas pessoas. Nunca tivera uma oportunidade como aquela de fazer diferença na vida de uma pessoa.

— Finalmente tenho um argumento viável — disse ela a Heather. — Com Aidan testemunhando sobre o abuso, temos a base para alegar que você temia por sua vida.

Heather lançou um olhar cético para Aidan, depois sussurrou para Cassie:

— Há outras acusações.

— Fugir para escapar do processo? Podemos negociar essa parte. Literalmente. Já fiz o dever de casa. A família DiCenza orgulha-se de sua imagem. Falaram por muito tempo, clamorosamente, que você é terrível. As palavras ficaram sem contestação, porque você não estava presente para falar em sua defesa. Mas a situação será diferente se você decidir falar. Eles detestarão o que você disser. Mais importante ainda, não vão querer que seja citada na imprensa. Vão orientar o procurador a fazer um acordo. Depois que ouvirem o seu lado, vão querer que o problema seja resolvido de uma maneira rápida e discreta.

— Eles têm poder. Podem condenar uma pessoa inocente.

— Não desta vez. Temos os registros médicos. Temos os registros de adoção. Temos Aidan.

Heather tornou a fitá-lo. Mais uma vez, sussurrou para Cassie:

— Por que agora?

A sala era pequena. O sussurro foi ouvido pelos outros. Aidan respondeu:

— Porque eles são abusadores e não apenas fisicamente. Abusam do poder, e isso não é certo. Rob morreu. Você tem uma boa vida. Não sei qual é o propósito que eles podem ter ao persegui-la agora. Você sofreu. Sei disso. Levei-a para o hospital. Duas vezes. E contei ao velho. Ele disse que ia esquecer o que eu falei. Disse também que eu deveria fazer a mesma coisa.

— E foi o que você fez! — acusou Micah. — Ficou de boca fechada quando a acusaram de homicídio!

— Ela havia desaparecido — argumentou Aidan. — Não houve julgamento. Ela escapou. Conseguiu uma vida melhor. Meu crime não foi o de ficar calado na ocasião, foi o de deixar que a situação chegasse a este ponto agora. Terei de conviver com isso. Mas não é tarde demais para mudar o resultado.

Heather parecia estar prendendo a respiração. Cassie acrescentou:

— A mãe de Rob é o ponto vulnerável. Rob era seu bebê; ela não vai querer que seja arrastado na lama. E há também a criança.

Quando os olhos de Cassie desviaram-se para Micah, ela sacudiu suas mãos para recuperar a atenção total.

— A mãe de Rob é religiosa. Não vai querer que se espalhe a notícia de que o filho queria que a amante abortasse a criança.

— Ele disse que não era dele — murmurou Heather, a voz quase inaudível.

— Os testes podem provar que era.

— Como, sem a criança? Não sei onde ela está.

— Podemos encontrá-la, Heather. Confie em mim neste ponto.

— Ela vai me odiar pelo que fiz.

— *Ninguém* vai odiá-la pelo que fez naquele tempo. Só a detestamos pelo que está fazendo *agora*. — Cassie sorriu para atenuar o impacto das palavras. — A Heather que conhecemos é forte. É competente. Dedicada e determinada. Mas esta Heather, a que está na cadeia, não tem se comportado assim. Queremos a nossa velha Heather de volta. É ela que amamos.

— Mas...

— Ninguém é perfeito. Seu silêncio... este silêncio... é indesculpável. Podemos perdoar qualquer outra coisa.

Os olhos de Heather tornaram a se desviar para Micah. E, desta vez, não se afastaram mais.

Poppy manteve-se atenta a cada palavra, focalizando Heather sem piscar. Transmitia a mensagem mais forte que podia de que Heather devia falar, contar tudo, defender-se. Quando Heather olhou para Micah, no entanto, Poppy olhou para Griffin.

Os olhos dele estavam esperando.

Você realmente sabe?, indagou ela.

Griffin confirmou com um aceno de cabeça, quase imperceptível.

E perdoa?

Ele tornou a acenar com a cabeça. Depois, alteou as sobrancelhas. *E você? Pode perdoar?*

Poppy podia perdoar Heather. Podia perdoar Micah por ficar furioso. Podia perdoar Griffin por criar todo aquele problema. Podia perdoar a mãe por ser uma perfeccionista, Lily por ser tão bonita, Rose por ser tão puritana. Perdoar a si mesma era mais difícil.

Micah não ouviu muito do que Cassie disse ao final. Estava muito ocupado a recordar tudo o que fora bom em sua vida com Heather, tudo o que ainda queria. Isso mesmo, ele ainda queria, ainda mais quando ela o fitava como fazia agora, como se ele fosse o centro do universo, como se todas as suas palavras fossem mais importantes do que qualquer coisa que qualquer outra pessoa dissesse, como se o seu amor fosse a única coisa que ela realmente queria.

Raiva? O que era a raiva senão uma emoção passageira, um mal-entendido, um fracasso em se comunicar? Não tinha um lugar permanente numa vida longa e plena, uma vida na companhia da pessoa amada.

— É disso que precisamos — dizia Cassie. — Mas só a palavra de Aidan não será suficiente. Era você quem estava no carro naquela noite. Tem de contar o que aconteceu.

Enquanto Cassie falava, Heather olhava para Micah. Ela tinha os olhos cheios de medo, o que aumentava a angústia dele. Subitamente, a parede em que ele se encostava tornou-se dura e fria. Micah afastou-se, passou as mãos pelo pescoço de Heather e ergueu seu queixo com os polegares.

— Conte-me tudo, com suas palavras — pediu ele.

Heather ainda resistiu por um momento, estudando o rosto de Micah. Tudo nele apregoava *Quero que me conte. Preciso saber. Eu a amo. Isso não vai mudar.* Ela deve ter ouvido, porque segurou os pulsos de Micah e apertou-os com força. As palavras saíram num fluxo triste.

— Eu não queria sair com ele. Isto é, queria, porque uma garota como eu namorar alguém como Rob era um sonho que virava realidade. Mas não podia dar certo. Eu tinha certeza. Éramos diferentes demais. Quando falei isso, ele disse que não era problema, que me amava, que só precisávamos manter o relacionamento em segredo até chegar o momento certo, quando ele anunciaria para todo mundo. Anunciaria para o mundo. Foram as palavras que ele usou, como se tivesse o maior orgulho de nós.

— Mas ele batia em você — murmurou Micah, com o polegar na cicatriz no canto da boca de Heather.

— Quando bebia. Sempre pedia desculpas pela bebida e por me bater. E eu o amava... ou amava o sonho. Até que engravidei e tudo começou a desmoronar. Rob ficou furioso. Disse que o bebê não podia ser seu. Disse que sempre usava preservativo.

— E usava?

— Quando estava sóbrio. Mas a criança era mesmo dele. Não tive mais ninguém. E não pedi para que casasse comigo. Apenas queria que ele me ajudasse a sustentar o bebê. — A voz baixou para um sussurro. Um anseio profundo surgiu nos seus olhos. — Eu queria aquela menina. E queria muito.

— Discutiu com ele por causa da criança naquela noite?

— Não, não eu. Não tinha a intenção de falar qualquer coisa. Mas Rob foi me procurar, me seguiu por toda parte, sempre bebendo sem parar. Começou a me xingar. Aos berros. Resolvi então conversar com ele para tentar acalmá-lo. Rob queria saber se eu já tinha feito um aborto. Quando respondi que não, ele disse que faria isso por mim.

Micah sentia-se desesperado.

— Como assim?

— Começou a me chutar. Disse que expulsaria a criança do meu ventre a pontapés. E passou a me empurrar, para longe das outras pessoas. Quando me virei e corri, ele foi atrás.

Micah podia ver a angústia nos olhos de Heather. Queria acabar com aquilo, impedi-la de continuar. Afinal, ela apenas repetia o que Aidan já contara. Ainda assim, Heather precisava continuar. Tudo tinha de ser esclarecido, porque o relato de Aidan não ia até o fim.

— O que aconteceu em seguida?

Os olhos de Heather ficaram marejados de lágrimas enquanto afloravam as palavras reprimidas por tanto tempo.

— Acreditei no que ele dizia. Acreditei que continuaria a me chutar até matar o bebê. Não podia deixar que isso acontecesse. Corri entre os carros estacionados no campo, até alcançar meu carro. Porque a única coisa em que podia pensar naquele momento era que precisava fugir. Entrei no carro e dei a partida. Estava escuro. Alcancei uma parte mais vazia do campo. Lembro que pensei que havia quase conseguido escapar... que estava quase livre. Foi por isso que acelerei. Não podia imaginar que ele sairia correndo para a frente do carro.

Heather começou a tremer.

— Não sabia que ele havia morrido. Achei que nada de mais havia lhe acontecido, porque estava completamente embriagado. E porque era um DiCenza. Os DiCenza não morriam. Nem sequer se machucavam.

— Mas você fugiu.

— Ele era um *DiCenza*. Mesmo que sofresse apenas uma concussão, iriam atrás de mim. Eu iria para a prisão e ficaria sem meu bebê. Foi por isso que fugi. Quando soube que Rob havia morrido, continuei a fugir. Ele quase me matara para que renunciasse à criança, mas eu queria mantê-la sã e salva. Depois, vim para Lake Henry, conheci você e as meninas... e tratei de afastar toda a infelicidade de minha mente. Quando se faz isso, quando se afasta tudo dos pensamentos, pode-se fingir que nunca aconteceu. E em noventa por cento do tempo, era assim que eu me sentia.

— E nos outros dez por cento? — indagou Micah.

— Era quando você falava em casamento e em filhos nossos... e eu ouvia tudo.

— Ouvia o quê?

— O barulho do corpo contra o carro. Ainda ouço de vez em quando, alto e implacável, até compreender que é meu coração. Nunca esquecerei o som. Foi terrível, Micah. Fica pior quando você descobre que representa o fim de uma vida... se não fosse pela criança, eu poderia ter acabado com minha própria vida. Não posso conceber a idéia de matar alguém.

— Esse é o nosso argumento — anunciou Cassie.

— Não vão acreditar em mim — disse Heather a Micah.

Ele olhou para Aidan.

— O que ela disse é coerente com o que você testemunhou?

Aidan confirmou com um aceno de cabeça.

— Ele estava de porre. E ameaçou-a.

— Vai dizer isso em seu depoimento? — perguntou Cassie.

— Vou.

As mãos de Heather apertaram os pulsos de Micah.

— Não quero voltar para lá. Você não conhece o poder que eles têm.

Não, Micah não conhecia. Tivera o privilégio de passar a vida com pessoas mais decentes do que os DiCenza. Tinha o pressentimento de que se pudesse reparar algumas pontas, aquelas pessoas decentes se mobilizariam por Heather, depois de tomarem conhecimento da verdadeira história. O que não significava que as coisas seriam fáceis. Haveria manchetes agora. Heather teria de voltar à Califórnia e só Deus sabia o que enfrentaria lá.

Mas de uma coisa ele tinha certeza. Quando ela fosse, não estaria sozinha.

Poppy queria comemorar. Sabia que Cassie ainda tinha muito trabalho para fazer se quisesse que Heather tivesse o melhor acordo possível antes de ser enviada de volta para a Califórnia. Havia ainda a questão da criança. Precisavam localizá-la para que a ameaça do teste de DNA tivesse força. Mas naquela tarde haviam avançado muito mais do que em todo o período anterior. Por isso, Poppy sentia-se inebriada. Otimista. E *corajosa.*

Foi o que ela disse a Victoria quando voltou para casa, depois de retomar o comando do serviço telefônico, atendido algumas ligações de curiosos e feito outras, mais exuberantes. Como ainda lhe restava energia de sobra, foi para a sala de exercícios.

— Eu me sinto corajosa, Victoria.

Ela tirou a bola alaranjada de seu colo, pôs no chão e foi até a parede. Pegou os suportes, baixou-os, virou-os. Chegou a ponto de virar um para apoiar sua perna.

Foi neste instante que ouviu o som de um *snowmobile* no lago. Foi até a parede de janelas. Um farol cortava o crepúsculo. Ela observou o veículo, com o motorista de capacete, sabendo exatamente quem era. Tirou os suportes, foi para a sala principal e abriu a porta para a varanda no momento em que ele estacionava. Ficou de lado para que ele pudesse entrar.

— Oi — disse ele, tirando o capacete e sorrindo.

Ela retribuiu o sorriso, incapaz de resistir. Griffin era adorável, com os cabelos castanho-avermelhados desmanchados e as faces coradas. E o fato de que adorava o lago no inverno deixava-a muito satisfeita.

— Oi para você também.

— Tivemos um bom dia.

Ela acenou que sim com a cabeça.

— Vim buscá-la para um passeio.

— Micah dispensou-o mais cedo?

O sorriso de Griffin alargou.

— Billy chamou um amigo, Amos, para ajudar. É aquele velho de Cotter Cove... Sabia que ele cresceu trabalhando num bosque de bordos? Não precisavam de nós. Micah ficou alimentando o fogo com as meninas, mas eu era supérfluo.

— Supérfluo?

— Não poderia me sentir mais feliz por isso. E decidi vir para cá. Vamos dar um passeio.

Poppy não sabia o que sentia. Havia um certo inebriamento que decorria da súbita remoção de um peso. Mas não queria mais saber de *snowmobiles*.

— Está ficando escuro.

— Sabia que a visibilidade nessas coisas é enorme, porque a luz do farol reflete-se na neve?

Ela sabia. Pois sabia de tudo sobre "essas coisas".

— Talvez em outra ocasião.

— Quero levá-la para Little Bear.

— Está chovendo.

Mas Griffin tinha uma resposta para isso também.

— Não está mais. É quase uma neblina. Billy me disse para usar seu *snowmobile*. Por isso, pensei em jantarmos em Little Bear. Comprei *chili* no Charlie's. Sei que você adora.

Poppy olhou para o veículo.

— Não posso andar nisso.

— É uma questão de desconfiança.

— Não. As piores lembranças.

— Talvez seja hora de providenciarmos novas lembranças.

Em princípio ela podia aceitar isso. Mas o momento era impróprio. Ainda não se sentia preparada.

— Vamos, Poppy. Aquela era uma noite de tempestade. O que aconteceu nada teve a ver com bebida. Poderia acontecer com os melhores pilotos.

O sorriso de Poppy desapareceu, a indulgência acabou. Ela se recostou na cadeira.

— Como soube disso? Com quem conversou?

— Se eu contar vai sair comigo?

— Vou.

— Li o relatório da polícia. É um registro público.

— Quem falaria para você?

— Você foi a única que falou.

— Não falei sobre o acidente.

— Isso mesmo. Somei dois e dois e você confirmou.

Ela deixara de negar, apenas isso. Acuada, Poppy virou a cadeira e voltou para a sala de exercícios. Ouviu o barulho das botas quando Griffin as tirou, depois os pés com meias seguindo-a. De costas para ele, Poppy declarou:

— Não tenho o direito de andar num *snowmobile*, assim como não tenho de casar e ter filhos.

— Então peque outra vez.

Antes que ela percebesse quais eram as intenções de Griffin, ele enfiou os braços em sua parca. Segundos depois, levantou-a da cadeira. Largou o gorro no colo de Poppy.

— Ponha na cabeça — ordenou ele enquanto a levava para a sala principal.

— Não quero fazer isso, Griffin — disse Poppy, sentindo-se mais do que um pouco apreensiva enquanto ele tornava a calçar as botas. — Está escurecendo. Os *snowmobiles* me assustam. Quero minha cadeira.

O frio atingiu o rosto dela quando ele abriu a porta, mas foi aliviado momentos depois, quando ele pôs o capacete em sua cabeça. Griffin montou no *snowmobile*, sentou-a de lado na sua frente e pôs o próprio capacete. Só então ele fez uma pausa. Levantou os visores dos dois capacetes. Os olhos eram gentis quando falou:

— Diga-me que não quer fazer isso. Se realmente não quiser, tornarei a levá-la para dentro.

Se ele não lhe desse a opção, Poppy poderia recusar. Ela era adulta. Decidia o que queria. Não via motivo para ser pressionada a fazer *qualquer coisa*, muito menos algo que seria uma perturbação emocional. Mas as emoções afloravam em dois sentidos. Sentar num *snowmobile*, pela primeira vez desde o acidente, trazia recordações... mas as ruins, estranhamente, eram vagas. As boas eram muito mais nítidas... o excitamento, a sensação de ousadia, até mesmo o frio intenso.

Ela não queria voltar para casa. Era uma noite para comemorar. E aquele passeio seria apropriado.

Apropriado não era nem de longe suficiente para descrever. A viagem pelo lago foi inebriante, o jantar na frente do fogo foi encantador, o ato de amor depois foi divino. Ela não ficou muito satisfeita com as instalações do banheiro, mas Griffin pensara a respeito com todo o cuidado e providenciou o mínimo de conforto, com uma gentileza louvável. O ar era úmido, mas surpreendentemente suave. Por isso, passaram algum tempo no alpendre, envoltos por cobertores. Não havia estrelas e a lua estava encoberta. Quando a neblina se transformou num chuvisco, que logo foi substituído por enormes flocos de neve, o lago se tornou estelar.

Havia uma serena intimidade entre os dois, sentados ali. Acalentada por isso, Poppy sentiu vontade de perguntar quando ele voltaria a Princeton. Sabia que ele partiria. Que acabaria se cansando da vida em Lake Henry.

Ela não podia ir para Princeton. Isto é, podia, mas não queria. Adorava Lake Henry. Adorava a vida que tinha neste lugar. Adorava as pessoas, a sensação de controle. Estava agora numa ilha, totalmente dependente da mobilidade de Griffin, mas não se importava. Não podia imaginar que seria capaz de se sentir tão à vontade na cidade grande.

No final, mesmo com a intimidade, ela não perguntou quando Griffin voltaria, porque não queria ouvir a resposta. Mas pensou a respeito quando acordou no meio da noite, enquanto ele punha mais lenha no fogo. Tornou a pensar horas mais tarde, desta vez com o barulho de granizo caindo no teto.

— Esquilos vermelhos — murmurou Griffin, sonolento, enquanto a puxava para a curva de seu corpo.

— Granizo — sussurrou ela.

E Poppy especulou se ele a puxara deliberadamente, para apoiá-la, quando ela não podia fazê-lo. Mas não se importava. Era uma maneira de dormir bastante natural, agradável e confortável.

Só que ela não dormiu, por algum tempo. Deitada ali, tentando não pensar por que ainda se sentia culpada por estar junto de Griffin, ficou escutando o granizo. Pôde determinar, pela ressonância, quando se transformou em chuva gelada. Sabia que aumentaria de intensidade á medida que a manhã se aproximasse. Mas como monitorar a chuva gelada era quase a mesma coisa que contar carneirinhos ela acabou dormindo.

Com a neve grudada nas janelas, a cabana estava escura. Por isso, eles demoraram um pouco a perceber que haviam dormido demais. Mas Griffin sentou-se abruptamente e olhou para o relógio.

— Essa não! Já são dez e meia!

— É domingo e faz frio — murmurou Poppy. — Preciso do seu calor.

Ele se virou para fitá-la.

— Eu deveria estar na casa de Micah.

— Acho que não vai conseguir. Dê uma olhada lá fora.

Griffin, resmungando porque a estufa apagara e fazia muito frio, foi até a porta, entreabriu-a e deu uma espiada. Quando finalmente falou, havia um tom reverente na sua voz:

— Está tudo congelado. Ainda bem que acabamos de preparar as árvores ontem. Teríamos de lascar o gelo para fazê-lo hoje.

Ele fechou a porta e voltou para as camadas de cobertores e travesseiros que chamavam da cama. Poppy sentiu que o corpo dele ficara gelado e o esfregou para aquecê-lo.

— Não vai até lá hoje.

— Não sei como conseguiria — murmurou ele, puxando as cobertas. — Não sei nem como conseguiríamos chegar à praia, e ponto final.

Poppy sorriu.

Por volta do meio-dia, uma chuva gelada caía, tornando ainda menos atraente a perspectiva de uma viagem no *snowmobile*. Por isso, eles tomaram sopa da panela e comeram manteiga de amendoim do pote. Voltaram a dormir. Por volta de uma hora, estavam acordados de novo, olhando para fora. O gelo era denso em tudo à vista e uma chuva gelada continuava a cair. Acharam que o tempo ia melhorar dentro de uma hora. Fecharam a porta e voltaram para junto do fogo.

— Qual é a sua lembrança mais antiga? — perguntou Poppy.

Griffin sorriu.

— A primeira de todas? É muito distante. — Ele pensou por um momento. — Randy indo para a escola. Portanto, calculo que ele tinha três anos. Era meu companheiro de brincadeiras. Odiei-o por ir embora. Lembro-me de que fiquei parado na porta de tela, observando-o pegar o ônibus da escola. E a sua?

— Papai me pondo no colo. E lendo uma história. Eu gostaria que você o tivesse conhecido. Era um homem gentil. E qual é a sua melhor lembrança?

— A melhor? O Dia de Ação de Graças, até que fui para a universidade. Costumávamos ter mais de trinta pessoas em casa. Eu adorava. Mas depois Cindy sumiu e já não era mais a mesma coisa. E a sua?

Poppy gostaria de ouvir mais a respeito de Cindy, mas sua melhor recordação aflorou antes desse pensamento.

— É uma lembrança recente. Maida abraçando Lily na igreja no último outubro. Foi simbólico.

Momentos depois disso, ela vira Griffin pela primeira vez transformando aquele instante em melhor lembrança e um novo começo, tudo ao mesmo tempo. Mas logo se repreendeu por ser indevidamente imaginativa e perguntou:

— E a pior lembrança?

— A noite em que mamãe morreu. E a sua?

— Você sabe.

O acidente.

— Um desejo, Poppy. Se pudesse pedir apenas um, qual seria?

— Você primeiro.

— Cinco filhos, três cachorros e um gato... o gato para manter os outros na linha. Sua vez.

— Dois... eu me contentaria com dois filhos.

Poppy fitou-o, surpresa. Griffin não disse nada — não caçoou pela resposta inesperada, não a lembrou dos estranhos caminhos do subconsciente —, o que fez com que ela o amasse ainda mais. Se ela pudesse escolher, passaria uma semana na cabana.

Foi neste instante que ouviram o estrondo de um galho de pinheiro se partindo e caindo no chão. Poppy sentiu uma preocupação imediata. Griffin, não sendo um nativo, demorou um pouco mais para compreender. Mas quando a preocupação o envolveu foi com mais força.

— Se há danos no bosque durante uma tempestade como esta, o que aconteceu? — perguntou ele.

Como Poppy se recusasse a responder, ele começou a recolher suas coisas.

A viagem de volta foi lenta. Enquanto atravessavam os campos gelados, os sinais de danos aumentavam. Árvores inclinavam-se e se partiam; barracões desmoronavam. Ao se aproximarem da casa de Poppy, viram uma árvore cair no deque.

Segundos depois, a porta foi aberta. Maida, Lily e Rose saíram. Quando Maida escorregou e quase caiu no gelo, Lily e Rose seguraram-na. Todas três pararam de repente e ficaram olhando... não para a árvore, mas para Poppy e Griffin.

Dezoito

Maida parecia apavorada. Poppy sentiu-se assustada no mesmo instante, pensando que algum conhecido se machucara, ou ainda pior.

Griffin parou tão perto quanto podia da árvore caída. Desligou o *snowmobile* e levantou Poppy. Não foi tão rápido e tão divertido quanto no dia anterior. O que era neve então se transformara agora numa grossa camada de gelo. Por duas vezes ele escorregou e quase caiu. Quando entraram na casa, Poppy sentiu-se grata.

— Graças a Deus! — Maida, com a mão no peito e respirando fundo, acompanhou os dois até a sala de exercícios. — Pode imaginar o quanto fiquei assustada?

— Por minha causa? — indagou Poppy.

— Claro que sim. Vim para cá de manhã cedo, para ter certeza de que estava bem, e não a encontrei. Não lhe ocorreu ligar para uma de nós e avisar onde estaria?

Não ocorrera. Poppy sentiu remorso no mesmo instante. Pegou Victoria, erguida sobre as patas traseiras, querendo subir. Mas pôr a gata no colo proporcionou apenas um conforto mínimo. Ela lançou um olhar desamparado para Griffin.

— Não há telefone na ilha — disse ele. — Pensamos em voltar esta manhã, mas achei que a viagem seria muito difícil. Sinto muito. A culpa foi minha.

Ele se dirigia a Maida, mas foi Rose quem respondeu:

— Poppy deveria saber que ficaríamos preocupadas. Como pôde ignorar isso, Poppy? Não sai de noite. Nunca. E ainda mais sem a sua cadeira!

— Rose, ela voltou — interveio Lily, a voz contida. — Foi apenas um mal-entendido.

— Foi egoísmo — insistiu Rose. — A cadeira ficou aqui, vazia, exceto pela gata. O que ela achou que pensaríamos?

— Não sabia que vocês viriam — comentou Poppy.

— Nem depois que começou a tempestade?

Houve um estrondo lá fora. Rose olhou para o teto. E dando a impressão de que seus receios foram confirmados, ela acrescentou, com evidente satisfação:

— Aí está um motivo perfeito para a nossa preocupação. Só Deus sabe o que pode acontecer numa tempestade como esta. E você permanece aqui, insistindo em morar sozinha, o que por si só já é um egoísmo, embora essa seja outra história. Mamãe *sempre* verifica se você está bem. Envelheceu-a dez anos.

— Estou bem — murmurou Maida.

— É a pura verdade — reiterou Rose. — Ficou em pânico total. Já não é mais tão jovem.

— E também não sou tão *velha* quanto parece *pensar*, Rose — insistiu Maida. — Estou bem.

Rose tornou a se virar para Poppy.

— Era diferente no tempo em que éramos pequenas e você fazia o que queria. Quanto mais extravagante, melhor. Não se importava com o que papai e mamãe pensassem. Não se importava se eles ficavam ou não preocupados. Pois agora sou mãe e sei o que é conviver com uma criança irresponsável. Só que você não é mais uma criança. Pensei que o acidente fosse lhe proporcionar algum senso de responsabilidade.

— É evidente que isso não aconteceu — declarou Poppy, porque era a única maneira de conter Rose. — Os acontecimentos da vida vêm e passam. Sou adulta e ainda irresponsável. Você é mãe, e ainda é mesquinha.

— Poppy... — suplicou Maida.

Mas Poppy estava irritada.

— Ela tem razão num ponto. Não saio de noite, e ainda mais sem a cadeira de rodas. Não fiz isso nos últimos doze anos, mas fiz desta vez, pois queria demais superar a idéia... a idéia... — tinha de fazer um esforço para articular o pensamento, enunciá-lo em voz alta — ... de que eu não tinha o direito de fazê-lo. Vivi dessa maneira durante doze anos, enquanto Rose divertia-se na universidade, casava com o doce Art e tinha três crianças maravilhosas. O que é ótimo, porque ela merece todas essas coisas, enquanto eu não mereço nada.

— Poppy... — sussurrou Lily, adiantando-se.

— Não mereço — repetiu Poppy, sem olhar para Lily ou Rose, apenas para Maida. — Eu estava guiando naquela noite. Griffin adivinhou isso. Vocês também devem ter chegado a essa conclusão.

Rose soltou uma exclamação de espanto.

— *Você* estava guiando?

Os olhos de Poppy não se desviaram da mãe. Há doze anos que precisava dizer aquilo, apenas para ver a reação de Maida. Na cabana, quando Griffin lhe perguntara sobre seu sonho, quase dissera que queria o amor da mãe. Agora, vigilante, ela observava.

— Bebemos e rimos muito. Quando chegou a hora de voltar, o porre de Perry era tão grande que resolvi guiar. Não estava bêbada. Mas acelerei demais e perdi o controle. Ambos fomos lançados para longe. Caí no chão, e por isso estou numa cadeira de rodas. Perry bateu numa árvore, e por isso está na sepultura.

— A polícia sabe disso? — perguntou Rose, horrorizada.

— *Rose*... — censurou Lily, pondo a mão no ombro de Poppy, num gesto tranqüilizador.

Poppy olhou para Rose.

— Nunca falei nada. Você pode contar, se quiser.

— Eu não disse isso... apenas... não tive essa intenção...

— Você a levaria para a prisão? — interveio Griffin, com uma raiva que Poppy pôde sentir, amando-o ainda mais por isso. — Você a condenaria a passar o resto da vida numa cadeira de rodas... Não, ela já está condenada a isso. Portanto, não pode impor essa pena. Você a condenaria a se sentir culpada? À autoflagelação? A ser açoitada em público?

— Não sou a culpada aqui — protestou Rose.

— E *eu* sou? — perguntou Poppy à mãe.

O rosto de Maida exibiu angústia, mas não surpresa. Depois, apesar da tristeza estampada, ela sorriu.

— Não, Poppy. Você não é mais culpada do que qualquer outra pessoa.

Lágrimas afloraram aos olhos de Poppy. Foi neste instante que ela se lembrou do jogo que fizera com Griffin. A melhor lembrança? Maida abraçando Lily. A melhor lembrança para substituir essa outra? Maida abraçando Poppy.

Mas antes que pudesse acontecer, no entanto, outra árvore caiu, com um estrondo ainda maior, e um tremor que fez Victoria pular do colo de Poppy e correr em busca de abrigo, com uma precisão infalível. Então as luzes apagaram, deixando a sala na semi-escuridão do final da tarde.

— Ah, não! — exclamou Maida.

— Tem lanternas? — perguntou Lily a Poppy.

— Na cozinha.

Ela seguiu para lá.

— Tenho de ir para casa. — Rose pegou o casaco ao passar pela sala de estar. — Art está com as meninas, mas se outras linhas caírem na cidade, e a fábrica parar de funcionar, ele terá de ir até lá.

O telefone tocou. Era a linha particular de Poppy. Ela atendeu na cozinha.

— Alô?

— Sou eu, Micah. Griffin está aí?

— Está sim. — Ela olhou para Griffin. — Algum problema?

— Todos que puder imaginar. As luzes apagaram, árvores caíram, o conduto principal se rompeu. Preciso de ajuda.

Uma camada de gelo cobria a estrada, deixando-a traiçoeira. Poppy observou Rose e Lily derraparem no Suburban ao partirem. Maida teria feito a mesma coisa na van se Griffin não estivesse ao volante. Ele era muito mais cauteloso do que um nativo de Lake Henry seria.

Poppy pôde passar uma hora fazendo ligações antes de as linhas telefônicas caírem. Trocou para o celular até que as outras linhas também pararam de funcionar. Por sorte, um número crescente de moradores usava celular quando estavam em seus veículos ou no trabalho. Poppy, sendo Poppy, tinha os números. Falou com as pessoas que queria, e desta vez não foi deferente. Não ia se contentar com murmúrios simpáticos sobre falta de sorte. Também não queria ouvir uma conversa meteorológica sobre camadas de ar frio espremendo uma camada quente. Já vivia em Lake Henry há tempo suficiente para saber como operavam as tempestades de gelo. A precipitação caía sobre a camada fria superior, derretia ao passar pela camada intermediária mais quente, tornava a gelar no ar frio por cima do solo e congelava em contato com árvores, fios e tubulações, para não mencionar ruas e estradas... e nesse ponto ela não tinha a menor paciência. Não queria que ninguém lhe dissesse que podia ser difícil chegar à propriedade de Micah. Todos tinham picapes, areia e correntes, como as que eram guardadas sob o banco do veículo de Buck Kipling.

— O problema é o seguinte — disse ela várias vezes. — Árvores caíram no bosque e o conduto principal se rompeu. Não pode ser reparado até que as árvores sejam *removidas*. Precisamos de motosserras e braços para ajudar, tantos quanto possível, e tão cedo quanto possível amanhã, na casa de Micah. Pode estar lá?

Quando havia hesitações, ela pressionava:

— É uma questão de vida ou morte para Micah. Sem o conduto principal ele não tem seiva para ferver. Muitos fabricantes de açúcar já foram destruídos por tempestades como esta.

Quando ouvia uma recusa, ela lembrava:

— Pelo que me recordo, Micah consertou um vazamento em seu telhado no Natal, há dois anos.

Ou lembrava a troca de uma janela quebrada, a retirada de um barco afundado do lago, até mesmo a construção de uma casa na árvore... pois Micah estava sempre fazendo alguma coisa.

— Ele não cobrou nada na ocasião. Esta é a sua oportunidade de retribuir.

Poppy não aceitaria um não como resposta.

Cassie sentia-se frustrada pela falta de luz, o telefone que não funcionava e a criança do meio, Ethan, que estava com crupe e não queria sair do colo da mãe. Por isso, ela o segurava, deixando-o dormir com a cabeça em seu ombro, enquanto sentava à escrivaninha, escrevendo anotações num bloco, à luz de um lampião a óleo. Queria estar preparada, queria ter os pensamentos organizados. Era o mínimo que podia fazer já que começara a dar telefonemas no domingo, sem esperar que a semana de trabalho começasse. Na verdade, teria começado na noite de sábado se Mark não a pressionasse a mudar de idéia. Pressionado? Não, dera um jeito de persuadi-la, com uma doce conversa. Ela tinha uma fraqueza por jantares à luz de velas, servidos depois que as crianças estavam na cama, por um marido que ainda a desejava.

Mas agora era domingo. Se era o Dia do Senhor, Ele a desculparia com certeza, porque sua missão era humanitária. O relógio corria; a ordem judicial para manter Heather em New Hampshire expirava dentro de doze dias. Pela maneira como algumas jurisdições funcionavam, não era muita coisa. Sua primeira ligação seria para Jonathan Fitzgerald. Com a história que Heather contara, descobrir o paradeiro da criança era indispensável. A família DiCenza alegava que ela não esperava uma criança de Rob. Se pudesse ser provado que esperava, haveria um enorme rombo na argumentação.

Ela esperou até que a diferença de fusos horários permitisse que sua ligação fosse atendida à tarde em Chicago. Com a cadeira virada e Ethan no colo — e recusando-se a pensar no absurdo da situação —, ela procurou o ângulo que oferecesse a melhor recepção para o celular. A telefonista auxiliar forneceu o número da casa de Jonathan Fitzgerald. Sentindo-se na iminência do sucesso, para não mencionar a restrição imposta pelo filho adormecido, que não era nem um pouco leve, ela deixou que a ligação fosse automática. Depois de um único toque, uma voz de mulher atendeu:

— Alô?

— Jonathan Fitzgerald, por favor.

Houve um suspiro.

— Quem está falando?

— Sou Cassie Byrnes, uma colega de New Hampshire. Estamos trabalhando juntos num caso. — Era um exagero, mas inofensivo. — Lamento ligar num domingo...

— Ele está no hospital. Sofreu um infarto na sexta-feira. Pensei que era uma ligação do médico. Não sabemos se ele vai sobreviver.

Por um momento atordoada, Cassie ficou calada. Escolhera as palavras com cuidado, estava preparada para apresentar sua argumentação assim que Jonathan entrasse na linha. Imaginara vários roteiros possíveis, inclusive a possibilidade de Jonathan ter mudado de idéia sobre sua oferta de ajuda. Mas não previra aquela situação.

— Sinto muito — murmurou ela depois de um momento.

— Ele está no CTI. Estamos dizendo às pessoas para não irem ao hospital, porque ele não pode receber visitas, a não ser os parentes mais próximos, é claro.

Cassie pensou depressa.

— Compreendo perfeitamente, e acho que tem toda a razão. O mais importante é que ele tenha uma chance de se recuperar.

— Os próximos dias serão cruciais.

E serão mesmo, pensou Cassie.

— E, depois disso, ele terá de voltar ao trabalho devagar. Não quero incomodá-lo durante esse período. Um dos sócios está lhe dando cobertura?

— A firma foi desativada.

Cassie sentiu um aperto no coração.

— Oh, não!

— Ele ainda vai ao escritório, junto com outro sócio, mas o resto se afastou há alguns meses. O que tem sido uma fonte de tensão para Jonathan. Pode ligar para o outro sócio. Ele é jovem, mas competente.

Cassie anotou o nome, agradeceu à mulher, desejou uma rápida recuperação para o marido e encerrou a ligação. Apertou em seguida o número do sócio. Alex Fireman podia ser jovem e competente, mas não ficou nem um pouco satisfeito ao receber um telefonema de trabalho no domingo. Cassie explicou a urgência e depois acrescentou:

— Jonathan se ofereceu para nos ajudar.

— Já estou assoberbado de trabalho com a cobertura para ele. Se ligar de novo na terça ou quarta-feira, talvez eu possa dar o nome de alguém para ajudar.

— Creio que está com os registros.

— Não eu. Jonathan. E não vou mexer em seus arquivos sem sua autorização. Trabalho com ele há apenas dois anos.

— Ele estava muito interessado neste caso.

— Não posso incomodá-lo agora. Sinto muito.

A ligação não durou mais que um minuto depois disso. Cassie folheou seus papéis. A segunda ligação deveria ser para o assistente do procurador-geral encarregado do processo em Sacramento. Mas com aquele novo contratempo, ela achou que seria melhor passar por cima de sua cabeça e falar direto com o procurador-geral. Uma de suas colegas na faculdade de direito trabalhava para o procurador-geral do estado de Washington, que era grande amigo do seu equivalente na Califórnia. O que significava que a amiga de Cassie conhecia o homem... mas não tinha o telefone de sua casa. Obteve-o com a irmã de outra amiga, que trabalhava em diversos comitês com a esposa do procurador geral.

O que Cassie soube, pela primeira amiga, foi que o procurador-geral da Califórnia fora adotado no nascimento. Com vinte e poucos anos, ele procurara os pais biológicos, sob a premissa de que os filhos precisam ter uma ligação com suas raízes. Cassie esperava que a experiência pudesse torná-lo mais simpático a Heather e sua causa.

Mas deparou com um homem que era dominado pelos DiCenza ou pela letra da lei.

— Não sei o que quer de mim, sra. Byrnes — disse ele depois que Cassie fez uma exposição sucinta e eficiente. — Está admitindo que Heather Malone é Lisa Matlock?

— Não posso fazer isso enquanto não encontrar a criança.

— Pois então trate de encontrá-la.

— É mais fácil dizer do que fazer, por causa da situação, em Chicago, que relatei.

O homem suspirou.

— Há certos caminhos aceitos neste caso, sra. Byrnes. Ligar para minha casa não é um deles. Já conversou sobre isso com o sr. Grinelle?

Bud Grinelle era o assistente incumbido de cuidar do caso.

— O sr. Grinelle é sempre muito gentil. Ouve tudo e promete que vai retornar. Ambos sabemos que ele o consulta a cada passo. Num caso como este não poderia ser de outra forma. Como é um advogado competente... um procurador-geral responsável... sei que lhe determinou que fizesse isso. Não mencionei a criança para ele. Já sabia de sua existência?

— Houve alegações na ocasião. A família negou.

— Os testes podem comprovar a ligação. Eu gostaria que a existência da criança fosse incluída na equação.

— Encontre a criança e faremos isso.

— Ela existe. Sabemos quando e onde nasceu. Infelizmente, o advogado que cuidou da adoção está no hospital. Por isso, vamos demorar mais um pouco para encontrar a criança.

— Qualquer momento será conveniente.

— Não do ponto de vista de minha cliente. Meus recursos são limitados. O que não acontece com os seus. Para ser franca, estou pensando também na criança. Se queremos encontrá-la, devemos fazer isso com rapidez e discrição. A criança foi adotada no nascimento. Tem catorze anos agora. É uma idade vulnerável. Eu detestaria ver a imprensa fazendo o maior estardalhaço para descobri-la antes que eu consiga localizá-la. A procuradoria dispõe de recursos para encontrar a menina antes que um mal maior seja causado.

Se havia alguma possibilidade de que a experiência pessoal como criança adotada pudesse despertar a empatia pela filha de Heather, Cassie lançara as bases para que isso ocorresse. Não poderia ter sido mais óbvia.

Mas o homem manteve-se dogmático e impessoal. Não pensava no caso em termos humanos.

— Parece que não está entendendo, sra. Byrnes — disse ele, o que fez Cassie compreender que estava perdida por esse lado. — Nós não precisamos da criança. *Vocês* é que precisam. Nosso caso é sólido.

— E o que me diz da justiça? Não gostaria de saber o que realmente aconteceu entre Lisa e Rob?

— Já sabemos. Temos uma dúzia de depoimentos diferentes, todos apontando para o fato de que uma mulher desprezada e astuciosa atropelou um homem. Temos uma argumentação meticulosa. E tudo será incluído na justificativa para a extradição que apresentaremos ao juiz de New Hampshire. Como estamos adiantados, deveremos encaminhá-la até o final da semana.

Cassie ficou consternada. No ritmo em que conseguia avançar, precisaria de todos os trinta dias do prazo. Mas tinha de entrar no jogo, e por isso comentou:

— Eu esperava que pudéssemos conversar sobre um acordo antes disso.

— Faremos isso depois que Lisa estiver aqui. De qualquer forma, *eu* não converso sobre acordos. Terá de tratar com o sr. Grinelle.

— Obrigada — disse Cassie, polida. — Farei isso. Peço desculpas por tê-lo incomodado. Espero que aproveite o resto do fim de semana.

Ela encerrou a ligação. O que fazer agora? Só restava uma saída. Ela tornou a pegar o celular e ligou para Griffin.

Griffin não recebeu a mensagem até a madrugada da segunda-feira. O que indica como Micah e ele ficaram até tarde no bosque. Haviam subido no trator, porque era o único veículo capaz de aderir com tanto gelo. Complementaram a iluminação dos faróis com lanternas. Mesmo assim, foi difícil avaliar os danos à noite.

Micah, é claro, sabia o que procurava, e por isso viu mais do que Griffin. Assim que voltaram à casa, ele sentou com papel e lápis, relacionando os itens que precisava comprar para os reparos imediatos. Sua preocupação maior era a parte inferior do conduto principal, que se rompera com uma árvore caída. A proximidade da casa do açúcar tornaria o conserto mais fácil. Por outro lado, a proximidade da casa do açúcar fazia com que fosse o destino final das outras tubulações, o que significava que era crucial. Nenhuma seiva chegaria aos tanques da casa do açúcar até que o conduto fosse reparado.

Enquanto Micah preparava a lista, Griffin acessou suas mensagens. Sorriu pelas de Poppy, de hora em hora, até onze horas, monólogos divertidos que transmitiam boas notícias, notícias de que haveria pessoas para ajudar na casa de Micah pela manhã. O sorriso de Griffin se desvaneceu, no entanto, quando ouviu a mensagem de Cassie. Momentos depois, ele deixou seu recado para Ralph.

— É o momento crucial para localizar a filha de Lisa Matlock — disse ele, sustentando o olhar de Micah, que levantou o rosto ao ouvir as palavras. — O advogado que pensamos que nos ajudaria foi internado no hospital por causa de um infarto. O problema não tem nada a ver com o nosso caso, mas o fato é que ele saiu de cena. O procurador-geral da Califórnia ficaria feliz se a criança não fosse encontrada. Além disso, o tempo é mais curto do que imaginávamos. A justificativa para a extradição será encaminhada até o fim da semana. Faça o que puder. Obrigado.

Desligou. Guardava o telefone quando ouviu uma cadeira ser arrastada. Micah levantou-se, com uma atitude de cansaço que Griffin nunca vira antes, mas que podia muito bem compreender. Haviam percorrido um longo caminho e pareciam bem perto. Não parecia justo que não pudessem alcançar o que sabiam que precisavam.

— Acha que o seu homem pode encontrá-la? — perguntou Micah.

— Claro. A tempo de impedir que Heather seja mandada de volta para a Califórnia? Não sei.

— Micah? — Camille estava na porta. Ela ficara com as meninas enquanto Micah e Griffin trabalhavam no bosque. Até dez minutos atrás, ela dormia no sofá da sala. — Star acaba de acordar. Devo ir até lá?

— Não. Pode deixar que eu vou. — Na passagem, ele murmurou: — Obrigado.

Quando seus passos sumiram na distância, Camille olhou para Griffin. Estava alerta, de uma maneira que não combinava com a hora. Era evidente que ouvira a mensagem para Ralph.

— Se a criança fosse encontrada, isso manteria Heather aqui? — perguntou ela.

Griffin sentiu-se de repente tão cansado quanto Micah parecia. Passou a mão pelos cabelos enquanto suspirava.

— Não sei, Camille. A criança é uma prova incontestável de que Rob mentiu... e mentiu sobre uma criança inocente. A família pode não querer que ela apareça. Quer saber minha opinião? Heather terá de voltar em algum momento para enfrentar as acusações. Mas se pudermos encontrar a criança, teremos uma chance muito maior.

Camille pensou a respeito. Franziu o rosto, olhando para a mesa. Depois, adiantou-se, pegou o lápis de Micah, rasgou um pedaço de papel do fundo do bloco e escreveu alguma coisa. Entregou o papel a Griffin.

— Essa é a criança que você procura.

Griffin olhou para o papel, depois para Camille, e subitamente fazia sentido... a preocupação discreta, a avó substituta aqui, a oferta de dinheiro.

— O que você é para Heather?

Camille deu um sorriso triste.

— Não sua mãe. Isso teria sido muito fácil. Se eu fosse a mãe, nunca a teria deixado. Sou sua tia. A mãe era minha irmã.

— Era?

— Ela morreu há anos. Era uma alma torturada.

— Por causa do pai de Heather?

— Não. Ele era apenas outro subproduto de seus problemas, como as drogas.

— Por que ela era tão torturada?

Camille olhou para suas mãos, pensativa.

— Não sei. Nunca soube. — Levantou os olhos. — Gostaria de tomar um chá?

A própria Camille respondeu:

— Preciso de um chá.

Ela foi até o fogão e pôs uma chaleira com água no fogo.

— Você era mais moça ou mais velha? — perguntou Griffin, uma das inúmeras perguntas que afloravam em sua mente.

— Mais velha. Quatro anos. Não nascemos americanas.

Griffin sabia disso a respeito da mãe de Lisa. Agora, explicava a impressão que tivera várias vezes de que Camille falava muito bem, com muito cuidado, como se detestasse cometer o menor deslize verbal.

— Nascemos no Leste da Europa, numa pequena cidade que não existe mais... ou pelo menos não existe como a conhecemos. Depois que nossos pais morreram, viemos para os Estados Unidos, à procura de uma vida melhor. Eu queria morar numa cidade pequena, parecida com aquela que havíamos deixado. Stacia... abreviação de Anastasia, seu nome de batismo, muito teatral, muito apropriado... Stacia queria excitamento e fascínio.

— Hollywood?

Camille confirmou com um aceno de cabeça.

— Mas não tinha o menor jeito como atriz. Absolutamente nenhum. Nunca pude lhe dizer isso, é claro. Ela tinha seu sonho. Conheceu Harlan Matlock, que era outra alma torturada.

A chaleira apitou. Ela pegou os saquinhos de chá no armário.

— Foram para o norte e se instalaram em Sacramento. Durante o mínimo de tempo que minha irmã pôde agüentar. Ela engravidou, mas isso não ajudou. Continuava irrequieta. Precisava partir de novo, mas não tinha a menor idéia do lugar para onde queria ir. Desapareceu quando Lisa tinha cinco anos. Deixou um bilhete, dizendo que Lisa estava agora na escola, onde teria professoras que cuidariam dela melhor do que a mãe jamais poderia fazer.

Camille serviu o chá.

— E havia? — indagou Griffin.

— Devia haver. Lisa foi uma excelente aluna. Alguém devia inspirá-la, e tenho certeza de que não foi Harlan. Ela era inteligente, é claro, mas isso nem sempre se traduz em sucesso acadêmico. Não aconteceu com sua mãe.

— Onde você entrou em cena?

— Limão? Leite?

— Puro, por favor.

Ela pôs uma caneca de cerâmica na frente de Griffin.

— A pergunta mais apropriada seria *quando* entrei em cena. E a resposta seria tarde demais. Minha irmã parou de fazer contato comigo em algum ponto entre Hollywood e Sacramento. Continuei a escrever, pensando que alguém lhe encaminharia minhas cartas, mas sempre voltavam com o aviso de que a destinatária não fora encontrada. Eu ligava para o serviço de auxílio da companhia telefônica de vez em quando, à procura de um telefone. Ligava sempre que conseguia. Harlan atendia e informava que Stacia não estava. Dava algumas informações sobre o que ela fazia, como estava a criança, provocando-me, mostrando o que ele tinha e eu não. E, depois, ele me dizia para não ligar de novo, não escrever, não tentar uma visita. Insistia que Stacia não queria.

Ela fez uma pausa antes de acrescentar, desolada:

— E, provavelmente, era verdade.

— Por quê?

Camille pegou sua caneca. Tomou um gole, encostada no balcão. Havia um tom de derrota em sua voz quando respondeu:

— Tínhamos sonhos grandiosos quando viemos para este país. Os de Stacia sempre foram maiores do que os meus, o que significava que ela tinha mais em jogo. Encontrei um lugar adorável aqui em Lake Henry. Encontrei trabalho e amigos. Só que não há nada de grandioso em minha vida aqui. Não encontrei a riqueza com que Stacia e eu sonhávamos, mas tenho sido feliz. Stacia nunca foi feliz. Sua vida era um desapontamento para ela. E ficaria embaraçada se eu soubesse disso.

— Por que não foi procurá-la? — perguntou Griffin.

Ela o fitou nos olhos.

— Não acabei de responder a essa pergunta?

Camille respondera de fato. Indiretamente. Consternado, ele compreendeu que manifestara a frustração pessoal relacionada com sua irmã. Nada tinha a ver com Stacia. Camille continuou:

— A verdade é que eu tinha medo de Stacia. Ela sempre foi temperamental. Raciocinei que ela sabia onde me encontrar. Se precisasse falar comigo ou me visitar, poderia telefonar. Não queria impor minha presença. Então, ela morreu. Só descobri meses depois, quando fiz uma daquelas ligações esporádicas. Lisa tinha oito anos na ocasião. Harlan disse que ela estava bem.

Ela fez uma pausa. Sua espinha parecia ter endurecido.

— Não acreditei, é claro. Queria verificar pessoalmente. Voei até Sacramento. Fiquei esperando na rua, junto do pátio da escola. — Camille riu, baixinho, desolada. — Como nos filmes. Estava disposta a perguntar a uma professora quem ela era, mas eu a reconheci assim que a vi. Ela era a imagem de Stacia. E Lisa também me reconheceu. Vira fotos, mas era mais como se fosse uma ligação mística.

Camille sorriu, deu de ombros e acrescentou, como se zombasse de si mesma:

— Sempre imaginei que foi assim, porque precisava acreditar nisso. Mas é bem provável que ela apenas olhasse para mim porque eu a fitava.

— E se falaram?

— Um pouco. — Camille tomou outro gole do chá. Quando tornou a falar, foi da distância de anos. — Acho que surgiu um vínculo. Eu disse quem era. Contei algumas das coisas que Stacia e eu fazíamos quando éramos crianças. Dei as fotos que eu tinha. Dei meu endereço e telefone. Disse que não deveria hesitar se alguma vez precisasse me ligar. Disse que se precisasse de ajuda... em *qualquer coisa*... deveria me procurar.

— E alguma vez ela ligou?

— Só depois do acidente.

— Foi você quem deu o nome do advogado em Chicago?

— Não. Ela mesma o obteve. Lisa sempre foi uma jovem que sabia se virar. Tinha de ser, já que ela mesma se criou. E me falou sobre os acertos, e por isso eu sabia onde o bebê nasceu. Conversamos sobre sua vinda para Lake Henry. Não sabia se viria mesmo até ela chegar. Não houve qualquer dificuldade. Ela apareceu um dia e conseguiu um emprego com o Charlie. Ele providenciou um quarto para Lisa alugar. Levávamos vidas separadas. Ambas sabíamos que era mais seguro assim.

— Nunca se encontravam às escondidas?

— Não como tia e sobrinha. Ela era Heather a esta altura. Minha sobrinha era Lisa. Eu conversava com Heather como faria com qualquer moça simpática que tivesse acabado de chegar à cidade. Ficamos amigas e nos visitávamos como amigas. Faço a contabilidade de Micah, embora Heather tenha assumido a maior parte. Eu a ajudava com o computador. Encontro conforto na presença dela aqui, e creio que ela sente a mesma coisa. Mas nosso relacionamento evoluiu naturalmente, como poderia ocorrer entre amigas. Ninguém na cidade desconfia que pode haver algo mais.

Com voz baixa, Griffin perguntou:

— Nem mesmo Micah?

Ela respondeu num tom que era pouco mais que um sussurro:

— Nem mesmo Micah. Se ele deve saber, Heather é quem tem de contar.

Griffin olhou para o nome no papel.

— Como conseguiu isto?

— Aquela criança era minha sobrinha-neta. Estive no hospital no dia em que ela foi levada pela família que a adotou. Se você está no lugar certo, no momento certo, ouve as coisas certas. Eu estava e ouvi. Interpretei que isso significava que deveria ficar de olho na criança.

— E ficou?

— Discretamente. Sou boa nisso. A mãe adotiva era de Chicago, e foi por isso que um advogado da cidade cuidou da adoção. Tinha uma doença que a impedia de ter filhos. Morreu quando a menina tinha oito anos, a mesma idade de Lisa ao perder a mãe. Não é incrível?

— Bastante — murmurou Griffin. — O que aconteceu depois disso?

— Só coisas boas, em termos relativos. Obviamente, não houve outras crianças. O pai não tornou a casar. Mas foi bem-sucedido no que faz. Moram na Flórida, num condomínio de luxo. Ele parece adorar a menina. Passa o máximo de tempo em sua companhia. Ela não precisa de nada. Tem catorze anos agora. Já não é mais uma criança.

— Como ela se sentirá em relação a Heather?

— Não sei.

— Ela vai cooperar conosco?

— Também não sei. Nunca falei com ela.

Griffin ergueu o papel.

— Heather sabe disso?

Camille pensou por um momento. Depois respirou fundo e disse:

— Não, não sabe. Houve ocasiões em que me senti tentada a partilhar, mas pensei que a situação se tornaria mais difícil para ela se desse uma identidade à criança. De um modo geral, ela não costuma pensar na criança, assim como não pensa mais naquela noite em Sacramento. Há muita angústia envolvida. E é bem mais fácil tirar tudo da mente. Mas quando chega o aniversário de nascimento da filha, Heather sempre fica triste. Nunca explica o motivo, mas posso compreender. Ela sempre me procura nesse dia, mesmo que seja apenas para tomar um chá, precisa estar com a família.

Ao voltar para a casa de Poppy, de madrugada, Griffin apertou duas vezes o número de Ralph Haskins. A cada vez, desligou antes de a chamada ser completada e largou o celular no banco. Poppy dormia quando ele chegou. Despiu-se, deitou na cama e abraçou-a.

Sorrindo, ela sussurrou um "oi" contra o pescoço de Griffin. Ele não sabia se Poppy estava bastante acordada para ouvir, mas contou tudo mesmo assim.

Dezenove

Poppy queria ir para a Flórida. Teve certeza no instante em que Griffin falou sobre a filha de Heather. Permaneceu acordada, ao lado dele, por muito tempo depois, pensando a respeito. Não podia explicar a compulsão que sentia. Deus sabia que, para ela, não era fácil viajar; não entrava num avião desde o acidente. Mas alguma coisa lhe dizia que se Heather não podia estar presente para conversar com a menina, ela teria de substituí-la.

Cassie, para quem haviam telefonado ao amanhecer, não sabia se havia mesmo necessidade de uma viagem. Tinha uma amiga que trabalhava numa firma de advocacia em Miami que teria o maior prazer em procurar a família e fazer o pedido. Afinal, do que precisavam? De um chumaço de algodão com saliva? Um fio de cabelo? Parecia um pedido bastante simples.

Mas Poppy não estava pensando na prova física. Preocupava-se com o impacto emocional numa garota de catorze anos causado pelo súbito retorno de sua mãe biológica. Já era um ônus terrível em circunstâncias normais. Ainda por cima Heather não era uma mãe biológica qualquer. Era também acusada de ter assassinado o pai biológico da menina. Seria um golpe duplo para uma garota que não desconfiava de nada.

Se não fosse pela tempestade de gelo, Griffin teria voado pessoalmente para Miami. Depois de proteger a identidade de Camille, creditando a Ralph a descoberta da garota, ele achava que tinha o direito de dar o próximo passo na investigação. Tinha jeito para lidar com as pessoas. E também era ainda um forasteiro em Lake Henry, o que o convertia num mensageiro digno de crédito.

Mas havia um trabalho a fazer em Lake Henry, e não podia esperar. Prometera ajudar Micah e assim faria. Galhos caídos tinham de ser cortados e removidos, e não apenas do trecho do conduto principal em que haviam se concentrado na noite anterior. Todo o bosque tinha de ser inspecionado, os galhos derrubados pela tempestade removidos, as tubulações danificadas reparadas e tudo o mais depressa possível. A perda da seiva por um dia não arruinaria a temporada; a perda por muitos dias seria um desastre.

Como não tinha opção senão deixar Cassie cuidar da situação na Flórida, ele foi para o bosque no início da manhã de segunda-feira. Poppy seguia-o na Blazer... bem atrás, por motivo de segurança. Fora espalhada areia na estrada, mas ainda havia gelo por baixo. A cadeira de Poppy deslizara por toda a extensão da rampa na frente de sua casa, antes de compreenderem que, sem eletricidade, o sistema para derreter o gelo ali não funcionava. Ela gritara enquanto derrapava, e rira ao final, como poderia ter feito num *slalom*. Mas foi um momento terrível para Griffin, que achou que deveria ter previsto o problema.

O dia era cinzento e frio, mas seco e tão bonito que era difícil acreditar que houvesse algum risco para a temporada de açúcar. Tudo à beira da estrada era coberto por uma camada de gelo, em total imobilidade à luz dos faróis, congelado no tempo, delineado de uma forma gloriosa, realçado e emoldurado. Era um mundo cristalino, desfigurado apenas pelas árvores caídas, gigantes abatidos por estarem no lado errado da colina. A fumaça saía de cada chaminé pela qual ele passava, o fogo lá dentro proporcionando a única fonte de calor. As janelas estavam escuras, as luzes apagadas por toda a cidade. Não havia pessoas com pás removendo a neve, apenas um ou outro morador com uma picareta, olhando aturdido para o que parecia ser um mundo de gelo.

Desta vez, Griffin e Poppy não foram os únicos que pegaram a estrada para a casa de Micah. Pete Duffy já se encontrava ali, logo recebendo a companhia de Charlie Owens e seus dois filhos mais velhos, John Kipling e seu primo Buck, Art Winslow e três homens corpulentos da fábrica, o marido de Leila Higgins e meia dúzia de homens de Ridge. Todos traziam motosserras, grampos, correntes e garrafas térmicas com café.

Griffin sentia-se tão satisfeito pela presença deles quanto pela expressão humilde de Micah cada vez que outro veículo chegava. Havia um senso de comunidade ali. Ressentimentos podiam ser postos de lado quando surgiam questões mais importantes.

Micah não falou muito. Nenhum dos homens falou. Era muito cedo e tinham uma tarefa urgente pela frente. Trabalhando com mapas que dividiam o bosque em quadrados, eles se dividiram em equipes de quatro e subiram a encosta.

Poppy observava da porta dos fundos. Podia ver os galhos de árvores caídos sobre a casa do açúcar. Mas os homens procuravam os lugares em que o fluxo de seiva fora interrompido. Cada equipe era formada por quatro homens e levava duas motosserras, rolos de tubos e alguém que sabia como instalá-los. Um grupo partiu no trator; os outros foram a pé. Os que seguiram John Deere podiam andar pelos sulcos, mas os que iam para outros pontos do bosque tinham de enfrentar uma encosta de gelo puro. E houve muitos escorregões, mesmo com os ganchos que eram fincados no gelo.

Os últimos homens e o vapor branco de suas respirações haviam desaparecido quando as mulheres começaram a chegar. Nenhuma veio de mãos vazias. A cozinha logo transbordava de comida, com o tipo de conversa amena que Poppy achava tão tranqüilizante quanto o lago numa noite quente de verão. Com lampiões a óleo acesos no lugar das lâmpadas elétricas, com o fogo ardendo na lareira, havia um clima de gentil camaradagem, que até mesmo Missy e Star pareciam sentir. Embora Poppy se mantivesse atenta às meninas, as duas se contentavam em vaguear de um lado para outro, encostar numa perna, sentar num colo. E não prestavam muita atenção às conversas.

A mesa da cozinha logo tinha pilhas de sanduíches, enquanto as tigelas de sopa alinhavam-se no balcão, à espera do momento em que os homens voltariam para o almoço. E quando isso aconteceu, eles comeram agrupados. Apresentaram relatórios a Micah sobre os danos que haviam encontrado e que reparos eram necessários. No lado positivo, a equipe de Micah acabara de remover os detritos da parte crucial do conduto principal, que rachara. A reparação poderia ser concluída até o fim do dia. No lado negativo, havia muitos outros danos, nas árvores e no sistema de tubulação, para exigir mais dois dias de trabalho no bosque.

Micah não tinha mais que dois dias para trabalhar no pomar. Podia passar as manhãs nisso, mas a melhor seiva estava escorrendo. Sua cor era mais clara, o gosto mais delicado, o preço mais alto no mercado. Reparado o conduto principal, com a seiva tornando a escorrer pela encosta abaixo, ele tinha de fervê-la.

Se todos os homens voltassem nos dois dias seguintes, ele poderia se recuperar com o mínimo de perda. Se não aparecessem, a situação poderia se tornar crítica.

Ele queria pedir. Até *suplicar*. Mas ainda tinha uma ponta de orgulho.

Cassie passou boa parte da tarde de segunda-feira em seu carro, falando ao celular, enquanto a bateria carregava. Ligou para o assistente do procurador-geral em Sacramento e para sua amiga na firma de advocacia em Miami. Ao final, ficou num impasse com ambos.

Bud Grinelle insistiu em que seria um absurdo discutir a possibilidade de uma criança ser gerada por Rob DiCenza enquanto Heather Malone não admitisse que era Lisa Matlock... o que Cassie não poderia aceitar até terem a certeza da disposição da garota de se submeter a um teste de DNA.

Nesse ponto, o que ela descobriu com sua colega da faculdade sugeria que a disposição de cooperar poderia ser muito mais difícil do que imaginara. Contava que os DiCenza resistissem à entrega de amostras de sangue de Rob, mas esperava apressar a questão pela cooperação do lado da Flórida.

— Norman Anderson pode ser um problema — explicou ela aos poucos que ainda se encontravam na casa de Micah naquela noite. — Minha amiga passou algum tempo conversando com um dos sócios dela que trabalha para ele. Norman é um homem decente, que ganhou muito dinheiro ao longo dos anos como presidente do conselho de administração de um grupo de bancos do Sul dos Estados Unidos. Não é pródigo com seu dinheiro. Não gosta de ostentação. É discreto e retraído. Preza sua privacidade acima de qualquer outra coisa... exceto a filha. Ele a adora. Sempre foram muito ligados, mas se tornaram ainda mais depois que a esposa morreu... e essa morte, pelo que fui informada, também foi tratada de uma maneira decente, discreta e íntima. Ele não vai querer absolutamente a publicidade de um caso assim.

— Eu também não gostaria, mas não tive opção — disse Micah. — Ele também não vai gostar se o caso for levado aos tribunais.

— O problema é que ele pode nos derrotar nos tribunais — explicou Cassie. — Se não o persuadirmos agora, ele pode entrar com um pedido de injunção, até que seus advogados apresentem sua defesa, alegando que os direitos da garota devem ser protegidos.

— Ninguém está tentando violar os direitos da menina.

— Ele pode esperar que um atraso nos leve a ceder, admitindo a culpa e aceitando um acordo. Nesse caso, tudo acabará sem que sua filha tenha de ser envolvida. É uma tática protelatória.

— Quanto tempo pode levar?

— Meses, Micah.

— Mas se Anderson cooperar conosco, não poderá controlar a publicidade? — especulou Griffin. — A confidencialidade da filha não será garantida?

Cassie balançou a cabeça.

— É o que vamos argumentar. Minha amiga tem uma reunião marcada com ele amanhã. Quer assegurar o ângulo da confidencialidade, mas também falar sobre Heather. Acha que se expuser toda a situação, é bem possível que ele se mostre acessível.

Poppy tinha dificuldade para imaginar um grupo de pessoas que não conheciam Heather sentadas em torno de uma mesa para discutir algo que a afetava profundamente.

— Que tipo de chance temos? — perguntou ela a Cassie.

— Talvez meio a meio.

— Não é suficiente. E se você estivesse presente? Isso ajudaria?

— Eu me ofereci. Minha amiga consultou seu sócio, que alegou que a presença de advogados demais só serviria para repelir Anderson. Na opinião dele, seria melhor eu continuar aqui, esperando junto do telefone.

— E a minha presença? — O estômago de Poppy se contraía, mas era a abertura que ela queria. — Não sou advogada. Sou apenas uma pessoa comum. E se eu estivesse representando o nosso lado?

Maida remexeu-se, em segundo plano.

— Poppy, você não faz esse tipo de viagem.

— E se eu fizesse agora? — Poppy olhou para Cassie. — E se eu estivesse presente para fazer um relato pessoal sobre Heather? Ajudaria?

Cassie sorriu.

— Mal não faria. E você, com toda a certeza, não é ameaçadora.

— Desperto compaixão.

— Eu não diria isso.

— Pois *eu* digo. Nunca usei minha deficiência antes, mas neste caso não vou me importar. Se minha viagem por essa distância numa cadeira de rodas levá-lo a pensar, pensar para valer, sobre minha amiga Heather como um ser humano, não hesitarei.

Griffin pôs a mão em seu ombro.

— Espere alguns dias. Depois que o bosque estiver recuperado, irei com você.

— Não dá para esperar.

— Então eu irei com você — propôs Maida. — Conheço a Flórida muito bem.

Mas Poppy sacudiu a cabeça, muito segura do que queria. Ainda sentia o estômago embrulhado. Calculava que permaneceria assim durante todo o tempo em que estivesse longe de Lake Henry. Nada teria a ver com saudade. Antes do acidente, aproveitava a menor oportunidade para viajar. Também viajara depois — para Cape Cod,

Boston, até mesmo Pensilvânia —, mas sempre de carro e nunca sozinha. Não precisara se preocupar com a mecânica da viagem em cadeira de rodas, nem com a possibilidade de descobrir, num lugar estranho, que ninguém a ajudaria. Agora pensou a respeito de tudo isso e sentiu-se assustada. Mas apenas porque alguma coisa a assustava não significava que não devia tentar.

— Preciso fazer isso — declarou ela, a voz suave e confiante, os olhos fixados em Maida.

Micah pode ter dito alguma coisa. Ou Cassie. Poppy ouviu alguns murmúrios. Mas Griffin manteve-se calado. Ele compreendia. E Maida?

Ela estudou a filha por um longo momento, depois atravessou a curta distância que as separava e deu o abraço que Poppy vinha esperando havia tanto tempo.

Griffin levou-a para Manchester no início da manhã de terça-feira, a fim de pegar o vôo de 6:45h para Miami. Ao longo do caminho, houve mais alguns momentos de insegurança, em que ela poderia ter suplicado que Griffin também embarcasse. Ele poderia levantá-la; poderia manobrar a cadeira. Poderia ajudá-la nas idas ao banheiro, sem embaraço para qualquer das partes. Poderia distraí-la. Sabia quando falar e quando ficar calado. Era o companheiro perfeito.

Mas ela guardou as dúvidas para si mesma. Precisava fazer aquilo sozinha.

— Não se pode dizer que nunca mais viajei depois do acidente — comentou Poppy, falando aos arrancos para se acalmar. — Papai achava que o acidente não deveria me manter presa em Lake Henry. Tentava planejar uma viagem por ano. Tinha uma van Blake Orchard adaptada para mim. Só que em vez de guiar eu era a passageira. Às vezes viajávamos por quatro ou cinco dias. Visitamos toda a Nova Inglaterra. Tínhamos nossos lugares prediletos, papai e eu. Ele era um homem especial. Acha que Norman Anderson é assim?

— Se for, temos uma chance. Fico apreensivo quando penso em todos os advogados que os ricos têm à sua disposição. Meu pai costumava representar essas pessoas no trabalho de suas empresas. Ele tinha uma longa lista de advogados que podiam ser mobilizados a qualquer instante. — Griffin lançou um olhar rápido para ela, na semi-escuridão do amanhecer, e pegou sua mão. — Fico contente que você tenha decidido ir. Se alguém pode apresentar uma argumentação convincente, esse alguém é você.

Ele *era mesmo* perfeito. E Poppy o amava. Podia admitir isso. Ainda tinha momentos de dúvida, mas não eram sobre seus sentimentos. Eram sobre os sentimentos de Griffin. Era difícil acreditar que ele não acabasse se cansando de suas limitações.

Mas, com certeza, ele ainda não se cansara. Ao chegarem ao aeroporto, ele a ajeitou na cadeira, pendurou a bolsa de viagem no próprio ombro e a empurrou para o terminal. Quando chegaram ao ponto de segurança, além do qual Griffin não podia passar, ele se abaixou, com as mãos na cadeira.

— Tem dinheiro?

— Tenho.

— Cartão de crédito? Documento de identidade com foto? Celular?

— Estou levando tudo.

— Muda de *lingerie*? Remédios?

— Tudo, mas apenas porque você fez questão. Voltarei esta noite.

— Para qualquer emergência.

— Já disse que voltarei esta noite. — O cuidado fez com que ela se sentisse melhor. — O avião chega a Miami às 11:42h. A reunião no escritório da advogada será às 13:30h. Se eu não conseguir pegar o vôo de 16:19h, há outro às 18:30h. Isso me trará de volta aqui às 23:54h. Não posso simplesmente pegar um táxi para voltar a Lake Henry?

— Não, não pode — declarou Griffin num tom que não admitia argumento em contrário. Depois ele sorriu, ergueu-se e deu um passo para trás. — Você está linda.

Poppy usava a roupa mais discreta que possuía: uma roupa cinza de lã, por cima de botas de couro, uma blusa de seda, um elegante blazer preto.

— Não estou muito conservadora?

— Eu preferia uma calça de couro, mas você tem o direito de usar isso... um traje muito mais apropriado. — Os olhares se encontraram. — Pode me fazer um favor, Poppy? Se tiver qualquer problema para entrar ou sair do avião, entrar ou sair do aeroporto, quer pedir ajuda?

Admiro o que está fazendo, mas não precisaria fazer tudo sozinha. Sente-se nervosa com os vôos de conexão?

— Sinto-me nervosa com tudo. — Quando ele se inclinou em sua direção, Poppy passou os braços por seu pescoço. — Mas estou fazendo alguma coisa, Griffin. Não me limito a assistir.

Ela sabia que Griffin compreendia. Podia perceber em seus olhos.

— Por favor, vá agora — acrescentou Poppy. — Preciso entrar na fila e você tem de voltar para o bosque.

— Posso esperar com você.

— Não, não pode. Não tem tempo. Não se preocupe comigo, Griffin. Estou bem.

Ele a beijou.

— Sei que está, querida. Mas é justamente esse o problema. Preocupa-me o fato de que fique tão bem que acabe esquecendo que a espero aqui.

Com um sorriso, ele pôs a bolsa de viagem no colo de Poppy. Recuou, virou e se afastou. Tornou a se virar, andou de costas por um momento, olhando para ela, só para ela. E, durante todo o tempo, Poppy o observava.

Os medos de Poppy eram infundados. Ela não acionou uma cacofonia de alarmes ao passar pela segurança. Não foi detida na frente de todo mundo e obrigada a mudar de posição na cadeira de rodas até que o pessoal de vôo tivesse certeza de que não sentava sobre alguma arma letal. Mais de doze anos haviam passado desde que ela voara de Manchester. Naquele tempo, o embarque era feito depois de uma curta caminhada pela pista e a subida de uma escada. Agora, havia uma passarela, pela qual pôde manobrar a cadeira de rodas sem qualquer dificuldade. Não precisou depender de um elevador em qualquer estágio, não caiu no corredor ao se transferir da cadeira para sua poltrona, não chorou quando a aeromoça dobrou a cadeira e levou-a para a frente do avião... o que não significava que não se incomodou por ter a cadeira fora de seu alcance. A cadeira era vital para sua auto-suficiência; sem ela não poderia se deslocar muito longe ou muito depressa. Estremeceu ao pensar no que aconteceria se houvesse uma emergência e ela tivesse de deixar o avião.

Mas não houve emergência. Na verdade, o vôo foi mais tranqüilo do que qualquer outro de que ela se recordava. Planejara bem: tomara pouco líquido e fora ao banheiro antes do embarque. Por isso não precisou usar o banheiro a bordo. Depois que estava em sua poltrona, com o cinto de segurança, sentiu-se como os outros passageiros. Quando o último passageiro, do tipo executivo, embarcou, veio sentar a seu lado, na janela, e flertou com ela até Pittsburgh, ela fantasiou que o homem não tinha idéia de que ela não podia andar. Quando pousaram, sentia-se tão cansada de ouvi-lo falar sobre sua vida que experimentou uma perversa satisfação no instante em que a aeromoça se aproximou com a cadeira de rodas.

Mas não tornou a olhar para o rosto do homem enquanto a funcionária explicava:

— Normalmente deixaríamos os outros desembarcarem primeiro. Mas seu vôo de conexão não vai demorar a partir.

E, de repente, tiveram de se apressar. Poppy embarcou no outro avião minutos antes da decolagem. Infelizmente, não teve tempo de ir ao banheiro. Com receio de um problema grave antes de chegar a Miami, ela explicou a situação assim que embarcou. Como não podiam deixá-la voltar para o terminal, uma das aeromoças ajudou-a a entrar e sair do pequeno banheiro. Num embaraço total, Poppy foi para sua poltrona, renunciou à cadeira de rodas e passou a meia hora seguinte imaginando que todos ao seu redor haviam assistido ao espetáculo.

Então ouviu um pequeno miado. A mulher a seu lado pegou uma bolsa, enfiou a mão e arrulhou baixo para o gatinho lá dentro. Para Poppy, ela explicou:

— Sou uma criadora. Este aqui tem apenas dez semanas. Vou levá-lo para o seu novo lar. E ele se sente assustado.

Poppy pensou num gatinho vendo a mãe pela última vez, metido numa bolsa e levado de avião para um lugar totalmente estranho. *Isso* era assustador, refletiu ela, muito pior do que qualquer embaraço que ela pudesse sentir. Outro miado e ela pensou em Victoria, tentando uma vez, depois outra, subir na cômoda, para finalmente conseguir na terceira tentativa. A esta altura, Poppy relegou o embaraço para o fundo de sua mente.

E ele não voltou. Em algum ponto, no espaço aéreo entre a Virgínia ocidental e a Flórida, ela decidiu que o embaraço era uma emoção desperdiçada numa ocasião em que tinha de confrontar outros problemas muito mais importantes. E passou o resto do vôo concentrada nessas questões.

Quando o avião taxiou em Miami, a amiga de Cassie, Susan McDermott, esperava no portão. Adiantou-se com um sorriso assim que Poppy entrou no terminal, na cadeira de rodas. Avisou-a de que a reunião fora antecipada em uma hora e levou-a para um carro à espera. Não demoraram a chegar à cidade.

Poppy absorveu tudo — o ar quente, as ruas sem neve, palmeiras, o horizonte recortado por edifícios em vez de montanhas —, mas o que lhe proporcionou mais satisfação foi o fato de ter conseguido vir tão longe. Deixou que o prazer aflorasse quando impulsionou a cadeira para o elevador no prédio da firma de advocacia. Mas começou a murchar quando saiu no quinto andar, passou pela porta de vidro e seguiu Susan pelo corredor, até uma sala de reuniões toda em mogno.

Norman Anderson era muito mais velho do que Poppy imaginara, quase da idade de Maida. Mas parecia um homem simples e decente, como ela calculara. Também parecia vulnerável, o que a teria surpreendido se não se sentisse ainda mais aturdida com sua companheira.

Micah fazia um esforço para não pensar no que estava acontecendo na Flórida, porque havia coisas demais em jogo e ele não tinha qualquer controle... ainda menos sobre aquela filha de catorze anos de Heather. Não podia deixar de se ressentir pelo fato de que uma criança a quem Heather renunciara no nascimento tivesse agora tanto poder, não apenas sobre a vida de Heather, mas sobre sua vida e as vidas de suas filhas. Não parecia certo.

Mas o mundo era repleto de coisas que não pareciam certas, como os maus-tratos que Rob DiCenza infligira a Heather, a prisão dela por seu assassinato e uma tempestade de gelo que ameaçava arruinar a colheita de Micah. Incapaz de fazer qualquer coisa sobre os dois primeiros itens naquela terça-feira, ele se concentrou no bosque. Outra dúzia de homens da cidade viera ajudar. Passaram a manhã trabalhando em diferentes setores do bosque. Com o conduto principal consertado e levando seiva suficiente para ferver, as diversas linhas através do bosque ficando desimpedidas e reparadas uma a uma, Micah sentia-se mais otimista na hora do almoço. Enquanto Griffin levava as equipes de volta ao bosque à tarde, ele ficou para ferver a seiva que escorria.

Acendeu o fogo. Pôs a seiva para passar pela osmose reversa e ir para o evaporador. Ferveu-a no tacho posterior, passou-a pelo dianteiro, e de lá foi para o de remate. Foi neste momento que ele deparou com o último fator de "não parece certo". A prensa de filtro era o único dispositivo que dependia de eletricidade, e até hoje ela não fora restabelecida. Não se preocupara, porque contava com um gerador de reserva. Agora, no momento que mais precisava, o gerador não queria pegar.

Um olhar para a filha de Heather e Poppy ficou sem ar por completo. Não precisava de uma apresentação; Althea Anderson não tinha os olhos prateados da mãe nem a cicatriz denunciadora, mas a semelhança estava em todo o resto. Mãe e filha tinham os mesmos cabelos longos e abundantes, o mesmo rosto em formato de coração, as sobrancelhas retas, o corpo esguio.

Poppy levou a mão ao coração. Não conseguia desviar os olhos da criança. Criança? Thea faria catorze anos no dia 22. Era bem desenvolvida, com curvas suaves, de minissaia e uma suéter que devia ser italiana, o conjunto de extrema discrição. Todo o seu comportamento era refinado. Chamá-la de adolescente seria errado. Ela parecia mais uma jovem mulher.

Com um esforço para se disciplinar, Poppy tentou se concentrar nas outras apresentações. Mas havia oito pessoas na sala. Se não fosse por uma distribuição natural dos lugares à mesa, ela não seria capaz de determinar quem eram os advogados de quem. Mas acenou com a cabeça a cada nome enunciado. Fez a mesma coisa com Norman Anderson e depois com Thea. E seus olhos pararam nela.

— Desculpe — disse ela finalmente, a voz um pouco ofegante, pois sentia-se sufocada. — Você é muito parecida com sua mãe. É muito bonita.

— Obrigada — sussurrou Thea, parecendo insegura, apesar do sorriso.

Enquanto Susan fazia uma descrição sucinta da argumentação que Cassie esperava apresentar em nome de Heather para as pessoas na Califórnia, Poppy tentou imaginar como estaria se sentindo se estivesse no lugar de Thea. Por causa da realidade biológica, um relacionamento mãe-filha era intrinsecamente íntimo. Se Poppy fosse adotada, gostaria de saber sobre sua mãe biológica... não necessariamente viver com ela ou amá-la, mas saber alguma coisa a seu respeito.

Os advogados começaram a discutir... sobre aspectos legais, confidencialidade, garantias constitucionais e direitos dos jovens. Poppy escutava, mas seus olhos sempre voltavam a Thea. Os olhos de Thea sempre se encontravam com os seus em cada ocasião. Não parecia tão interessada no que os advogados diziam quanto Poppy pensara que estaria. E, de repente, ela compreendeu que Thea já ouvira tudo aquilo antes. Não havia surpresa ali. O que havia, se Poppy podia adivinhar, era curiosidade. A garota queria saber sobre Heather.

O pai mantinha-se calado, deixando que seu advogado respondesse à súplica de Susan McDermott por cooperação imediata. Era mais ou menos como Cassie dissera que seria. O advogado dos Anderson falou sobre a visibilidade do caso. Falou sobre o potencial de sordidez à medida que os detalhes aflorassem, sobre a tragédia da situação. Argumentou contra a precipitação, quando se tratava do envolvimento de uma criança como Thea.

Envolvimento de uma criança como Thea? Poppy não podia deixar a declaração passar sem uma contestação.

— Estou surpresa que ela esteja presente nesta reunião. Teria pensado que queriam resguardá-la de tudo.

Norman Anderson respondeu num tom paciente, mas firme:

— Minha filha pensa por si mesma. Vem acompanhando o caso pelos noticiários. E quis comparecer.

— Ela sempre soube quem são seus pais biológicos?

— Ela sempre soube que era adotada — respondeu o pai. — Eu mesmo não conhecia a identidade de sua mãe biológica até poucos dias.

Quando Thea lançou-lhe um olhar de culpa, Poppy decidiu que era melhor não perguntar pelos detalhes. Não importava como Thea descobrira que Heather era sua mãe biológica. O importante é que ela não parecia traumatizada pelo que acontecera.

— Heather também pensa por si mesma — disse Poppy à garota. — Não revelou que tinha uma filha porque não queria envolvê-la.

Obtivemos seu nome de outra pessoa porque ela não sabia. Heather acha que não tem o direito, já que renunciou a você. Sabia que você tinha pais que a amavam e sentia-se grata por isso. Foi para Lake Henry sem nada de seu passado, exceto uma pequena mochila com uma carta da firma de advocacia que tratou da adoção... e isto.

E tirou da bolsa a pequena pulseira de plástico de identificação e estendeu-a por cima da mesa.

— Não creio que seja apropriado... — começou a argumentar o advogado dos Anderson.

Mas o protesto tornou-se irrelevante quando Thea inclinou-se para a frente e pegou a pulseira.

Bom para você!, Poppy teve vontade de dizer para a menina. Se deixá-la ver sua pulseira de bebê não era apropriado, então Poppy não podia imaginar o que seria. Era evidente que o advogado não queria que a pulseira fosse mostrada porque era uma ligação pessoal, capaz de levar Thea a se identificar com Heather. Fora justamente por isso que Poppy a trouxera.

Thea examinou-a atentamente.

— A questão é o tempo — disse o advogado, retomando seu argumento inicial. — Vamos ser francos. Todos compreendemos que Althea pode ser envolvida em algum momento. Apenas queremos ter certeza de que, antes disso, sejam providenciadas todas as salvaguardas para protegê-la.

Susan McDermott reiterou as razões pelas quais a rapidez era essencial. Os argumentos continuaram, de um lado e de outro. Quando pareciam estar num impasse, Susan sugeriu uma pausa.

Frustrada, Poppy impulsionou a cadeira pelo corredor até o banheiro. Acabara de sair do boxe e se aproximava da pia quando Thea entrou no banheiro e fechou a porta. Os olhos grandes irradiavam uma curiosidade intensa.

— Ela é bonita? — indagou Thea, num sussurro.

Poppy acenou com a cabeça, confirmando.

— É sim. Espere um instante.

Ela lavou e enxugou as mãos. Depois tirou fotos da bolsa. Eram as que Griffin levara para Minneapolis. Observar o rosto de Thea, enquanto passava de uma foto para outra, era uma cena extraordinária.

— Vi as fotos nos noticiários, mas não são iguais — comentou a garota. — Ela está feliz nestas fotos.

— Heather leva uma vida feliz. É uma pessoa adorável, Thea, bonita por dentro e por fora. Não faria absolutamente nada para magoá-la. Apenas para constar: ela não sabe que estou aqui.

— Por que você veio?

— Ela é minha melhor amiga. Houve ocasiões em que eu quis desistir de tudo, depois do acidente que me pôs nesta cadeira de rodas, mas ela não deixou.

— Que tipo de acidente?

— Num *snowmobile.*

— Ela estava presente quando aconteceu?

— Chegou poucos minutos depois.

— Disse que ela não sabe meu nome. Ela não quer saber?

Poppy conhecia Heather bastante bem para responder.

— Ela quer, mas acha que não seria sensato. Deixá-la foi doloroso demais. Saber seu nome faria com que você se tornasse real. Depois, ela haveria de querer saber mais. Talvez quisesse conhecê-la. Mas você tem uma vida própria. Ela não quer se intrometer.

— Ela sabe que minha mãe morreu?

— Não.

De repente mais parecida com sua idade, Thea disse:

— Peguei os papéis de adoção na gaveta de mamãe logo depois que ela morreu. Não queria saber de nada, mas queria ficar com eles, entende? Como achei que papai ficaria aborrecido, não falei nada, até esta semana. Mas sabia que ele acompanhava os noticiários e queria que ele soubesse que eu também estava atenta.

— Em que série você está na escola?

— Nona. Estudo numa escola particular.

Poppy calculou que ela era jovem para aquela série.

— Aposto que é muito inteligente.

Thea deu de ombros, modesta.

— Heather também é? O que ela faz?

— Uma porção de coisas. Cozinha. É boa com as mãos... tricota e costura. Decora a casa.

— Não sei fazer essas coisas. Qual é a sua melhor matéria na escola?

— Não a conheci quando estava na escola. Mas ela usa muito o computador, é uma espécie de gerente de Micah. Por isso, acho que deve ser matemática.

— A minha também. — Thea franziu o rosto. — Mamãe morreu de câncer. Heather tem algum problema assim?

— Não. Ela tem gripes, mas não passa disso.

— Eu também. O que é incrível, já que papai nunca fica resfriado.

— Ele parece ser um homem maravilhoso.

— E é mesmo. Um pai sensacional. Por exemplo, deixou-me vir à reunião. Por isso é que foi antecipada, para que eu pudesse aproveitar a hora do almoço. Muitos pais não fariam isso. Assisti às reportagens sobre sua cidade. Parece incrível.

— Estamos no meio de uma crise neste momento. Tivemos uma tempestade de gelo que pode arruinar a temporada do açúcar.

— Temporada do açúcar?

— Seiva de bordo, açúcar de bordo, calda de bordo.

Thea olhou para a foto de Heather e Micah.

— O empreendimento dele?

— E de Heather também. Ela é sua musa.

Thea encostou-se na pia. Dava a impressão de querer se aquietar por um momento.

— Fale-me sobre um dia em sua vida... por exemplo, a que horas ela acorda, o que come no desjejum, o que faz depois disso, essas coisas.

Susan abriu a porta do banheiro e murmurou, discretamente:

— Há alguma preocupação aqui fora.

Poppy gostaria de continuar. Sentia com Thea o mesmo contato que sempre tivera com Heather. Mas a garota tinha catorze anos e aquela reunião tinha o intuito de protegê-la do passado. Embora Poppy não pensasse que ela precisava de proteção, não queria criar tensão entre Thea e o pai.

— É melhor eu voltar — murmurou ela, movimentando a cadeira de rodas.

Thea ainda estava com as fotos. Guardou-as na pequena bolsa de couro pendurada no quadril, passou a mão pelos cabelos, esperou mais um minuto e depois saiu também. O pai a esperava no corredor, com uma expressão preocupada.

— Você está bem, querida? — perguntou ele, na voz gentil que Thea adorava.

Ela acenou com a cabeça, numa resposta positiva, enquanto se adiantava.

— E você?

Norman sorriu um pouco triste.

— É estranho ouvir falar sobre ela de uma maneira diferente da que se lê nos jornais.

— Isso o incomoda?

Ela sabia que o pai podia estar se sentindo ameaçado; já estivera em várias salas de conversa da Internet, sobre o assunto de adoção, para saber que isso podia acontecer. Mas não o magoaria por nada neste mundo.

— Se incomoda — acrescentou ela —, não perguntarei mais nada. Você é meu pai.

— Eu sei, querida, eu sei...

— Mas não acha que é emocionante? — perguntou ela, a idéia de tudo borbulhando em sua mente. — É como descobrir um parente há muito perdido... e para você também, porque é meu pai, e isso faz com que ela também tenha um relacionamento com você.

Norman parecia inseguro, preocupado de novo.

— Não creio que ela o tenha matado — acrescentou Thea.

— Mas ele morreu. Lamento que você tenha de pensar a respeito.

— Morreu há tanto tempo que não é real para mim. Podia ser um filme, como se ele fosse um personagem na vida de outra pessoa.

Sua mãe, por outro lado, estava viva e muito real.

— Ainda assim, eu preferia que seus pais biológicos levassem vidas felizes e saudáveis.

Thea pegou a mão do pai.

— Isso acontece porque você é uma boa pessoa e me ama. Ninguém poderia ser um pai melhor.

Ele respirou fundo, passou o braço pelos ombros da filha e deu-lhe um aperto leve. Depois, com a mesma expressão decidida que usava ao se encaminhar para uma reunião de acionistas do banco, ele inclinou a cabeça na direção da sala de reuniões.

Vinte

Enquanto Susan ligava para Cassie, a fim de dar a boa notícia, Poppy deixava o escritório com os Anderson.

— Gostaria de ver onde eu moro? — perguntara Thea ao final da reunião.

Poppy não poderia recusar. Thea não a convidara por polidez; havia uma ansiedade genuína. Poppy partilhava essa ansiedade. Queria ver tanto quanto possível, para que pudesse ter as respostas se Heather perguntasse.

Norman Anderson tinha um motorista de uniforme, mas andava num sedã em vez de numa limusine. Poppy e Thea sentaram no banco de trás, com a cadeira de rodas e a bolsa de viagem na mala do carro. Assim que o carro partiu, Norman estendeu o braço pelo encosto do banco e disse à filha:

— Você deveria voltar para a escola.

— Para uma revisão de francês. Não se preocupe, papai. Sei o suficiente para a prova. Não preciso da revisão. E se descobrir que não sei alguma coisa, ligarei para Tiffany. Ela é mais inteligente do que eu.

Norman lançou um olhar duvidoso para a filha antes de se virar para Poppy.

— A última parte é questionável. Mas como se pode argumentar com sua filha sobre uma coisa assim quando ela vai fazer os exames com média A em todas as matérias?

Foi assim que Poppy descobriu que a matemática não era a única matéria em que Thea era forte. Soube que a escola de Thea era internacional quando passaram pelo complexo de prédios. A garota esticou a cabeça pela janela para trocar acenos entusiasmados com um grupo de estudantes visivelmente diferentes nos degraus da entrada. Poppy viu a casa em que Thea passara a infância, conheceu o parque a que sua mãe a levava para brincar, as lojas em que faziam compras. Viu o clube em que Norman jogava golfe e Thea jogava tênis. Viu o cinema, o restaurante e a loja de discos prediletos de Thea, porque era ela quem orientava a excursão. A garota oferecia uma narrativa animada para Poppy, ao mesmo tempo em que orientava o motorista.

Poppy concluiu que se a extroversão era hereditária, Thea recebera-a do pai biológico, já que Heather era muito mais contida. Poppy poderia ficar ressentida se a garota não fosse tão adorável.

O carro passou pelo portão do condomínio em que Thea e o pai moravam agora. Poppy não podia protestar. Já desistira do vôo de 16:19h, mas ainda tinha tempo de chegar ao aeroporto para o de 18:30h.

— Acho que preciso ligar para meu namorado.

Poppy abriu a bolsa para pegar o celular. Meu namorado. Era bom dizer isso. Fácil. Normal.

— Como ele se chama? — perguntou Thea, com evidente entusiasmo.

— Griffin... Griffin Hughes.

Norman olhou para trás.

— Griffin Hughes? Algum parentesco com Piper?

— O filho dele. Conhece Piper?

— Nossos caminhos já se cruzaram — respondeu ele de uma maneira que sugeria uma força positiva. — Não sabia que ele tinha um filho vivendo em Lake Henry.

— Na verdade, Griffin mora em Nova Jersey, mas está em Lake Henry ajudando Micah na produção de açúcar, pois o trabalho tornou-se difícil com a ausência de Heather. — Ela apertou o número. — A tempestade de gelo tem sido um pesadelo. Griffin deixou-me no aeroporto esta manhã e voltou para ajudar na remoção dos detritos no bosque.

O celular de Griffin começou a tocar.

— Depois que os galhos caídos são retirados, as tubulações podem ser reparadas, e a seiva volta a fluir para a casa do açúcar.

— Oi — disse Griffin.

Poppy sorriu, olhou para o chão e baixou a voz para ter um pouco de privacidade.

— Oi para você também. Já soube?

— Claro. Meus parabéns, querida. Fez um bom trabalho.

— Não fui eu. Micah está satisfeito?

— Com toda a certeza. Está prendendo a respiração, na expectativa de que Cassie feche logo um acordo. Ela já está trabalhando neste momento. Enquanto espera, Micah voltou a produzir a calda.

— A eletricidade já voltou?

— Não, e o gerador pifou. Por isso a filtragem tem de ser manual. Micah está quase caindo de exaustão, mas pelo menos a seiva não se perdeu. Você está no aeroporto?

Thea tocou no cotovelo de Poppy e apontou para uma casa grande, de um só andar.

— Não. Pegarei o avião mais tarde. Os Anderson resolveram me oferecer uma excursão turística por sua vida. Acabamos de chegar a casa deles. Só tem um andar.

Ela ofereceu uma piscadela para Thea enquanto falava.

— Vai pegar o vôo das 18:30h?

— Isso mesmo. Tem certeza que não é tarde demais para você? Levantou muito cedo.

— Você também. Sente-se cansada?

— Um pouco.

— Tudo correu bem na viagem?

— Não tive nenhum problema. Tenho de desligar agora, Griffin. Ligarei de novo a caminho do aeroporto.

— Ficarei esperando. Eu amo você.

Poppy hesitou por meio segundo apenas.

— Eu também.

Antes que Griffin pudesse fazer qualquer comentário, ela desligou e guardou o celular na bolsa.

Momentos depois, no conforto de sua cadeira de rodas, Poppy fez uma excursão pela casa de Thea. Viu o quarto da menina, em verde e dourado, de extremo bom gosto, conheceu o banheiro adjacente, duas vezes maior do que o seu. Viu a cozinha, a sala de jantar, a sala de visitas e a sala íntima. Thea serviu de guia o tempo todo, e na passagem apresentou-a à cozinheira e à arrumadeira. Concluída a excursão, saíram para o pátio e ficaram sentadas à beira da piscina.

Poppy teria adorado permanecer em silêncio, desfrutando o ar quente e as fragrâncias do verão, se não houvesse tanta coisa para dizer. Thea queria saber tudo sobre Lake Henry, e Poppy queria saber sobre os pratos prediletos da garota, as bandas prediletas, os esportes prediletos. A cozinheira trouxe limonada. Norman veio falar com elas várias vezes.

Quando chegou a hora de Poppy seguir para o aeroporto, Thea não quis deixar.

— Temos de levar Poppy para jantar no clube, papai. O restaurante é muito agradável.

— E o seu exame amanhã? — perguntou Norman.

— Posso estudar uma hora agora e mais quando voltarmos. Pode passar a noite aqui, não é, Poppy? Ouvi quando disse a Griffin que chegaria muito tarde. Por que tem de fazer isso quando pode pegar um vôo amanhã de manhã? Temos um quarto de hóspedes sensacional. Nosso agente de viagens pode trocar sua reserva. Tenho de estar na escola às oito horas. Posso acompanhá-la até o aeroporto e depois seguir para a escola.

— Para isso teria de acordar muito cedo — advertiu Norman.

Thea lançou-lhe um olhar ansioso.

— Não importa. Só não posso deixar Poppy ir sozinha para o aeroporto. — Ela olhou para Poppy. — Vai ficar. não é?

Cassie não podia fazer tudo o que precisava sem eletricidade e sem telefone. Teve de pegar as pastas de arquivo e seguir com sua assistente para Center Sayfield, que tinha eletricidade e telefones funcionando. Instalou-se no escritório de uma amiga, onde podia usar a copiadora e o fax. Ligou para o procurador-geral da Califórnia. Organizou seus pensamentos na hora em que teve de esperar para o homem atender.

— Surgiu um fato novo — anunciou ela. — Sei que prefere trabalhar por intermédio de Bud Grinelle, mas como ele vai consultá-lo de qualquer maneira achei que poderia passar por cima do intermediário. Por isso, mandei um pacote diretamente para você, pelo FedEx. Contém cartas de concordância e depoimentos que confirmam nossa argumentação.

— E qual é essa argumentação? — indagou o procurador, polido.

Cassie faria quase qualquer coisa para evitar a revelação total. Infelizmente, a proposta de um acordo exigia que demonstrasse como sua posição era firme. A manobra envolvia algum risco. Se o acordo fosse impossível, com o caso sendo levado a julgamento, a promotoria teria conhecimento de suas provas e estaria preparada. Mas não tinha como evitar. Ela possuía mesmo provas convincentes. O que precisava agora era convencer o procurador.

— Encontramos a criança — declarou ela. — Temos um acordo assinado pelo pai, permitindo sua participação nos testes de DNA. Heather também vai se submeter aos testes, e assim poderemos provar que ela é a mãe da criança. Pediremos que sejam feitos testes com o sangue das roupas que Rob DiCenza usava naquela noite. Soube que estão com a polícia estadual. Nosso advogado aí...

— Que advogado?

— J. C. Beckett — informou Cassie com alguma satisfação.

Fora sensacional persuadir J. C. a participar do caso. Era um renegado que abrira sua própria firma de advocacia e conquistara inúmeras vitórias nos tribunais. A promotoria detestava-o. J. C., por sua vez, adorava desafiar os poderosos. Como os DiCenza eram o epítome do poder, ele se dispusera a trabalhar de graça no caso.

— Ele está preparando a petição. Não vê qualquer razão para que não seja deferida, pois a prova já existe. É um pedido líquido e certo. Se for constatado que a criança não é de Rob, será o fim de tudo. Mas se for o contrário, teremos de repensar todo o caso.

— Presumo que você acha que a criança é dele.

— Tenho certeza. Heather... Lisa... não esteve com nenhum outro. Ninguém, entre todas as pessoas que a interrogaram depois do acidente, sugeriu sequer remotamente que ela esteve com outro. Fizeram muitas outras alegações, mas nunca essa. Sei que Rob dizia que a criança não era sua. Mas nunca houve outro homem. Ninguém pode se apresentar para reivindicar a criança... não podia naquele tempo, não pode agora.

Houve um breve silêncio antes que o procurador murmurasse:

— Continue.

Satisfeita porque ele não a transferira para Bud Grinelle, decidindo escutar tudo, Cassie tornou-se mais ousada:

— Se a questão da paternidade for esclarecida, dará credibilidade a todos os outros argumentos que apresentamos, refutados pelos DiCenza. E também temos o depoimento de Aidan Greene.

— Então eram vocês que bisbilhotavam a seu respeito?

— Isso mesmo. E conseguimos descobri-lo. Era o melhor amigo de Rob. Estava presente durante a maior parte do relacionamento. Como nunca testemunhou sob juramento, não pode ser acusado de perjúrio.

— Ele pode ser acusado de dar informações falsas numa investigação.

— Acontece que ele não deu nenhuma. Temos as transcrições para comprovar. Também estão no pacote que lhe enviei. Vai verificar que Aidan respondeu a todas as perguntas que lhe foram feitas. Se os investigadores não fizeram as perguntas certas, ele não pode ser culpado por isso. — Como tinha a impressão de que os DiCenza haviam influenciado a investigação, Cassie acrescentou: — Para ser franca, se os seus homens não fizeram as perguntas certas, eu gostaria de saber se não foram instruídos a não esmiuçarem essa parte da vida de Rob.

— Vamos deixar uma coisa bem clara. Eles não são "meus" homens. Eu ainda não estava no cargo na ocasião.

Cassie gostou da atitude defensiva.

— Então talvez seja do seu interesse chamar seu antecessor para dar explicações.

— Isso não vem ao caso. Qual é a sua argumentação? Diga logo, por favor. Não tenho o dia inteiro.

— Afirmamos que Lisa Matlock foi engravidada por Rob DiCenza. Quando ela se recusou a fazer o aborto, como Rob queria, ele ameaçou sua vida e a da criança. Aconteceu na festa naquela noite. Quando entrou no carro, Lisa só pensava em fugir. Ele surgiu da escuridão e pulou na frente do carro. Ela não pôde parar.

— E deixou o local.

— Não sabia que Rob havia morrido. E sentia-se apavorada. O fato é que temos uma argumentação forte caso haja um julgamento por júri. Temos uma noite escura e um bêbado correndo entre os carros. Temos uma mulher pobre e desamparada, explorada por um homem mais velho, privilegiado, politicamente poderoso. Temos um relacionamento com um histórico de agressão física, o que poderá ser confirmado por médicos de duas clínicas diferentes. Os depoimentos também estão no pacote. Temos uma gravidez, uma exigência de aborto, uma ameaça de agressão física, com uma testemunha independente disposta a confirmar todas as três alegações. E temos uma tentativa de encobrir a verdade por parte da família.

— Espere um instante. Vocês não têm nada disso.

— Podemos ter antes de terminarmos. Será que todas aquelas pessoas que disseram que não viram nada ainda amam Charlie DiCenza? Tudo o que precisamos é de uma alma desencantada para admitir que foi convidada a ser gentil com o filho dele. É o que Aidan Greene diz; consta do depoimento sob juramento que ele me prestou na semana passada. Uma cópia desse depoimento está no pacote. Mas há mais. Se o caso for a julgamento, chamaremos pessoas para testemunhar que Lisa Matlock não era a única que Rob DiCenza espancava.

— Pelo amor de Deus! Qual o sentido de fazer isso? O garoto já morreu!

Cassie não podia acreditar que ele dissera isso. O comentário revelava uma tendenciosidade e uma falta de profissionalismo totais. Lívida agora, ela não precisava consultar suas anotações. Tudo o que queria dizer estava na ponta da língua.

— Tem razão. Ele já morreu. E todo este caso deveria também estar morto, porque a morte de Rob não passou de um trágico acidente. É o que o júri vai concluir. Para provar, no entanto, temos de expor todo o resto. A família vai gostar? Duvido muito. Mas o problema é deles. Afinal, foram eles próprios que provocaram esta situação. Não hesitaram em falar as piores coisas de Lisa Matlock... ou, agora, de Heather Malone... de uma maneira muito pública. Procuraram a luz dos refletores neste caso, sendo exatamente o que terão com as novas informações, se não chegarmos a um acordo, justo e discreto, até amanhã.

— Até *amanhã*?

— Está certo. Dois dias. Quarenta e oito horas. Depois disso, terei de procurar a imprensa.

— Posso impedir isso com uma injunção de silêncio.

— Faça isso e terá uma acusação de encobrimento da verdade no colo. Só que não será mais relacionada com seu antecessor, e sim com você. Vamos falar sobre a liberdade de expressão e a liberdade de imprensa. Vamos falar sobre os direitos civis de minha cliente. Graças aos DiCenza, não há a menor possibilidade de Heather ter um julgamento justo. Apenas um lado foi divulgado até agora. O outro lado também precisa ser conhecido.

— No tribunal. Diante do júri.

Cassie recusou-se a ceder.

— Se não houver publicidade agora, haverá mais tarde. E em pleno tribunal, com toda a repercussão que os DiCenza esperavam usar para obter uma condenação. Deve conversar com eles. Perguntar se querem que o nome do filho seja arrastado na lama. Perguntar se querem uma reivindicação financeira de uma menina de catorze anos, que é a neta deles, como poderemos provar. Se não obtivermos um acordo até a tarde de quinta-feira, é o que vai acontecer.

— Muito bem — disse o procurador num tom condescendente. — O que vocês querem?

Cassie mirou alto. Nada tinha a perder.

— Quero que o caso seja encerrado.

— *Encerrado?*

— Isso mesmo. Arquivado.

— Não posso fazer isso. Não com uma acusação de *homicídio*.

— Claro que pode. — Cassie pensara muito a respeito. — Pode dizer que depois de revisar o caso, levando em consideração o tempo que transcorreu desde aquela noite e a possibilidade de lembranças indistintas, chegou à conclusão de que não há provas suficientes para uma condenação. Ou pode alegar que surgiram novas provas que lançam dúvidas sobre qualquer acusação de homicídio.

— A imprensa vai querer saber quais são essas "novas provas", o que fará com que toda a lama aflore de qualquer maneira. A família nunca aceitaria.

— Então fique com a primeira opção. Como procurador-geral, aconselhe a família que é do seu melhor interesse deixar que o caso morra. Salva as aparências ao se apresentar como o árbitro compadecido da situação. A família salva a reputação ao tomar a iniciativa, solicitando que o caso seja arquivado. Eles podem dizer simplesmente que é doloroso demais reviver a tragédia.

— Quer que ela escape impune?

— Quero que as acusações sejam retiradas — reiterou Cassie. — Todas elas. Não foi homicídio. Ela fugia para salvar sua vida. Rob correu para a frente do carro de repente, numa noite escura, num estacionamento lotado e sem iluminação. Retire essas acusações. Se não há crime, não há a acusação de fuga para evitar o processo.

— Você é mesmo inflexível. Dê-me qualquer coisa. Que tal homicídio causado por um veículo?

— Não foi isso. Ele estava de porre e saiu correndo do meio dos carros estacionados. Não houve nenhum homicídio. Minha cliente já pagou caro por conhecer Rob DiCenza. Se ela não fosse tão retraída e gentil, e se não tivesse uma vida retraída e gentil aqui, eu a faria processar a família DiCenza por difamação. Mas ela é mesmo retraída e gentil. Só quer voltar para sua família aqui. Nem mesmo quer se apresentar num tribunal da Califórnia para ouvir a sentença de arquivamento das acusações. Não há necessidade.

— Dê-me alguma coisa, sra. Byrnes.

— Concorde com todos os pontos que indiquei e minha cliente concordará em não divulgar qualquer coisa relacionada com Rob DiCenza ou este caso. Mas quero que ela saia da prisão assim que chegarmos a um acordo. Ela não representa nenhum perigo para a sociedade. Não deveria ter passado nem sequer um dia na prisão. É por isso que quero resolver o problema o mais depressa possível. E você pode dar um jeito para que isso aconteça.

Ele podia ser um péssimo advogado, mas sabia tudo sobre conveniência política.

— Você me dá crédito demais — murmurou o procurador. — Não tenho a palavra final neste caso.

Cassie sabia disso.

— Os DiCenza estão na cidade. Já verifiquei e sei que estão. Também sei que você pode ser muito persuasivo quando quer. — Como sabia que ele próprio fora adotado, ela acrescentou: — Se quiser, pode argumentar que uma garota de catorze anos que tem uma família adotiva afetuosa não deve ser obrigada a reviver os pecados dos pais biológicos. Aguardarei ansiosa por notícias suas.

Depois de ligar para Micah, fazendo um relato da conversa, Cassie recolheu suas coisas no escritório da amiga e voltou para Lake Henry. Deixou a assistente em casa, parando em seu escritório apenas pelo tempo suficiente para fechá-lo pela noite. Enquanto guiava, planejou o jantar que poderia preparar já que tinha um fogão a gás. Decidiu as brincadeiras que faria com as crianças, começando pela menor e passando para a seguinte, depois de pôr a primeira na cama. Localizou mentalmente cada vela que tinha em casa, pensando em acender pelo menos uma dúzia, para o divertimento com Mark, depois que as crianças dormissem.

Chegou em casa para encontrar um bilhete na mesa da cozinha, avisando que ele levara as crianças a Concord para comerem numa lanchonete e irem ao cinema.

Desapontada, com o senso irracional de que sua família estava se mudando sem ela, Cassie fez macarrão com queijo, acendeu o fogo na lareira da sala e acomodou-se no sofá para esperar. Pegou no sono em menos de vinte minutos.

Micah suava muito. Sentia tanto calor que tinha a impressão de que ia morrer enquanto despejava a última carga de calda e levava o tanque para o sistema de filtragem improvisado. Era verdade que o calor na casa do açúcar tinha seu aspecto positivo, pois permitia a presença das meninas, brincando com bonecas num canto. A casa estava fria; agora que todos haviam ido embora, não havia ninguém para alimentar o fogo ali. Missy e Star estavam com seus sacos de dormir e permaneceriam na casa do açúcar até que Micah fosse embora.

— Como está a profundidade? — perguntou Griffin.

Ele estava postado ao lado do tacho de remate, que fora reenchido com seiva, agora beirando o estágio de calda. Com a escumadeira na mão, estava pronto para entrar em ação caso alguma espuma se formasse.

Micah lançou um olhar e acenou com a cabeça para indicar que estava bom. Logo tornou a se concentrar em sua tarefa. O suor que escorria pelo seu corpo não era apenas do trabalho. Era também produto do medo. Estava atrasado no processo. Ter de filtrar tudo manualmente retardava a operação. Mesmo com a ajuda de Griffin, ele trabalharia além de meia-noite. Não se importaria se o cansaço fosse suficiente para fazê-lo dormir por cinco horas consecutivas, o que não acontecia havia algum tempo. Os pequenos problemas mantinham-no acordado.

Um deles fora resolvido. Desde o final da tarde que toda a tubulação fora desobstruída, funcionando em perfeitas condições.

O que acarretava outro problema. Se ele tinha um excesso de trabalho agora, depois do fluxo da seiva de menos da metade de suas árvores, teria o dobro do trabalho no dia seguinte com a seiva de todas as árvores. Precisava da eletricidade de volta na prensa de filtro, mas a companhia não prometia uma solução antes de dois ou três dias.

A esta altura já estaria morto de cansaço. Talvez até fosse melhor assim. Se estivesse fatigado demais para pensar, não poderia pensar em Heather, e se não pensasse em Heather, não teria dificuldade para respirar. Respirou fundo agora e tentou relaxar, mas a pressão continuava. Era o produto do medo... medo de Heather voltar, medo de não voltar, medo de não saber a pessoa que ela seria quando e se voltasse.

Cassie dissera que tinham de esperar. Ele estava no purgatório.

Foi nesse instante que a porta da casa do açúcar foi aberta e Skip Houser entrou. Micah não via Skip desde aquele dia no posto de gasolina. Já ia perguntar o que ele fazia ali quando viu Skip e outro homem carregarem uma coisa que parecia familiar.

Micah continuou a despejar a calda nos filtros.

Olhou para trás no momento em que Skip recuava até o filtro elétrico parado. Ele se abaixou para pôr no chão o pequeno gerador. Seu companheiro fez a mesma coisa. Skip empertigou-se em seguida. Tirou as luvas e olhou para Micah.

— Este gerador deveria estar no canteiro de obras. Achei que ninguém notaria se houvesse um atraso de dois dias. Mas você não me viu trazê-lo para cá.

Ele se ocupou em fazer a ligação. Menos de quinze minutos depois, a prensa de filtro voltara a funcionar. Skip encaminhou-se para a porta.

— Ei, cara, obrigado! — gritou Micah.

Skip ergueu a mão em resposta e desapareceu.

Duas horas mais tarde, depois que a última seiva do dia foi fervida e transformada em calda, passada pela prensa de filtro e despejada em latas, que foram lacradas, Micah mandou Griffin embora. Terminou a lavagem sozinho. Até que gostou do trabalho, pensando que naquele ano daria litros de calda a todas as pessoas da cidade que o haviam ajudado. Não imaginaria que Skip seria uma delas, o que servia para mostrar quão pouco Micah sabia.

Ele limpou a pia. Pendurou os panos para secar. Depois, ajoelhou-se ao lado dos sacos de dormir e acordou as meninas gentilmente.

— Hora de irem para a cama — sussurrou ele.

Micah recolheu os sacos de dormir assim que as meninas saíram.

— Ponham as botas.

Depois de fazê-lo, Star levantou os braços. Micah ajeitou-a em seu quadril.

— Pegue a lanterna, Missy, e fique perto de mim.

Houve um instante — apenas um instante — quando o calor persistiu e a fragrância do açúcar os envolveu em que os três se tornaram tão unidos que Micah sentiu um aperto no coração. Ali, naquele momento, seu passado, presente e futuro se aglutinaram. Só uma coisa poderia fazer com que fosse ainda melhor.

Com Missy iluminando com a lanterna, ele fechou a porta da casa do açúcar, cujas prateleiras já estavam repletas de latas de calda de bordo.

— Vamos depressa — exortou ele assim que saíram, porque o frio era intenso, embora a lua iluminasse o caminho.

A casa não estava mais quente, mas os sacos de dormir conservavam algum calor. Missy foi direto para a cama e adormeceu em poucos minutos. Star deixou um braço em torno do pescoço do pai quando ele a pôs na cama.

— Papai...

Micah sentou na beira da cama, puxando o saco de dormir para manter a filha aquecida ao máximo possível.

— Mamãe teve um bebê?

Ele teve um relance daquele momento na casa do açúcar, quando a única coisa que poderia aprofundar a plenitude que sentia teria sido Heather e uma criança dos dois. Mas é claro que não era a isso que Star se referia.

— Teve sim.

Micah não podia dar outra resposta, pois Star saberia se as mulheres haviam conversado a respeito na casa.

— O que aconteceu?

— Ela não podia cuidar da criança, por isso deu-a para outra pessoa.

— Por que ela não podia cuidar?

— Era muito jovem.

— O bebê chorou quando foi dado?

— Acho que era pequeno demais para saber.

— Eu choraria se você me desse.

Micah deu um abraço apertado na filha.

— Eu nunca faria isso. Não precisa se preocupar.

— O bebê de Heather sente saudade dela?

Micah não sabia. Não sabia o que Poppy descobrira. Não sabia o que Heather sentia a respeito.

— Já não é mais um bebê. Tornou-se uma menina crescida e tem um pai.

— Eu também tenho, mas sinto saudade da mamãe. Se tivesse de escolher, ela escolheria o bebê em vez da gente?

— Ela nos escolheria — garantiu Micah.

Mas ele não tinha certeza, e era essa a essência de seu medo. Heather tinha um passado agora. Independentemente do resultado das negociações de Cassie, ela estaria livre para ser Lisa de novo. Micah não podia imaginá-la a optar pelo retorno à Califórnia. Mas como ele podia ter certeza?

Amava Heather. Se ela voltasse a ser Lisa, ele e as meninas ficariam sozinhos.

Griffin vivia sozinho há tanto tempo que quase não pensava duas vezes ao voltar para sua casa vazia. Ao ir agora para a casa de Poppy, no entanto, sentia uma profunda solidão. Apesar de sua insistência para que ela levasse uma muda de roupa, queria realmente que Poppy voltasse no mesmo dia. Contara as horas enquanto trabalhava no bosque e na casa do açúcar. Mas ela só voltaria na manhã seguinte. Deixara um recado nesse sentido em seu telefone, sem qualquer menção daquelas duas palavras.

Eu também. Ela dissera isso e desligara em seguida.

Griffin queria saber se ela falava sério. Presumira que ela tornaria a ligar, pelo menos quando estivesse a caminho do aeroporto, como prometera. Mantivera o telefone no bolso durante todo o tempo enquanto trabalhava. Só o pegara quando voltara à picape e o descobrira desligado. Devia ter esbarrado de um determinado jeito para que isso acontecesse. Quando o ligara e chamara Poppy, o sistema de mensagem transmitira o recado.

A casa de Poppy estava silenciosa, escura e fria. Ele acendeu velas, armou um fogo na lareira e serviu-se de um copo de vinho. Uma busca prolongada levou-o a descobrir Victoria dormindo numa pilha de cobertores extras no *closet.* Mas a gata não tinha o menor desejo de sair dali para uma visita, pelo menos para ele.

Com uma vela na mão e o copo de vinho na outra, ele vagueou pela casa. Teria pensado que acolheria com prazer a solidão depois da companhia de tantas pessoas ultimamente. Mas estar com Poppy não era como estar com "outras pessoas". Ela era uma companhia fácil, absolutamente afável, a não ser por alguns momentos ocasionais de desabafo. Era divertida, inteligente, interessada. E, com toda a certeza, corajosa.

Ele pensara que era corajoso, sobrevivendo a Little Bear, suportando o isolamento de ser um forasteiro numa cidade que não acolhia bem os estranhos. Mas agora Poppy viajara sozinha para a Flórida, numa cadeira de rodas, sem dúvida se saindo muito bem... enquanto ele sentava ali, com medo de ligar para o telefone no pedaço de papel em seu bolso.

Irritado consigo mesmo, Griffin pegou o pedaço de papel, ligou o celular e apertou o número. Com o coração batendo forte, ele escutou a campainha tocar quatro vezes. Esperava que uma secretária eletrônica atendesse, quando uma voz de mulher entrou na linha, murmurando, sonolenta:

— É bom que seja importante.

Griffin engoliu em seco.

— Cynthia Hughes está?

Houve silêncio por vários segundos — sons abafados, sugerindo a transferência do telefone — e, depois, uma voz diferente. Esta era mais gentil, mais cautelosa, familiar mesmo depois de sete anos.

— Alô?

Griffin tinha dificuldade para respirar.

— Cindy?

Houve um silêncio total no outro lado da linha, tão intenso que Griffin receou que ela tivesse desligado.

— Fale comigo! — suplicou ele. — Não desligue, por favor. Há muito tempo que procuro por você!

Ela continuou calada. O coração de Griffin batia forte.

— Cindy?

— Estou aqui — sussurrou ela. — Como me descobriu?

— Seu poema. O que saiu na revista *Yankee*. Robin Chris. Christopher Robin. Você sempre adorou Winnie-the-Pooh. Lembra que eu costumava ler os livros para você?

Houve uma pausa.

— Já tem muito tempo.

— Seu poema era lindo... mas triste. É assim que se sente?

— Estou bem.

— Li suas mensagens, mas não dizem muito a seu respeito.

— Eu sei.

— Quando você desapareceu, não sabíamos se sobreviveria.

— Eu também não sabia.

Griffin teve a impressão de ouvir a insinuação de um riso.

— Sei por que foi embora. Era uma situação insustentável. Papai e mamãe foram inflexíveis e nenhum de nós ajudou. Creio que já sabe que mamãe morreu.

Ele calculava que Cindy sabia de tudo desde a sua partida.

— Sei sim.

— E que todos nós estamos... meio separados.

— Também sei. E me sinto culpada por isso.

— A culpa não foi sua, mas nossa.

— Fui a causa.

— Você era uma criança. E crianças se rebelam. Éramos mais velhos e deveríamos ter sido mais responsáveis. Mas cada um permaneceu encerrado em sua pequena vida, de boca fechada... como se achássemos que o problema em casa não existiria se o ignorássemos. Estávamos enganados. Completamente *enganados*.

Ela não respondeu.

— Cindy?

— Eu fugi porque não podia suportar toda aquela confusão. Queria deixar tudo para trás, começar de novo, entende? E consegui. Mas você não esquece. Não com a família. Não pára de sentir.

Se fosse uma conversa comum, Griffin poderia falar de Heather, porque havia analogias. Mas aquela não era uma conversa casual. Era exploratória. Tinha de se concentrar no aqui e agora.

— Você... está bem?

— Não tomo mais drogas, se é isso o que quer saber. Não tomo desde que saí de casa. Escrevi isso em minha mensagem. Queria que vocês soubessem.

Griffin também sabia que os viciados às vezes tinham recaídas. Sentiu-se aliviado por Cindy ter permanecido limpa.

— Não casou?

— Não. Não confio o suficiente em mim mesma para isso.

Era o problema da culpa. Cindy culpava a si mesma por ter destruído uma família.

— Está se tratando com alguém?

— Estou.

— Precisa de ajuda para pagar?

— Não.

— Tem certeza? — Como ela não respondesse, Griffin acrescentou: — As coisas aí estão boas para você? — Ele precisava ter certeza de que tudo corria bem com Cindy e insistiu: — Quem atendeu o telefone?

— Uma amiga. Dividimos o aluguel. E as coisas estão boas. Meus amigos são... anticonvencionais, mas eu os amo. Pelas histórias que alguns contam, a desarmonia de nossa família era branda. Mas formamos uma espécie de família. E sinto prazer em meu trabalho.

— E deve mesmo. É excepcional. Fale mais sobre sua vida.

— É... fluida.

Era uma advertência. Significava que ela podia ir para qualquer lugar — desaparecer — de um momento para outro.

— É feliz, Cindy?

— Com bastante freqüência.

Isso era importante.

— Precisa de alguma coisa?

— Não.

— Posso vê-la?

— Não.

— Irei a qualquer lugar.

— Sabe aonde ir. — Havia agora em sua voz um pouco do espírito de que Griffin se lembrava. — Discou um código de área que indica exatamente onde estou. Vai aparecer aqui? Ou vai contar aos outros?

— Se você disser não, ninguém mais saberá.

— Digo que não. Se alguém me descobrir, desapareço outra vez.

— Mesmo que seja Peter ou Alex?

Eram os mais gentis dos irmãos.

— Ainda não me sinto bastante firme, Griffin. A simples menção de seus nomes me leva de volta à pessoa que eu era... e não quero voltar para lá.

Griffin desconfiava que ela também tinha uma sólida noção do que queria agora para não ter uma recaída. Mas Cindy precisava compreender isso por si mesma.

— Você sempre permaneceu um passo à nossa frente. Quando vi aquele pseudônimo, tive medo de acreditar. Uma pequena parte de mim teve a esperança de que me enviava uma mensagem.

Cindy não negou.

— Tenho de desligar agora, Griffin. Dê-me seu telefone.

Ele deu o número do celular, junto com o endereço e o telefone em Princeton, mais o endereço e o telefone de Poppy. No último número, Cindy perguntou:

— Poppy Blake tem algum parentesco com a Lily Blake do outono passado?

— É irmã. Uma mulher incrível... corajosa como você. Provavelmente foi por isso que senti uma ligação imediata. Também lida com problemas do passado.

— E você a ajuda porque não pode me ajudar?

— Não sei se a ajudo. Ela própria cuida disso. Eu apenas a amo.

— Sensacional! — exclamou Cindy, outra vez com o espírito antigo. — Terá de me manter informada.

— Vai continuar nesse telefone?

— Enquanto ninguém aparecer por aqui. Sempre me mantenho de olho em Ralph. Mas você já sabia disso.

— Sabia sim. Se você se mudar, vai me avisar?

— Depende do motivo para a mudança. Sei o que Ralph faz. Randy é mais indireto. Ele desvendou o caso Matlock. Ainda está aí com você, em New Hampshire?

— Não. Seu papel acabou com a prisão. — Griffin fez uma pausa. — Papai gostaria de saber que você está bem. Posso dizer a ele que conversamos?

— Não. Ele entraria com uma ação judicial para obter o registro de suas ligações. Estaria aqui num instante para me julgar... outra vez. Ainda não estou preparada para isso. Talvez algum dia. Mas ainda não.

Griffin sabia que "algum dia" viria. Se aprendera alguma coisa com Poppy e Heather, era isso. Por enquanto, compreendia o que a irmã sentia. Enquanto Cindy se mantivesse em contato com ele, haveria esperança.

Na manhã de quarta-feira, pela primeira vez em mais de uma semana, Griffin não foi para a casa de Micah. Em vez disso, animado pela conversa com Cindy, arrumou toda a casa e saiu para comer o desjejum no Charlie's Café. Depois foi até a marina, trocou a picape pelo Porsche e seguiu para Manchester. Chegou lá mais cedo do que precisava, mas não tinha outra coisa para fazer. Esperar por Poppy era suficiente.

O avião atrasou. Ele tomou outro café. Alternou entre observar as chegadas e pedir à agente as últimas notícias sobre o vôo. A mulher tinha idade suficiente para ser sua mãe e devia ser por isso que se compadeceu. Depois que ele mostrou sua identidade, submeteu-se a uma revista e respondeu satisfatoriamente a uma série de perguntas, ela o ajudou a passar pelas barreiras de segurança para se encontrar com "a mulher na cadeira de rodas" no portão.

Griffin estava atento ao aviso de que o avião acabara de pousar. Observou-o taxiar até o terminal e acoplar na passarela. Ficou esperando a saída de Poppy. Ela foi a última, mas a espera valeu a pena. A visão dela fez seu coração inflar.

Adiantou-se assim que havia espaço suficiente, pegou a bolsa de viagem em seu colo e a pôs no ombro. Inclinou-se para abraçá-la. Quando os braços de Poppy enlaçaram-no pelo pescoço, ele a levantou e girou. Não se importava com quem estivesse observando, não se importava se o mundo inteiro o visse com sua namorada. Sentia o maior orgulho de Poppy, o maior orgulho de estar em sua companhia.

Ela ria quando Griffin tornou a pô-la na cadeira de rodas. Ele baixou as mãos para os braços da cadeira.

— Falava sério?

Ele se referia às palavras, é claro. Ela acenou com a cabeça em confirmação.

— Mas ainda não sei o que farei com isso — ressaltou Poppy, sorrindo.

— Encontraremos uma solução. — Griffin sentia-se inebriado. — Vamos embora. Quero apresentá-la a alguém.

Ele empurrou a cadeira pelo terminal até o estacionamento. Poppy avistou o Porsche ainda longe. Fitou-o.

— Quem é?

— Ela está esperando lá dentro.

— Não há a menor possibilidade de caber tudo... essa pessoa misteriosa, eu, minha bolsa de viagem, a cadeira de rodas.

— Tenha fé.

Griffin calculara tudo. Pensara em tudo. Não havia a menor possibilidade de submeter o amor de sua vida ao fracasso. O que ele queria — o que sempre haveria de querer — era abrir portas para ela.

Firmou as rodas da cadeira enquanto Poppy se transferia para o banco de passageiro do Porsche. Dobrou a cadeira e levou-a para o porta-malas. Teve um momento de pânico quando não entrou. Com um pouco de jeito, porém, conseguiu se ajustar. A bolsa de viagem era flexível. Um aperto aqui e ali e a guardou também. Satisfeito, ele fechou o porta-malas e foi sentar ao volante. Ao seu lado, Poppy passava a mão pelo estofamento de couro.

— É um lindo carro. — Ela apontou para o monitor de GPS. — Pode ligar. Isto é ela?

Lá se foi a surpresa.

— Como soube?

Poppy sorriu.

— Usamos essas coisas no lago. Ajuda a descobrir o caminho para as ilhas à noite. Charlie chama o seu de Amélia.

Griffin suspirou.

— O meu é Sage. Você sabe demais, Poppy Blake. Não posso surpreendê-la com nada.

Quando ele virou a chave na ignição, Poppy pôs a mão em seu braço.

— Você é que me surpreende — murmurou ela muito séria e vulnerável. — Está aqui.

Com o coração disparado, Griffin quase estendeu a mão para o bolso. Tinha uma coisa ali, e não era uma bala. Mas o momento ainda não era o certo. Poppy admitira que o amava. *Mas ainda não sei o que farei com isso.* Ele não podia pressioná-la a ir muito depressa.

Por isso, em vez de forçá-la a um compromisso, falou sobre Cindy.

Uma das coisas que Poppy amava em Griffin era seu senso de lealdade, nesse caso representado pelo telefonema para a irmã. Se uma mulher queria saber o tipo de homem com quem pensava passar o resto de sua vida, a busca diligente de Griffin por Cindy era um endosso tão bom quanto qualquer outro. Ele se preocupava com a família. Era uma importante maneira de ser.

Por isso ela se sentia exuberante quando seguiram para Lake Henry. Sua perspectiva de vida hoje era totalmente diferente da que tinha há apenas três semanas. O Porsche era um exemplo perfeito disso. Era vigoroso e veloz. Anunciava possibilidades, o que fora a essência de sua viagem à Flórida. Três semanas antes, ela nem sonharia que seria capaz de fazer aquela viagem, muito menos que seria amada por Griffin.

O destino de Heather ainda pairava no ar. Como acontecia com Cindy, porém, havia esperança.

Poppy pensou a respeito enquanto seguiam para o norte. Ao se aproximarem de Lake Henry, no entanto, seu entusiasmo se desvaneceu. Lake Henry era real, como outras realidades. O acordo com as autoridades da Califórnia podia não ser celebrado e Heather talvez fosse levada a julgamento. Cindy Hughes podia fazer as malas e ir embora sem que houvesse notícias por mais sete anos. Griffin podia chegar à conclusão de que a velha picape de Buck Kipling não valia outro minuto de seu tempo, que o Porsche representava sua vida e que estar apaixonado por Poppy era maravilhoso enquanto estivesse na cidade, mas resolvida a situação de Heather, Nova Jersey o chamava.

Os dias seguintes seriam cruciais.

Vinte e Um

Cassie sentia-se angustiada. Era o que sempre acontecia quando esperava por uma decisão legal, quer fosse de um juiz, um júri ou um promotor com quem tentava chegar a um acordo. Ainda sem a eletricidade restabelecida, ela não foi ao escritório. Permaneceu em casa, com as crianças, perto do calor do fogo na lareira da sala de estar. Podia muito bem se angustiar ali.

Eu deveria ter falado mais sobre Rob? Menos sobre Heather? Apresentei minha argumentação de maneira convincente? Fui veemente demais. Meu pedido foi um exagero? Deveria ter-lhe dado opções? Deveria ter-lhe dado mais tempo?

Ela criticou em retrospecto tudo o que fizera. O futuro de Heather pairava na balança de seu acordo com o pessoal da Califórnia; naquela manhã, ela sentia todo o peso dessa responsabilidade.

Sempre havia o Plano B. Se o acordo proposto fosse rejeitado, ela tinha um caso maravilhoso para a imprensa. E tratou de planejá-lo enquanto esperava, relacionando as revelações possíveis, na ordem de prioridade, usando um lápis com um pompom de borracha na outra extremidade. O lápis era do estoque doméstico, como os outros que estavam sendo usados por Ethan e seu irmão mais velho, Brad, que haviam espalhado papéis pelo assoalho de madeira e não paravam de desenhar. O irmão menor, Jamie, pegara crupe de Ethan e dormia no ombro de Cassie, como Ethan havia feito quatro dias antes. Era sem dúvida uma maneira confortável de preparar o Plano B.

John Kipling devia ter sentido as vibrações que se irradiavam de sua casa, porque ligou pouco antes do meio-dia. Como era quarta-feira, ele estava dando os retoques finais no *Lake News* antes de mandá-lo para a gráfica.

— Tenho uma matéria sobre a tempestade de gelo — disse ele. — Outras sobre o fechamento das escolas e a crise na plantação de Micah. Também vou noticiar os esforços de nossos heróis das companhias de eletricidade e telefonia. Agora, Cassie, preciso que você me dê uma notícia interessante.

Ela suspirou e sorriu.

— Não posso fazer isso a tempo para esta edição. Mas se eu tiver alguma coisa amanhã, na hora do jantar, o que você faria?

— Amanhã, na hora do jantar? Faria uma edição especial do *Lake News*. Antes, escreveria um *press release* e o mandaria para os principais veículos de comunicação de todo o país. Entre mim, você e Lily poderíamos telefonar ou mandar um *e-mail* para todos na lista em poucas horas. Se a eletricidade aqui ainda não tiver voltado, faremos isso em Center Sayfield.

Cassie ficou satisfeita. Era bom ter John do seu lado. Os esforços dele seriam eficazes. Ela gostaria de ter a mesma fé nos seus. Irritada, ela perguntou:

— Por que Center Sayfield tem eletricidade quando nós ainda não temos?

Como sempre fora o repositório de informações interessantes, por ser aquele que cobria as pequenas cidades vizinhas para o jornal local, John não a desapontou agora.

— Porque há dois anos que o maior empregador... leia-se contribuinte... em Center Sayfield é uma empresa de computadores que não pode correr o risco de ficar sem eletricidade por um dia sequer. Por isso, houve uma significativa melhoria nas linhas de transmissão. Isso não significa que nunca há interrupção no fornecimento, mas apenas que é mais fácil localizar os problemas e consertá-los. Não acha que é uma questão que o comitê de Lake Henry deveria considerar?

Cassie achava que o assunto tinha de ser tratado primeiro na Assembléia dos Cidadãos, mas sabia que tudo acabaria em seu comitê. E começou a pensar a respeito. Era uma maneira de passar o tempo enquanto esperava a ligação da Califórnia.

Micah passou o tempo de espera primeiro no pomar, com motosserra e os dois filhos de Charlie, cortando e rachando os galhos que haviam sido removidos durante a limpeza. Levaram três cargas de trator para repor o que já fora usado. Empilharam tudo antes de Micah acender o fogo. A tarde foi ocupada com a produção de açúcar. Isso manteve sua mente ocupada, mas não totalmente. Ainda havia intervalos em que ele especulava sobre o que estaria acontecendo na Califórnia e qual seria o resultado. Também especulava sobre a maneira como Heather reagiria ao se tornar livre para voltar a ser Lisa, se ela o deixaria.

Lake Henry era um lugar especial, mas não era a Califórnia. Ele não podia ir para lá. Se fosse essa a opção de Heather, ele seria um homem sem sorte.

O dilema de Griffin era diferente. À medida que a tarde de quarta-feira foi se transformando em noite, sem que houvesse qualquer ligação da Califórnia, ele começou a pensar como as pessoas na cidade lidariam com um resultado menos do que satisfatório no caso de Heather. Fizera o melhor que podia para ajudar, sempre na esperança de que Heather voltaria para a vida que levava antes de seu aviso inadvertido sobre o paradeiro de Lisa Matlock. Se as autoridades da Califórnia rejeitassem um acordo e ela tivesse de enfrentar o pesadelo de um julgamento, a boa vontade predominante que ele conquistara em Lake Henry podia ter uma inversão.

Mas gostava do lugar. Sentia-se seguro ali. Se tivesse de sugerir que sua irmã fosse para algum lugar, Lake Henry seria o primeiro da lista. Era o primeiro lugar em que pensava para criar filhos. Era o primeiro lugar em que se apaixonara... por uma mulher, um lago, um modo de vida.

Podia continuar trabalhando ali como *free-lancer*. Trabalharia na casa de Poppy ou alugaria um espaço na redação do *Lake News*. Não carecia de estímulo intelectual ali. Pessoas como Cassie, John e Lily,

Charlie e Annette... eram tão sofisticadas quanto as pessoas de qualquer outro lugar. E Poppy? Ela era tudo que Griffin sempre desejara.

Não queria pensar que o amor de Poppy era dependente do resultado do caso de Heather, mas não podia deixar de ser realista. As coisas... perduravam. As ruins corroíam as boas. Se o caso de Heather se prolongasse interminavelmente e terminasse de uma maneira insatisfatória, Poppy sempre poderia lembrar que fora ele o responsável.

Era um pouco parecido com o acidente que ela sofrera. Se se deslocasse alguns centímetros para a esquerda ou direita, as coisas poderiam ser muito diferentes.

A energia elétrica voltou na manhã de quinta-feira. Por volta do meio-dia os telefones também voltaram a funcionar. O retorno proporcionou uma distração a Poppy, com as pessoas ligando durante a tarde inteira para saber da situação. Era como se ela não as visse há muito tempo. O Charlie's estava lotado cada vez que ela passava por lá, e se as pessoas não estavam no Charlie's, conversavam na agência dos correios ou em frente ao prédio do conselho da cidade. Quando as tempestades atingiam Lake Henry e a vida quase parava, as pessoas ficavam apenas com os elementos básicos: lampiões de óleo, estufas de lenha e umas às outras.

Depois de quatro dias de paralisação, os telefones eram mais uma novidade do que qualquer outra coisa.

Exceto, é claro, pelas ligações interurbanas. E a que ela mais queria não acontecia.

Cassie estava de olho no relógio. Dera ao procurador-geral um prazo de 48 horas. À medida que se aproximava o término, ela sentia um frio no estômago. Tinha o Plano B, é verdade. Mas acalentara a esperança de não ter de recorrer a ele. Preferia que o problema de Heather fosse resolvido de maneira rápida e discreta. Ninguém ali queria a publicidade. Mas a publicidade era preferível a perder Heather.

Por isso, ela juntou suas anotações e começou a pensar nesses termos, ainda mais depois que Griffin e John chegaram. Foi neste instante então que o telefone tocou.

— Estou fazendo progresso, mas preciso de mais tempo — disse o procurador-geral.

Cassie ficou cautelosa. Desconfiava que os DiCenza podiam estar fazendo uma manobra suja.

— Precisa de mais tempo — repetiu ela, em benefício de Griffin e John. — O que "fazer progresso" significa?

Ela ouviu um suspiro.

— Significa que encontrei resistência e preciso de mais tempo.

— Os DiCenza não querem aceitar o acordo?

— Eles têm dificuldades para aceitar que a mulher que atropelou seu filho pode escapar impune.

Jovialmente, Cassie declarou:

— Não há problema. Se eles não querem o acordo, vamos procurar a imprensa. Os DiCenza entenderam o que devemos divulgar?

— Estou tentando fazer com que entendam.

O procurador-geral parecia tão frustrado que Cassie não podia deixar de acreditar.

— Quanto tempo mais precisaria?

— Mais 48 horas.

— Se a sugestão partiu deles, eu diria que estão apenas tentando protelar para que nada saia nos jornais no fim de semana, quando mais pessoas ficam em casa e lêem tudo. Lamento, mas não posso dar 48 horas. Só 24 horas. Esperarei até sexta-feira, às cinco da tarde, horário da Califórnia. Se eles não tiverem concordado até essa hora, darei uma entrevista coletiva. Haverá tempo suficiente para uma ampla cobertura nos jornais de domingo.

— Você é inflexível.

— Com o devido respeito, estou fazendo apenas o que você mesmo faria se tivesse uma cliente que já foi punida dez vezes mais pelo que foi na verdade um trágico acidente.

Griffin mal deixara o escritório de Cassie, na picape, quando o celular tocou. Pensou que era Poppy, e disse, desanimado:

— Oi.

— O que está acontecendo aí? — perguntou Prentiss Hayden. — Estou ouvindo murmúrios aqui e não são nada agradáveis.

Griffin passou pelo armazém geral no momento em que Charlie punha a última de várias sacolas no carro de Alice Bayburr. Quando ele levantou a mão, Griffin acenou em resposta.

— Murmúrios?

— Telefonemas de amigos mútuos dos DiCenza. Qual é o problema?

Griffin estava tão repugnado com toda a situação que não pôde deixar de dizer:

— Nada que pudesse surpreender a maioria das pessoas normais. Vocês, as pessoas no poder, pensam que são imunes.

Impacientemente, Prentiss insistiu:

— O que está acontecendo com os DiCenza?

Griffin olhou pelo espelho retrovisor e viu John deixar a rua principal, a caminho do escritório do *Lake News*.

— O passado está voltando para atormentá-los.

— Rob era um bom rapaz e está morto. Por que falar mal de um morto?

— Não farei qualquer comentário a respeito — disse Griffin enquanto passava pela praia da cidade. — Não é minha função. Mas é isso que venho lhe dizendo há semanas. Se você atrai atenção para sua pessoa ao escrever uma biografia, mas opta por esconder coisas, os fatos acabarão aflorando. Mais cedo ou mais tarde, é inevitável. Não saberá quando, não saberá onde, não saberá como.

Ele deixou o centro da cidade para trás, seguindo pela estrada que contornava o lago.

— Por outro lado, se conta tudo em sua biografia, ninguém tem nada contra você. Escolheu o momento, o lugar e o método. Assume o controle em vez de deixar que outros o façam.

— Não quero publicidade. Não nesse caso. A existência de meu filho só diz respeito a nós dois.

— Em circunstâncias normais, isso seria verdade. Mas você é uma figura pública. Há privilégios que acompanham esse fato, mas também desvantagens. E esta é uma das desvantagens. Se não mencionar seu filho no livro, mesmo que apenas de passagem, é inevitável que alguém venha a falar dele.

— Você? — indagou o senador. — Então é esse o problema... está me dando um aviso para que eu não possa dizer, quando publicar seu próprio livro revelando tudo, que não fui advertido?

Griffin ficou irritado.

— Assinei um contrato de garantia da confidencialidade. Se acha que eu seria capaz de violá-lo, então temos um problema de confiança, e se temos um problema de confiança, não há a menor possibilidade de você ficar satisfeito com o livro. Acho melhor arrumar outra pessoa para escrevê-lo.

— Espere um pouco, Griffin. Eu *não* disse que não confiava em você. Foi um comentário hipotético.

— Foi um comentário *ofensivo*.

— Está bem. Desculpe. Passei a vida inteira sendo ofensivo. Mas gosto do que você fez até agora. Não quero outra pessoa para escrever minha biografia. Acontece apenas que eu... Ora, como você se sentiria se tivesse levado uma vida bem-sucedida e produtiva e depois alguém se concentrasse numa pequena coisa que fez na juventude?

— Não creio que seu filho seja um idiota. Ele é um marido e pai. Médico pediatra. E você o ajudou a chegar a isso. Eu diria que deve se orgulhar.

— É claro que me orgulho. Mas é uma coisa íntima.

Griffin suspirou.

— Vamos ser francos. A maioria das pessoas sabe que ele existe. Você só estaria reconhecendo um homem de bem. A mãe já morreu, e por isso não ficaria magoada. Sua esposa sabe de tudo. Não tem problema em falar sobre esse filho ilegítimo. E ela tem absoluta confiança nos quatro filhos que teve com você. Ele não seria o foco do livro. Poderíamos falar a seu respeito em um capítulo depois do vinte... em apenas um capítulo. Mas transmitiria a mensagem de que o livro é honesto. Nem todos são, como sabe muito bem.

— Sei mesmo — resmungou Prentiss.

— Ele não foi planejado, mas você tratou da situação muito bem. Fez o máximo que podia. Seria inspirador para inúmeras pessoas.

— Acha mesmo?

— Claro que acho. As pessoas o respeitam. Isso só vai aumentar o respeito.

Houve um longo silêncio no outro lado da ligação, seguido por um suspiro.

— Seu pai era um temível adversário no tribunal. Você herdou sua língua afiada.

Griffin esperou. Depois do que parecia uma eternidade, Prentiss Hayden resmungou, ainda relutante, antes de desligar:

— Está certo. Pode incluir o fato no livro.

Griffin decidiu experimentar a língua afiada com Poppy. Mas não confiava apenas nas palavras e não queria ser precipitado. Preparou o jantar para ela e depois levou-a para a Back Room do Charlie's, onde a diversão era local, sob a forma de um quarteto que cantava músicas sentimentais, sem o acompanhamento de instrumentos musicais. Quando voltaram para casa, ele aumentou o fogo na lareira e acomodou-a no sofá, em seus braços. Falou sobre Prentiss e Cindy. Depois, murmurou:

— Você é uma das pessoas afortunadas. O passado está à mostra. As pessoas que poderiam julgá-la agora conhecem a verdade, e ainda assim a amam, então o que vai dizer? Quer casar comigo, Poppy?

Ela encostou os dedos na boca de Griffin.

— Não peça isso. Ainda não.

— Eu a amo.

— Psiu...

— Amo muito.

— Agora. Mas como será na próxima semana? Ou no próximo mês?

— Ou no próximo ano? Ou daqui a cinco anos? Ou daqui a *dez* anos? E ainda a amarei? E você me amará? Não é assim que funciona, Poppy. Se as pessoas mantivessem a vida em suspenso enquanto esperam para verificar se o amor perdura, perderiam muita coisa. Quero casar com você. Quero ter filhos com você. Dois está bem. Posso aceitar apenas dois.

— Não sei se posso engravidar.

— Nenhuma mulher sabe. Nenhum *casal* sabe.

— Entendeu o que eu quis dizer.

— Não, não entendi. Você fez coisas durante as últimas semanas que pensava que nunca mais faria. O que a impede de casar comigo?

— Não posso deixar Lake Henry.

— Pode sim. Mas não quer. E eu também não quero. Sinto-me feliz vivendo aqui. Adoro esta cidade, adoro sua casa.

— É muito pequena.

— Tenho dinheiro. Podemos ampliá-la. Há terreno suficiente. Podemos construir para a direita, para a esquerda, para trás. Como você preferir.

— Eu sei, eu sei. Mas tudo isso aconteceu muito depressa.

— As coisas boas acontecem depressa. Você me ama, Poppy?

Ela acenou com a cabeça, numa resposta positiva.

— Então por que esperar?

— Não sei. Ainda há uma coisa...

— Heather. Mas saberemos sobre isso em breve.

— Ainda há outra coisa...

— Perdoar a si mesma? Já falei o que pensava a respeito, Poppy. Você precisa fazer isso, mas por que não podemos estar casados enquanto procura uma solução? Que melhor pessoa para ajudá-la do que seu marido?

— Meu marido? É apenas um sonho.

— Pois então faça com que esse sonho se transforme em realidade.

Ele não podia dizer as palavras, não podia pedir de novo. Ela entrelaçou os dedos nos de Griffin. Estudou-os por um longo momento antes de levantar os olhos:

— Pode me dar um pouco mais de tempo? Apenas um pouco mais? Ainda há uma segunda coisa... que preciso fazer.

Havia várias coisas que Poppy precisava fazer. Passou a manhã de sexta-feira pensando sobre essas coisas, porque o ritmo de Lake Henry diminuíra, estava quase se arrastando, de uma maneira que não acontecera nem mesmo durante a tempestade de gelo. Era um problema emocional — espera e especulação — e refletia-se no sossego inesperado no Charlie's, no silêncio na agência dos correios, na falta de atividade no painel telefônico de Poppy.

As pessoas não sentiam a menor disposição para falar.

Nem Poppy. Alternava entre o painel, olhando para os botões apagados e a sala de exercícios, olhando para os equipamentos. Fez alguns exercícios para a parte superior do corpo, permaneceu ali por um momento, depois voltou ao painel telefônico. Uma hora mais tarde retornou à sala de exercícios e usou a bicicleta horizontal. Quando acabou, ela foi até as barras paralelas. Victoria sentava em seu colo quando ficava livre; se isso não acontecia, ia para a outra sala. Nem chegou perto do seu lugar habitual, sob as barras paralelas. Poppy se perguntou se não seria um sinal.

Griffin passou a manhã no Charlie's Café. Calculava que Poppy precisava de tempo e espaço e ele tinha um trabalho a fazer. Por isso, escolheu uma mesa que oferecia uma vista do bosque, ligou o computador e espalhou seus papéis. Acenava com a cabeça cada vez que Annette trazia café para ele. Outras pessoas se aproximavam, mas seus cumprimentos eram breves. Griffin não tomava aquilo como uma questão pessoal. Era esse o ânimo predominante em Lake Henry. A cidade mantinha-se em compasso de espera.

Era o que acontecia com ele. Esperava por uma notícia sobre Heather... e esperava que uma palavra positiva abreviasse sua espera por Poppy.

Cassie não era de ficar andando de um lado para outro, mas era isso o que fazia quando chegou o final da tarde de sexta-feira. Tinha outros processos que precisavam de sua atenção, mas não era capaz de se concentrar. Tinha assuntos do comitê que precisavam dela, mas também não era capaz de se concentrar nisso. Não podia deixar de pensar em Heather e no número de vidas que seriam afetadas se os DiCenza decidissem fincar pé.

Como seu escritório era muito pequeno, ela andava de um lado para outro do corredor, virando-se primeiro para a janela que dava para a rua, depois para a janela do bosque. Quando sentia frio, voltava à sala e se sentava até sentir outra vez a necessidade de andar.

Micah fazia açúcar. Fervia, retirava a espuma, recolhia a calda com uma concha. Monitorava os níveis, as borbulhas, o conteúdo de açúcar. Passou a calda nova pela prensa de filtro, outra vez funcionando com eletricidade. Enquanto a tarde se desvanecia e o crepúsculo começava, ele guardou os recipientes. O acúmulo era impressionante, as prateleiras cada vez mais cheias de recipientes de vários tamanhos, com o novo rótulo de Smithson Sugarhouse.

Billy e Amos trabalhavam com ele, e Griffin também passara algum tempo ali. As meninas haviam acampado em seu canto habitual depois do jantar. Era tudo muito confortável e aconchegante.

Ele disse a si mesmo que poderia fazer aquilo para sempre. Podia fazer calda. Podia fazer o que tinha de ser feito. Podia sobreviver quer Heather voltasse ou não.

Mas ele a queria de volta, queria que ela visse os rótulos novos nas latas. Cassie não ligara, o que significava que ainda não recebera uma notícia da Califórnia... e o final do prazo era iminente.

O telefone de Cassie tocou às oito horas em ponto. Era a linha do escritório que Poppy transferiu para a casa. Jamie já estava dormindo; e Mark dava banho em Ethan e Brad. Ela limpava a sujeira na cozinha, dos biscoitos que fizera. Queria pensar que os fizera apenas por causa dos meninos, mas cozinhar era um meio de passar o tempo.

Com o coração disparado, ela foi atender.

— Alô?

— Eles concordaram — anunciou o procurador-geral, parecendo cansado.

Cassie fechou os olhos e deixou escapar um suspiro. Com um sorriso, levou a outra mão ao coração, a fim de acalmar a tensão.

— Eles concordaram com o arquivamento das acusações, mas querem em troca um acordo de não-revelação — acrescentou o procurador. — E querem que ela volte à Califórnia para a audiência de encerramento do processo.

— Por que voltar? — indagou Cassie ainda sorrindo.

Ela sabia o que eles planejavam. Claro que sabia. Mas não mostraria suas cartas agora.

— Eles precisam da audiência final — disse o procurador com a mesma voz cansada. — Acham que se o caso desaparecer da tela do radar sem qualquer explicação pública haverá especulações. Se houver uma audiência pública, na qual o sr. Grinelle explicará que não temos as provas para uma condenação, a família pode conceder uma entrevista coletiva em seguida, para homenagear a memória do filho. Seguirão o caminho mais fácil, alegando que a vingança não o trará de volta e que é tempo de arquivar o caso. É um esquema para salvar as aparências, sra. Byrnes. Deve lhes conceder isso.

Entre "provas para uma condenação" e "entrevista coletiva", Mark aparecera na porta com duas crianças pingando na mesma toalha grande. Sempre sorrindo, Cassie foi até a porta e abraçou os três. Recuou apenas o suficiente para bancar de novo a advogada firme e decidida.

— O problema é que é inevitável que alguém pergunte, se houver uma entrevista coletiva, por que não há provas para a condenação — disse ela ao telefone, olhando para Mark, sentindo tanto prazer pelo excitamento da família quanto pela própria notícia. — A implicação será de que minha cliente é culpada, mas ficará livre porque vocês não têm provas suficientes. Está me pedindo para assinar um acordo de não-revelação. Receio que teremos de fazer a mesma coisa. Não permitirei que minha cliente volte para um lugar hostil em que será apresentada como uma assassina que conseguiu escapar do sistema. Prefiro ir a julgamento e ver toda a história ser divulgada.

Mark levantou um punho no ar, num gesto de apoio total. Depois passou o braço por seu pescoço e puxou-a. Era um homem maravilhoso, pensou Cassie. Ela era uma viciada em trabalho, que muitas vezes negligenciava o marido, mas ele a amava assim mesmo. No outro lado da linha, a voz se tornou exasperada:

— Não posso controlar o que a imprensa faz. Os programas de entrevistas adoram esse tipo de acontecimento. Posso impedir que os

DiCenza digam qualquer coisa que envolva menosprezo, mas não posso fazer nada sobre a opinião pública.

— Claro que pode. É possível resolver tudo com absoluta discrição. Heather pode comparecer perante um magistrado aqui em New Hampshire. As acusações podem ser arquivadas e ponto final. Ela renunciará ao direito de falar sobre Rob, em troca, os DiCenza renunciarão ao direito de falar sobre ela. É um acordo justo.

— O menino está morto.

— Ele era um homem — corrigiu Cassie. — Maltratou uma mulher a ponto de ela ter de renunciar a seu nome, à sua história e a uma criança que queria. Mas eu lhe direi uma coisa. Seremos decentes aqui. Se os DiCenza insistirem, Heather voltará à Califórnia. Pode até assinar um acordo de não-revelação. Mas eu não assinarei. Se alguém fizer críticas a Heather, responderei à altura.

Houve uma breve pausa, seguida por um comentário quase de admiração:

— Você é mesmo dura.

— Sou mesmo.

Cassie sorriu, passando o braço pela cintura do marido.

Dez minutos depois, ela recebeu o telefonema que queria. No mesmo instante ligou para Micah, depois para Poppy e Griffin, Marianne, Sigrid, Charlie e Annette. E também para Camille. Ligou para Camille porque sabia que havia alguma coisa especial ali. Não sabia o que era... e não queria saber. Era suficiente que ela fosse mais uma pessoa que se importava com Heather.

Vinte e Dois

O sábado amanheceu glorioso. É verdade que Poppy sentiria isso, mesmo que o céu estivesse cinzento. Como aconteceu, o sol nasceu amarelo-claro e foi se firmando à medida que subia pelo céu. Ela o observou com Griffin, primeiro da cama, depois da cozinha. Ele fez omelete desta vez, de uma maneira criativa, e Poppy não resistiu. Não se importou de ter passas na omelete, ainda mais quando ele pingou calda de bordo por cima. *Pingou*. Griffin foi enfático nesse ponto. Era a calda do início da temporada. Não se podia exagerar em seu sabor delicado.

Poppy orgulhava-se de ser auto-suficiente, mas tinha de admitir que era agradável ter um homem para tratá-la com tanta solicitude.

Claro que sabia o que ele fazia. Mostrava o que podia levar para sua vida. E tratá-la assim não era tudo; ele respeitava suas necessidades. Era paciente e encorajador. Como no sexo, por exemplo. Não se limitava a fazer amor com ela deitada de costas. Conhecia as suas deficiências... mas também conhecia suas capacidades. Onde havia potencial, exortava-a a realizá-lo, o que significava que muitas vezes ela tomava a iniciativa. Desde o início, ele fizera com que se sentisse uma mulher. E, sob esse aspecto, ela se sentia agora uma mulher completa.

E tudo continuaria a correr bem enquanto ele não começasse a falar de novo em casamento.

Por sorte, Griffin não o fizera... não em qualquer momento durante a festa improvisada no Charlie's Café, na noite anterior, nem quando voltaram para casa e fizeram amor, nem quando acordaram juntos, sabendo que Heather estaria em casa naquele dia.

— Uma maneira de considerar a situação é pensar que minha dica para Randy acabou sendo favorável — comentou Griffin enquanto se aprontavam para sair. — Heather está livre agora. Não é mais atormentada pelo medo da descoberta.

Poppy concordava, mas apenas em parte.

— Em termos legais, não há mais qualquer problema. Emocionais? É o que veremos. Heather terá de conciliar quem ela foi com quem é atualmente.

— Não há problema nesse ponto. Micah a ama. Isso não vai mudar.

— Ela removeu o passado de sua mente. Agora, terá de enfrentá-lo.

— Não há problema nesse ponto — repetiu Griffin, sustentando o olhar de Poppy. — Micah a ama. Isso não vai mudar.

A mensagem era para Poppy, é claro. E ela amou Griffin por transmiti-la. Mas ainda havia uma coisa que ela precisava resolver: sua reconciliação pessoal.

Não hoje, porém. Hoje era para comemorar.

Micah estivera no café na noite passada, mas apenas porque Camille fora tomar conta das meninas e praticamente o expulsara de casa. Só permanecera por tempo suficiente para agradecer às pessoas por tudo o que haviam feito para ajudá-lo, e em seguida voltara para casa. Num momento em que se sentia tão inseguro, queria a companhia das filhas.

Elas eram a sua vida... as meninas e a fabricação do açúcar. As meninas lhe proporcionavam amor, e as árvores davam a sua doçura. Era um homem de sorte por contar com as duas coisas. Era mais do que algumas pessoas tinham.

Foi o que ele disse a si mesmo, porque pensar em Heather o deixava apavorado. Passou a maior parte da noite acordado, na cama, sentindo-a ao seu lado, recordando a plenitude de sua presença. Quando não fazia isso, entrava e saía de um sono irrequieto.

Não contara às meninas sobre o acordo de Cassie. Fora uma atitude covarde, talvez irresponsável, mas não quisera responder às perguntas sobre a volta de Heather. Não sabia quando seria, porque

Cassie também não sabia. Ela mencionara magistrados, procedimentos burocráticos e audiências. Mencionara um acordo de confidencialidade que tinha de ser elaborado e assinado. Mencionara um possível retorno à Califórnia.

Além do mais, a vinda de Heather para casa era uma coisa. Sua permanência era outra. Micah não saberia qual seria a opção de Heather até o momento de sua chegada. E não queria que as meninas acalentassem esperanças exageradas.

Star queria a mãe de volta. Tinha medo de ser abandonada de novo, tinha medo de que Heather preferisse outra vida e outra criança. Missy, por sua vez, nem sabia se queria que Heather voltasse. Sentia-se furiosa por Heather ter partido e erguera uma muralha para se proteger. Micah sabia como era isso. Fizera a mesma coisa no início. Nesse sentido, Missy era muito sua filha. E Star? Star era a filha de Heather de muitas maneiras, o que era fantástico. Se Heather decidisse ir embora, Star ficaria arrasada.

E, assim, os pensamentos de Micah fervilharam ao longo da noite. Quando a manhã chegou, ele serviu o desjejum para as meninas, mandou que vestissem agasalhos, pôs as duas no trator e levou-as para o bosque, onde não havia telefone, nem televisão, nem a possibilidade de visitantes indesejáveis. Não havia nada estranho ali. Ele conhecia cada palmo de sua terra. Era segura. Era eterna. Era o que ele queria que as meninas vissem e sentissem.

Ele parou o trator, tirou-as de cima e levou-as pela neve até um bloco de pedra. Era o lugar para onde ia no tempo de criança quando queria ficar sozinho. Podia vislumbrar a tubulação azul entre as árvores, mas era uma área sempre verde. Uma terra serena, intocada.

Pôs as meninas em cima da pedra, uma de cada vez. Depois subiu também, sentando-se entre as duas. Não disse nada, apenas olhou e escutou. As árvores eram altas ali; pinheiros cobertos de musgo, abetos de um verde profundo, plátanos imponentes. A neve era mais escassa nos pontos em que os galhos projetavam-se pelo solo. Havia uma quantidade surpreendente de galhos derrubados pelo peso do gelo, mas as árvores não pareciam piores por isso.

— A poda de Deus? — indagou Missy.

Ele confirmou com um aceno de cabeça.

— Escutem... — sussurrou Star.

O bosque estava vivo com o gelo derretendo, as gotas caindo por toda parte, diferentes seções da orquestra da natureza, cada uma com seu ritmo e tom, mas numa total harmonia. Com a cabeça esticada, enquanto continuava a ouvir, ela fitou o pai. Os olhos continuavam enormes como sempre, mas agora não tinham mais angústia; em vez disso brilhavam de excitamento.

— Canções da neve.

Poda de Deus. Orquestra da natureza. Canções da neve. Eram todas expressões de Heather. Ela convertia em palavras o que Micah sentia, mas não conseguia expressar. Suas palavras viveriam em todos daquela maneira, independentemente do que ela fizesse.

Micah não disse nada. Não por qualquer desejo de silêncio, mas pela pura incapacidade de fazê-lo. Sentia um aperto na garganta com emoções que não podia sequer começar a definir. Por isso, ele engoliu em seco, respirou fundo o fértil ar de março e concentrou-se no momento.

Ficaram sentados ali por um longo tempo, as meninas parecendo tão contentes quanto ele. Finalmente, desceram da pedra e andaram um pouco pelo bosque. Missy corria de um tronco caído para outro, subindo em cada um, enquanto Star agachava-se para vislumbrar nos recessos as pequenas criaturas da floresta.

Micah alternava entre observá-las e verificar a tubulação azul que se enchia pouco a pouco de líquido à medida que a seiva escorria. Finalmente, ele levou as meninas para o trator e desceu a encosta. Ao chegarem à casa do açúcar, os tanques já tinham seiva suficiente para ferver e os veículos estendiam-se pelo caminho.

Lake Henry viera para produzir açúcar.

Poppy chegou à casa de Micah depois que os primeiros veículos já haviam estacionado. Teve dificuldade para chegar até lá. Depois que estacionou, Griffin tirou o enorme caldeirão com *chili* que haviam apanhado no Charlie's. O problema foi encontrar espaço na cozinha, mais atulhada com comida e pessoas do que estivera depois da tempestade de gelo.

Ao contemplar a cena, ela sentiu um imenso orgulho. Aquela era sua cidade, aquela era sua gente. Faziam aquilo todos os anos para comemorar a colheita da seiva: escolhiam um dia em que o sol brilhava, o ar era puro e as crianças não tinham aula. Como o Natal, o açúcar na neve era melhor com a presença de crianças. A solução do caso de Heather tornava a ocasião ainda melhor.

Era isso o que Micah sentia. Sorriu mais nos dez minutos que dispensou para o almoço do que nos últimos 24 dias. Depois, seguiu para a casa do açúcar com dezenas de pessoas em sua esteira. Aquela era a parte divertida. Uma casa do açúcar lotada fazia com que a calda saísse mais depressa e mais doce.

Uma casa do açúcar lotada faz com que a calda saia mais depressa e mais doce.

Fora Heather quem dissera isso, compreendeu Poppy, enquanto saía pela porta da frente e descia a rampa. Griffin já subira para a casa do açúcar levando a lenha do galpão no velho vagonete de ferro. Ela impulsionou a cadeira de rodas pelo que ainda restava de gelo derretendo agora, no caminho de cascalho. Alcançou os fundos da casa a tempo de se juntar à procissão.

Muito à sua frente, Micah abriu a porta da casa do açúcar e segurou-a para as pessoas entrarem. Ao se virar, olhou para a estrada.

O corpo ficou imóvel. Apenas os olhos se movimentavam, acompanhando alguma coisa na estrada.

Com o coração disparado, Poppy olhou na mesma direção. Era um carro vermelho-escuro, último modelo, não de Lake Henry, um tanto discreto pela cor. Ela duvidava que fosse Heather, tão cedo. Mas também não era um carro do FBI. Mais parecia um carro alugado... talvez um repórter vindo direto do aeroporto?

Poppy tornou a olhar para a porta da casa do açúcar, no momento em que Griffin se juntava a Micah. John também estava próximo. Qualquer representante da mídia poderia ser controlado.

O carro vermelho avançou devagar, passando pela longa fileira de veículos maiores. Parou perto da casa. Mesmo antes de o motorista abrir a porta, o coração de Poppy disparou.

— Ó Deus! — sussurrou ela.

Ela se adiantou, afastando-se dos outros, no momento em que Norman Anderson empertigava-se. Ele a avistou e acenou com a mão enquanto deixava escapar um suspiro ostensivo. A expressão dizia que não teria vindo sem anunciar se não fosse pressionado por sua obstinada filha de catorze anos.

Um momento depois, Thea deixou o banco do passageiro e contornou o carro pela frente. Usava jeans, botas, um casaco de pêlo de camelo combinando com uma boina, ornamentando de uma maneira extraordinária os cabelos compridos, ondulados e brilhantes. Tinha as mãos nos bolsos. A expressão era de excitamento e terror. Ela pareceu aliviada quando viu Poppy.

O que não aconteceu com Poppy. Orgulhara-se de ter estabelecido um vínculo imediato com a filha de Heather. Agora, porém, ocorria-lhe que essa conexão poderia muito bem ser responsável por trazer Thea até ali num momento tão inoportuno.

Por isso, ela se adiantou depressa. Não podia sequer começar a imaginar o que aconteceria se Heather chegasse naquele instante. Já era demais tentar avaliar o impacto que a presença de Thea teria na cidade. Norman foi encontrá-la no meio do caminho.

— Sinto muito — murmurou ele. — Se eu dissesse não, Thea teria vindo sozinha. Não podia deixar que ela fizesse isso. Ela queria conhecer Micah. Queria dar uma olhada na cidade. Pensei que poderíamos fazer isso sem que alguém soubesse quem éramos.

Norman lançou um olhar hesitante para a multidão antes de acrescentar:

— Acho que me enganei.

Thea abraçou Poppy com um braço e beijou-a no rosto, murmurando:

— Fiz alguma coisa horrível?

Eles não sabem do acordo sobre Heather, pensou Poppy, com um sobressalto.

— Ainda não sei. Vamos ver.

Poppy já estava pensando que seriam os três — Norman, Thea e ela — contra Lake Henry quando Griffin surgiu ao lado dela e estendeu a mão.

— Sr. Anderson, sou Griffin Hughes. Seja bem-vindo.

— Obrigado — disse Norman.

Poppy teve a impressão de que Norman estava tão aliviado com a presença de Griffin quanto ela se sentia.

"Aliviado" não era uma palavra que Micah usaria. Pois sentia o oposto. Queria Heather de volta, escolhendo sua vida antes que a filha aparecesse. Mas agora era tarde demais para isso. Não precisava de uma apresentação para saber que a garota com Poppy era a filha de Heather. Era uma versão jovem e elegante de Heather. Micah imaginou que Heather exibiria a mesma elegância se vivesse na Califórnia em vez de em Lake Henry.

O pensamento, é claro, não lhe trouxe qualquer conforto.

Como precisava se apegar ao que era seu, ele olhou ao redor, à procura de Missy e Star. Avistou Missy primeiro, os cabelos escuros e ondulados, enquanto ela se encaminhava para a casa. Quando Maida foi atrás dela, Micah procurou por Star. Demorou um momento assustador para vê-la, emergindo no outro lado da multidão e caminhando devagar na direção de Poppy.

— Star? — chamou.

A menina continuou a andar.

Incapaz de pensar em qualquer outra coisa que não fosse o fato de que estava perdendo tudo que era importante, Micah foi atrás, resmungando baixinho.

Poppy não viu Star a princípio. Thea estava falando, assumindo a culpa pela viagem. Alegou que não ficariam muito tempo, pois queria apenas dar uma olhada. Norman explicou à filha que haviam chegado no pior momento possível, que deveriam ir embora. Poderiam ir a Vermont para passar o fim de semana esquiando. Durante todo o tempo Griffin lançava olhares para Poppy, indicando que não sabia se era melhor reconhecer a presença dos Anderson e apresentá-los a Micah ou ignorá-los por completo e tratar da produção do açúcar.

Poppy percebeu pela primeira vez que havia alguém perto quando Star encostou em sua cadeira.

— Ó Star!

Star não olhava para ela. Os olhos enormes, escuros e solenes focalizavam Thea.

— Ahn... — murmurou Thea, surpresa. Um momento depois, no entanto, ela sorriu e estendeu a mão. — Oi. Sou Thea. Você é Star, não é mesmo?

Star confirmou com um aceno de cabeça.

— Vi sua foto — explicou Thea. — Não podia deixar de reconhecê-la.

— Você parece com a mamãe.

Micah afastou-se da multidão e veio postar-se ao lado delas, em poucas passadas. Parou atrás de Star, com um olhar desafiador para Norman. Poppy experimentou um medo súbito de que ele iniciasse uma agressão. Isso exigiria um retrocesso posterior, com reparações e o contorno dos obstáculos, porque a descoberta de Thea era um fato irrevogável. Ela estava ali. Era uma jovem determinada. E queria se ligar com suas raízes.

Poppy apertou o braço de Micah através da manga de flanela, depois outra vez, até que ele a fitou.

— O momento pode ser errado, mas o sentimento é certo — murmurou ela. Depois olhou para Thea e acrescentou: — Este é Micah. O dia é de grandes emoções para ele, porque não sabemos quando Heather voltará. Por isso, tratamos de nos manter ocupados, celebrando a temporada do açúcar. Micah tem seiva para ferver. Não gostaria de assistir?

Quando sentiu o braço de Micah se contrair, Poppy tornou a apertá-lo. Os olhos de Thea se arregalaram. Ela sorriu para Micah e murmurou, quase tímida:

— Eu gostaria muito.

Poppy olhou para Micah. A casa, a terra e a seiva lhe pertenciam. Cabia a Heather a decisão de querer manter um relacionamento com Thea, mas era Micah quem podia decidir, aqui e agora, se a garota e o pai deveriam ficar.

Antes que ele pudesse dizer qualquer coisa, Star adiantou-se. Contornou a cadeira de rodas, olhou para Thea e pegou sua mão devagar, com todo o cuidado. Então, parecendo absolutamente segura do que fazia, ela olhou para Micah.

Depois disso, é claro, Micah não tinha mais nada a dizer. Ficou tão impotente quanto Norman se sentira no momento em que Thea ameaçara voar sozinha para Lake Henry. Micah não queria Thea ali. Não queria que Thea existisse. Mas ela estava ali e existia... e ele compreendia o que Star sentia. Thea irradiava a mesma bondade básica que Heather sempre exibira. Mesmo que Star não tomasse a iniciativa, ele duvidava que seria capaz de pedir que ela fosse embora. Thea era parte de Heather, a quem ele amava.

Mas também amava Missy, e Missy estava transtornada. Precisava vê-la. Gesticulou para que os outros seguissem em frente, e foi para casa. Encontrou Missy no quarto com Maida, as duas sentadas na beira da cama, lado a lado.

— Estávamos conversando — comentou Maida com um pequeno sorriso. — Missy precisa desabafar.

— Ela guardava segredos — resmungou Missy, de cara amarrada.

Micah agachou-se na frente da filha.

— Ela não tinha opção.

— Tinha outra família.

— Não é bem assim.

— Então quem está lá fora? Ela não falou sobre a filha. E se não falou sobre *ela*, o que mais *não contou* para a gente?

Micah não sabia o que dizer. Missy tinha razão até certo ponto. Mas havia outro lado em todas as coisas que Heather guardara. O fato é que ele não perguntara nada. Não quisera saber. Construíra uma vida com Heather e desde o início assumira a noção de que o passado não importava. Deixara que acontecesse. Portanto, talvez ele fosse culpado também. Com o peso desse conhecimento, ele ficou em pé.

— Conversaremos a respeito quando ela voltar.

— Não quero que ela volte.

— Eu quero. Porque a amo. Todos nós cometemos erros... você, eu, Star. Se Heather cometeu alguns, temos de perdoá-la.

O queixo de Missy tremia.

— Não vou perdoar.

— Então a perderá. É isso o que quer?

Missy não respondeu. Ele foi até a porta.

— Vamos fazer açúcar na neve. Não quer também?

A menina fez uma cara amuada.

— Não sei. Talvez.

— Bem, estou indo agora.

Micah estendeu a mão. Como a filha apenas continuasse a fitá-lo, ele baixou a mão. Ocorreu-lhe que Missy seria uma garota difícil quando se tornasse mais velha e que precisaria da ajuda de Heather também nesse ponto. Por enquanto, fazia o melhor que podia. Ou seja, mostrava-se despreocupado, o que provavelmente era uma covardia, porque evitava o problema. Mas a seiva o chamava.

— Como quiser. Venha quando estiver disposta.

Micah começou a ferver a seiva que acabara de escorrer o que exigia concentração. Não pensou em Heather. Não pensou em Thea. Sabia que a casa do açúcar estava lotada e que outras pessoas — crianças e pais — esperavam lá fora, na neve, com tigelas de sopa, pratos de tortas e recipientes aluminizados. Além do banquete na casa, havia café. Chocolate quente. Sidra quente. Um burburinho de conversa dava um clima festivo, e Micah não podia deixar de senti-lo.

A primeira porção de seiva logo se transformou em calda. Ele a tirou do tacho final e despejou na prensa de filtro. Encheu os potes. Mal os punha na mesa de enlatamento, ao lado de uma pilha de copos de papel, as pessoas se serviam e tomavam. Desta vez, porém, ele não a tirava quando alcançava os sete graus cruciais acima do ponto de fervura, o que a convertia em calda. Em vez disso, deixava a seiva ferver, mexendo sempre e raspando, para que não queimasse à medida que a temperatura aumentasse. Pouco antes de alcançar o ponto em que estaria bastante seca para se tornar açúcar granulado, ele a despejava em baldes — dois para ele, dois para Griffin. Deixaram Billy e Amos no evaporador e saíram.

Como não se sentir bem naquele momento? Quase todas as pessoas de quem ele gostava se encontravam ali: Poppy, Lily e John,

Cassie e sua família, Charlie e Annette com os filhos que não estavam trabalhando na loja, Camille, os Winslow, as amigas de Heather — Sigrid, Marianne e Leila Higgins —, além de pessoas do outro lado do lago e de Ridge, até mesmo Willie Jake, que se mantivera a distância depois de sua participação na prisão de Heather. Micah não sentia qualquer hostilidade contra ele, nem contra Norman Anderson, que era tratado com a hospitalidade de Lake Henry por Maida, que parecia encantada.

O sol do meio da tarde tornava tudo dourado, de casacos e gorros, que de outra forma pareceriam surrados no final da estação, aos rostos ansiosos e à própria colina. Ali perto, uma mesa comprida continha caixas de biscoitos, um tonel com picles, pratos de papel, guardanapos e garfos.

Assim que Micah pôs os baldes no chão, foi cercado por crianças, cada uma segurando um recipiente com neve. Ele pegou um de cada vez e despejou a calda sobre a neve com uma concha, formando um desenho. Devolveu-o à criança e recebeu o seguinte. Não precisava olhar para saber o que acontecia. Quando a calda caía na neve, esfriava no mesmo instante e se tornava bastante sólida para se segurar com os dedos ou um garfo. "Cera de bordo" era o nome mais antigo, mas "açúcar na neve" era mais bonito. Se comido isoladamente, era uma delícia; se comido entre biscoitos e picles, era absolutamente *o* melhor.

O açúcar na neve era uma das poucas lembranças felizes que ele tinha da infância. Absorvido, descobriu-se a desenhar as iniciais do primeiro nome com a calda, só para ver as crianças sorrirem. Star riu quando ele fez um "S" elaborado em sua neve. Quando ela apresentou um segundo prato, lançando um olhar súbito e inquisitivo, com um sorriso adorável, para Thea, que esperava ao lado, ele se compadeceu e desenhou um "T" com a seiva. Star recompensou-o com um beijo. Quando ela começou a se afastar, Micah deteve-a pelo casaco.

— Onde está sua irmã?

— Não sei.

Era evidente que ela não se importava. Apaixonara-se por aquela pessoa que era parte de Heather. Griffin, também servindo a calda ao seu lado, informou:

— Ela passou pelo meu balde com as filhas de Rose Winslow. Estão ali na encosta.

Micah deu uma olhada. Missy sentou-se na neve com Emma, Ruth e algumas outras meninas. Pegava a comida em seu prato e parecia bastante feliz.

Aliviado, ele voltou ao trabalho. Depois que as crianças foram servidas, os adultos se apresentaram. Houve a segunda rodada, até que os baldes ficaram vazios. Micah já se preparava para buscar mais quando, lá embaixo, apareceu uma radiopatrulha de Lake Henry.

Ele largou os baldes. Disse a si mesmo que devia ser Pete, vindo ver como andavam as coisas. Mas sentiu um arrepio na nuca — uma premonição —, como acontecera naquela manhã, havia mais de três semanas. Percebeu que não era o único a observar, porque os risos ao redor cessaram e a multidão se aquietou.

Micah se adiantou. Cassie se aproximou dele, mas ele continuou a andar. A radiopatrulha diminuiu a velocidade de repente, embora ainda estivesse longe da casa. Mal parara quando a porta do passageiro foi aberta.

Micah parou neste momento, mas apenas até ver Heather contornar a frente do carro, hesitar por uma fração de segundo e depois desatar a correr. O casaco se abriu, esvoaçando; os cabelos se projetavam para trás. Mesmo a distância, ele podia ver que Heather estivera chorando. Mas seus olhos tinham um brilho prateado, o rosto vibrava de felicidade... e ela *corria* para ele. Subitamente, Micah não teve mais qualquer dúvida. Não entendia por que tivera antes. O que ele e Heather partilhavam não podia desaparecer. O entrelaçamento na vida cotidiana, o ajustamento de suas personalidades, a paixão... não fora unilateral e não podia desaparecer.

Ele começou a correr, mais depressa quanto mais se aproximavam. Logo Heather estava em seus braços, soluçando seu nome, apertando-o pelo pescoço, com tanta força que outro homem poderia ser sufocado até a morte. E Micah? Depois de se angustiar por tantos dias, ele podia finalmente respirar.

— Eu amo você — sussurrou Heather. Ela deu um passo para trás, hesitante. — Posso voltar? Quer que eu volte?

Micah secou as lágrimas do rosto de Heather com os polegares. Beijou-a com toda a sua força, toda a sua paixão. Então, apertou-a contra seu peito, os olhos fechados, para absorver mais o prazer. Levantou-a e girou-a. Sentia-se tonto, mas era parte da transição... de uma vida para outra. Boas coisas iam acontecer. Ele podia sentir isso.

Depois que a largou, ele não pôde parar de sorrir. Heather também não podia, com aquela cicatriz no canto da boca, como se fosse um emblema de honra. Não parou de sorrir nem mesmo quando sussurrou que queria tomar um banho de chuveiro, queria cheirar como ela própria, queria xampu e sabonete de madressilva... e ele. Tocou no rosto de Micah com seu jeito gentil, aquela maneira que dizia que ele era mais importante do que qualquer outra pessoa no mundo. Então, Heather murmurou:

— Preciso ver minhas filhas.

Por mais incrível que pudesse parecer, seus olhos contemplavam os de Micah, pedindo permissão.

Ele olhou para trás, na direção da multidão. Viu, então, Star esgueirando-se por entre pernas. Ela correu para Heather, que a suspendeu e abraçou, quase com a mesma força com que abraçara Micah.

— Onde está Missy? — perguntou Heather.

Star olhou para trás, na direção da multidão. Missy estava parada ali, dando a impressão de que poderia, com a mesma facilidade, correr, ficar ou chorar.

Venha até aqui agora mesmo, Micah teve vontade de ordenar. Mas se conteve. Aquelas eram as palavras de seu pai, primeiro repreender, depois exigir e finalmente castigar se sua vontade não era atendida. Micah sempre quisera ser diferente de Dale. Heather o ajudara.

Foi o que ela fez de novo agora. Passou Star para os braços de Micah e foi ao encontro de Missy. Micah não sabia se ela falou alguma coisa porque estava longe demais para ouvir. Mas viu-a inclinar a cabeça de Missy e afagar seus cabelos.

O queixo de Missy tremeu. Ela lançou um olhar para Micah, mas não conseguiu mantê-lo. Quando tornou a fitar Heather, seus olhos se encheram de lágrimas. Em questão de segundos, o rosto se desmanchou e ela se adiantou. Passou os braços pela cintura de Heather, cruzando as mãos nas costas dela.

Outras pessoas se aproximaram para abraçar Heather. Durante todo o tempo ela não largou Missy. Pete pôs a mão no ombro de Micah.

— Fizemos tudo o que era possível para soltá-la hoje. Era o mínimo que podíamos fazer. Ela é uma boa pessoa. Vocês dois precisam ficar juntos.

Micah apertou a mão de Pete. Ainda com Star no colo, mas precisando ficar perto de Heather, ele se adiantou. Assim que se aproximou, Heather estendeu um braço para enlaçá-lo. Ficaram os quatro parados ali, na terra que possuíam, cercados pelas pessoas que amavam. Naquele momento, se oferecessem a Micah um milhão de dólares pela propriedade, cinco milhões pelo empreendimento e mais uma bonificação de dez milhões só para agradar, ele teria recusado. Tinha a vida mais rica que qualquer homem podia desejar.

Ele respirou fundo, sem pressa, feliz. Levantou os olhos e avistou os Anderson, apartados, a uma distância respeitosa de Heather e Micah, da vida que tinham. Confiante agora, Micah pegou a mão de Heather.

— Quero que você conheça uma pessoa.

Com Star em seu colo e Missy no de Heather, ele a levou pela multidão. Ao lado da casa do açúcar, Heather parou de andar abruptamente.

Micah apertou sua mão.

Thea não se mexeu. Parecia apavorada. Ocorreu a Micah que ele sentira medo de perder Heather para aquela menina enquanto Thea tinha pavor de que a mãe biológica não quisesse conhecê-la. Ele empurrou a mão de Heather para a frente.

— É o pai que está com ela. Eles se adoram e levam uma vida boa. Mas ela quer conhecê-la.

Heather o fitou. Os olhos prateados faiscavam com lágrimas outra vez. E de novo, por mais incrível que pudesse parecer, ela tornou a pedir permissão a Micah.

Ela poderia pedir qualquer coisa naquele mundo que ele daria, de tão apaixonado que se sentia.

Heather deve ter percebido isso em seus olhos, porque respirou fundo, tremendo, até conseguir se acalmar um pouco. Então, levando Missy, ela foi até Thea.

Depois do longo dia, movimentado e emocionante, Poppy sabia o que precisava fazer. Não sabia se observava Micah e constatava seu crescimento, se observava Heather e constatava seu crescimento ou se observava Maida e constatava seu crescimento. Sabia apenas que ela também precisava crescer.

Um fato extraordinário, Micah deixou para produzir o resto do açúcar no dia seguinte. Nunca fizera isso antes, pelo menos ao que alguém soubesse. Mas ele queria ficar com Heather. O que significou que Poppy tinha Griffin em sua casa agora. Ele acendeu o fogo na lareira e cuidou dos telefones enquanto ela trocava de roupa e ia para a sala de exercícios. Victoria seguiu-a, mas permaneceu junto da porta. Poppy imaginou que ela queria ter certeza de que sua dona não fugiria no último momento.

Poppy não pretendia fazer isso. Já era tempo.

Fez o exercício para a parte superior do corpo, depois usou um pouco a bicicleta horizontal. Quando sentiu que estava aquecida, foi até a parede onde ficavam os suportes para as pernas. Detestava tudo neles, a aparência, a sensação, o som. Mas eram o meio para um fim, e esse fim era o meio para um começo.

Com os suportes no colo, ela foi até as barras paralelas. Contemplou-as por um momento final, respirou fundo e chamou Griffin.

Ele apareceu na porta, sorrindo. Quando viu o que Poppy segurava, o sorriso desapareceu. Ela viu uma indagação ali. E imaginou que também via esperança. Animada por isso, suspendeu os suportes.

— É preciso bastante esforço para prender estas coisas. Pode me ajudar?

Quatro semanas depois, Poppy saiu de casa sozinha. Deixou Griffin escrevendo as páginas finais da biografia de Hayden, tão absorvido que presumiu que ela apenas daria um pulo à cidade. Poppy não se importou com isso. Havia um ou dois dias que também tinha problemas que a absorviam.

Ela baixou a janela da Blazer depois que partiu. Abril chegara trazendo chuvas torrenciais que transformavam todas as ruas e estradas sem pavimentação em lamaçais. A produção de açúcar já fora encerrada. Brotos de folhas começavam a aparecer nas árvores. Apesar do lamaçal, o ar tinha um cheiro agradável e transbordava de promessas.

O degelo final ocorrera às duas horas da tarde anterior. Poppy observara de seu deque, chamando Griffin no último instante, quando o gelo simplesmente se dissolveu. Nathaniel Roy ganhou a aposta com uma hora de diferença do dia e horário do degelo final. Ao crepúsculo, Poppy já recebera duas ligações distintas anunciando a volta dos gaviformes. Prestara atenção de seu deque depois disso, mas não ouvira nada. Calculou que apenas umas poucas aves haviam voltado. As disputas por território não tinham começado.

Ela poderia estar atenta aos gaviformes agora, enquanto contornava o lago, se sua mente não estivesse concentrada em outra coisa. Entrou no centro da cidade, passou pela praia, a agência dos correios, o prédio vitoriano amarelo em que ficava o *Lake News*. Sentia as palmas das mãos pegajosas de suor no volante. Embora estivesse muito nervosa, recusava-se a voltar.

Virou no estacionamento, passou pela direita da igreja e começou a subir a estrada estreita do cemitério. Era pavimentada, embora em condições não muito boas, e tinha enormes poças. Fora da estrada, a neve já sumira, a não ser nos pontos mais escuros. Mas a relva ainda exibia o castanho de inverno, encharcada em alguns pontos, enlameada em outros.

Poppy foi guiando devagar. Passou pela sepultura do pai e continuou. Passou pela sepultura de Gus Kipling e continuou. Subiu a pequena encosta que levava à sepultura de Perry. Estacionou no lado oposto.

Sem se dar tempo para pensar, ela desceu no elevador do carro para a estrada. Virou-se para pegar suas coisas na Blazer. Ajustou o suporte esquerdo, depois o direito. Era hábil agora, retardada apenas pelos dedos trêmulos. Poderia estar saindo para seu primeiro encontro romântico, dando o primeiro salto em esquis ou despertando de uma semana de coma para descobrir que ficara paralítica. A apreensão era a mesma.

Perry estava ali, e ela estava aqui. Os vinte metros que separavam os dois eram um abismo enlameado.

Apressada para não perder a coragem, ela pegou as muletas e ajustou os antebraços. Calculou a dureza do solo, escolheu os pontos melhores, ajustou as muletas, inclinou-se para a frente na cadeira de rodas, respirou fundo e levantou-se.

Já fizera isso muitas vezes no último mês, praticando o movimento e desenvolvendo a força. Nos últimos dias, até fizera sem Griffin. Mas nunca fizera fora de casa. A terra úmida, por si só, já era um desafio. Acrescentem-se a distância e o fato de que, se caísse, ficaria numa situação crítica para o desafio se tornar assustador.

Determinada, ela transferiu o peso do corpo para a perna esquerda, usou o quadril direito para projetar para a frente a perna direita, apoiou o peso nesta perna, puxou a perna de trás para a frente e deixou que as duas lhe suportassem o peso. Respirou fundo e repetiu a manobra — apoio na perna esquerda, movimento do quadril para adiantar a perna direita, puxar a perna de trás.

Fez isso de novo. E outra vez. Recusava-se a olhar para trás, recusava-se a pensar na distância para a cadeira de rodas. Também não olhava para as sepulturas nos lados. Mantinha os olhos no chão, empenhada em medir sua firmeza e evitar os pontos mais lamacentos enquanto se concentrava nos movimentos da metade inferior do corpo.

Dava um passo de cada vez, pontuado por um pequeno sopro, o passo do clichê... mas funcionava. Devagar, obstinada, ela atravessou o cemitério. Vacilou uma ou duas vezes quando as muletas afundaram na lama mais do que ela esperava. Mas conseguiu se manter de pé.

O que fora um bloco de neve elevado em fevereiro agora era um banco de pedra. Era esse o seu objetivo. Quando se sentia exausta — os ombros tremendo, os braços doloridos, com a ameaça de espasmos nos quadris —, Poppy se firmava, respirava fundo uma ou duas vezes e olhava para o banco. Quanto mais se adiantava, mais pesada a respiração se tornava. Suava muito agora. Mas estava perto. Bem perto. E quanto mais se aproximava do objetivo, maior a sua determinação.

Houvera um tempo em que ela correria até o banco, pularia por cima e sentaria nele com um sorriso. Agora, com uma lentidão angustiante, ela avançou para a esquerda, onde o terreno parecia mais firme. Com a respiração acelerada e alta, Poppy emparelhou com o banco.

Poderia muito bem sentar ali. Mas não queria ficar na extremidade. Tinha de se instalar no meio, de frente para Perry.

Os últimos passos foram os mais difíceis. Sentia-se muito cansada... e cada vez mais emocionada. Por mais vitoriosa que se considerasse por chegar àquele ponto, também experimentava uma sensação aguda de perda.

Quase lá, ela deu um passo para o lado, depois outro. Um terceiro passo levou-a ao meio do banco. Virou-se com todo o cuidado. Apoiada nas muletas, baixou para o banco. Um minuto passou antes que se recuperasse do esforço, a respiração se normalizasse.

Depois respirou fundo, tremendo toda, por outra razão, e olhou para a lápide. *Perry Walker*, dizia. *Amado Filho e Amigo, Aqui Por Tão Pouco Tempo*. Por baixo, as datas de nascimento e morte.

Enquanto olhava para a inscrição — lia e relia — Poppy sentiu um aperto na garganta. Quando seus olhos se encheram de lágrimas, que turvaram as palavras, ela imaginou que via o rosto de Perry no granito. Era o lugar que ela precisava estar havia muito tempo.

— Desculpe — sussurrou Poppy, a voz trêmula. — Lamento muito.

As lágrimas vieram neste momento, e ela não as conteve. Com as mãos apertando a beira do banco, chorou por Perry e sua família, por tudo que haviam perdido. Chorou por sua própria família e tudo o que tivera de agüentar. E chorou por si mesma, pela perda da infância e capacidade atlética, pela perda de uma certa inocência e ousadia naquela noite, há doze anos. Chorou por coisas pelas quais sabia que não deveria derramar qualquer lágrima — coisas de autocompaixão, como mobilidade, rapidez e agilidade —, mas também não resistiu a essa emoção. Era um momento para purificação.

Chorou até as lágrimas se esgotarem. E continuou sentada com Perry. Sem falar em voz alta, disse onde estivera e o que fizera desde a última vez que o vira, sabendo que, de alguma forma, ele ouviria.

Finalmente, fechou os olhos, inclinou a cabeça e recordou uma oração. Não sabia onde a ouvira; na verdade, nem sabia se a ouvira ou se apenas improvisava. Era uma oração que tratava do perdão.

Ela ouviu um som. Abriu os olhos, ergueu a cabeça e prestou atenção. Outro minuto passou antes que soasse de novo, mas a espera valeu a pena. Poppy empertigou-se e respirou fundo o ar úmido da primavera. Sentia-se purificada. E, junto com esse sentimento, havia uma certa calma.

Depois de um último olhar para a sepultura de Perry, ela pegou as muletas e as ajeitou nos antebraços. Virou-se para avaliar o caminho de volta até a Blazer.

E viu Griffin parado ao lado do carro.

Deveria ficar surpresa, mas não ficou. Ele sintonizava suas necessidades. Devia saber por que ela queria sair. E devia saber por que ela andava tão distraída ultimamente... e para onde iria hoje.

Ao vê-lo parado ali, Poppy se impressionou com a probidade de sua presença. Griffin a acompanhara durante aquele período de crescimento. Mais do que isso. Fora seu catalisador, sua inspiração sob muitos aspectos. Na verdade, ao vê-lo ali de jeans, suéter e o mesmo casaco azul que usava na primeira vez em que se encontraram pessoalmente — um azul que captava o azul em seus olhos, e formavam um contraste perfeito para os cabelos, que pareciam mais avermelhados ao sol —, Poppy foi acometida pela idéia de que o destino decidira aquele momento havia muito tempo.

Ela foi dominada pela emoção, quase tão intensa quanto a que experimentara ao confrontar Perry. Por Perry, sentira pesar. Por Griffin, sentia amor. Uma alegria tão grande que ela pensou que poderia explodir.

Ele não se mexeu. Não se adiantou para segurá-la ou para expressar sua preocupação. Embora Poppy visse a preocupação estampada em seu rosto. Mas Griffin dizia que tinha fé em sua capacidade. Sabia que ela podia fazer aquilo. Sabia que ela podia fazer qualquer coisa em que se empenhasse. E, naquele instante, Poppy pensou que ele podia estar certo.

Só quando ela se adiantara bastante é que Griffin foi ao seu encontro, mesmo assim devagar, no ritmo de Poppy, com um ar descontraído e despreocupado. Ela o amava ainda mais a cada passo irregular que dava. Encontraram-se no meio do caminho. Ele parou ali, mas sem tocá-la.

— Estou tão apaixonado por você que não pude suportar a distância — murmurou Griffin.

Poppy começou a rir. Ele não poderia ter dito coisa melhor.

Griffin sorriu, mas a preocupação persistiu em seus olhos. Foi neste instante que ocorreu a Poppy que a preocupação nada tinha a ver com sua possibilidade de andar na lama sozinha.

— Tenho uma coisa no bolso — anunciou Griffin.

Ela sabia que não era uma bala.

— Posso ver? — indagou Poppy, querendo ver de qualquer maneira.

Ele se adiantou.

— Pegue.

Depois de ajustar as muletas, Poppy enfiou a mão em seu bolso. Havia apenas uma coisa ali. Ela prendeu a respiração.

— Tire — murmurou Griffin.

A mão saiu com um anel na ponta do dedo. Ele o enfiou pelo resto do dedo dela. Deixou-a admirar. Poppy soltou uma exclamação aturdida. O diamante tinha uma lapidação impecável, cercado por pedras menores, tudo engastado em platina.

— A pedra do centro era de minha mãe. Eu me sentiria honrado se você usasse este anel.

Poppy mal podia respirar.

— Ó Deus... é lindo!

E, subitamente, ela se sentiu cansada de ficar de pé. Passou os braços pelo pescoço de Griffin enquanto as muletas caíam no chão. Ele a amparou.

— Lindo não é sim ou não — murmurou ele contra os cabelos de Poppy.

— Sim! *Sim!* — gritou ela.

Outro grito ressoou pelo ar neste instante. Era o mesmo que Poppy ouvira pouco antes, elevando-se do lago para assinalar um renascimento.

Os gaviformes haviam voltado a Lake Henry.